去远方
——父与子的跨国对话

时代出版传媒股份有限公司
安徽文艺出版社

QU YUANFANG

房向东 房家安 ◎ 著

去远方
——父与子的跨国对话

时代出版传媒股份有限公司
安徽文艺出版社

图书在版编目(CIP)数据

去远方:父与子的跨国对话/房向东,房家安著. —合肥:安徽文艺出版社,2015.11
 ISBN 978-7-5396-5379-2

Ⅰ.①去… Ⅱ.①房…②房… Ⅲ.①书信集-中国-当代 Ⅳ.①I267.5

中国版本图书馆CIP数据核字(2015)第075190号

出 版 人:朱寒冬
责任编辑:张妍妍　　　　　　　　装帧设计:张诚鑫

出版发行:时代出版传媒股份有限公司　www.press-mart.com
　　　　　安徽文艺出版社　www.awpub.com
地　　址:合肥市翡翠路1118号　邮政编码:230071
营 销 部:(0551)63533889
印　　制:安徽新华印刷股份有限公司　(0551)65859551

开本:710×1010　1/16　印张:23.75　字数:400千字
版次:2015年11月第1版　2015年11月第1次印刷
定价:39.80元

(如发现印装质量问题,影响阅读,请与出版社联系调换)
版权所有,侵权必究

目录

自序：原生态的"私人化写作" / 001

第 1 封信　絮叨 / 001

第 2 封信　德国人像上海人？ / 003

　　儿子第 1 封来信　在上帝休息的时候来到了德国 / 006

第 3 封信　无产者没有祖国 / 009

　　儿子第 2 封来信　四次演讲与两个人的德语课 / 011

第 4 封信　文明的硬件与软件 / 013

第 5 封信　有性别的文化与莱茵河的骄傲 / 016

第 6 封信　水、水坝及水土问题 / 019

第 7 封信　傅雷谈学外语，重应用及其他 / 022

　　儿子第 3 封来信　微波炉、土耳其人和伊朗人 / 025

第 8 封信　学"傻" / 026

　　儿子第 4 封来信　第一次基本都是失败的 / 031

第 9 封信　黄种人来自 A 星，白种人来自 B 星，黑人来自 C 星…… / 034

001

第 10 封信　文明对非文明的鄙视 / 038

　　儿子第 5 封来信　谁更冷漠 / 042

第 11 封信　水果的甜味与"中式生活" / 044

　　儿子第 6 封来信　亚琛游·没有校园的大学 / 047

第 12 封信　艺术的耳朵与人文的眼睛 / 051

第 13 封信　留德精英·学会独处 / 055

第 14 封信　有财下崽·早睡早起 / 057

第 15 封信　关注家族遗传与审视内心世界 / 059

　　儿子第 7 封来信　气温骤降 / 061

第 16 封信　人鸟之间·学习与过年 / 062

第 17 封信　春节快乐 / 065

第 18 封信　琐碎的杂事 / 067

　　儿子第 8 封来信　文科生的烦恼,同学相处的烦恼 / 069

第 19 封信　关于转专业、文科生及物理课 / 071

　　儿子第 9 封来信　转专业与寻找信心 / 075

第 20 封信　要有黑人的野性与豪情 / 078

　　儿子第 10 封来信　奖学金·转学校 / 081

第 21 封信　奖学金·转学·实习 / 082

第 22 封信　假潇洒与勤奋学习 / 085

儿子第 11 封来信　实习笔记　/ 089

第 23 封信　学习德国人的认真劲·同学相处之道　/ 093

儿子第 12 封来信　学习·宗教·租房　/ 095

第 24 封信　日记·宗教·旅行等　/ 098

第 25 封信　复活节时话生死　/ 104

第 26 封信　地理与生理，闲谈顾彬　/ 108

儿子第 13 封来信　德国的春天·实习的乐趣·无聊而且孤独　/ 111

第 27 封信　关于"厨房贼"　/ 114

儿子第 14 封来信　租房与上海人　/ 116

第 28 封信　租房问题的提示　/ 118

第 29 封信　聆听灵魂的声音　/ 121

儿子第 15 封来信　"快乐杀人"·德国人的家　/ 126

第 30 封信　支撑德国的内在精神　/ 129

儿子第 16 封来信　生活琐事与租房问题　/ 132

第 31 封信　租房与砍价　/ 135

第 32 封信　打工问题　/ 138

儿子第 17 封来信　母亲节·德式幽默及其他　/ 141

第 33 封信　跨文理、跨文化　/ 144

第 34 封信　屈原与责任·妈妈的梦　/ 148

儿子第 18 封来信　这几天比较颓废　/ 150

第 35 封信　想家了,放假回来吧　/ 154

第 36 封信　关注心理问题　/ 157

第 37 封信　再谈心理及学习问题　/ 162

儿子第 19 封来信　德式教育·生活琐事　/ 166

第 38 封信　关于购物　/ 169

儿子第 20 封来信　琐事　/ 170

第 39 封信　学以致用　/ 171

第 40 封信　寄手机遭拒　/ 173

儿子第 21 封来信　差价问题　/ 174

第 41 封信　在精神上强大自己　/ 175

第 42 封信　病好些了吗？　/ 179

儿子第 22 封来信　安家·参加教会活动　/ 181

第 43 封信　开销·宗教·学习问题　/ 184

儿子第 23 封来信　生活琐事　/ 188

第 44 封信　关于别人的潇洒　/ 190

儿子第 24 封来信　我们别无选择　/ 195

第 45 封信　学会做男人　/ 200

儿子第 25 封来信　回国礼物·生日聚餐　/ 208

第 46 封信　关于学习的三个问题　/ 209

　　儿子第 26 封来信　新学期的情况　/ 214

第 47 封信　没有平坦的大道　/ 216

第 48 封信　自我设计　/ 219

第 49 封信　黄赌黑及其他　/ 223

　　儿子第 27 封来信　性与大麻　/ 226

第 50 封信　用心去聆听，用生命去感受　/ 228

第 51 封信　游泳和性苦闷　/ 231

　　儿子第 28 封来信　失眠　/ 234

第 52 封信　战胜失眠　/ 236

第 53 封信　习惯养成与性格磨炼　/ 240

第 54 封信　打工去！　/ 243

　　儿子第 29 封来信　打工与考试　/ 247

第 55 封信　学习与自制力　/ 249

第 56 封信　目标·压力·志气　/ 254

第 57 封信　家常事　/ 258

第 58 封信　春节回来吗？　/ 263

第 59 封信　春节过得好吗？　/ 265

第 60 封信　元宵节　/ 266

儿子第 30 封来信　新学期的新情况　/ 270

第 61 封信　太认真与太含糊及其他　/ 274

第 62 封信　期盼你也有"语言伙伴"　/ 281

儿子第 31 封来信　又领教了德国人的认真　/ 283

第 63 封信　抽烟与排解苦闷　/ 285

第 64 封信　战胜自己　/ 288

儿子第 32 封来信　"一切都在秩序中吗？"　/ 298

第 65 封信　坚持，一切需要坚持　/ 304

儿子第 33 封来信　打工与黎巴嫩人　/ 311

第 66 封信　打工与上好社会大学　/ 314

第 67 封信　孩子是父母一生致命的牵挂啊　/ 316

附录一：儿子小时候的故事　/ 319

　　一、取名记　/ 319

　　二、"花花世界"　/ 324

　　三、犹疑着诞生　/ 325

　　四、儿子和麻雀　/ 326

　　五、"孝顺"　/ 328

　　六、"第一反抗期"　/ 329

七、鹦鹉学舌 / 330

八、捉弄 / 331

九、儿子逼着爹娘老 / 332

十、第二童年 / 334

十一、养兔记 / 335

十二、种蜡笔 / 337

十三、橘子的味道 / 338

十四、直呼其名 / 338

十五、傻子 / 340

十六、儿子与狗 / 342

十七、含泪的笑 / 344

十八、我的盛大节日 / 345

十九、忠告 / 346

附录二：欧美纪行 / 347

欧洲城市：自然的，艺术的，历史的 / 347

裸泳·太阳浴·性与爱情 / 350

"金筷子" / 355

将右掌贴在左胸前 / 357

美国的忏悔文化 / 362

傻瓜群居之地 / 367

"狗国" / 369

后　记 / 374

自序：原生态的"私人化写作"

我自认为本书属于广义的、原生态的"私人化写作"。

之所以说是广义的，是因为在学界有一个被广泛接受的"私人化写作"的概念，那就是二十世纪九十年代以后，以陈染、林白、徐小斌、棉棉、卫慧等女性作家为代表的，以描写个人"当下情感状态"为主要内容，淡化客观世界与价值诉求，很大程度上"用身体写作"的一种叙述方式，又称"个人化写作"。我认为，"私人化写作"这一概念是对卫慧等这批作家的特别指称，这一观点具有狭义性。

"私人化"只是就其内容而言，其表现形式当然也不只像卫慧她们那样只是小说的，自然也可以是散文的、书信的，甚至是日记的等等。

"私人化写作"这种文学或非文学的叙述，在历史上也不鲜见，韩愈的《祭十二郎文》、日本"私小说"的代表作志贺直哉的《母亲的死与继母》、郁达夫带强烈"自叙传"色彩的《一个人在途中》、史铁生的《我与地坛》等等，应该说都是"私人化写作"的样本。以书信为表现方式的"私人化写作"，也自有其历史。在二十世纪三十年代的文学中，既有章衣萍的《情书一束》、徐志摩的《爱眉小札》，也有鲁迅的《两地书》。1949年以后，《傅雷家书》常年盛销，这些年龙应台与儿子的通信集《亲爱的安德烈》也畅销一时……我认为，这类作品就是广义的"私人化写作"。

"私人化写作"给人的印象是自然的、随意的、漫不经心的，虽然有时不免散漫、凌乱，视点游移不定。熟稔文章之道的人都知道，文章不宜太像文章，如果文章写得非常像文章了，比如《谁是最可爱的人》，比如《我们爱韶山的红杜鹃》，漂亮固然漂亮，但因为太过雕琢，字里行间多了许多刻意与匠气，多少显得有点造作。"私人化写作"，因其少有为做文章而做文章的功利，所以具有无可比拟的真实性，仿佛在与读者闲话家常或是促膝谈心，似乎也比较受读者欢迎，至少，受一批固有读者的欢迎吧。

上面，我用了"文学或非文学的叙述"这一界定。就是说，这类文本既有文学文本，也有非文学文本。所列鲁迅、龙应台等都是名人，在我看来，鲁迅的比较切近

去远方
——父与子的跨国对话

文学文本,龙应台的似乎应属非文学文本;或者是,他们的书中既有文学文本也有非文学文本。不能排除名人效应与文学文本所起的特殊作用。但是,契诃夫说,"大狗叫,小狗也要叫,不要因为大狗叫,小狗就不叫了",名人有名人效应,文学文本自有文学文本的魅力,但凡人有凡人的作用,非文学文本自有非文学文本的可爱。现代社会,从本质上讲是市民社会,是凡人社会。凡人的大白话,对绝大部分也是凡人的读者来说,或许看了更加顺眼、听了更加顺耳?

这是一本名不见经传的父亲与同样名不见经传的儿子在两年间的通信集,是典型的"小狗叫"。因为儿子走得很远很远,所以取书名"去远方",这当然还包含着希望孩子志存高远、四海为家的意思;还因为儿子在国外,老汉在国内,不仅有"代沟",还有中西文化的差异,故而取副题为"父与子的跨国对话"。

我儿子高考上了二本线,虽然被国内的大学录取了,但似乎专业不够理想。由一个朋友介绍,他选择了到德国读书。于是,他参加了"高考之后的又一次高考"。这是他第一次出远门,一走就走得这么远,命运把我们分隔天涯,做父母的有多么牵挂啊!这一年多,除了QQ聊天外,我不断地给儿子写信,可以说,这是我这段时间最倾心、最费神的写作。儿子也回信,大约我写两三封信他回一封吧。因为儿子在德国,我天天关注德国,了解德国的历史、文化等等,我还特别关心留学生的情况,尽可能地把我所了解的德国的情况告诉儿子,帮助他更快、更好地适应欧洲的生活。

如此,一不小心就有了这二十多万字的往来书信。

这些通信大约包含了以下几方面的内容:

信中写尽了父母对儿女的牵挂,字里行间,都是父母对孩子的爱,这是一本"爱的教育"的鲜活的读本。

父亲站在国内,儿子站在国外,信中对中西文化的很多差异进行分析,可以说是形象的中西文化对比的通俗读物。

信中对孩子在国外出现的问题,进行了探讨,提出了不少应对的办法。

同时,对孩子的心理进行必要的分析,帮助孩子逐步克服心理障碍。

此外,对理想、人生、宗教、爱情、性、学习策略等等问题,都有涉及。总之,是在

自序:原生态的"私人化写作"

中西文化背景下,父与子的倾心交谈;其间,也可见第一次出远门的孩子的青春历程。

多年父子成兄弟。我可以骄傲地说,像我们父子这样能够如此对话的家庭,或也不多。鲁迅卷起报纸"打"周海婴的细节、朱自清父亲的"背影"、汪曾祺的父亲为儿子点烟的场景,时时萦绕在我的脑际。我们都面对"我们应该怎样做父母"这一实实在在的问题。我儿子是我的朋友,这应是我生活的快乐之一,是我年过半百后的最大慰藉。我的很多朋友常常因为与儿女无法对话而烦恼,这本书的出版,是否对有的家长有所助益?是否会受到父母们的欢迎?

现在,出国的孩子非常之多,而且将越来越多。漂泊世界各地的孩子,是父母致命的牵挂啊!但是,出国并不是解决一切问题的最终结果,往往是许多新问题的开始。很多家长就为如何帮助孩子解决出国后出现的问题而忧心忡忡。我们父子的这些通信,应该可以为有儿女在异域的父母提供某些有益的参考。此外,那些将要出国的孩子,读一读这本书,多多少少能感受到一点留学的氛围,至少,他们可以感觉到,哪怕走到天涯海角,父母的心都时时刻刻和孩子们在一起!

《傅雷家书》离我们有点远了,作为散文读读可以,但所涉内容似乎与现在的孩子关系不大了。《亲爱的安德烈》是母子通信集,但安德烈是混血儿,生长在德国,不是留学生,没有太大的文化差异问题。上面说了,傅雷和龙应台都是名人,名人自有名人效应,这是本书不可企及之处。《傅雷家书》中的傅聪是一个不大不小的"天才",也属于名人系列。《亲爱的安德烈》中的安德烈,目前看还是一般人。我要特别说明的是,我家的孩子房多先生不是"留学天才",是平常又平凡的孩子,属于"地才"系列,将来也不会是光宗耀祖的"海归",也很难说不会成为"海带"。在这"大狗"喧哗的世界,这本书属于"小狗"的喧闹吧。从另一角度看,我们的通信集,有更多的人间烟火味,更平民化,或许更容易让流落异国他乡的孩子们接受吧。

"私人化写作"其实有其客观上的公众性,因为所有的公众都是由私人化的个体组成,而每一个个体,都可以从一定角度、一定程度映照公众性。我以上说了许多,似乎是在为我出版这本书给出"意义"?寻找"价值"?如此像这些书信一样的絮叨，是一种对"私人化写作"的不自信？不知道，想到写来而已。

因为职业身份的关系，老汉要找一二名人为本书作序，或请几位大人物推荐，可能也不是难事。但是，既然这是一本家常话一样的家书，还是让它平凡一些吧，还是我自己作序吧，也无非对这本书的叙述方式、内容构成等做若干说明，以方便读者阅读。

房向东
2013年11月12日

第1封信　絮叨

> 这是你出生以来最漫长的夜晚。要按德国人的生活方式行事。我和妈妈为你感到骄傲。

儿子：

昨晚在飞机上睡得好吗？我估计你已经到了学校了吧。昨天是晚上出发，到了德国天还没亮，这是你出生以来最漫长的夜晚。你们从机场往亚琛的路上，天是渐渐地亮起来的吧？从法兰克福到学校走了多长时间？

福建的同学都认识了吗？一路上他们怎么样？特别是福州同行的那几个还好吧？

晕车了吗？晕车药没有派上用场吧？没有用上最好。

天冷吗？刚从一个环境到另一个环境，不知会不会水土不服？我想应该不会的，年轻人很容易适应新环境。不过，还是要小心一点，穿适合的衣服，现在既是环境变化，又是季节变化，很容易生病。

这几天可能不容易吃到青菜，那边又开暖气，你经常流鼻血，毛细血管太细，因此，要吃一些维生素片。超市如果有蜜水，买来吃。过些日子习惯了，那边空气好，就没有问题了。

飞机上的吃食够吗？到学校有吃的东西吗？如果没有，赶快去超市买一些。在外面，该花的钱都要花，不要缩手缩脚的。

住几楼？住宿情况怎样？和谁一起住？

房间有柜子吧？带去的东西能放得下吗？东西一定要整理清楚，这样可以多放一些，取的时候也方便。药箱也要整理好，不要吃错了药。

缺什么东西，平时在电脑上记一下，到时我们一起寄出去。弄清楚详细的地址后，写好地址和邮编发回来，我们寄东西时好用。是用英文还是用德文写地址？

以上是接你电话前写的。

住在一楼也好,有地气,相对湿度也高一些。不过要小心,会不会有小偷呢?晚上门要关好。关好门后,放一张凳子顶住门,这样,如果有小偷进来,凳子倒了,你也就醒了。不过,这可能是国内的观念了。

好好睡一觉,把生物钟调过来。这几个月在家,迟睡晚起,到了那边,不要再这样了。要按学校的作息时间行事,要按德国人的生活方式行事,德国人是早睡早起的,我们也要入乡随俗,这样对身体也有好处。

这几个月长胖了十来斤,应该找一两个你喜欢的体育项目锻炼锻炼,西方人都爱锻炼,让身体减少一些肥肉,思想会更活跃的。如果有必要,我们把溜冰鞋寄过去?

我和你妈妈都觉得,福州同行的四人,你最成熟,我们带的东西最少,但准备得最充分。刚才,福州那个同学的爸爸还打电话来问他孩子的情况,我告诉他你在国内就买好电话卡了,也把你们一路顺利的事对他说了。我和妈妈为你感到骄傲。

第一次出远门,第一次办转机等,要把一路的事"过电影",回顾一下有好处,为以后积累经验。除了读书,生活经验也是宝贵的财富。

要记日记,坚持用英文记;和同学说话,能用英语的就用英语,要尽快过语言关。对了,如果碰到费博士和考你的那个德国老师,要主动和他们打招呼,试试看他们会不会还记得你。

妈妈说,注意身体,注意安全。家里都好。先写这些。

爸妈
2008 年 11 月 2 日下午 5 点半

第2封信　德国人像上海人？

在读《傅雷家书》，想学一学，怎样给我儿子写家书哩。德国人喜欢狗，以后，你可以把我们家狗的相片，做一些艺术化的处理，送给需要送的德国人。你走时，家里的玫瑰开了三朵，兰花也绽出了花蕾，估计这一两天也要再开了。狗娃杰克和有财向你致意，他们过得很快活，说是请你放心。

儿子：

这会儿德国是凌晨四点，第一个晚上在亚琛，睡得好吗？他们的被子好盖吗？会不会太短？暖气开了吧？我们南方人，刚刚住开暖气的房间，肯定不习惯，可能会老做梦，第二天嘴苦。你走前我对你说了，要开一点窗，打一盆水放地上，第二天一早要多喝水，吃一些维生素片。晚上如果有蜜水喝就好了，还要多吃青菜和水果。

到超市购物了吧？是自己煮饭吃，还是到学校食堂吃？住处离学校多远？离食堂多远？

昨晚，我想你可能会上网，开着QQ，等你；同时在看德国的网站，下载德国的相片。这么一折腾，到了三点才睡。(Powered By Bohua Version 1.0，这是一个叫"德国印象"的网站，不知你上去过没有？如果没有，有空时可以去逛逛。)

我找出两本书来看。一本是K.蒂佩尔斯基希写的《第二次世界大战史》，此人是纳粹德国上将，曾长期从事情报工作，战争前夕升任德国陆军总参谋部情报部长，1941年后历任师长、军长、集团军司令，并曾代理集团军群司令，先后在东西两线作战。1945年战败时率部投降英军，被列入纽伦堡审判战犯名单，但后来得到赦免。1951年写成此书。我刚刚看了第一章的第一节《走向战争》，感觉很好，全部是作者自己对历史的认识和自己的表达方式，不像国内的史书，大段大段地引用史料，对历史资料没有经过自己的消化，做的只是编写的工作，那不是治史，是编史。我的感觉是，德国人写书，也是极为认真的，他们不屑于抄来抄去。我想我会把这书看下去的。当然了，他是"二战"的参与者，以这样的身份治史，固然有先天的优势，大约也难免有身在此山中，不识真面目的局限吧！不知道，看完再说。

另一本是《傅雷家书》。傅雷的儿子傅聪是去波兰。此书我先前看过，没有太特别的感受，现在再读，想学一学，怎样给我儿子写家书哩。不过，开头几封，太过缠绵，在我这样的工人看来，有点酸，甚至有点肉麻，不像我们，比较平实。每个家庭都是不一样的，每一封家书也是不一样的。感谢上帝，有了网络，当年傅雷通一封信，需要很长很长的时间才能收到；有了网络等现代联系方式，你远在天涯，也如近在咫尺。《围城》中的方鸿渐，也是留学德国，从欧洲回来，大约在海上走了几个月（你知道当时要走多少时间吗？我就晓得时间长，多长却不知道），还"泡"了一个鲍小姐，他们在上海分手后，似乎就没有来往了，方鸿渐后来照样还与唐晓芙有了一段要死要活的爱情。不过，由于是克莱登大学的文凭，不够过硬，结果找的是孙柔嘉这样不够完美的女人。这正印证了"天涯何处无芳草"的古语。我记得，似乎冰心与吴文藻也是在船上认识的。现在有了飞机，朝发夕至，你们就没有这样的机会了。可见，有一利必有一弊。

"德国印象"有一个人在博客中写了这些话，你可参考：

德国人就这样，不分什么男女，都很自我，基本上没有占别人便宜的习惯，自然也不习惯别人占自己的便宜了。我的老邻居七十多岁了，每次我带东西去看她，她一定会费心费力地选东西还回人情。老太太总是叮嘱我不要带东西去看她。我们一起出去吃饭大多也是 AA 制。如果这次我请了她，她一定会说下次你选地方我请你。她是中产阶级了，这不是钱的问题，也是个尊严的问题吧。为了减轻大家的精神负担，恭敬不如从命。我空着手去看她，一起煮咖啡吃点心，坐在院子里赏花，她会采一束花园里的鲜花送给我，很温馨的感觉！她也会把旅游度假时自己拍的照片精心装裱好送给我做生日礼物，这可比买点什么费神多了。我都很珍惜地留着。有时拿出来给她看看，她高兴极了！她说："你还留着，你懂我的心意。"

估计是一个女生写的。这一点，德国人有点像上海人（你正好与上海人住，似乎就是与德国人一起住了），你请上海人吃一餐，上海人必定回请你一餐；你送一件东西给上海人，上海人也会回送你一件价值相近的东西……我想起你在国内说的，德国人不

第2封信 德国人像上海人？

送重礼，只送小礼品的话（对了，那本美国人写的关于德国的书你带走了吗？我昨天找了，没有找到）。这个德国老太太，送自己种的花，很温馨；送自己拍的相片，这是独一无二的——她将其装裱好了，费时费神，可能成本更高。德国人喜欢狗，以后，你可以把我们家狗的相片，做一些艺术化的处理，送给需要送的德国人。

还有一段话，你可以留心一下：

刚看了一篇关于德国酒店情况的介绍，蛮有感触的。欧洲各大城市的国际会议很多，在那期间酒店爆满，价格翻番。所以出行前预订好住所还是非常必要的。自费旅游者大多没有交通工具，酒店的位置就很重要了。一定要仔细了解清楚交通情况，否则可能会住了便宜酒店却花了昂贵的交通费。

你现在还没有这个问题，但我既然看到了，还是摘给你。这里含有两条信息：一是德国的酒店是以忙闲来定价的，二是可能交通费比较高。你留心一下就是了。

昨晚，妈妈在努比身上搞卫生（我们家有五只狗，其中，努比和豆豆住一个地方，有财和杰克住一个地方，还有一只在家门口看门——作者注），让有财和杰克嬉戏一会儿。不到十分钟，竟然没有一点声音，这对狗男女又搞上了——我们计划生育的计划前功尽弃！妈妈本想把他们拉开，我说，算了，让他们也享受享受天伦之乐吧！

大概春节之前我们家又要成立狗仔队了。我盘算着，爷爷老朋友的女儿想要一只；这里有个邻居，曾对妈妈说，想买一只小有财，妈妈说，到时就卖她三百元（花鸟市场是要一千元的），她出了钱，也会对狗尽心，不会轻易遗弃；前面老张家说要一只，上回不够，没有给他；我党校的同学想要一只……这样可以出去四只。有财如果生了八只，我就把他们拿到花鸟市场卖。

你走时，家里的玫瑰开了三朵，兰花也绽出了花蕾，估计这一两天也要再开了。狗娃杰克和有财向你致意，他们过得很快活，说是请你放心。

爸妈
2008年11月3日

去远方
———父与子的跨国对话

儿子第1封来信 在上帝休息的时候来到了德国

  到处都是一望无际的田野，满地金黄色的落叶，还有风车什么的。公交车体现了德国人传说中的严谨守时，站牌上说五十七分到，五十七分就到了，一分不多一分不少。德语和英语的分级考试，老师说，可以交白卷，没关系。我交德语卷子的时候和老师说不好意思，不会多少；老师笑一下说没关系，要是所有人都会德语，那才有问题呢。

爸妈：

  今天终于有网上了，我们房间还是没有，但我带的无线路由器派上用场了，我到隔壁房间架了无线热点，我宿舍就有信号了，真是感动啊，好久没网上！一接到网我就在不停地回QQ，舍友也不断地打网络电话，在这年代没有网络还真是不行了，呵呵。

  昨天到德国的时候天还没亮，一出机场就感觉到冷，但也还不用穿棉袄，我们坐一辆很不错的奔驰大巴就上路了，路上大家都没有话，只是看风景，没坐多久就看到了朝霞，因为德国地很平，看到的朝霞非常漂亮，只可惜天太暗拍不下来。说到平，德国的田野真是平啊，到处都是一望无际的田野，非常整齐划一，也很好看。一路上树很多，小树林也不少，大多数树的叶子都开始掉了，满地金黄色的落叶，还有风车什么的，对于我这样的南方人来说还是很新鲜的。

  一路过来还有一个感觉就是，不论是高速公路还是一般的公路，路况都非常好，司机开得很快，但完全没有快的感觉，非常平稳，坐着很舒服。

  到目前为止和大家相处得都还可以，原来在网上认识的同学也都见到面了，南腔北调啊还真不适应，现在不光德语听不懂，汉语也听得不是很明白了，呵呵。福州的那个人坐飞机和我在一起，我感觉他英语不是很好。目前我们福建的人，有几个英语不很好，有个人发音非常不标准，好像语法也不是很好，但是很敢说啊，上去就和人家说英语。带队的那个人英语还是很好的，也很敢和德国人对话，我舍友的英文水平基本和我差不多。

今天上午一起来就去外国人管理局注册了,这里的公务员很嘻哈,呵呵,给我办注册的那个人留着夸张的发型,挂着耳环,说话倒是很温柔,动作也麻利。

我们去 Juelich(于利希,德国北威州小镇)办银行卡了,办的是德意志银行的卡,不过也比较麻烦,我们取钱要去 Juelich。我们这个小镇连银行都没有,超级袖珍,呵呵。路上感触还是比较多的,德国公交车很少,目前观察起来好像一条线路就一辆车,因为我们来和回去是同一个司机,呵呵。但是少归少,公交车还是体现了德国人传说中的严谨守时,站牌上说五十七分到,五十七分就到了,一分不多一分不少。但是,票价真贵啊,2.9 欧一次,不光贵,而且还是个这么让人恶心的数字,找零钱找半死。很奇怪,我看德国人上公交车从来不投币的,也不刷什么卡,后门也可以上,而且司机也不说什么,也许他们都有各式各样的卡,但连出示也不用。我们宿舍是终点站,出去的时候基本是包车……回来的时候有很多德国人同路,小孩子在哪里都是一样的,在车上打闹,有的小孩子还一直看我们,显得很好奇。公交车上就感觉到一些排外了,座椅是四个座位面对面的那种,我们坐了三个人,有一个德国老头看到有位子就是不愿意坐,等到人不是很多了,就走到后面去了。年轻人倒是不错,好些看到我们都友好地笑,而且感觉他们都长得很漂亮,呵呵。中年以上的,基本都挺着一个大肚子,而且有些人真是胖得离谱啊,呵呵。我们的学生卡还没拿到,现在坐一次车就要用掉一顿饭的钱。到了城里,倒觉得有点不习惯了,因为所有的车都会让人,一看到我们有过街的样子,车就停下来,弄得中国人都很不习惯。

到了银行,没有银行柜台,只是一张一张的桌子,大家要办卡,就坐下来,有人过来谈。取钱什么的手续,都在隔间的自动柜员机,自动柜员机功能很多,只是多一个麻烦,我们每个月都要去柜员机打一下账单,不然银行会把账单寄给你,并收你一笔钱。银行职员都说一口流利且标准的英语,不像其他德国人,要么不会说,要么说一口英德混杂的英语,像我们对面餐馆的老板小夫妻,不会说英语就和我们比画,很热情,很可爱。学长说我们这小地方就这样,大城市人人会说英语。

回来后就去超市采购了,我们不巧在昨天,也就是上帝休息的日子来到德国,所有店铺都不开门。我们只好在对面的小餐馆,吃了 2 欧元的用盘子平平地装着的一点米饭……真是切切实实地感受到了德国东西贵。但是,鸡倒是真便宜,半只鸡加一堆薯条 3.5 欧,比那个 2 欧的饭实惠多了。后来才知道,餐馆东西都是贵的,超市会好很多,

007

去远方
——父与子的跨国对话

比如一听可乐，餐馆要1.2欧，而超市1.5升的可乐只要0.8欧，不过和国内比还是贵了。面包、蜂蜜、火腿肠这些东西在德国还是挺便宜的，天天吃面包的话开销不会很大，倒是吃饭反而开销大，因为在德国吃饭是用来换换口味的，超市里的饭居然都是用纸盒内装塑料袋包装的，一小盒1.2欧。如果要大量吃饭的话，得去亚琛或者科隆的亚洲超市，一大袋扛回来吃才行，反正我是不想找这个麻烦了，吃面包挺好的，一袋的吐司面包1欧元，大的还更便宜，蜂蜜一斤1.25欧元。

回头我把照片和这一两天的开销一起发你们看看。还有，我们进去的时候，一个德国老太太很热情地对我们问寒问暖，可惜她说的英文不仅带德国腔，还带德国词，我们听得云里雾里。大多数中年人都是面无表情。德国收银员装备很好，动作超快，但不会给你装袋，而且你在装袋的时候，她不会给下一个人刷。

从超市回来自己做了一次饭，舍友的装备很齐全，炒锅、菜刀、面包机、电饭煲、烧水壶什么的一应俱全，我也一起用了。我吃的是面包夹火腿肠和芝士片，还算不错吧，不知道什么时候吃怕，呵呵。

然后，学校突然就通知去考试了，晕，是德语和英语的分级考试。老师说，可以交白卷，没关系。结果德语百分九十以上的人都交白卷……剩下的人和我差不多，填了一两个空。英语倒是做得还不错，我分在第五班，不知道是怎么样，明天才开始上课。

我们上课是分成三批的，因为人太多，之前的合同附录上不是说是三个学期吗？就是三批人轮流，从山东先来的同学今天去实习了，我们是先上课。考试的时候接触了一下老师，感觉都还不错，不像上次的考官那样严肃。我交德语卷子的时候和老师说不好意思，不会多少；老师笑一下说没关系，要是所有人都会德语，那才有问题呢。

好了，目前想到的就是这些，先写这么多吧。5点多了，一会儿新生要开会了，还要吃饭，回头再说吧。

房多
2008年11月3日

第 3 封信　无产者没有祖国

> 你现在到了异国他乡,也应该把马克思的祖国当作自己的祖国。至少,你将要在那里学习、生活好几年哩。心安即是家。安心学习吧。

儿子:

现在看来,你在外面没有什么不适应,这我们就放心了,岂止是放心,应该说是很开心。在国内的时候,我曾对你提起马克思的话:无产者没有祖国。你现在到了异国他乡,也应该把马克思的祖国当作自己的祖国。至少,你将要在那里学习、生活好几年哩。心安即是家。安心学习吧。

刚才,我给陈钢和小范打电话,向他们表示感谢。虽然我们出钱委托他们,但一切顺利,也还是要向人家表示感谢的。所有事情,都不能搞"一锤子买卖"。他们挺感动的,说本来应该是他们向家长报平安的。我说我儿子在外面蛮适应的。小范说,男生都还可以,只是有一个女生不习惯,老哭,说要回国了。女生的适应能力差一些,也是可以理解的。

你走后,我们整理你的房间和书房,把你的杂七杂八的东西,该扔的扔,该归位的归位;衣服等,还比较好的就送给了房子澄。我的印象是太杂乱了一点。虽然你的房间比某些同龄人的要整洁许多,但还可以整理得更好一些。从照片看,你现在住的房间比较小,更要整理整洁。好像协议上说过,有时会检查房间情况的是吗?检查与否倒在其次,总之,我们要养成好习惯。对了,管你们生活的老师是印度人吗?

给人回信时,要先说一下邮件收到没有。此前我们给你写的两封邮件都收到了吧?

我们固然可以通过网络聊天,但最好坚持写邮件,为自己的生活留下一点痕迹。过了几十年,你回头看过去的生活,会觉得十分有趣的。一个星期写一封邮件,把这周的观感记下来,如何?

去远方
　　——父与子的跨国对话

　　把你的作息时间告诉我们：什么时间聊 QQ 比较好？什么时候打电话回来比较好？你定个时间。开始三个月，每星期至少应该给家里打一次电话。三个月以后可以少一些。

　　开销记账不要急着发回来，一个月一次就行，记三五个月，我们心中有数就好了，用度问题要靠你自己把握。原则我已经说过了，该用则用，能省便省。

　　这会儿快 10 点了，我还在办公室，今天来了几个客人，没法做事，加班到现在，把急事先办了。我要回去了。

爸妈
2008 年 11 月 5 日

儿子第 2 封来信　四次演讲与两个人的德语课

有一个土耳其小帅哥在我们班上,隔壁班还有一个阿塞拜疆人,他们英语说得超好,还会法语。第一节课老师总要演讲一下,我们分了四批进来,老师就不厌其烦地说了四次。我们就两个人上了三个小时的德语课,这样上当然是效果很好了,呵呵。

爸妈:

邮件都已经收到了,之前邮件回执没开,现在开了,我看过信后,系统会自动返回一个回执。

刚刚去超市采购回来,和新闻说的一样,食品降价了,真是不错。今天去超市要比第一次去多花了 10 欧,主要是买了一瓶咖啡,最便宜的雀巢,450 克也要 4.99 欧,死贵,速溶咖啡更贵,只有咖啡豆便宜,可惜我们没有咖啡机。蔬菜也买了一些,先把这两天采购的附在下面吧。女生花的钱比较多,买零食什么的,一包薯片 1 欧元,国内可以买三包。噢,还有,这里衣服还是蛮便宜的,那个牌子在国内算是不错的;一般衣服是比我们那里贵,长袖 T 恤十几欧,但是居然看到一件羽绒服也才 12 欧,晕。

今天上午上了数学和物理,数学老师是一个土耳其人,英语说得不快,但是不标准,听得比较吃力,理化课是我们五班和后来到的六班一起上。有一个土耳其小帅哥在我们班上,隔壁班还有一个阿塞拜疆人,他们英语说得超好,还会法语。数学老师倒是很有涵养,今天一开始因为我们找不到教室耽搁了一会儿,还有一批人是去办注册了,来得比较迟,还有些人是找了很久,迟到了插进来的,一共是四批人。第一节课老师总要演讲一下,还要问我们一些生活上的问题,我们分了四批进来,老师就不厌其烦地说了四次,以至于我们前面进来的都听得不耐烦了,呵呵。老师的四次演讲结束后,就只剩下十五分钟了(我们的课一共是一个半小时),于是开始讲课,从我们高一一进来学的内容——集合开始讲(但也不奇怪,我那本北京大学的高数书也是从集合开始讲),总之一开始还比较简单。还有,当我说到我打算学电子工程的时候,他说,电子

011

去远方
——父与子的跨国对话

工程对数学的要求比较高,其他科目只需要学到高等数学 III,学电子类的需要学到高等数学 IV,高一级。我估计学生物的可能要求还更低一点,呵呵。

物理课是一个德国老师给我们上,不像之前给我们说注意事项的那个德国人,这个老师的英语流利且标准,语速要比土耳其老师快不少,但是我反而听得更明白。物理还算是一切正常,第一节课给我们介绍了一些基本物理量的德语和英语表达法,没有讲什么具体的内容。然后就很令人郁闷地来了一场考试,和之前的英语、德语一样算是摸底考,是不署名的。老师说他想确认一下我们的水平,然后再确定难度,好给我们上课。

下午的德语课很"寒冷",只有两个人,其他的人都去办银行卡了,只剩下我和一个广州同学,老师进来,一脸惊讶地看着我们两个……她和我们笑了笑,跑出去问她的老板,回来后说,老板说她还是得做点什么,于是乎,我们就两个人上了三个小时的德语课。这样上当然是效果很好了,呵呵。

我们上午上课时间是从 8 点半到 11 点 45,开始上课的时间你们那里是下午 3 点 45。下午是 12 点半到 3 点 45,下课的时间你们那边是晚上 11 点 45。周一上午第一节和下午第二节没课,周五下午第一节没课。平常要联系可能只有我早起或者你们晚睡了。

还有些杂七杂八的事,带来的那个刷牙杯在行李箱里给压坏了,我们这的超市很小也不卖杯子(基本上是食品超市),现在只能将就着用坏的。笔记本没带来很郁闷,超市的笔记本小小一本要 3 欧元。可乐我买了 0.78 欧,但是这其中包括 0.25 欧的押金,在德国买所有的饮料都要交押金,回头把罐子送回去,就可以退这笔钱。

我一直在想还有个什么事要和你们说,写信的时候就给忘了,下次想起来再说吧,这会要去做饭了。收支我放在下面。我算过,如果我靠面包、火腿肠过日子的话一个月 40 欧就够了……汗。

房多
2008 年 11 月 6 日

第4封信　文明的硬件与软件

　　文明就是生活中的点点滴滴。中国人似乎以为，楼盖得越高就越现代化，就越文明，这就牵涉到文明的硬件和软件问题了。一个想学德文，一个想学中文，一对一，这是最好的学习。不能天天面包、火腿肠，这样营养不均衡，据说汉堡吃太多，人会变傻的；火腿肠吃太多，会变成"弯弯绕"，变得诡计多端。一个人在外面，要自己爱惜自己，把生活安排好。

儿子：

　　第二封邮件收到了。

　　看你介绍的上课情况，很有趣。两个人也上课，"演讲"了四遍，这是学生本位，也体现了他们的敬业精神。我记得，北欧有一个学校，某学期只收一个学生，学校也照样为这个学生举行开学典礼等仪式。你上一封信里说，汽车上，陌生的德国人都对你们微笑，过马路，汽车停下来等人先过，等等，虽然是很小的细节，但都是有教养的体现。你说你们三个人坐着，一个老头便不坐在你们空出的一个位置上，我理解，这可能是怕给你们这一小群体带来不便。比如，几个陌生人在一起，我们也会走开，不愿意挤在他们当中。什么是西方文明？这就是西方文明。文明就是生活中的点点滴滴。中国人似乎以为，楼盖得越高就越现代化，就越文明，这就牵涉到文明的硬件和软件问题了。

　　班上有"老外"，"老外"英语相对好，这是向他学习的好机会。土耳其有不少穆斯林，你这个同学是不是穆斯林？如果是，我们要格外尊重他的宗教信仰。上大学不只是读书，也是一种经历，能接触各地的人，本身就是特别的体验。小班化的学习，更值得珍惜。像国内大学，一大群人，老师在上面上课，学生在下面聊天，效果不会太好。

　　我在网上看到一个留德学生有这样一条"经验之谈"，说要融入当地社会和学好外语，应该找一个熟悉当地情况的"语伴"。他说：

　　　　要融入当地文化当然首先需要掌握当地语言。找"语伴"一方面可以提高语

去远方
——父与子的跨国对话

言水平,扩充词汇,学习正确的语法和表达方式;另一方面"语伴"可以帮助你了解当地的风土人情,提供购物和娱乐的去处和解决学习中遇到的问题。比如两个人可以聊怎么办理大学图书馆的借书证,哪一家理发馆最便宜,当地人都是怎么找男女朋友的,等等。和"语伴"在一起时一定要把气氛搞得轻松舒适,可以一边聊一边喝咖啡或者啤酒。聊的时候应当交替使用两种语言,这样双方都能学到东西。找"语伴"并不难,最简单的办法是在学校的布告栏里贴条子,另外也可以找老师和同学帮忙打听。

找"语伴"的事,不要太刻意,最好顺其自然,留意一下即好。留意与没留意是不一样的:留意了,就能及时抓住机会;没有留意,好朋友可能就擦肩而过了。贴布告,还不如上网。

陈钢问我,有什么需要帮助的,如果需要帮助,他会在第一时间反馈给德方。我对他说,最好与费博士说一下,如果有德国学生想学习中文,可以牵牵线,如果在亚琛,当然最好,要是不在,也没关系,你们可以通过网络联系。一个想学德文,一个想学中文,一对一,这是最好的学习。陈钢说,他会留心的。陈钢还说,过些日子费博士会来福州,到时把我叫出来,一起聚一聚。你自己也可以留心一下有没有这样的一对一。唉,既要学英语,又要学德语,真是难为我儿子了!

以下是一些具体问题:

专业的事你要反复琢磨,理性地自我评估,是不是可以啃下来,你在国内是文科生,毕竟,数学不是你的强项。现在看来,你初步选择的电子工程,既有优势,也有难度。当然,从根本上讲,还是要从兴趣出发。

你们上课带录音机吗?如果听不太懂,特别是德语课,就要录音,这是我朋友的小孩王路雯(也在德国)告诉我的。她说,录音了,回头可以反复听。不过,如果开头难度不大,也可以暂时不录,过些日子再说。

上课带电脑吗?你是用电脑做笔记吗?没有笔记本那怎么办呢?德国人爱护环境,纸质的东西卖得特别贵,这是中国要效法的。你现在的办法是,如果需要,再贵,也要买;如果舍友或福建的同学多带了,先向他们借一两册用一用,回头我们给你寄去,再还他们。对了,你还没有把地址写给我们。我们信里问的问题,特别是诸如地址这样的具体问题,你该回答的要回答。

看来要寄一批东西了。一是笔记本,还有,餐具要吗? 要哪些? 还有其他什么? 你想想看,开出一份清单。要不要寄一些食品? 我们马上去寄,你也要过好一段日子才能收到。

牙杯挤坏了,先凑合着用,可以用透明胶粘一下,实在不行,可以用喝水杯刷牙。我们寄东西时一起寄过去。

好像先前说有学生食堂,你们去食堂吃过饭吗?

这些东西你是要买的:蜜水、牛奶、蛋、水果,这几天喝牛奶了吗? 对了,外面的汉堡、火腿肠等,是比国内的更好吃还是更难吃? 不能天天面包、火腿肠,这样营养不均衡,据说汉堡吃太多,人会变傻的;火腿肠吃太多,会变成"弯弯绕",变得诡计多端。一个人在外面,要自己爱惜自己,把生活安排好。一个月花销2000元人民币,应不算多。

你们一周上几天课? 星期天有没有放假?

坐车用的学生卡到手了吗? 如果到手了,放假时应该去一趟科隆,一是逛一逛,散散心,放松放松;二是去采购一些生活必需品,比如咖啡机等。

想到的就是这些,先这样。

爸妈
2008 年 11 月 6 日

第5封信　有性别的文化与莱茵河的骄傲

"莱茵河是不卖的"。我想,莱茵河的风光,肯定吸引了众多的富豪在边上筑巢,可是,你再有钱,我也不卖,莱茵河是属于公众的,你的钞票,不要遮住了、挡住了国民的视线、德意志民族的视野,这自然是"日耳曼式的骄傲"。莱茵河畔没了高楼,却崛起了一个又一个孤独的贝多芬。如果有一天,你独自在莱茵河畔散步,也许你会看到康德、黑格尔、马克思的身影?

儿子:

你在国内的时候说过,德语有一个难点,什么都分阴性和阳性。我看你翻译的学校的协议,其中有这样的文字:"……他或她才可被允许……"在我们中国,在这样的语境下,用的是"他们",因为"他们"包括了"她们"。假如在美国,挑剔的"女权主义者"可能会说,为什么不说"她们",而偏要说"他们"?这样看来,在武则天当政的时代,所有的"他们"似乎应该改写成"她们";当下,女人当老板的单位,也应是"她们"而不是"他们"?《红色娘子军》中的洪常青,带着一群女兵,说"洪常青他们",确实不会让娘们服气。假设华南女子学院的校长是男的,说"某某校长他们",对广大的女生也不够公平,也不能体现这所学校的特性。在这样的情况下,语言有一些性别特征,也许比没有更能描述客观?德国人在乎这些细小的区别,或是德国人凡事认真的秉性使然?

德国是不是不仅语言有阴性和阳性,日常生活中也有很多这样的强调?我在"德国印象"上看到,德国的家具居然也有"性别",这是男式家具,那是女式家具。有趣。

前天,我在单位打电话,有朋友找我,责怪我什么电话打这么久,是不是在泡妞,他的电话老打不进来。我想起了德国的情况,开玩笑说:"我这是女性话机,女性热线,男人是打不进来的。"

祥荣伯伯告诉我,有一首写德国的诗很好,他把诗发给我了,是木心的《莱茵河》:

　　童年的课本上读到

第 5 封信 有性别的文化与莱茵河的骄傲

"父莱茵,母伏尔加"
感动得要翻船似的
噢,父性的莱茵河
发于瑞士,抵荷兰才出海
经过德国的是最好的一段
德国人沿着河岸两百里
修建了散步专用的便道
没有一幢房屋阻碍视线
日耳曼式的骄傲
"莱茵河是不卖的"
贝多芬老了,坐在河畔观落日
四重奏第二乐章玄之又玄
那是慢板,茫茫无着落的慈爱

"父莱茵,母伏尔加",在德国,是不是河流也有阴阳之别？中国也有阴阳之说,但中国是感性的,有着京剧脸谱似的表象的象征性,比如山是阳性的,水则是阴性的。德国是水就有阳性与阴性之分——"父莱茵,母伏尔加"。

这首诗说莱茵河两百里,没有一幢房子阻碍了视线,这是"日耳曼式的骄傲",因为"莱茵河是不卖的"。我想,莱茵河的风光,肯定吸引了众多的富豪在边上筑巢,可是,你再有钱,我也不卖,莱茵河是属于公众的,你的钞票,不要遮住了、挡住了国民的视线、德意志民族的视野,这自然是"日耳曼式的骄傲"。日耳曼民族拒绝物欲的诱惑,让老贝多芬在莱茵河畔听流水的声音,看苍茫的落日,流水之声伴着贝多芬的音乐,让德意志沉浸在"茫茫无着落的慈爱"之中；莱茵河畔没了高楼,却崛起了一个又一个孤独的贝多芬。如果有一天,你独自在莱茵河畔散步,也许你会看到康德、黑格尔、马克思的身影？

反观国内,我们闽江的水,是中国最好的水之一,它的流量似乎是占了全国江河总流量的四分之一。福州有个小官僚梁某,提出了开发闽江两岸的"伟论",据说这样可以带动两岸的房地产业。我们散步过的江滨公园,仿佛有模有样,可是,福州人的视野

去远方
—— 父与子的跨国对话

再也不会超过两百米，眼前见到的除了物化的水泥森林外，再也见不到大树、飞鸟，见不到日出的热烈和日落的苍凉，见不到心中的大自然。两岸的房地产是让梁某和房地产商们捞到了一把，让他们切实体会到了泥土变黄金的快感。闽江两岸的盒子楼里挤满了带烟酒味和虾油味的大小暴发户，挤满了郁达夫说的"可怜的生物之群"，贝多芬到哪里散步？不要说贝多芬，阿炳到哪里流浪？

这不像是写信了，这是我对《莱茵河》这首诗的一点阐释。你也喜欢诗，青春不能没有诗，不知我的阐释可有一点道理？

上周的今日此时，我们行进在往机场的路上。一周过去了，儿子能习惯德国的生活，这是对我们最大的安慰。天在下雨，滴滴答答，浅斟低吟，我在宁静中给你写信，并体会着宁静的快感。狗娃旺旺窝在我的脚边。杰克和有财各占一张我书房窗下的椅子，小夫妻也在听雨。

先写这些。

爸妈
2008 年 11 月 8 日

第 6 封信　水、水坝及水土问题

新纳粹在游行？也算一道人文风景。合伙不合伙，合伙了以后，散伙不散伙，这完全都是听其自然的事。带去的那包土含有家乡的地气，放在屋里，不会生病，所谓一方水土养一方人。工业化过程中，有一些事是难以避免的。英国、德国等犯过的毛病，我们应该能够避免，因为我们所处的历史方位不同。

儿子：

昨天去科隆的情况怎么样？你在电话里说，可能有新纳粹分子游行，你们碰到了吗？科隆大教堂是世界级的名胜，你们去了吧？

一个社会，是由诸多的分子组成，有这个分子那个分子，这才是正常的。他们要示威，就像水满了，要有排泄渠道，这样的社会才是稳定的社会，这样的国家才能长治久安。如果水一直被拦截住，仿佛很稳定，但大水冲垮不断增高和加厚的堤坝，只是时间问题。想当初，东德筑起柏林墙，还安了电网，架了机枪，也算铜墙铁壁，可是，于今安在？正义的游行固然是需要的，像新纳粹这样谈不上正义的游行，也应该有发泄的渠道。我都忘了，他们还会记得"啤酒馆暴动日"，看来，德国青年还在关注历史，人在欧洲，这样的事估计不会少见，有机会观光，也算一道人文风景。

前天 BSK（德国 BSK 国际教育机构）的人从厦门打来电话，询问你们在外面的情况，要了你的电话号码，说是德国总部那边也会给你打电话，表示一下关心。他们说，有一个厦门女孩不适应，老哭。他们问了你的饮食能不能适应，因为一些同学反馈，德国菜是很难吃的。我说你天天吃汉堡、火腿肠等，他们说这样不行，德国的食品未必会比国内的贵，应该把伙食办好。他们还介绍说，闽南有四个人就合伙做饭，有的买菜，有的煮饭，有的洗碗，这样，可以做到食品多样化。我对他们说，我儿子不一定非吃米饭不可，他更爱吃汉堡。他们听了，都有点不相信。

去远方
——父与子的跨国对话

  同屋的上海人和你一起用餐吗？闽北那两个有没有住在一起？有没有合办伙食？合伙不合伙，合伙了以后，散伙不散伙，这完全都是听其自然的事。你们觉得合有好处，自然会合；若没好处，就不合，合了也会再分了。你在家时，我对你说过"知青点"的事，也是从小灶到大灶，再从大灶到小灶，分分合合。莫非你们也将如三国，"分久必合，合久必分"？你看着办吧。不过，BSK 的问寒问暖，倒是让人感动。

  妈妈问，带去的那小包泥土你放什么地方？如果有条件，可以种一小盆植物，不方便就算了。妈妈的意思是，那包土含有家乡的地气，放在屋里，不会生病，不会水土不服，所谓一方水土养一方人。电视剧《亮剑》中，国民党一个将军败走大陆，离开时就带走了一包泥土。电视剧是写他眷恋这片土地，但也许还有水土方面的考虑？艾青说过："为什么我的眼里常含泪水？因为我对这土地爱得深沉。"不过，也有古话说：天涯何处无芳草？何处青山不埋骨？

  我们福建和广东人生活在海边，湿气重，古话叫"瘴气"，当年，很多被罢黜的官员往往被流放到岭南一带，有的人不适应南方气候，病亡。（俄国人把政治犯流放到西伯利亚，冷死；中国则是将他们流放到广东、海南等，热死。）德国气候干燥，你又常在暖气中，估计体质会变得更好，家族的不良遗传也会得到抑制。你在家里时经常流鼻血，到德国这些日子可曾流鼻血？

  有这样一则报道，说莱茵河也曾糟糕过：

    全长 1300 多公里的莱茵河，流经瑞士、德国、法国、卢森堡、荷兰等九个欧洲国家，是沿途国家的饮用水源。20 世纪 50 年代末，德国开始了大规模的战后重建工作，向莱茵河索取大量工业用水，同时又将大量废水排进河里，致使水质急剧恶化。在污染最严重的 70 年代，城市附近的河水中溶解氧几乎为零，鱼类完全消失，被称为"欧洲下水道""欧洲公共厕所"。为了使莱茵河重现生机，1963 年包括德国在内的莱茵河流域各国与欧共体代表在保护莱茵河国际委员会范围内签订了合作公约，奠定了共同治理莱茵河的合作基础。德国政府投入 1 亿万欧元的巨资治理河流污染，并立法保障河流治理工作的顺利开展。另一方面德国民众具有

第6封信 水、水坝及水土问题

良好的环保意识,自觉投入恢复莱茵河的行动中来。经过多年的努力,莱茵河终于恢复了生机。2002年年底调查表明,莱茵河已恢复到"二战"前的生物多样性水平。

看来,工业化过程中,有一些事是难以避免的。不过,有一点还是与中国不同——他们没有在两岸乱盖房子。你在德国,应该能感受到西方国家人与自然、城市与自然的和谐交融。再说,英国、德国等犯过的毛病,我们应该能够避免,因为我们所处的历史方位不同。就像前几年装修的房子,装修者遇到的问题,后来者应该能积极避免。能避免而不避免,犯前人已经反复犯过的错误,上帝是不会原谅的。

爸妈
2008年11月9日

去远方
——父与子的跨国对话

第 7 封信　傅雷谈学外语，重应用及其他

　　外语不是学问，是技能。你上的是"应用科技大学"，德国人是很务实、很讲究应用的，不像有些中国人，明明没有什么理论，七拼八凑，假装很有理论，理论成了粉饰的油彩、吓人的工具。不过，也许我说得不对，德国人不仅重应用，德国也是思想大国、理论大国、哲学大国、音乐大国……

儿子：

　　这些日子，有空了就看一两段《傅雷家书》。傅雷在 1954 年 4 月 7 日致傅聪的信中谈到学习外语的方法问题——傅雷是大翻译家，他的意见应该具有合理性——他说：

　　　　记得我从十三岁到十五岁，念过三年法文；老师教的方法既有问题，我也念得很不用功，成绩很糟（十分之九已忘了）。从十六岁到二十岁在大同改念英文，也没念好，只是比法文成绩好一些。二十岁出国时，对法文的知识只会比你的现在的俄文程度差。到了法国，半年之间，请私人教师与房东太太双管齐下补习法文，教师管读本与文法，房东太太管会话与发音，整天地改正，不用上课方式，而是随时在谈话中纠正。半年以后，我在法国的知识分子家庭中过生活，已经一切无问题。十个月以后开始能听几门不太难的功课。可见国外学语文，以随时随地应用的关系，比国内的进度不啻一与五六倍之比。这一点你在莫斯科遇到李德伦时也听他谈过。我特意跟你提，为的是要你别把俄文学习弄成"突击式"。一个半月之间念完文法，这是强记，决不能消化，而且过了一晌大半会忘记的。我认为目前主要是抓住俄文的要点，学得慢一些，但所学的必须牢记，这样才能基础扎实。贪多务得是没有用的，反而影响钢琴业务，甚至使你身心困顿，一空下来即昏昏欲睡。——这问题希望你自己细细想一想，想通了，就得下决心更改方法，与俄文老师细细商量。一切学问没有速成的，尤其是语言。倘若你目前停止上新课，把已学的从头温一遍，我敢断言你会发觉有许多已经完全忘了。

第 7 封信　傅雷谈学外语，重应用及其他

如果我没有理解错的话，傅雷的意思是，学习外语，没有语言环境是不行的，与其在国内瞎折腾，还不如到了国外再说，国内学外语是事倍功半，到了国外则能收事半功倍之效。当时，傅聪在北京，做出国前的准备。傅雷又说："其实像你这样学俄文，即使用最大的努力，再学一年也未必能说准备充分，——除非你在北京不与中国人来往，而整天生活在俄国人堆里。"就是说，在国内学外语，一定要有"外语角"这样的地方可去，要有语言环境。

你说过，外语不是学问，是技能，而我们中国却把技能当作学问对待，用太多的语法之类吓退求学者，而不顾及它的工具性和实用性。对比傅雷所说，看来，你的这一观点还是非常正确的。你现在置身于国外的环境，就像傅聪出了国一样，应该会收到很好的效果。李丽与你英语聊天，她已大二，说跟不上你，还得一边查字典一边打字。

听你说，你们现在学英语，是一群人围着聊天，这就对了。我们中国的教育实在成问题，读了那么多年英语，还是哑巴英语，一个英语编辑，翻译不了药瓶上的说明书——这样的教育还不要检讨吗？整天就晓得用分数折磨学生。我听说，福州一个著名中学，是按成绩给学生排座位号。学校和老师一起摧残学生，如此下去，中国大地上将满是会背书的动物。政治上背高层文件，具体学科背固有结论。

前些日子，钱学森的侄儿钱永健获诺贝尔奖，有记者问了一个与中国有关的问题，钱永健开宗明义地说："我不是中国人。"一天，要真有中国人获诺贝尔奖了，中国的那些人又该兴高采烈好一阵子了。不过，在现有的框架下，从自然科学的角度看，中国人不容易得到这个奖。

有一个中国人，对人类是有很大的贡献的，那就是"杂交水稻之父"袁隆平。据估计，超级杂交稻能多养活中国四千万人口。可惜诺贝尔奖没有相关的奖项，如果有，我想他应该是能够获奖的。某些中国人以他没有什么理论为由，不让他当中国科学院院士。袁隆平走的是不折不扣的"理论联系实际"的道路，是从实践中一步一步干出来的，而不是靠"外文加论文"混出来的。让他当中国科学院院士，就认可了"实践第一"的原则，就否定了"理论脱离实际"才是科学的迷信，就冲击了靠"纯理论"吃饭、只会纸上谈兵的"学者"的权威，就压缩了只会转外文糊弄人的"骗子院士"以及"政治院士、关系院士、平庸院士"的"自由空间"。相反，倒是美国人让他当了美国科学院的外籍院士。

去远方
—— 父与子的跨国对话

美国科学院院长西瑟罗纳先生在介绍袁隆平院士的当选理由时说：袁隆平先生发明的杂交水稻技术，为世界粮食安全做出了杰出贡献，增产的粮食每年为世界解决了七千万人的吃饭问题。

你上的是"应用科技大学"，德国人是很务实、很讲究应用的，不像有些中国人，明明没有什么理论，七拼八凑，假装很有理论，理论成了粉饰的油彩、吓人的工具。不过，也许我说得不对，德国人不仅重应用，德国也是思想大国、理论大国、哲学大国、音乐大国……那些名单就不用我列了。

爸妈
2008 年 11 月 10 日

儿子第 3 封来信　微波炉、土耳其人和伊朗人

爸妈：

　　现在是中午吃饭时间，还有五分钟就要去上课了，本来想打电话但是来不及，正好收到信就先简短地回一下。

　　一件事是昨天厨房里神奇地出现了一个微波炉，学校买的，不会德文的我们都不会用，呵呵。还有一件，我们班有一个同学是大一念完来考我们学校的，就是说，不一定是必须要高中毕业那年才能去考。今天班上又来了一个土耳其人，其他班还有三个伊朗女人，一个不裹头巾穿着时髦，还有两个还是裹着头巾的。昨天晚上我们去学校开迎新晚会，同时昨天也是圣马丁日和光棍节……呵呵。

　　先这样，回头有空再说，这几天事情比较多。

房多

2008 年 11 月 12 日

第8封信 学"傻"

中国人是聪明的,但常常把所有的聪明都用来谋取蝇头小利。中国的学会做人那一套,从某种意义上说,是让人成为混世魔王。到了欧洲,诚实,将是伴随你一生的最宝贵的财富。生活,将会证明这一点。"慈母手中线,游子身上衣。"儿行万里,爹娘牵挂。要记着,不论遇到什么困难和不快,爸妈时时刻刻和你在一起。

儿子:

这个星期天去亚琛或别的什么地方玩了吗?你说你很忙,估计你们学习比较紧张,周六应该出去散散心,放松放松;周日睡睡懒觉,洗洗衣服——怎么样,27双袜子都穿完了吗?有时间还应该读读书。

你们的晚会情况怎样?有什么好玩的事?你表演了什么节目吗?得空说说。

另外,我问你几回了,那边干燥,流鼻血吗?

由于时差,你中午的时间又是那么紧,都要到半夜才能见面。我们平时在单位上网就行。我们商量了一下,你看看这样行不行,你周五下午没课,每周五下午一两点,也就是国内时间晚上八九点,我和妈妈在QQ前等你。妈妈下班后直接到我办公室,我们先吃饭、散步,然后等你聊天。聊半个小时,有话则长,无话则短。这样也省了打电话,说不定网络好,用QQ就能说话。这是我们一起度周末的时间。你看呢?如果有特殊情况,你要在QQ上留言,省得我们白等、牵挂。

上面是具体的事,下面谈一些观念问题。

那天我们聊天时,你谈到去实习的同学说,实习的第一项活动,就是拿一块铁拼命磨。我问,这是为什么?你说,德国人的意思,就是告诉同学们,手工是多么慢,机器是多么快,机器在我们的生活中是多么重要。

是的,机器是极为重要的。我对你说过,我们福州的马尾隧道,是福州最后的人工隧道,当时有一个军的铁道兵在那打了两三年,还牺牲了好几个战士。这些年,到处在打隧道,易如反掌,为什么?就因为进口了大批德国机器。我对你说,要知道机器的重要性这个道理,我这个例子不就够了吗?

这些天,我常想起"磨铁"这件事。事实上,很多最简单的事,道理却不那么简单。我以为,第一,德国人是按一定的程序办,实习计划规定要磨铁,他就是要磨铁,不变通,不含糊;第二,只有自己亲身经历了,感受才会切实,如陆游所云"纸上得来终觉浅,绝知此事要躬行",不仅是"纸上得来"的,哪怕听别人说的(比如我说的马尾隧道的例子)也不行,一定要亲历。这样想来,当你去实习时,就是磨铁,也不能含糊,也应该当作历练的一个机会。"只要功夫深,铁杵磨成针",只要处处留心,我们不仅可以学到西方人的技艺,也可以学到他们为人处世的风范,从某种意义上说,相对中国人而言,后者也许更重要哩。

"磨铁"实际上是德国精神的一种表现,较真、不事变通,这就是中国人经常讲的"傻"。

昨晚睡前看了《领导文萃》上的一篇文章《挪威人咋就这么"傻"》,很有趣。文章写了作者曹琪玲到挪威遇到的三件事。曹和同事到挪威公干,来接机的叫克林尔姆。克林尔姆先生没有把车停在车库里,曹提醒他锁车,顺便把车库门锁好。克林尔姆听了,大笑着说:"我在这个岛上生活了几十年,包括晚上,从没有锁过车或门。"

曹不相信地问:"你就不怕车被人偷走?"

"从来没有,"克林尔姆补充说,"你可以放心睡觉!"

曹琪玲是以中国的眼光看问题,也是善意的提示,这是因为中国盛产小偷的缘故。中国哪家哪户没有防盗网呢?让人感觉仿佛被关在动物园里一样。不少人,住在十几层了,还不放心,还要搞防盗网,这说明中国人潜意识里是极为缺乏安全感的。家家户户防盗网,实际上是中国人生存状况的一种带立体感的客观描述,也是中国人品性的标志。我也走过几个欧洲国家,少有高楼,没有防盗网。挪威就是这样,欧洲就是这样,这是事实,这是他们国家强大的最为内在的因素,因为他们有诚实的人、守法的人、"傻"的人——高素质的人。

不过,这件事不能体现挪威人的"傻",只能说明他们生活在一个几近没有小偷的社会。他们有这样的生活环境,当然头脑会变得十分简单,他们不需要顾虑那么多,自然也不要提防那么多。

　　曹琪玲安顿好后,挪威的公司在一家中餐馆为中国客人"接风洗尘"。曹琪玲是女的,开始也不懂挪威人的待客习惯和生活规矩,她看见克林尔姆先生的太太,就还是用中国人固有的思维方式,黏着她,盛情邀请她一起用餐。席间,"我们吃得温馨而又非常愉快"。酒足饭饱,准备离开。这时,挪威接待单位付好餐费后,克林尔姆先生竟然根据几个人的饭菜钱,平均计算他太太的餐费,随即把钱交给了那位结账的员工。见此,曹琪玲等中国人目瞪口呆,不解地问:"你怎么还要把你太太的单独付账呢?"克林尔姆解释说:"因为我太太不是我们公司的员工,她吃的就应该自己掏钱。在我们这里,一般不准带家属参加公司的聚餐的,除非特别注明。我们任何时候都不想揩公司的油。"曹琪玲等人听了,面面相觑。

　　这事勉强可说体现了挪威人的"傻",但这"傻"里面,包含着挪威人的职业操守。这种品性,是一种国民行为的规范,不是什么"先进事迹",也不能被强调、被宣传为先进事迹,如果被拔高了,那就意味着那是少数"先进"分子的行为,对公众就不能有这样的要求,客观上,公众就可以自行其是了。

　　我看了很多资料,相信克林尔姆先生的行为,在西方社会是常规动作。比如,我看到一则报道,说某国政要访问丹麦,丹麦领导人请他吃了什么,花了多少钱,网上立即就要公布出来。还有一个报道说,某国将军访问美国,美国将军请他们到食堂吃饭。饭罢,士兵过来向美国将军收费,客人的钱军方出了,美国将军的饭钱还得他自己出。

　　曹琪玲说的第三件事最不可思议。她一直戴着一副隐形眼镜,没想到到挪威却坏了。于是,她和克林尔姆的太太一起去一家商场购买。她说明了来意,店员说:"你先做个视力测试吧!"曹琪玲说:"不用了,我半年前在中国已经测试过了。"要是中国的店家,多一事不如少一事,你不用测试,他还巴不得哩。挪威店员却极有耐心地解释说:"我们必须经过测试才能卖给顾客眼镜,这是对顾客负责。"这一点,与"磨铁"的多此一举有一点相近了。

　　作者写到,这时,走出来一个年龄稍长的测验师,问了很多问题,比如,戴眼镜多少年了,戴哪一个牌子的,等等。接着,他拿着仪器架,在曹琪玲的眼睛上一遍一遍地测。曹"心里不住地想":"这挪威人还真是一根筋。"

　　终于测完了,老头拿了一副新的隐形眼镜过来,撕开包装后让她试戴。曹琪玲感觉镜片大了点,说要小一点的,他便去拿另一个牌子的。她心里嘀咕:前面试戴的那一副,他等会儿要不要我付钱呢?这时,老头笑容可掬地对她说:"相信我,你会喜欢上我手里的这一副的,这副镜片不太大,而且很多顾客喜欢,尤其是像你这样漂亮的小姐。"果然,挺好。

"那就行,你先戴一个星期适应一下,如果没有其他问题你选这个牌子吧。"

曹琪玲问:"要付多少钱呢?"

老头温和地说:"暂时不用付钱,一星期后,你如果喜欢这个牌子,而且眼镜又适合你,再过来付钱。"

曹琪玲说:"我还真怀疑我的耳朵听错了。"东西拿走了,先不用付钱,一星期后戴着没问题了再来付,要是在中国,一百家这样的眼镜店,有一百家都要倒闭了。你在国内的时候,我对你说过,在美国,无人售报,钱扔进去了,自己取一份,而中国人一取就是好多份。无人售报,与眼镜可以先戴后付钱,是一样地出于对人的信任。由此可见,这是一个多么讲诚信的社会!曹琪玲还是用中国人的观念看问题,她问克林尔姆太太:"你是不是认识那位店员?"在中国,只要彼此相识,一切都好说,任何原则都可以抛到九霄云外;不认识的呢,本来属于他职责范围内的事,他也是能不做就不做。"不,我根本就没有来过这里,也不认识他们中的任何一位。"克林尔姆太太把头摇得像拨浪鼓一样。

一个星期后,她去付账。她对那个店员说:"戴起来很舒服,我非常喜欢这个牌子。"店员听完微笑说:"谢谢你,小姐。"作者写道:"我感念店员的热情和服务周到,而且也觉得我应该对那副之前试戴的镜片付点儿补偿费。我多给了一些钱,并迅速离开了商店。不想,就在我们汽车发动的一刹那,前面出现了一个人,拦住了我们的车。我一看是那个收钱的店员,就走下来询问她还有什么事,她拿出一沓钱,递到我手里说:'这是你多给的钱,欢迎你的光临。'我还没来得及反应,她转身返回店里去了。我一数,就是刚才多给她的那点儿小费。我没想到她不要。这样的事我还是生平第一次遇见。"

此事,又让我想起了陈钢说的,他刚到德国时给中国人打工,中国人一个小时才给他 2 欧元。后来,他的房东要去旅游,要他帮忙看狗,问他一小时要多少钱。陈钢想德国人有钱,宰他一下也好,就说 5 欧元。德国人很惊讶地说:"那怎么行!"陈钢以为要

去远方
——父与子的跨国对话

价太高了,刚想说"那就 2 欧元吧",德国人却这么说:"我们最低工资是 1 小时 7 欧元,你这是要让我违法呀!"也真够"傻"的了。

中国人是聪明的,但常常把所有的聪明都用来谋取蝇头小利。我去美国的时候,导游对我说,中国人用细线把硬币固定住,然后打投币电话,打完,线往上拉,硬币又被提出来了。中国人太有"才"了,不是"天才",怎么会想到这样的"绝技"呢?

儿子,你在欧洲,我们要更放心。你的秉性非常适合这一片土地。我常提起的,你小时候捡到 10 元钱,走了几步,又返回扔在老地方的事,还真有欧洲人风采哩。诚实,在中国是要处处"吃亏"的。到了欧洲,诚实,将是伴随你一生的最宝贵的财富。生活,将会证明这一点。曹琪玲文章的结尾是这么写的:"挪威人是真的老实得不开窍呢,还是规矩得近乎傻帽儿一样?仔细一想,由衷地为崇尚诚信而感动。他们人人都老老实实地待人,大家都规规矩矩地做事;也正因为这样,挪威这个不算大的地方,才会成为那么多人向往的美好居住地!"

好了,先这样吧。我把信写得像文章,你不会有意见吧?我儿子在欧洲,我们对欧洲的一切都格外关注,如今,我的屏保图片也是德国风光了。我把我平时的学习所得与你交流,不一定说得对,但至少可以为你增加一些信息量。"慈母手中线,游子身上衣。"儿行万里,爹娘牵挂。要记着,不论遇到什么困难和不快,爸妈时时刻刻和你在一起。多保重。

爸妈
2008 年 11 月 16 日

儿子第4封来信　第一次基本都是失败的

银行周六不开门。很多人都做中世纪打扮，还有人扮作牧羊人什么的坐在帐篷前面聊天，旁边居然还拴着几只真羊，还有中世纪的铠甲摆在一边。警察叔叔们大发雷霆。我们刚来时德国天气非常好，一直是万里无云，但是这几天都是阴天，时不时下一点小雨，算是典型的欧洲天气了。

爸妈：

　　最近一切还都算顺利，也比较忙，没有想象中的无聊，网也没有想象中的烂，只是有时碰到烂的时候，那根本是无法忍受的。
　　周六我们去学校图书馆领书，之前发的英语和德语书是属于我们的，而数学和物理书只是算我们到图书馆借的，不能在上面写字。物理书是一本超级变态的大书，1500页，全彩，超级大砖头，基本上和《辞海》缩印本差不多（那好像是叫铜版纸，但比较薄），而且字还不大，看了真是无语，呵呵。
　　拿完书我们本来打算去德意志银行存钱的，结果去了才发现银行周六不开门，没办法。也算运气好，碰到于利希在过一个什么节日，教堂门口搭了一个台子，好多人上去唱歌。我们还上网查了是什么节日，没查到，而且那些人唱歌都"于利希于利希"的，估计是当地的节日。另外一边，有那种篷车摆了一条街，有点像夜市，但欧洲风味很重，而且里面很多人都做中世纪打扮，还有人扮作牧羊人什么的坐在帐篷前面聊天，旁边居然还拴着几只真羊，还有中世纪的铠甲摆在一边，反正算是饱了一次眼福。
　　在水果摊上，我们也算又见识了一次机械对人类的重要性。在国内，那些卖菠萝的不都是坐在那削菠萝嘛，在德国不这样，他们把菠萝上面的叶子切掉，底下平切一刀，然后放在一个机器上，用一个杆子把菠萝压下去又拉上来，前后3秒钟，那个菠萝就被剥得干干净净，并且切好了，装在杯子里就拿去卖了，身价一下上涨到3欧。
　　回来的时候去了一下于利希的超市，终于大出血买了一本笔记本，大本的，比我们

去远方
——父与子的跨国对话

这里便宜 30 欧分,但也要 2.7 欧元,这样的笔记本在国内基本上是 3 元左右……我还买到了一种超便宜的苹果,6 个(1 千克)只要 1 欧,而原来在我们这里看到的最便宜的苹果是 1.99 欧 1 千克,不过贵的苹果超级红的,而且大;便宜的,绿绿的,我是抱着试一试的心态买的,结果买回去发现很好啊,非常甜,一点也不酸,就是没有贵的那种苹果那么脆,但是也算是很超值了。目前为止,我在德国吃到的水果都很甜,不知道为什么。

最近要说的还算是比较多的,一直没空写信。

先说说生活上的,昨天我去洗衣服了,和同学拿着电子词典在下面研究了半天洗衣机,洗衣机是西门子的,一堆功能,可惜我们都看不懂。一共有 5 台洗衣机,不用和别人的混在一起洗,但是洗衣机并不大,滚筒的,我塞了 6 件衣服,觉得差不多到最大容量了,再塞就太多了,怕洗不动。还算顺利,现在洗好晒了。我舍友就比较郁闷了,因为我们投币 1.5 欧,就提供两个小时的电,到点断电,要洗更久,得再投。我们不懂,乱设的,我在两个小时以内,洗好甩干了;我舍友就超过了两个钟头,结果衣服还没甩干就断电了,很郁闷,呵呵。不过,第一次失败挺正常的,我们在这第一次基本都是失败的,比如做红烧肉啊烤比萨什么的,呵呵。在洗衣房我们看到两个东西疑似烘干机,但是那个我们更不会用,所以就干脆没用。洗衣房隔壁有晾衣房,不过衣架实在是很紧张。洗衣房隔壁还有电视房和乒乓球室,电视房里面设备超棒的,可惜全是德语,一个英文台也没有。乒乓球室比较狭小,要摔球什么的,怕会打到墙壁,呵呵。

还有就是我们这批人中又有人给中国人丢脸了。前几天我们上课的时候,学校负责人突然跑进来对我们说,我们院子中间有一座桥,现在那座桥的另一头禁止我们学生通行了。我们学校在一个超级大的院子里,大概比出版社大院大一倍,是属于市政府的警察学校的。我们学校向警察学校租了两栋楼,本来这整个院子我们都可以活动,除了警察学校的围墙内。前几天,有几个中国学生跑到警察学校去,把大门的锁弄坏了,到里面去打球,结果警察叔叔们大发雷霆,通知学校现在整个区域都禁止我们靠近。

说到警察学校,我们这里附近就有一个军事基地(毕竟在德国边境嘛),所以我们有几次看到超帅的侦察机从我们头上飞过,非常低的,看得超清楚。

然后是学习,之前上的数学课都特别简单,结果有一天突然上了一个很难的线性方程组高斯解法,听江苏学过高数的同学说,这是高数里很基础的,我没学过,而且那个土耳其老师英语超差,听得比较吃力。总体来说,那个土耳其老师水平比较差。物理讲得挺难的,我觉得,主要是没有书,有点不知所云。不过,我旁边的理科生也有点不知所云就是了。前面几个人一副听得很懂的样子,好像也的确真的懂,呵呵。现在各科难度都开始提高了。英语反正老样子,聊天。德语开始进入传说中神憎鬼厌的语法了,呜呼。老师对我们说,如果我们喜欢数学,那么我们也会喜欢德语的,因为德语的逻辑性非常之强。

之前都没有流鼻血啊,今天上课的时候突然流了一点,但是很少,没有大流。

看到你说的那个眼镜的事,我这里也有一点细节。德国的超市水果都是自己称,在一个电子秤上称一下,输入你买的水果的标号,机器就会算出价格并且打出标签来,然后你贴在上面拿去结账。理论上说,完全可以输入一个便宜的水果的编号,而买到较贵的水果,不会有人发现的。另外,超市都不提供寄包服务,也不要求你寄包,我们背着背包,甚至拖着行李箱,就直接这么走进去,没有人检查我们,出入口也没有那种防盗门(防盗门我只在图书馆见过)。还有之前说过了,德国车都会让人,我们看到一辆消防车鸣笛经过,所有的车都自动让边,消防车一路就风驰电掣过去了。在国内,好像没见到有人听到警笛会让路的。

这两周周五下午没课,不知道以后会不会有,但可以肯定的是,周五下午第二节没课,就是下午2点以后,也就是你们晚上9点以后。

我们刚来的几天德国天气非常好,一直是万里无云,照片你们也看到了,天很蓝的,但是这几天都是阴天,时不时下一点小雨,算是典型的欧洲天气了。刚来的时候,树上还有好些红叶,现在基本掉光了,冬天的感觉已经来了,不知道什么时候会下雪,呵呵。

想到这么多,就先写这么多吧,有空再说。

房多
2008年11月17日

第9封信　黄种人来自 A 星，白种人来自 B 星，黑人来自 C 星……

你身处异域，要怀着对外星人一样的好奇，对上帝、对基督教要有所探索。我们可以不是教徒，但不能不知道基督教文化。人在欧洲，周遭见的难免都是"洋鬼子"，难得的是，你们的同学中还有伊朗人、土耳其人、阿塞拜疆人……与这些人打交道，也是一种见识，你要把这看作是与一个具体的国家打交道——从这个角度看问题，你们在境外，一言一行，也代表着中国人，展示的是中国人的形象。一有机会了，就要走动，争取把欧洲诸国都走遍了，不是像跟着旅游团一样到此一游，而是要直视欧洲的灵魂，倾听欧洲发自心灵的歌吟。堂吉诃德骑马走天下，三毛流浪撒哈拉，被称为"流浪歌者"……

儿子：

看来你已经进入状态了，妈妈说和你聊天，感觉你很忙。忙一点好，人一到成年，就没有闲的时候，我的印象是，二十岁以后会一天忙过一天，越来越忙。你都看到了，我不是忙公事，就是忙私事。像我这样，像日本人那样，成了"工作狂"，似乎也不是完整的人生。据说德国人工作的时候就踏踏实实地干活，休闲的时候也格外休闲。从你说的，他们周六、周日商店等一律关门，可以证实此说不谬。如果是这样，倒是值得你效法的。学习就要专心致志地学习，一有闲暇了，就玩。玩也要抓紧时间啊，以后，有了自己的家，一个男人，会有太多的责任，人的一生，苦多乐少，人生不如意事十有八九，要抓住这一二的快乐。中国有这么一个对子，蛮有趣的："因公忙因私忙，忙里偷闲，喝杯茶去；为名苦为利苦，苦中作乐，拿壶酒来。"

这些天，好像有一个感恩节？下个月就是圣诞节，你在感受西方文化的同时，大约也可以很好地乐一乐了。想起来，中国人也可怜，一过节了，就海吃；不喝酒的话，一个个面有庄容，神情肃穆，貌似呆鸟，只有"猫尿"灌下去了，才会手舞足蹈、神采飞扬。

祥荣伯伯有一个观点，他认为上学在哪里都可以，就是说，在国内也可以获得相关

第9封信　黄种人来自A星,白种人来自B星,黑人来自C星……

的知识,但是,一个人要有见识,就应该尽量争取出国。我是基本上赞同这一观点的。最简单地说,一加一,在中国等于二,在外国也一样等于二,在哪里学不都一样?

一般说来,文科在哪里学都一样,文科甚至可以自学。但理科是有讲究的,我看了一些文章,说一些科学家,就因为国内没有相应的设备,没有好的研究室,所以不回来,这说的是硬环境问题;还有软环境,有一个著名学者,名字我忘了(好像是梁启超),抨击"中华民国"已经变成了"中华官国"——中国的基本价值观是,当官才有价值,科学往往沦为大大小小官僚实现所谓政绩的工具,忠于科学的纯粹的科学家,在这种媚官的价值体系中,在"官国"中,会感到像缺少阳光和空气一样看不见、摸不着的说不出来的难受。你现在选择理科,虽说与在国内上学相比,各有利弊,但我相信,肯定利大于弊。

另外,外国教育,特别是高等教育,比中国有更多的优势,这是不言而喻的。别的不说,就说学英语,你出去没几天,就可以听英语讲座了;我对你说过,我们的英语编辑,出了国,还是"哑巴"。学外语学的却是"哑巴外语",这是显而易见的问题,可是,教育当局就是不想办法从速改进,也不管学生学了会不会说,他们眼睛只盯着分数。写到这里,我想起"文革"时,林彪针对学习毛泽东思想,提出了这样一些方针:立竿见影,活学活用,急用先学。这几条作为你学习外语的原则,也许会有一定的启迪意义。

说到见识,古人云,读万卷书,行万里路。那是对古人的要求,现在飞机随便一飞,就飞到了万里以外。听你说,你的生活丰富多彩,我们十分开心。能到世界著名的科隆大教堂听交响乐,这是上帝恩赐的一种享受。亲临现场,又是在教堂,这是一次灵魂洗礼的机会。我在一篇文章中曾说过这样的话,大意是外国的教堂总是那么敞亮,直刺云天,仿佛要奔向外天,又似乎在叩问苍穹;而中国的神庙,多是在深山里,有的甚至是在阴森森的洞穴中,给人直通阴间的感觉。你身处异域,要怀着对外星人一样的好奇,对上帝、对基督教要有所探索。我们可以不是教徒,但不能不知道基督教文化。

我有一个直觉,估计上帝就是外星人。我坚决不相信人是由猴子变来的。如果说人是猴子变来的,那现在原始森林中的猴子怎么就不变了? 物种应该是外星高级生命的创造和移植。外星生命甚至是气化的灵魂化的存在,我们看不见他们,但他们把我们的一举一动都看得清清楚楚。我的意识中,上帝不是唯一的,上帝是一个群体,是外星生命的远征军和先遣者。我甚至有这样的奇想,黄种人来自A星,白种人来自B星,

去远方
——父与子的跨国对话

黑人来自 C 星……或是,佛教徒接受了 A 星意识,基督徒接受了 B 星意识,穆斯林接受了 C 星意识……没有宗教信仰的人,就等于没有超强波天线,接收不到来自异星——"上帝"——的意识。

你从小读科幻长大,应该能容忍老爸的胡说八道吧!

你没有见过雪,玩雪,而且玩得那么淋漓尽致,我想,这会在你的生命历程中留下烙印的。鲁迅虽然是南方人,但不喜欢南方,他喜欢北方的四季分明,喜欢冬天的萧索,他觉得雪的飞舞,是漫天的精灵。这与他早年在日本生活有关。他尤其讨厌厦门的天气,十一二月了,树上还一律青翠,用他的话说,是绿得含含糊糊。他还说,他在厦门待了一百多天,可他窗前的花照旧嬉皮笑脸地笑着,一无变化。

人在欧洲,周遭见的难免都是"洋鬼子",难得的是,你们的同学中还有伊朗人、土耳其人、阿塞拜疆人……与这些人打交道,也是一种见识,你要把这看作是与一个具体的国家打交道——从这个角度看问题,你们在境外,一言一行,也代表着中国人,展示的是中国人的形象。

所以,你要记着我曾经对你说过的话,一有机会了,就要走动,争取把欧洲诸国都走遍了,不是像跟着旅游团一样到此一游,而是要直视欧洲的灵魂,倾听欧洲发自心灵的歌吟。堂吉诃德骑马走天下,三毛流浪撒哈拉,被称为"流浪歌者"……德国的假期较长,以后,除了回来外,争取一个假期到一个国家走一走,用一些时间在这个国家打工,然后用打工的钱旅游。当然,这是我的假想,也不知道实现起来难度有多大。自然,学习还是第一要务。

还有一些零星的事要交代:

附件里"蓝卡计划"的文章你要看一看。你学习比较忙,我把平时留意到的关于德国的情况发给你,你最好搞一个文件夹收藏起来。"蓝卡计划"的事,国内报纸也登了,我给你看过了。这篇文章是摘自"德国印象",这消息应该是真实的。你要关注一下这件事。过几年,你毕业了,正是"蓝卡计划"全面推行的时候,这对你来说是好事。要牢牢记住,机遇只青睐有准备的人。(前几天发给你的,关于德国礼节的文章看了吗?)

你说去听了关于经济专业的讲座,情况怎么样?经济问题,理论的东西比较多,相对形而上,你们是"应用科技大学",重应用,怎么会有这样的专业?

银行卡一收到,就要把钱存起来。钱放在身上,总是麻烦的。这星期一定要抽空把这事给办了。

妈妈刚才也说你瘦了,是学习紧张还是营养不良造成的?瘦一点也无大碍。在伙食问题上,也不能太懒,有冰箱,买一些菜,你的手艺还不错,搞一些好吃的,也算爱惜自己。人一辈子都离不开吃的,所以对吃的问题不能太马虎,它是生活幸福的一个重要组成部分。生活固然要简单,但也不好天天吃快餐。无论如何,牛奶、水果、蜜水、蛋要吃。德国有核桃吗?有开心果吗?诸如此类的干果也应买一些吃,就当作吃零食吧。你是食肉动物,估计肉是少不了的。学校附近有没有中餐馆?如果有,也可以约同学一起去爽一把。从小吃中国菜长大,突然不吃,应该会有爽一把的欲望?

虽然带了理发工具,大家没有这么省,我们也不要,到理发店去理就是了。理一个头180元,钱贵总是好的,我理个头三五元,因为太廉价,越理头脑越迟钝;德国人给你理的头,会提高你记忆德语的能力吧,呵呵。

在长乐机场拍的照片,怎么不见你上传?你上传相片很费时间吗?如果很费时间,上QQ时传送,或许会快一些?对了,你把相片放在网上是怎么放的?我如果也申请一个这样的网络空间行不行?

先写这些。

爸妈
2008 年 11 月 26 日

第10封信　文明对非文明的鄙视

> 我还相信，那些鄙视中国人的"老外"，未必就是他们的上层阶级，有的是中产阶级，有的甚至就是他们的工人。因为中国人的某些德行，只要是人就会讨厌，不论他是什么阶层的人。

儿子：

你出国之前，有人就在我们面前嘀咕，说国外有什么好，现在还不如中国；还说，外国人有种族歧视，等等。

前些年，我去欧洲，虽然只待了十来天，但有的感受是很深刻的。比如，吃饭的时候，我们几个中国人比较喜欢像在国内一样大声说话，边吃饭边聊天。不少"老外"张着不解或是不满的眼睛朝我们看。初时，我们还不知道怎么回事，所以也不当回事。后来导游说，在欧洲，他们说话都很小声，不影响别人。我们到餐馆吃饭，照中国的做派，吃不下的就算了，浪费是小菜一碟。欧洲人不这样，他们很反对浪费。据说，我们去的餐馆，是中国人经常光顾的地方，所以他们就用中英文写着"请不要浪费食品"。有一回在大街上行走，我裤子有些往下掉，便在大庭广众之下掀起外衣，把裤子往上提，扎紧了皮带。陪同的先生说："你还是机关干部哩，众目睽睽，这样的动作——太不雅了。"就是说，一律不能不拘小节。不过，此事我小有不服，在伦敦街头，我甚至看到打赤膊的男人扬长而去，他们不是更不雅吗？前几天，向红阿姨给我发了一些她在欧洲的相片，其中有一张，有一个"老外"就打着赤膊，发给你看看——下雪天，向红阿姨穿着棉袄，他却打赤膊，这一点倒是让我极为佩服的。德国人身体好，"二战"中的德国兵穿着大皮靴，咔嚓咔嚓，神气得很。应该说，所有军人中，美国兵和德国兵是最有精气神的了。我爱看"二战"片，但前提是美国人拍的，那是两个强者之间的对打，那样的战争才像战争。扯远了。

前些天，看到凤凰网上有一篇文章，题目叫《出了国才明白：欧洲人超级鄙视中国人！》。他们鄙视什么呢？文章举了这些例子：

第10封信　文明对非文明的鄙视

早就听说欧洲人对中国人不友善，这次出门并没有强烈的感觉，回来后和一个学西班牙语的朋友讲这事，他冷冷地说："那是因为你们被当作日本人了。外国人眼里的中国人应该是素质低下的。"当头一闷棍，可是事实呢？在巴塞罗那满街的中国人，不是游客，而是在当地做小买卖的。我们和一个侍者交谈，他那个县的亲戚朋友全都传帮带着漂洋过海了，做着厨师、服务员或做着小生意，不和外国人来往，很多人一辈子只说着方言，把自己和家人画地为牢。在外国人看来，你抢夺了我们的就业机会，却不制造就业机会；即使你开了工厂，也只顾把同乡招过来，并不肯分一点羹给当地人，除了制造人口不肯贡献别的，怎不叫人生恨？

而日本人呢？他们成群结队的旅游团，多是夕阳红的老头老太，为异国的 GDP 送上积蓄，他们轻声细语，很有秩序，看见亚洲面孔就微笑点头，有这样值得尊敬的敌人，自己也仿佛有了尊严。

在达利的艺术馆里，一群操着台湾腔的游客观看达利仿造的金缕玉衣，那个穿裙子的导游三步两步攀爬上去，摸那件艺术品。我们同事赶紧拉我走："别让人家以为他们和我们是一起的，丢人。"我想听听他们是哪里的，听到他们在谈论民进党，才确定是台湾同胞。

我们第一天的导游是台湾女人，她一路趾高气扬，摆着臭脸，动不动就"我们西班牙人"，"我是巴塞罗那唯一官方认证的华语导游"，我们心里盼着她赶快消失。想想我自己，尽管没有攀爬文物、随地丢垃圾，却也没起什么好作用，有时忍不住会高谈阔论，害得我们同事要经常提醒我："小声一点，欧洲人不喜欢大声讲话的。"

这文章除了说中国人素质低下以外，还说了相当于我们福建的福清和长乐人在外面的作为。你是知道的，我们福清和长乐，有的乡镇，几乎所有的年轻人都出去了。他们传帮带，在外面圈地而居，也不与老外来往。在美国，甚至有福州街，在那里不仅可以不说英语，甚至可以不说普通话，只要说福州话就行了。我办公的山海大厦，往英德的签证办事处也设在这里。我经常看见一群福清或长乐的人席地而坐，嘴里啃着甘蔗，等待办理有关手续。

去远方
——父与子的跨国对话

中国人在外面,享受到的最大的自由,可能就是生育的自由,而且,按照国外的法律,一生了孩子,就可以入籍什么的。

从上面引用的欧洲人鄙视中国人的文章看,他们倒不鄙视日本人和韩国人。作者在欧洲受尊重,有可能是因为欧洲人把他(她)看成是日本人了。这样看来,不是什么"种族歧视"问题,而是文明与不文明的冲突,是高素质与低素质的矛盾。作者在文章的结尾写道:"我们排日排韩的情绪从没有消退过,但是仅仅记住历史就足够了吗? 不去真正弥补国民性的不足,别人要打败你,仍然是很容易的。"这又回到了国民性问题,回到了鲁迅的话题了。

中国人以为的高素质人是什么样的? 就是"人上人",就是"高等华人",就是当官、当大官的人,有钱的人,高学历的人。我相信,欧洲人鄙视的中国人,多是当官的中国人,因为只有当官的才有可能出国闲逛;还有就是有钱的人,多少有点钱的中国人,才能混出去。我还相信,那些鄙视中国人的"老外",未必就是他们的上层阶级,有的是中产阶级,有的甚至就是他们的工人。因为中国人的某些德行,只要是人就会讨厌,不论他是什么阶层的人。

你出国学习,不是为了将来当什么"人上人",我们就是要当普通劳动者,当主观上能自食其力、客观上对人类有所贡献的人。最可鄙视的,就是那些拿着"阳光工资",看报喝茶,然后抨击资本主义腐朽堕落的人;更可鄙的是那些利用权力牟取私利的人——这些人,他们大多把自己的子女送到了据说是腐朽堕落的资本主义世界去了。在美国,总统的儿女也要去洗盘子。哪怕洗盘子了,也是一个文明的人、一个有尊严的人,他同样可以高傲地鄙视那些丑陋的可能是身居高位、腰缠万贯的中国人!

现在谈学成后留在欧洲,或是去美洲,或是去非洲,或是回国,都为时太早。你出国前,我们散步时,也探讨过这些问题。我的观点是,要在最能发挥自己长处的地方工作,要在能让自己开心的地方工作。如果社会需要你,哪怕到非洲工作也可以,好男儿应该志在天下。我们看那些传教士,在中国最贫困的地方,都留下他们的痕迹;我们看那些在非洲大森林里工作的白人,他们与猩猩在一起,一待就是几十年;我们再看"一战""二战"时,战火并没有烧到美洲,但为了自由,为了战胜邪恶,美国的英雄儿女奔赴世界各个战场……

作为家人、亲人,当然希望孩子离家近一点,将来,任何时候,你要愿意回来,"祖国的大门永远是对你敞开的",爸妈的家永远是你的家;有那么一天,爸妈都死了,你还有一个根,那就是祖国、家乡,还有就是这块生养我们的土地上的你的家。

……

前几天是感恩节,感恩节好像是美国人的节日,德国人过吗?你们呢?不管有没有过,人要有感恩情怀。我对你说过,我的一个老领导,他儿子到澳大利亚留学,回来结婚时,把从幼儿园到大学的老师,能请来的都请来了,还坐主桌,说是不忘师恩。当然,我们不一定要这样,一切别人的东西,都要看看是否可操作;不要停留于表面的模仿,最重要的是要不断滋养、丰富自己的心灵,任何时候都要心存感恩。不说这些了。

听妈妈说,你现在都自己洗衣服。学习忙,外套还是要拿到洗衣房去洗,另外,外套没有刷子刷,不容易洗干净。当然,外面环境好,也许衣服不会太脏?牛仔裤之类时间可以穿长一些。妈妈说,内衣内裤一定要手洗,才会干净。另外,不要忘了,内衣内裤不要和袜子放在一起洗。

说到袜子,你在外面"香港脚"有没有发作?但愿地理环境的变化,能克服一些与生俱来的生理上的毛病。

先说这些。

爸妈

2008 年 11 月 29 日

去远方
——父与子的跨国对话

儿子第5封来信　谁更冷漠

　　感觉德国人并没有想象中的拘谨。之前看的那本书上说德国人是很冷漠的，但是现在感觉比中国人要好多了，至少陌生人都会点头示意的；也许是因为作者是美国人，感觉德国人比美国人要冷漠，而他并不知道，其实中国人是更加冷漠的。看到了我们这个小镇的圣诞集市，让我大为震惊的是我们这个小镇居然也有这么多人，平常空荡荡的街道一下子塞满了人，就和中国的夜市差不多，人多到差不多走不动的地步，卖各种各样稀奇古怪的东西。

爸妈：

　　西方人身体的确好，而且他们也乐于展示他们的好身体，时不时便会看到德国人穿着短袖在寒风中到处走，而我们在寒风中瑟瑟发抖，呵呵，不过他们满身的体毛可能也起到一定的御寒作用吧。除此之外，在德国看到的大肚子也没有想象中的那么多。

　　在德国生活了一个月了，感觉德国人并没有想象中的拘谨。之前看的那本书上说德国人是很冷漠的，但是现在感觉比中国人要好多了，至少陌生人都会点头示意的；也许是因为作者是美国人，感觉德国人比美国人要冷漠，而他并不知道，其实中国人是更加冷漠的。

　　敌视和鄙视中国人的事情的确在发生，虽然我没有遇到。可能是受到经济危机的影响，前一段时间又有一次新纳粹游行，有二十个人左右，全被警察给抓去了。前几天，据说还发生了一起德国人对我们这里的女同学性骚扰的事件，具体什么情况我并不是很清楚，只知道有一个陌生德国人好像跑去拉我们一个女同学的手。

　　不过，中国人被鄙视也是有道理的。周末我去了杜塞尔多夫，在那里中国人开的亚超和日本人开的亚超就隔着一条街，一边日本的亚超一尘不染，一派现代气息，而进了另一边中国的亚超，就像回到了中国一样，而且还像那些低档超市一样，有一种怪怪的味道，让人感觉很不好。

　　在杜塞闲逛了一天，发现和科隆比起来，杜塞更像是一个老绅士，街上的房子更矮更旧，一点没有北威州首府的架势，可是橱窗里商品的价格一个比一个炫目（换成人民币我都觉得炫目）。路上好车不断，算是一饱眼福。有一帮人周末去了埃森，看欧洲最大的改装车展，他们个个眉飞色舞啊，因为平常只能看杂志意淫一下的那些世界名车，这次可是都看全了，保时捷、法拉利都看到审美疲劳了，呵呵。我不懂车，又不舍得14欧，就没去。

我查了一下，德国人是不过感恩节的，因为感恩节感的恩，是当年美国的第一批移民在饥寒交迫的时候受到的印第安人的恩，德国人自然不会过这个节，于是我们也就没有假放了，呵呵。只是我们的英语老师很郁闷，没有回去过感恩节，呵呵（感恩节在美国相当于中国的春节一样，是要全家团聚的节日）。

过不到一个月就是传说中的圣诞节了，这几天活动不断，除了听圣诞颂歌的节目我没有报上名之外，其他的活动我都报名了，这样就有好多活动可以参加。先是本周末的亚琛圣诞集市，然后下周末还有学校组织的参观亚琛大教堂（有免费导游）后的聚餐和圣诞集市，然后还有亚琛学生会组织的圣诞晚会。街上的圣诞气氛也渐渐浓重起来（只是没有雪）。昨天出门汇钱的时候，看到了我们这个小镇的圣诞集市，让我大为震惊的是我们这个小镇居然也有这么多人，平常空荡荡的街道一下子塞满了人，就和中国的夜市差不多，人多到差不多走不动的地步。集市卖各种各样稀奇古怪的东西，还有吃的，虽然说贵一点，但是感受一下圣诞气氛还是很好的。

最后再说点杂七杂八的。衣服是不容易脏，我来了一个月洗了两次，没有什么味道。"香港脚"没发作，就是脚后跟有一点痛，不知道为什么。现在待在暖气房间，也不觉很干燥，就是久了感到气闷，要去透透气，我感觉待在室外冷冷的环境中是挺舒服的，只是叶子掉光了，没什么看头，呵呵。

另外，附件里是11月份的费用详单，你们看看吧，一份是流水账，一份是分类统计。

房多

2008年12月3日

去远方
——父与子的跨国对话

第11封信 水果的甜味与"中式生活"

> 我没钱,我可以不用,不要没钱又要充名士派头,拒绝假名牌、拒绝盗版等等,确实是人格高贵的表现。所谓"中式生活",就是量入为出,不透支。前些年,德国人,特别是德国的年轻人,崇尚"美式生活",就是透支也要过好生活。你报名参加各种各样的圣诞活动,这好极,就是要这样,一个也不要错过。中国人过节,就从全国各地往家里赶;西方人过节,都往街上狂欢……

儿子:

你信里说了,也对奶奶说了,德国的水果特别甜。你搞不懂为什么这么甜。从科学的角度讲,这是品种、土壤及气候等多种因素造成的。此外,也有可能德国人比较傻,用白糖水浇出来的。你小时候似乎看过《阿铁林的传奇》。有人问阿铁林:咸鸭蛋为什么会是咸的?他答:是因为吃盐水长大的。幸福的人种出的水果也是甜的。

颜向红的信你看了。她先生是奥地利人,却也讲究省钱,也到一些降价商店购物。这是值得玩味的。你说过,德国人穿着十分朴实,宁可穿一般的衣服,但绝对不穿假名牌。如果人人不穿假名牌,那造假者就没有市场了。穿着不讲名牌,可以是朴素的表现,至多是我不那么富有;但穿假名牌却是人格卑下的表现——我非常赞赏德国人的这一消费观。你小时候,我们一起去"联邦"玩,王峻涛送你几盒光盘,我说不要了,太贵了,我们用盗版的就行。王峻涛说了这么一句话:"有身份的人拒绝盗版。"当时,我还愤愤不平。今天看来,我没钱,我可以不用,不要没钱又要充名士派头,拒绝假名牌、拒绝盗版等等,确实是人格高贵的表现。

国内《环球时报》译介一篇德国《债务观察》的文章,说德国人应该学过"中式生活"。所谓"中式生活",就是量入为出,不透支。前些年,德国人,特别是德国的年轻人,崇尚"美式生活",就是透支也要过好生活(中国人是透支身体,拼命干活,就是不花钱,这倒是一个有趣的对比)。我觉得,叫西方人过"中式生活"可能不太现实,因为他们社会保障体系十分健全,没有后顾之忧,就没有必要像中国人这样省吃俭用,以备不

044

测。当然,现在经济不景气,在这特定的时期"紧缩银根"是会有的。中国人宁可自家受苦,也不花钱,也是有历史文化根源和社会制度的原因。从历史上看,中国人一是盖房子,娶媳妇;二是购田地,修坟墓……然后存钱,留家产给后人。这几乎成了历史惯性。从社会环境看,这就不用说了,社保、医保大多数人没有,有的,也是低质量的,很不健全。国民无法指望这个社会能给他们什么帮助,所以,只能靠自己。其实,中国人的安全心理是很少很少的,对天灾人祸的承受力也很小很小。如此,只好不花钱,以防万一。这样,国人消费不旺,中国的经济很大程度上靠出口。

  这几十年,中国发展得快,这是因为原来是一穷二白,不快还不行。中国这个巨人,饥寒交迫,所以饥不择食、狼吞虎咽,不管地瓜还是馒头,一律往肚子里塞,当然要比一向不曾饿肚子的西方国家会吃、能吃。此外,我们发展快,不是国民收入大规模增长了,国人消费了,从而拉动了经济,总体上看不是这样的,而是这里造广场,那里修马路,再有就是修机场……就是说,从前的中国几乎什么都没有,现在为了加快发展,乱修一通。再过二三十年,中国土地上该建的都建了,但公众的消费观还未改变,国人的消费潜力还未被开发,还是国富、极少数人富而绝大多数人穷的话,将不知道国家将如何深化发展。另外,你在欧洲可以看到,欧洲工业化的程度是那么高,可是,他们的许多城市仿佛与大自然融在一起;我们中国,刚刚发展三十年,在许多城市,就已经看不见树木,有的只是水泥的森林。

  我想,无论在什么样的社会条件下,有的德国人是量入为出的,有的则未必,我们不必一定要这样或那样。我们应该根据自己的实际情况来决定自己的消费方式。从我来说,量入为出是适合的,但去银行借钱花却不,一是我也没有什么非花不可的,大可不必;再说了,还要付利息,不划算。我觉得,中国也有一些宝贵的东西,量入为出可能就是一条。

  我还看到中央电视台有一条关于欧洲的新闻,说经济危机了,原来在超市不能上架的"歪瓜裂枣",现在也可以上市了,也有人买了。这样看来,原先那些形状怪异的瓜果,它们是不能上架的?扔掉,或是喂牲口?他们甚至强调食物的美感?虽然中国人也有"色香味俱全"一说,但这样对待"歪瓜裂枣",似有植物歧视之嫌疑——这一点,我就要批评欧洲人了,"歪瓜"也是瓜,"裂枣"也是枣,为什么就不能吃呢?比如地瓜,长相古怪的,有时还特别甜哩。因此,你去超市购物,就是要买"歪瓜裂枣",一是省钱,二是对"残疾"植物的尊重。

　　刚刚看了你3日的信,写得很有趣。鲁迅说过大意这样的话,极"左"的结果往往是走向极右。比如,共产党的激进分子"革命小贩"杨邨人,最后成了共产党的敌人;一样是激进分子的张资平,成了汉奸……国内有人统计,当年因为美国轰炸中国驻南斯拉夫大使馆而参加抗议示威的相当一部分"愤青",现在都已经去了美国。青年身上有太多的激情和骚动,一切都是一个过程。我们应该持平常心对待"愤青"。他们中有的人是非理性的,对这样的人应该如小平所言——"不争论"。世界上的人各色各样,日子一天天在过,未来更加精彩,你睁大眼睛仔细瞅吧。

　　你信中说,你报名参加各种各样的圣诞活动,这好极,就是要这样,一个也不要错过。中国人过节,就从全国各地往家里赶;西方人过节,都往街上狂欢……事实是不是这样,你好好观察一下。街上都是不认识的人,如何狂欢呢?我难以想象。

　　费用我们看了。这个月开始不要记这么烦琐,太费神了,报个总数给我们就行,我们好心中有数。把时间用在更有意义的事情上吧。(对了,还写日记吗?要坚持写。)另外,你在家的时候,没有太多金钱的概念,钱到处乱扔,现在独立生活了,要稍加注意,不要丢钱。先这样。

爸妈
2008年12月5日

儿子第6封来信　亚琛游·没有校园的大学

没有校园的大学,学校的教学楼散布在城市的各个角落,完全融入整个城市,这不禁让我想起了前一段时间北大整出的"入校刷卡制",大学文化的不同,可见一斑。这里的学生会真的很棒,让人有家的感觉,不由得让人对这个学生会充满期待。

爸妈:

周六我们参加了亚琛学生会组织的亚琛一日游。

原计划是上午参观一个以圣诞集市闻名的小镇 Monschou（蒙绍,德国北威州小镇）,下午参观亚琛,晚上参加亚琛学生会的圣诞晚会。要交5欧,3欧是包一整天大巴的费用,2欧是参加圣诞晚会的费用。后来出了一点差错,因为圣诞集市我们的大巴不能进入 Monschou,只能改乘私人公共汽车,多花了4欧的费用。

那天玩得超开心的,一整天的天气都很棒,不仅仅是好,是恰到好处。上午迎着朝阳就出发了,前往 Monschou,气温零下6度,一片皑皑白雪,公交车都给冻上一层冰。这是典型的欧洲小镇,很像是童话世界里的,圣诞集市也很有意思(不像亚琛那么挤)。小镇上还有袖珍的古堡和一些古迹,喝着圣诞集市的热红酒,漫步在这样一个洁白的小镇上,感觉真的不错。路上我们甚至已经入境了一次荷兰,手机都收到了荷兰的小区广播。

下午坐车前往亚琛,一路上就看着雪慢慢融化,云慢慢散去,地上渐渐变绿,看着窗外平坦的原野,还有原野上偶尔出现的坦克陷阱(一种坚硬的水泥墩子,用来阻止坦克通过,用现在的技术都很难损坏,于是只好就那么放着),想着"二战"时这片安详的土地上的冲天炮火,那种感觉真的难以形容。

到了亚琛以后,坐在车上,由现在已经工作,但还在学生会做顾问的一个学长,带着在亚琛市内转悠,参观亚琛这个名副其实的大学城。德国的大学和国内的大学有许多不同,最明显的是大学没有校园,学校的教学楼散布在城市的各个角落,完全融入整

047

去远方
——父与子的跨国对话

个城市,以至于我们参观亚琛工大和亚琛应用科技大学的各所教学楼的过程中,就四次回到市中心火车站。这不禁让我想起了前一段时间北大整出的"入校刷卡制",大学文化的不同,可见一斑。我们参观了许多风格独特的教学楼,每所教学楼都有各自的特色,十分富有现代感,大学间也没什么明显的分隔,亚琛工大的电子楼边上,就是亚琛应用科技大学的机械楼。值得一提的是学校的生物医学楼,它同时也是亚琛的一所大医院。这栋楼可是亚琛的一座著名建筑,从外观上看,你绝对不会想到这会是一所医院,而会以为这是一座化工厂或者什么后现代艺术中心,而它确实就是一座医院,一座教学楼。这栋楼上盘根错节的管道,也让人引发许多遐想,甚至里面还有闹鬼的传说,再加上属生物医学系,本来就是学生们解剖尸体的地方,于是,一路上我们浮想联翩,我们甚至都已经编出了一部惊悚片的剧本。不过,这栋楼本来是不愿意这么奇怪的,之所以会这么奇怪,都是因为当时工程上的一个错误,这倒有点类似于比萨斜塔。这栋楼原先计划建四层,在建到一半的时候,工程方突然发现由于地质偏软,属于沙土结构,承受不了太重的建筑物,再建下去建筑结构会受到威胁,于是原来设计好的第四层和一个充满现代感的房顶都只能停建,而原来设计在地下的停车场也只能挪到露天来,这又破坏了原来的道路网络,使得这里的道路变得像迷宫一样。从这座建筑的下半部分我们也可以看出来,这原来显然将成为一座地标式建筑,不过也许就是这样,才使得它更加有名吧。照片我拍了许多,已经上传到相册上了,有空可以去看看。在机场拍的照片我也一并上传了。

还有,我想提一下学生会,这在后面讲圣诞晚会的时候也会讲到。我觉得这里的学生会真很棒,让人有家的感觉,学长们(无论是由学校雇佣负责管理我们的学长,还是仅仅为学生会工作不领取任何酬劳的学长)总是为我们做很多事,时不时也会为我们组织活动,也许只有出门在外,大家才会感觉到需要更多的关爱。带队的学长也和我们说了,亚琛的两所工科大学,是德国同类学校中最负盛名的,一般说来,作为工科生,从这两所学校毕业,是不用担心找不到工作的,你要担心的就是你能不能毕业。

我们还看到了著名的瑞士莲巧克力的总部,可以进去买散装的巧克力,居然是论公斤卖的……一公斤5至6欧,可以说是非常便宜了,呵呵。下次去亚琛,我要带一些回来吃。路上还看到了飞利浦的欧洲科研中心,可以说这里是一个学术氛围浓厚又有点单调的城市,用学长的话来说,这个城市非常棒,就是有点枯燥,呵呵。

然后我们去了亚琛的圣诞集市,这是北威州最著名的一个圣诞集市,有很多英国、荷兰、比利时、法国的人,都特地跑到德国来参加这个圣诞集市,于是就造成极其庞大的人潮,这我在中国都很少见到,怎么说呢,大概就是电视上春运那架势吧,人多到走不动,售货员数钱数到手抽筋,呵呵。圣诞集市嘛,我感觉要说的很多,但又不知从何说起,所以就先不说了,呵呵。

还值得一提的是亚琛的书店,这个书店即使在德国也算是很有特色的,和国内完全不一样,书店提供很舒适的环境,可以让你泡在里面看书学习,书店提供凳子、沙发、书桌、纸笔,甚至还有躺椅可以睡觉,躺椅边上还有免费的CD听(不过都是德语的语音电子书,朗读的,完全听不懂)躺椅上面还有显示器放着一些变换的线条,很容易催眠的,呵呵。你不必买书,也可以享受这一切。书店里也提供咖啡和小吃,不过这就不是免费的了。一开始我们都觉得,这样的书店肯定是亏本的,但是学长和我们说,你们在里面待久了,会买的,因为你会有一种负罪感,觉得对不起这家书店……

晚上去参加西马圣诞夜的活动,晚会一开始音响设备出了一点问题,但是整场晚会给我的感觉非常棒,不光是有一种温馨感,更重要的是,我在那些学长的身上看到了一些可贵的、我期待着的东西。整个晚会让我觉得最有感触的节目,是由亚琛清华校友会的同学们办的一场音乐剧,很搞笑,但也不乏深刻,在搞笑的同时,我也看到了他们想要传达的东西。还有对亚琛四届学生会主席的采访(搞笑采访),四个主席可以说各具特色,毫不雷同,从十四岁上大学、十七岁读到大三来到德国的天才少年,到发型潇洒、风流倜傥,时不时和主持人打趣的帅哥,还有长相豪爽、肌肉发达,同时还会打太极拳的武林高手,再到看上去傻呵呵,说话也傻呵呵,但是弹一手好钢琴的新主席,不由得让人对这个学生会充满期待。

晚会有抽奖,大奖是回国往返机票,不出意外地我没有抽中,呵呵。晚上玩得尽兴地回到宿舍,感觉很累也很开心。

我觉得学校还是很负责任的,有些人之前办银行卡的时候出了问题,比如我的舍友,银行员工在收取单据的时候少收了一张,致使申请没有成功,学校主动了解了这些情况,出面与银行联系并解决了。来了之后,学校给我们发了台灯、书包、文件夹和一些杂七杂八的东西,并且总是很积极地向我们介绍他们的国家。负责管理我们的学长也和我们很玩得来,打雪仗,他们也都参加的。管理我们一楼的学长是一对情侣,都已

去远方
——父与子的跨国对话

经二十六岁了,正在读硕士,据说最早是在亚琛工大读的,因为实在太难,无法毕业,转到我们学校来读硕。

后来又介绍了将要去柏林的情况,我们这一周课上完就放假了,过完元旦,2号去柏林,由学校包车,并包一栋楼供我们住宿,需要交15欧元的费用。因为柏林已经出了我们州,到了以后,我们想自由活动的话,交通费就要自己出了。我估计去玩一次得花掉几十欧。

安排我也打给你们好了:

2号上午6点出发,乘大巴,下午4点到达柏林,然后自由活动。3号上午乘坐大巴环城游(带导游解说),下午自由活动。晚上集体去舞厅参加派对。4号上午参观科技博物馆,下午2点离开柏林,晚上10点返回宿舍。

照片记得看,呵呵,如果需要下载的话,我是研究出方法了,回头可以教你们弄一下。过了12点半了,我去睡了。

房多
2008年12月16日

第 12 封信　艺术的耳朵与人文的眼睛

　　柏林墙,是德国民族的伤痕。现在,这墙倒了,就像人开过刀一样,不能不留下伤口。徜徉在柏林墙边,于无物之中,我们的眼睛看到了历史,由历史,甚至看到了未来,就像一首歌里唱的:"借我借我一双慧眼吧……"我相信,我儿子会有一双听到"无音的乐"的耳朵,有一双看到"无物的物"的眼睛。

儿子:

　　12月16日的来信收到了,你这封信写得很好,我和妈妈都反复看了好几遍,像过节一样开心。不经意间,你的写作水平已经有很大提高。回想高考前我们读的那些所谓"高考状元"的作文,他们是为写作而写作,是很拘谨、很受约束的状态,很多人写文章处于这种状态,写的文章太像文章,字里行间都是人工斧迹;不少人,写了一辈子文章,也没有从这种拘谨的状态走向自由的状态。所谓自由的状态,就是言为心声,一切文字是从心里流出来的,用鲁迅的话说,就叫"从水管里流出来的是水,从血管里流出来的才是血……"(大意),总之,文章不只是"写"出来的。我从为写文章而写文章,到写作的自由状态,用了十来年的时间,那是所谓"作文作法"之类的罪过,那是"遵命文学"束缚的结果。你这么快就进入了自由状态,这是让我十分惊讶的。非常棒!

　　当然了,论文不能这样写,论文要求十分严谨,你在德国,应该会受到这方面的严格训练,我就不多说了。还有,文字有不够干净的地方,可能你是一气呵成,没有细改。你这封信写到半夜,没有时间重读,这没关系。但是,如果是正式的文档,写完以后,应该重看两三遍,极力将可有可无的字、句删去——这也是鲁迅对作文的要求。

　　你们有机会去柏林玩,虽然时间太紧一些,但这是大好事。到了德国,不曾去他们的首都,多没劲!我去过柏林,只待了一天,去了国会大厦和柏林市政厅,还参观了柏林墙遗址,总理府仿佛就在国会大厦对面,我去时还没盖好。我发一张相片给你,是我在市政厅门口与两个德国警察的合影,男的帅,女的漂亮,你看他们笑得多灿烂,还有

去远方
——父与子的跨国对话

一点天真,似乎是我的老相识,而实际上,我只是一名游客。我在伦敦的时候,还和皇家骑警合影。据说,他们在公务之余,有责任满足游客的好奇心。你在柏林市政厅,如果碰到相片中的两个警察,请代致问候。一笑。

不知道你会不会去看一看柏林墙遗址,剩下的那段墙,有不少颇有深意的画,可以拍一些照片。我拍过几张,但那时不是数码相片,没法传给你。

柏林墙,是德国民族的伤痕。现在,这墙倒了,就像人开过刀一样,不能不留下伤口。"二战"后,德国分别由美国、苏联、英国和法国占领。历史表明,美国占领区,现在是德国各方面最先进的地方,英国和法国因为深受纳粹之害,有不少对德国人的报复行为。苏联占领的东德当然是全德最落后的地方。但是,德意志民族毕竟是优秀的,1989年春夏之后,也就是在你出生之后,整个变革的风潮席卷欧洲,柏林墙很快被推倒了,不仅东西德统一了,整个欧洲也统一了。对比亚洲,1988年,缅甸也发生全国性的民主运动,推翻了专制政府,但换来的却是军人专权,直到今天,还如铁桶一样。此外,"二战"后,朝鲜半岛也分成南北两部分,而且,朝鲜半岛到目前还是无法统一。这就是欧洲人和亚洲人的区别。

很多中国游客到了欧美,看到的是他们的"落后"——房子为什么这么矮啊!他们行走在莱茵河边,感叹说,这还不如我们珠江两岸嘛,还不如闽江嘛。为什么呢?珠江边、闽江边,水泥的森林正在"崛起",而欧洲的河边,有的只是农田、飞鸟,还有中世纪的古堡。又如柏林墙,不就是一段水泥墙吗?这有什么好看的?这让我想起了徐志摩的一段话,他说:"我不仅会听有音的乐,我也会听无音的乐(其实也有音,就是你听不见),我直认为我是一个干脆的 Mystis(神秘主义者)……你听不着就该怨你自己的耳郭太笨,或是皮粗,别怨我。"这里,徐志摩提出了"无音的乐"这一概念。音乐本来就是来自"无音"的生活,音乐家将其变成了音乐。阿炳住在破屋中,屋顶漏水,漏水声不是音乐,属"无音"之类,阿炳却于无声处听有声,他激动得浑身颤抖,立即要写曲子。可是,他的妻子却拿脸盆来接屋顶的漏水,他的整个感觉都被赶跑了。我要说的是,一个有人文素养的人,行走在莱茵河边,江风阵阵,他可以听到"无音的乐",听到贝多芬的歌吟。就是说,我们应该有一双能听到"无音的乐"的耳朵。同时,还要有一双能看到看不见的物的眼睛,比如,徜徉在柏林墙边,于无物之中,我们的眼睛看到了历史,由历史,甚至看到了未来,就像一首歌里唱的:"借我借我一双慧眼吧……"我相信,我儿子

第 12 封信　艺术的耳朵与人文的眼睛

会有一双听到"无音的乐"的耳朵,有一双看到"无物的物"的眼睛。

能去柏林,应该会去看柏林墙遗址的,你有了与历史对视、对话的机会。

听说柏林还有很著名的"二战"纪念馆,但我没去过。1992 年 9 月,我参加了全国青年编辑学习班,当时的人民出版社社长张惠卿在讲座中谈了他的访德观感,给我留下了深刻的印象。他说,在柏林有一个"二战"纪念馆,纪念馆中的纪念物之一,是用犹太人的牙齿堆成的一座小山,足有两层楼那么高!他们不是收集惨死者的尸骨,而仅仅是牙齿,就堆成了一座小山,多么触目惊心!这也是一座无字碑,碑上所写的都是纳粹德国的累累罪行。当时,有德国朋友问张惠卿有何观感,按照中国人的习惯和善意,张说:"我们永远不会忘记'二战'的历史。这是纳粹的罪恶,但德国人民是无辜的,德国人民和其他战争受害国人民一样,是战争的受害者。"可是,德国朋友却这样告诉他:"不,德国人民是有罪的。德国人民容忍了盲从了甚至疯狂地崇拜了希特勒,是德国人民和希特勒一起制造了罪恶。否则,一切都不会是这样的。"张惠卿听后十分感动,他说,他很欣赏这个德国人,从他身上,张感到德国似乎已经恢复了理性。你如果有机会,应该去这个纪念馆看看。可惜,具体叫什么名字,我也不知道。

在柏林有自由活动时间,单独行动有很多好处,就是在哪里多待在哪里少待,可以自行决定,不要关顾他人,相对自由;但初来乍到,最好要结伴而行。

早几年,我曾经写过一篇文章:《欧洲建筑:自然的,艺术的,历史的》,发给你看看,我是走马观花,不知道把握得是否准确。对此,你如有新的感受,可以告诉我,我将对其进行补充。

你们去了柏林,还去阿姆斯特丹吗?去柏林是学校组织的,去阿姆斯特丹应该是你们几个同学的活动吧?如果有时间,还是要去的。你走之前我就对你说过了,要走遍欧洲。你想想,国内的旅游团到了欧洲,花了不老少的钱,也就是匆匆而过,到此一游,与你们这样从容地行走,那是有天渊之别的。

在国内的时候你说过,小小亚琛,有两个诺贝尔奖的获得者,学长都没有提到这事吗?

从新相片看,你下巴好像长胡子了?留胡子还是不留胡子是你的私事,我们不便多说什么了。不过,我们见了,有了新鲜的感觉。看来,你到欧洲后还没有理过头发?

053

去远方
——父与子的跨国对话

其他同学也这样吗？如果有人留他几年头发，变成清朝遗民，神鞭飞舞，那也是向洋鬼子展示了中华固有文明。

你英语基本上过关了，德语学习一定要抓紧啊！

先写这些。愿你每天都有好的状态，每天都开心。圣诞快乐，新年快乐！

爸妈

2008 年 12 月 18 日

第 13 封信　留德精英·学会独处

　　留德精英多多，有傅斯年、罗家伦等，还有后来成为北大校长的蔡元培，教员朱家骅，已获得美国博士学位的赵元任、俞大维，来自欧美各地的陈寅恪、徐志摩、金岳霖……人才济济，呈一时之盛。享受孤独，独自漫步，特别是漫步在有历史感的欧洲小镇，应该是别有一番滋味的。

儿子：

　　我最近有空了就读一些关于德国的文章，看来我们去德国还是去对了，比去澳大利亚好，这自不待言，比起美国，也是互有利弊。中国留德学生中出了不少大人物，留德精英多多。二十世纪二十年代，很多中国留学生赴德深造。据说这是因为德国的大学有浓厚的自由的学术空气，还因为战后马克大幅贬值，带外币在德国使用格外实惠。比如，傅斯年、罗家伦等，还有后来成为北大校长的蔡元培，教员朱家骅，已获得美国博士学位的赵元任、俞大维，来自欧美各地的陈寅恪、徐志摩、金岳霖……人才济济，呈一时之盛。他们多数追求新知识和名师的指导，这种"旁征侧挈，以求先博后专"的游学方式，在德国历时六七年以至十年以上的大有人在。当然，你们现在的留德，与二三十年代也有不一样的地方，从人数来说，现在就非常多，当年应该是比较少的。不过，无论任何时代，精英总是比较少的。

　　有一点我非常费解，既然那时的德国教育那么自由，德国人的素质那么高，怎么就会出了一个希特勒这样的怪胎？这个问题你平时也可以多思考，有机会甚至可以向德国人请教。

　　《傅雷家书》中有这么一段话："Krakow 是一个古城，古色古香的街道，教堂，桥，都是耐人寻味的。清早，黄昏，深夜，在这种地方徘徊必另有一番感触，足以做你诗情画意的材料。我从前住在法国内地一个古城里，叫作 Peitier，十三世纪的古城，那种古文化的气息至今不忘，而且常常梦见在那儿蹀躞。北欧哥特式 (Gothiqae) 建筑，Krakow 一

去远方
——父与子的跨国对话

定不少,也是有特殊风格的。"我在想,你 16 日的信中说的"以圣诞集市闻名的小镇 Monschou",也许与傅雷描述的有异曲同工之妙?欧洲有很多这样的小镇,且各有特色。你圣诞之前去,人很多,自有一番热闹。过些日子,人少了,你应该再去走走,也许别有一番风情。傅雷回国多年,还常常梦见欧陆,以为那里充满了诗情画意。

在同一封信中,傅雷还有这样几句话:"艺术家特别需要冥思默想。老在人堆里(你自己已经心烦了),会缺少反省的机会;思想、感觉、感情,也不能好好地整理、归纳。"其实,不只是艺术家,就是哲学家、科学家,也都需要漫步遐想,需要独处。人在热闹中,有时却是孤独的。比如,我不时参加一些宴饮,置身于非同寻常的热闹之中,苦的脸,却堆满挤出的笑。因为无聊,所以感到了无边的孤独。这就是人海中的孤独!回到书房,我独自一人,沏了茶,静静心,孤孤单单,却回到了充实。当然,不只是书房,享受孤独,独自漫步(傅雷还提出,最好的时间是"清早,黄昏,深夜"),特别是漫步在有历史感的欧洲小镇,应该是别有一番滋味的。

年轻人喜欢热闹,这是天经地义的,现在与你说这些还太早,但既然想到了,说说也无妨。将来,你人到中年了,就能体会到独处和独自行走的奥义和快乐。

今天是星期天,我和妈妈到外婆家吃午饭,饭后我到办公室给你写这封信,却不见你在网上。估计你们又出去玩了。圣诞就要到了,第一次在西方过圣诞节,一定要玩得开开心心啊!先这样。

爸妈
2008 年 12 月 20 日

第 14 封信　有财下崽·早睡早起

　　你的圣诞贺卡收到了,我和妈妈都很高兴,这是来自遥远的异国他乡的祝福,这是儿子的祝福,我们会把它收藏起来。你要注意作息时间,养成早睡早起的好习惯。过节可以随意一些,平时一定要注意节制,不要轻易搞乱了生物钟,搞乱了,恢复起来就比较累。

儿子:

　　新年好!
　　元旦放假三天,我们都在家里,没上网,昨天上班了,想你去了柏林,网上也没见到你。这些日子你都好吗?
　　你的圣诞贺卡收到了,我和妈妈都很高兴,这是来自遥远的异国他乡的祝福,这是儿子的祝福,我们会把它收藏起来。
　　2 日那天,有财生了七只狗娃。晚上我去睡觉的时候,七只狗娃都活着,可是,第二天上午却死了一只,将其埋下时,发现嘴角有血,估计又是被有财给踩了。那么多狗娃,有财忙不过来,也难怪她。这几天,有财一天吃两三个蛋,喝两袋牛奶,还吃牛肝,待遇比我还好。小狗与上一窝的一个模样,简直认不出来谁是老大,谁是老小。这次有财下崽,天气寒冷,关在二楼阳台,这样小狗不会受其他大狗的伤害,又能晒得到太阳。这些狗娃都已经有人预订了,大约过了农历十五,就要奔赴各个家庭。
　　你要注意作息时间,养成早睡早起的好习惯。过节可以随意一些,平时一定要注意节制,不要轻易搞乱了生物钟,搞乱了,恢复起来就比较累。从年轻的时候就要爱惜身体。这话不容易听得进,我年轻时也这样,但父母还是要不断唠叨,慢慢地随着年龄的增长,会起一些作用。
　　过年时,如果你贺卡已经买了,可以给家人寄;如果还没买,就不要寄了。如果要寄,你还要知道爷爷、外婆他们的地址,要不要地址,告诉我。其实,你给他们打电话更好。有他们的电话吗?要没有,我下回写给你。

去远方
——父与子的跨国对话

  和你一样,年底了,我最近比较忙,信写少一点,反正你也不爱听我们的教训,你一天比一天习惯德国的生活,我们也放心。先这样。

爸妈
2009 年 1 月 5 日

第 15 封信　关注家族遗传与审视内心世界

　　大多数人关注别人的时候多，关注社会的时候多，关注自己物质利益的时候多，但是，关注自己内心世界的时候少，中国人尤其如此。一要关注自己的生理遗传；二要关注自己的心灵世界，也包含性格遗传的因素。

儿子：

　　我从网上看到，这些天德国气温骤降，东部创下了零下 26 度的低温纪录，柏林周边地区最低气温也达到了零下 19 度。还说，在北威州，部分高速公路上的汽车只能以步行的速度前进，拥堵长度累计达到了 220 公里。这样看来，你们那里也一定是异常寒冷的了。不过，我们不担心，你们有暖气。我记得，有一本写知青生活的小说，好像叫《征途》，说他们在东北尿尿，在野外，拉出的尿立即就结成了冰。你们那里会不会这样？你可以试一试。另外，好像在零下二十几度，不能用手抓铁栅栏之类的东西，如果抓了，就会被粘住，硬扯下来，甚至皮会粘在铁栅栏上。也不知道有没有这么恐怖，你小心一点就是。自己照顾好自己。

　　我似乎又感冒了，今天上午没去上班。最近感冒颇频繁，感觉身体变得比较虚弱。
　　从我们家族看，有早熟而早衰的历史。我从三十多岁就意识到这一点，就知道这个道理，因此比较关注家族的遗传信号，一是生理的，一是性格的，尤其要关注那些劣质基因的遗传。比如，爷爷和我都早早脱发了，医生说这是脂溢性脱发，我觉得是湿毒重的结果，这甚至与福州的地理条件不无关系。湿毒以油脂的形式，从发孔挤出，长此以往，堵住了毛囊，头发就难以生长了。比较有效的办法是常洗头，保持头发、头皮的洁净。
　　除了生理的以外，更多的要关心性格、心理、人格的健康。大多数人关注别人的时候多，关注社会的时候多，关注自己物质利益的时候多，但是，关注自己内心世界的时

去远方
——父与子的跨国对话

候少,中国人尤其如此。因为这样,责人的时候多,自审、自省、忏悔的时候少。好像欧人有这样一句话:人啊,不要喋喋不休,倾听自己心灵的声音吧!欧洲文化史上,不断有《忏悔录》这样的著作行世,中国基本上没有。

我以上说了两层意思:一要关注自己的生理遗传;二要关注自己的心灵世界,也包含性格遗传的因素。

你头发长,洗完头发要晾干了再睡。不过,我估计在暖气中,头发也干得快。在家的时候就常对你说,头发不干就睡觉,现在不会有什么大事,但是有的东西会潜伏,年纪大了,会患偏头痛。对了,看了你到柏林拍的相片,你头发剪了,是怎么剪的?不像自己剪的,理发是不是像曾经说的那么贵?

我再求证一下,在那边,你的"香港脚"没有发作吧?如果真没发作就好了,这将证明我的一个观点:"香港脚"不是什么细菌问题,而是湿毒逼迫的,是地气使然。

我要去休息了,人难受。最近见鬼,一个月不到就要感冒一次。唉,太忙,把锻炼的时间都给挤占了。你走后,我和妈妈也很少到技校操场散步,当然,可能与天冷了、我回家比较晚也有关系。你一定要爱惜身体,要适当锻炼,不要老在电脑前,学习个把钟头了,就要站起来走一走。先这样。

爸妈
2009 年 1 月 8 日

儿子第 7 封来信　气温骤降

爸妈：

　　前几天收到了邮件，今天才有空坐下来回。德国气温骤降的时候我们正在返回宿舍的路上，于是乎我们创下了一项我们老师所称的吉尼斯世界纪录：从柏林返回学校居然用了二十二个小时。基本上就是从柏林一路堵回来的，时速大约每小时 20 公里。现在零下 20 摄氏度左右，但外面很干，出去也不觉得非常冷，我们去对面的小店买吃的，有时棉袄也不穿的。因为天气足够冷，外面的积雪一个多星期了，一点要化的迹象也没有，雪仗也打不起来，水都结冰了，雪一点水分都没有，捏不成团，扔出去都是粉，呵呵。我把啤酒放在窗台上，好久也不会结冰，相信撒一泡尿更加不会……你说的那个传言我是听说过的，也看到有节目证实过。用手是没有关系的，就是别用湿热的东西，最危险的……就是舌头。

　　你们电话中问了亚琛大学的情况，是这样的，亚琛的两所工科大学就是亚琛工大和我们学校。亚琛一共有四所大学，另外两所一所是神学院，一所是音乐学院。之前我们听说出诺贝尔奖的是 Juelich 而不是亚琛。Juelich 是一个以学术为中心的小镇。学长也和我们说了亚琛的科技气氛很浓厚，商业建筑不多，教学楼和研究院多。像之前照片里的那个有蓝色标志的地方，就是飞利浦的欧洲研究院。

　　胡子我之前留了一点，后来觉得不好看，就刮掉了，现在留点头发看看，不好看就理掉。

　　头发是自己剪的，剪完后那个刀子再用了一下，就坏掉了，果然便宜没好货。我原来不知道，要定期把那个刀头打开清理的，上次我想修，一打开发现里面厚厚一层头发。估计是马达被卡死了，现在把头发清理掉，那个推子也转不起来了。

　　"香港脚"在天冷的时候从来就没什么症状，得等到了天热的时候才知道。

　　好了，今天上午睡久了，头有点痛，先这样。

儿子
2009 年 1 月 10 日

去远方
——父与子的跨国对话

第 16 封信　人鸟之间·学习与过年

　　下雪了，很多欧洲人在野外搭鸟棚，每天到棚里放很多吃食，以帮助鸟儿度过寒冬。现在没人管你，更要培养自制力，一切全靠你自己掌握。你从出生以来，第一次在外面过春节，"每逢佳节倍思亲，"我们会想你的，好男儿志在四方，你不必牵挂我们。

儿子：

　　今天是周日，在阳台上晒太阳。我有一个发现，我们不自觉间成了绿色和平主义者，成了慈善家。屋顶上有成群的麻雀——这不奇怪，老早就有了——但我在树下尿尿，它们居然没当回事，也不飞走！本来麻雀是最怕人的，你说神不神？！我和狗在树下尿尿，尿肥了桂花树，今年的桂花是满树妖娆，麻雀是来吃桂花的。吃罢，它们发现狗把牛肝吃完了，还剩很多饭，于是围着吃饭。记得早些时候，麻雀要来吃饭，杰克就会冲上去追赶，有一次还逮着了一只小鸟。现在，狗也不管鸟了，随它们吃。狗在阳台上散步，麻雀也不当回事，叽叽喳喳，似乎一起唱歌给狗听哩，可能狗听了很受用，才把饭分给它们吃？如果有一天，麻雀能停在狗的背上，和狗聊天，那就太好了。也不是没有这个可能，我们去登云水库的时候，不是看到很多大白鸟（我叫不出名字，是不是白鹭？）停在牛背上吗？将来，鸟要是能与狗聊天，也许我还能为他们当翻译哩。

　　之所以说成了慈善家之类，是我记起了在哪里看到的一本关于欧洲的书，说下雪了，很多欧洲人在野外搭鸟棚，每天到棚里放很多吃食，以帮助鸟儿度过寒冬。那篇文章还配相片，那鸟巢还蛮结实的。这些天，德国也下大雪，你见过这样的景观吗？自然，他们这是积德行善之举，也是人与自然和谐共处之举。我们家的桂花，成了麻雀的吃食，狗能和麻雀分享食物，看来，和谐世界先在我们家屋顶实现了。

　　我还想起，美、欧许多城市的鸽子，不怕人，甚至站到人的肩膀上。有报道说，曾有中国人把广场鸽给逮回家煮了吃。早些年，上海的人民广场也学美、欧，也放广场鸽，好像上回带你和卢禾去上海、杭州时，你们都见过。上海人素质是很高的，但广场鸽还

062

是怕他们。这些年到上海,早已不见这些小生灵了。

也有不丑陋的中国人——这不是问题,就像也有丑陋的欧洲人一样——听奶奶说,她们老人朋友中,有的老人,每天吃完晚饭,就提一袋吃食,上街喂流浪狗。久而久之,有的流浪狗会在某一固定的地方等这些老人。

我们一起去西藏的时候,见到日喀则的札什伦布寺中有很多狗,僧侣们有一个传统,就是收留流浪狗。你还记得那些狗吗?

此外,我们还很关心你的学习,想问,又怕你烦。平时没有考试,对自己的学习状况可以有基本的评估吗?与班上其他同学对比怎样?英语、德语是小班化,其他呢?现在的事实是,你们主要还是生活在中国人的语境中,明年又要学专业课,又要学德语,要时时意识到时间紧迫,后年也是一转眼就到了,到时德语授课,如果语言没过关,也会影响专业课的学习。

我们是文科生,有客观原因造成的先天不足,这就要求我们要比别人用更多的时间钻研。今年是最为关键的一年,如果今年不过关,只有一次补考的机会。虽说以后也不能挂科,但毕竟还有留级的机会。

最近有没有玩太多的游戏?我估计没有,你们那个网经常掉线,也玩不起来吧?放松放松是可以的,千万不能着迷。好在你小时候该玩的游戏都玩了,已经有了拒绝诱惑的抗体,这一点,我们感到欣慰,也比较放心。现在没人管你,更要培养自制力,一切全靠你自己掌握。

春节就要到了,中国留学生过春节肯定要聚一聚吧?你从出生以来,第一次在外面过春节,"每逢佳节倍思亲,"我们会想你的。好男儿志在四方,你不必牵挂我们。你能有出息,就是对我们最大的安慰,就是让我们最开心的礼物。未来的路还好长,一定要继续努力。

春节给爷爷、奶奶、外婆打电话,最好也要给姑姑、叔叔、大姨、二姨打电话。给老人打电话,要多说几句,问寒问暖啊,说你在外面一切都好啊,请他们放心。平时,你嘴比较钝,金口难开,这有遗传的因素,你妈妈也是这样的,虽然这一两年有较大的改进,比如我的外婆做生日那回、"五香豆"的叔叔阿姨为你饯行那回,都表现得不错。人在

去远方
——父与子的跨国对话

江湖,今天天气哈哈哈……应酬话总是要说的。我想,随着年龄的增长,你一定会越来越潇洒的。

对了,你发短信给我,收到了。我如果也给你发短信,你会收到吗?收短信要钱的吗?春节时,与你的同辈,比如卢禾他们,也可以发短信问候。

年前会再寄一次包裹,这几天正在准备。

你自己理头发,看上去还不错。其他同学有这样干的吗?理发刀坏了,要再买一把好的吗?正好要寄东西,你要尽快告诉我们,如果要,一并寄过去。好了,多努力,多保重。

爸妈
2009 年 1 月 13 日

第 17 封信　春节快乐

头一回在外过春节,就走得这么远,一定要把自己的生活安排好,一定要和同学们一起聚一聚,我们是中国人,这是中国人最隆重的节日。正月初一的上午,为自己煮两个太平蛋吃一下,以示圆满;如果穿新衣、新鞋等,那就更好了。你在外面,我们也不能给你压岁钱了,自己取一些钱为自己压岁吧。

儿子:

　　头一回在外过春节,就走得这么远,一定要把自己的生活安排好,一定要和同学们一起聚一聚,我们是中国人,这是中国人最隆重的节日。爸爸妈妈希望你节日快乐,在异国他乡有在家里一样的感觉。

　　你在家的时候,也没有太多的过节观念,除夕夜也多是在电脑前度过。但今年不一样,你头一回离开家,又走得这么远,一定要和同学在一起,开开心心的。这些同学,和你一起奔赴德国,不论性情如何,都注定其中的大多数将成为你终生的朋友。很多时候,同学间的友谊要比一般的亲戚关系更为重要。

　　你似乎很注意节俭,这很好。我对你说过,美国人生活得很简单、很朴实,因为他们崇仰新教伦理。简朴的生活加上勤奋的工作,这就是美国主要人群的日常生活。在欧洲,你应该也可以看到大多的欧洲人是十分朴实的。但是,我们一再对你说了,该花的钱就花,不要把生活搞得太拘谨。这一年,你带在身上的钱,应该总够花的。如果不够,我们再寄出去。至于第二年的费用,我们也已经计划好了,不会有问题。何况我们还有房产可以出售或抵押。当然了,你在外面,能为父母分忧,说明你长大了,我们打心眼里感到欣慰。再说一遍,该花的千万不要太拘谨。

　　正月初一的上午,为自己煮两个太平蛋吃一下,以示圆满;如果穿新衣、新鞋等,那就更好了。总而言之,已经是大人了,要学会自己照顾好自己,照顾好自己的身体,学会自己抚慰自己的情绪,学会让自己快乐。

去远方
——父与子的跨国对话

　　你在外面,我们也不能给你压岁钱了,自己取一些钱为自己压岁吧。今年你二十岁了,第一年没有拿大人的压岁钱,这也意味着,你已经开始成人的生活了。

　　你整天待在暖气里,一定要到屋外活动活动,吸吸新鲜空气,适当锻炼锻炼身体。可以散步,可以快走,等等。对了,自行车买了吗?骑车也是不错的锻炼。

　　晚上家里没什么事,我到办公室上上网,给你发邮件。好了,我要回家了。新年快乐,新年进步。

爸妈
2009 年 1 月 24 日

第 18 封信 琐碎的杂事

  随着年龄的增长，习俗的事也可以渐渐看淡。数理化课本，内容比较稳定，变化不大，你带一套中文版课本在身边，碰到相关问题了，可以与英文课本对比着看。

儿子：

  下午到办公室，看你不在网上，估计电脑还没有修好吧？

  除夕夜吃完饭，就算过年了？玩得很开心吧？外国同学和你们一起过了吗？老师和你们一起过了吗？这几天你们都在上课吧？

  爷爷、奶奶、姑姑、叔叔还给你压岁钱，我们坚拒；外婆也给，我们不要，她硬是要给，也没办法，妈妈收下了。

  你后来去科隆了吗？买新衣服穿了吗？穿新衣服，当然最好了，要没买到，也没关系。小孩穿新衣服，这是习俗，也希望孩子年年有新面貌。我们大人就未必一定要穿新衣服。你现在二十岁了，也已经是成年人了；将来有了家，有了孩子，也要开始承担男人的责任。随着年龄的增长，这些习俗的事也可以渐渐看淡。

  正月初一、初二，福州都下雨，我和妈妈都待在家中，妈妈看电视，我写东西——今年有两本书要写，写作的任务还是挺重的。初三，妈妈去同事那里玩，我依然在家工作。初四，就是今天，上午外婆到我们家，来看贝贝和那六只小狗。——外婆狗养不下去了，贝贝又接回来了，这事对你说过吗？小狗肥嘟嘟的，过完正月十五就要送人了。外婆走后，我到奶奶家，我的外婆在奶奶家，我推着她的轮椅，带她到五一广场逛了一圈。下午她要回老人院了，奶奶、姨婆、阿瞳送她去。这会儿，我就到了办公室，给你写封信。

  我跑了好几家书店，才买下那套部颁教材的高中物理课本，感觉编得还蛮好，还配图，也分类，估计比较好用。你前两年没学物理，现在用的又是英文课本，这样学起来可能比较累，花的时间也比较多。数理化课本，内容比较稳定，变化不大，你带一套中

去远方
——父与子的跨国对话

文版课本在身边,碰到相关问题了,可以与英文课本对比着看,这样既容易理解,也会节省不少时间,不仅今年有用,将来也还能用。另外两本参考书,你有疑难问题了,也可以参考参考。

第一次的包裹是 2008 年 12 月 30 日寄的,估计快到了,你留意一下,但愿一切顺利。如果出了麻烦,也不要急躁,可与 BSK 联系。此前,有同学出了麻烦,也是他们出面交涉解决的。也可以打电话回来,我们与邮局等交涉。

妈妈感冒了,生病在家,我要回去煮饭了,先这样。照顾好自己,多保重。

爸妈
2009 年 1 月 29 日

儿子第 8 封来信　文科生的烦恼，同学相处的烦恼

> 我面临着双重压力：一是与大家一样的德语压力，一是作为文科生特有的压力。转经济学专业，也许会在一定程度上减轻我的压力……转，还是不转？我很烦恼，我该怎么办？如果转的话，我就不会再在这所学校念书，将告别我的这些同学，到一个陌生的地方，而那个地方似乎比我们富裕的北威州要差上那么一些。

爸妈：

　　我电脑的电源还没有到，先用手机回一下，可能比较简短。

　　马上就要半期考了，是下月 6 日吧，我这几天都在心烦物理的事。物理老师说我们班是一个很强的班，所以他决定给我们讲一些更难的东西，而我从我们班的理科生那里得知，现在讲的他们也不是很懂了。虽然我觉得半期考可能不会考这样程度的题目，但我还是很心虚，因为我解题能力低，加上很多公式是我不熟悉的。而且我们现在三个月（每周三个小时的物理课）就把运动学（高中一本书的内容）给过完了，老师是建立在提高的基础上来讲课的，对于我来说实在是有点太快。

　　我是知道的，理科生不是很看得起文科生，因为老师在选科的时候就不断在暗示（也有的就是明示）大家，选文科就是死背书，选文科就是找不到工作。理科生总是看不起文科生，即使是熟人，有的人也会有意无意地流露出这种鄙夷的神色。我是一个文科生，在一群理科生当中，我应该承认，我感觉到了很大的压力。

　　我现在很心虚，不知道半期考会有什么样的题目。

　　今天在布告栏上看到了转经济学专业的通知，还没有人报名。我原以为报名已经结束了（原来说是 2009 年以前），也许是因为没有人报名，所以期限给延长了。转，还是不转？我很烦恼，我该怎么办？如果转的话，我就不会再在这所学校念书，将告别我的这些同学，到一个陌生的地方，而那个地方似乎比我们富裕的北威州要差上那么一些。

去远方
——父与子的跨国对话

  经济学专业是全英文授课的。现在,我面临着双重压力:一是与大家一样的德语压力,一是作为文科生特有的压力。转经济学专业,也许会在一定程度上减轻我的压力,但我不是很愿意这么干。一是好像没有人愿意转(除了一位阿塞拜疆小朋友),更重要的原因是我比较爱面子,转专业了,是不是意味着我这个文科生败下阵来了?我还不想放弃。

  总之,最近比较烦,也许是因为比较心虚所以心烦,总是觉得在自己不擅长的领域找不到以前的那种自信了。我知道这是一种不良的心理暗示,但一时也找不到什么方法,来对自己进行正面的心理暗示。看别人,大家都是一副很轻松、不当回事的样子。德语又很难,我们上了三个月之后,课文的长度已经达到 650 个词,相当于我们高三英语上册的课文长度。

  ……

  学习之外,还有一个烦恼,那就是人际关系问题。

  唉,反正不论在什么地方都会碰到令人讨厌的人。好了,先说这些吧,这些字,用手机打了几个小时,不过,说出来感觉舒服了很多。

房多

2009 年 1 月 30 日

第 19 封信　关于转专业、文科生及物理课

> 路在嘴上，一定要敢开口，有问题就要问，不要什么事都自己蒙头解决，这样，可以少走许多弯路。我们作为文科生没有必要自卑。以你而言，我相信你的知识面要比一般的理科生广得多，创造能力也要比他们强。从历史上看，纯粹的理科生，没有受过文科的哲学、逻辑等训练的话，只是成为匠人，不会有大出息的。心情要放松，再放松，没有什么大不了的，没有过不了的关。

儿子：

邮件看了，你心情要放松，没有什么大问题的，一起去的那些人总不会比你更强吧。有的人可能物理比你强，英语就差你很远。我们要有信心。只要你努力了，就不会有问题。

你出国以后，一切顺利，现在有了一点小麻烦，这也属正常。如果生活都没麻烦，那才怪了，那才不正常。

你说转经济学专业的问题，而且 9 日以前就要定下来，这事比较急，我要先和你交流一下。

经济学专业的情况怎么样，你首先要先向学校了解一下。大概要了解这些事：第一，经济学专业开哪些课程？这些课程是你感兴趣的吗？学起来会有障碍吗？第二，要换学校吗？到哪里学？如果要换，那这新的学校与亚琛应用科技大学有什么关系？是不是就脱离了亚琛应用科技大学了？新的学校的情况如何？第三，这样的话，与 BSK 有没有关系？他们的境外服务的承诺还算数吗？要不要征得 BSK 的同意？他们毕竟是我们的中介，对我们有所承诺。第四，还要了解一下经济学专业的就业领域、就业前景等问题。

你再想想看还有什么问题，拟一个提纲，向学校咨询，也可以向学兄学姐咨询。往届的同学有转专业的吗？如有，向他们了解情况，也是一条便捷之路。

昨天 BSK 的人打电话来问我有什么需要帮助，我就希望他们帮助了解一下转经济

去远方
——父与子的跨国对话

学专业的问题。他们马上打电话到德国总部,并很快给我回复。她说,最好你直接打电话给总部咨询。总部的电话是二十四小时服务热线,找威利先生。你可用英文与他交流,也可用中文交流,虽然他的中文不如费先生,但交流起来也没有问题的。据说,不少中国留学生向他们问这问那,寻求他们的帮助;你也应该给他们打电话,在做出决策前,向他们了解相关情况,也可以请他们向学校了解一下相关情况。这是大事,关乎整个求学过程,一定要慎重。我对你说过:路在嘴上,一定要敢开口,有问题就要问,不要什么事都自己蒙头解决,这样,可以少走许多弯路。

一般说来,经济学属于宏观一点的专业,毕业以后,比较多的成为政府经济部门的职员,实体单位是不是很需要这个专业的人才,这值得考虑。你现在学的电子工程等,那是服务于实体单位,从个人来说,也具有掌握了高科技技能的实用性,相比之下,会不会就业面更广?

再一个,你刚刚适应现在的学习生活,又有变动,会不会增加心理压力?变化带来的情况若更好则罢,如果更糟呢?会不会影响心情,影响学习的热情?

经济学专业整个过程都是用英语教学吗?这当然有优势,但是,你身在德国,德语虽难,还是要争取攻下来的。我们也应该看到,在德国学德语,比在世界上其他任何地方都要有优势,如果放弃了这个优势,可能这辈子就学不会德语了。

当然,我们也要反过来看问题,专业转得好,也不失为一次重新自我定位的机会,任何机会都要努力把握。如果经济学的课程是你感兴趣的,那会减轻很多学习的负担,这可以有效保证完成留学任务;换一个环境,可以接触更多的人,也可能这些人很多是各国的留学生,那么,我们的国际化程度会更高,不会像在亚琛这样,在中国人群居的地方生活,换个地方就少了一些与中国人打交道的无聊。不过,没有了这样的无聊,也会有另外的烦恼,这在任何时候都要有思想准备。

转不转专业,应该从自我发展的角度考虑问题,至于别人怎么说,大可不必太理会,不要太在意所谓的面子,这道理你是知道的:让别人说去好了,我们走自己的路。

关于转专业问题,你的最新想法是什么,请及时告诉我。定下之前,一定要了解准确的情况。

你说老师和理科生一般都不太看得起文科生。我估计这是在国内时的情况和感受。这种情况的出现是有一定的合理性(有一句话叫"存在的都是合理的,合理的都会存在"),文科除了当老师,就是去政府机关当公务员,再有就是作家、编辑、记者、律师之类的了,而理科在社会生活中应用的范围要广一些,所以中国人常说:"学好数理化,走遍天下都不怕。"

但事实是,文科生的知识面要更广,更有创造性的思维——数理化的基础知识,很大程度上是固定的,或者说变化较小。我们作为文科生没有必要自卑。以你而言,我相信你的知识面要比一般的理科生广得多,创造能力也要比他们强。从历史上看,纯粹的理科生,没有受过文科的哲学、逻辑等训练的话,只是成为匠人,不会有大出息的。我真的还不知道,你还有这样的忌讳,忌讳说自己是文科生。没有这个必要,我们也是通过考试去了德国的,作为文科生我们也能考得好,也能和理科生站在一个基本的水平线上,有什么好忌讳的!我们应该感到骄傲才是,我们应该有优越感才是。如果让理科生参加文科考试,他们也能考得这么好吗?况且,你们同去的,也不止你一个文科生。

你两年多没学物理,而物理又不像语文那样可以靠综合素质有所发挥,物理是一环扣一环的,没有投入相应的时间,怕未必过得了关。这两天,我向好几位物理老师了解补救的办法,他们向我推荐了这两套教材,说是比老师上课要好许多。国内有的老师就把这光盘放给学生看,然后让学生提问题,老师讲解。昨天中午,我花了 300 元将其买下,拷到电脑上,现在发给你。你一定要好好研究一下,不懂的地方多看几遍。你自学能力强,有了这样的学习帮手,多花一点时间,就能过关。你现在从头看一遍来不及了,先熟悉一下光盘的内容,找出你最需要补课的部分,急用先学。

我放在 QQ 上,文件比较大,你可以用中午上课或晚上睡觉的时间挂在那,慢慢下载。如果不行,马上告诉我,我另外想办法,比如,用 E-mail 分成几十封邮件发。

你不是有一个放相片的网络空间吗?或者你告诉我怎么操作,我将其挂上,你是不是就可以打开看了?

前些时候,BSK 问我你在外面学习有没有什么问题,我对他们说,你的物理相对差一些,因为有两年时间没读物理了,请他们问学校看看,能不能特别关照一下。昨天他们打电话来时说:一、要老师专门为具体学生补课不行,他们的工资都很高,没有报酬不会做的;二、建议我们从国内寄教材,这样可以和英文教材对比着看,学习进度会快

去远方
——父与子的跨国对话

一些,他们还说,物理教材全世界都一样;三、如果有必要,可以考虑请高年级同学帮助补课,一般一小时 8—10 欧元.(他们说,在德国的中国学生都很实际,帮助同学补课照样收钱。这样也好,你不是经常帮人修电脑吗?以后我们也照样收钱。这没什么好客气的,在西方,就应该按西方人的行为方式做事。你比较爱面子,估计与你同批的同学求助于你,你还拉不下面子。那对下一届的同学就没有什么好客气的了。据说,做家教也是勤工俭学的一种。)

课本已经寄出去了,但还要一些时间才能到。所以,国内的物理老师建议发这光盘,但愿能起立竿见影之效。

不过,可能考试也不会太难。中国的基础教育比他们好,由此推论,他们的一般考试不会太难,我们也不想得高分,能过关就好了。6日就要考试了,如果没过关,要做好补考的准备,就要拼命读书了。补考也没关系,往年也有不少学生补考。

BSK 说,德国对学生的成绩是保密的,但本人应该知道吧?BSK 有承诺,他们会向学校要成绩,然后告诉家长。这样,我们就可以有所评估。

另外,初中学的那些知识还记得吗?初中的物理光盘要不要?如要,请立即告诉我。数学也有一套这样的电子教材,数学有没有问题?要不要我给你发过去?这几个问题请马上回答我。

今天先写这些,关于与同学的关系等,这不是什么大事,我过一两天再写。

心情要放松,再放松,没有什么大不了的,没有过不了的关。

爸妈
2009年2月2日

儿子第 9 封来信　转专业与寻找信心

这几天我好好梳理了一下思路,在寻找应有的自信,好像有点阿 Q,但基本上放弃了转专业。我不知道他们国家基础教育的情况,但是我想和中国残酷的高考中培养出来的做题机器比,他们应该多少有些差距吧。我对这个实习是有不少美好的幻想的,特别是电子的实习,因为我以前就喜欢摆弄这些东西,现在能有一个系统的教学来让我正确地进行操作,觉得还是很不错的。

爸妈:

书今天已经收到了,空运果然比较快,中文的教科书也果然是比较有亲切感。

这几天我好好梳理了一下思路,在寻找应有的自信,好像有点阿 Q,但基本上放弃了转专业。物理的问题,主要是之前我不想面对。说实话,第一个学期我并没有花很多时间来学习物理,一方面是初来乍到,对一切都有新鲜感,不能静下心来读书;另一方面是有一种……怎么说呢,似乎有一种不平衡感,总觉得别人都不需要花这些时间来读物理,我却要这样。我也描述不清楚这种感觉,总之,看到物理就比较烦。从老早以前的一次物理小测一直到上周日,都处在一种很心烦的状态,心绪不定;直到这周一,随着考试的临近,我突然就有一点稳定下来的感觉,感觉我可以去念了,现在看起物理来,也不觉得那么恐怖。

关于物理,我再具体说一点,你们也有个底。第一是我估计半期考不会很难,我们班的难主要是因为我们班的程度,而以物理的课程量来说,应该不会设置太难的考试(物理一周三个小时的课,德语课一周是十二个小时)。第二是我们现在物理讲的东西并不简单,以我们班的进度,一部分内容已经超过了高中理科生所学的内容,老师的着眼点估计是我们班的人基础都不错,所以需要的是提高。再有就是,即使半期考很简单,我也不会有很像样的成绩。这要看具体的情况了,我对物理一直还是有一定感觉的,这种感觉主要体现在对现象的认识上,这也比较符合我文科生的特点。所以,只要选择题的分值大,我应该能拿到相对还可以的分数(当然不会高过理科生),问题是,之

去远方
——父与子的跨国对话

前我们班老师自己组织的小测,全都是大题(计算题),这种题对我来说基本是不可能的,因为我只掌握了少数的物理学基本公式,而计算需要运用它们。

前几天,在布告栏上看到转经济学的通知的时候,我有一种冲动,几乎就要去报名了,因为这样就可以让我摆脱该死的物理了(之前的讲座也提到过,如果报名的话将不需要参加实习,而转入一个专门开设的经济学预科课程,物理也不要再上)。

有一件事情,让我的想法有了一点转变,这件事是关于徐文静学姐的,也就是福州的那位学姐。来了之后,我惊讶地发现她的知名度很高,甚至南京等地的同学也都知道她,知道她学习很好。后来,我和一位学长——这位学长和我们福建上一届的几位都很熟,而这几位神秘人士至今都没有出现,除了徐文静学姐时不时和我在网上聊一聊——聊天的时候说到她,他说她之所以著名是因为她的德语说得非常好,她在德国已经生活了六年(从小学开始),这倒是我不知道的。由于德国的基础教育很差,她的数学和物理都是非常差的,用学长的话来说是"个位数"。于是,我想,她也过了这道槛了,我应该也没问题。还有就是其他的外国同学,其实我不知道他们的程度怎么样,我知道一位土耳其同学似乎很厉害,但是阿塞拜疆小朋友倒是看到物理就无比头痛,现在准备转经济学了。我不知道他们国家基础教育的情况,但是我想和中国残酷的高考中培养出来的做题机器比,他们应该多少有些差距吧。

下个星期就要进入实习学期。这个实习其实也让我很矛盾:一方面据说实习很累,每天上午6点就要起床赶火车,7点半就要开始,做工做到12点,然后再坐火车回宿舍,下午3点又要上课上到5点多,外面又冷,等等。总之去实习的人都叫苦不迭。另一方面,其实我对这个实习是有不少美好的幻想的,特别是电子的实习,因为我以前就喜欢摆弄这些东西,现在能有一个系统的教学来让我正确地进行操作,觉得还是很不错。这样,就让我充满了矛盾,实习既在促使我也在阻止我选择经济学专业。

还有,主要的障碍就是要换学校,Soest 应用科技大学,中文发音……应该叫宙斯特吧(好像怪怪的),离我们这里大概80公里。

6日的考试理论上来说不需要补考,我们问过老师是否会影响最后的成绩,老师闪烁其词,告诉我们,她认为半期考是给老师和你自己提供一个机会,来查看自己在这个学期的进度,如果感觉你落后了,你就会在下个学期发奋。从老师的说法看,我认为这就表示半期考成绩不会影响最后成绩。我们其实有两次半期考(我们有三个学期)。

总之,我现在对物理及格已经不抱希望,尽力而为就好了,缺的东西实在太多。现在我们已经结束了运动学,大概就是高一到高二上学期的全部内容,一年半的内容在三个月内结束了。

另外,现在这课本我感觉很好,比较深入浅出,比我之前带的全是习题的参考书要好得多。

房多

2009 年 2 月 4 日

第 20 封信　要有黑人的野性与豪情

人身上真的是有地域烙印的。我倒是很欣赏"北漂一族",很欣赏"新上海人",他们告别故土,远赴他乡,并且在那里扎根,做出了骄人的业绩。他们有点像当年流亡到北美的英国人。在美国的中国人最勤劳,但不影响美国;在美国的犹太人最能赚钱,但也不影响美国……黑人最懒,但却从根本上影响了美国,黑人的爵士乐、摇滚乐……总之,黑人的激情和野性,再造了绅士般的白人,从而使他们的血液中重新有了野性,有了实现梦想的激情。

儿子:

昨天的邮件中对你说了,你出国后,一切顺利,现在有了一点小不愉快,这一点也不奇怪,生活就是这样,不可能事事顺利。你现在还好,以后工作了,就知道俗话所言"不顺心事常有八九",反过来,顺心的事就只有一二了。所以,有一个作家为他的书斋取名叫"一二斋",就是要珍惜这一二开心的事。不开心的事过了就过了,不要太放在心上。又有人说:"不开心的事在心里不超过七秒钟。"为什么是七秒?据科学家说,鱼也是有记忆的,但鱼的记忆不超过七秒,所以,只要在水中,鱼总是快活的;他要像鱼一样健忘,像鱼一样开心。我觉得狗也是有记忆的,比如,我们带努比、豆豆去登云水库玩,他们玩得很疯,多去几回,每天到时间他们就狂叫着吵闹着要再去。如果一段时间不带他们去了,他们也就忘记了,也就随遇而安了。就是说,狗的记忆也比较短暂,也容易忘记。人的记忆是生物之最,因为有记忆而使人类成为人类,成为高级动物;也因为有记忆,使人类记下了许多不愉快。解脱的办法是什么呢? 不开心的事就让其随风飘去,多记住开心的事,也包括多记住别人的好处。

看你上月 30 日的信,觉得你很懂事了,还真有识人之慧眼。比如,那个很有优越感的女生,你能体会到她"之所以不断努力和不断告诉大家自己的实力,主要是因为她不自信,需要别人的肯定"。这一点,是要有一些生活阅历的人才能体会得到的。你说得不错,爱表现的人往往内心比较脆弱;表面不断表现其优越感的人,可能还异乎寻常地自卑哩。谁知道呢？

人，特别是女人，经常的情况下，不断地刻意地表现自己的强大，就是虚弱的时候。这一点，甚至在国际政治中也可见蛛丝马迹。比如朝鲜和伊朗，基本上不堪一击，国际社会之所以没有采取激烈行动，是建立在首先寻找和平解决办法这一良好动机的基础上的，可它们都号称是军事大国，不惧怕压力，等等。萨达姆时代的伊拉克、卡扎菲时代的利比亚，也都是这样，结果怎样呢？不都一一被推翻了？相反，一些强大的国家，总是表现得很从容。自信的人与自信的国家一样，总是很从容的。

中国有一句老话叫"大肚能容，容天下难容之事；开怀一笑，笑世间可笑之人"，从容的人总是淡淡地笑着，看花开花谢、云卷云舒，看可笑之人的种种滑稽表演。这是一种境界，需要一定的时间修炼，你现在还达不到这样的境界，但凭你的悟性，随着年龄的增长，是不难从容面对一切的。

不过，你既然看到了她"色厉内荏"的本质，说明你有见识方面的优越感。优越感在正常人那里，应该表现为对有心理障碍者不露声色的宽容与理解。最高傲的人也可能是最脆弱的人。她之所以这样，很大程度上是性格弱点的一种表现，就像我们也有性格弱点一样。对这样的人，在这些事情上，应该宽容一些，多一点理解，甚至同情。估计与她玩得来的人比较少，她事实上是一个不合群的人，我们却不必冷落她，平常可以聊聊天，都在异国他乡，彼此多一些关心总比互相冷漠相处要好。你不是说了吗？在公交车上，老外见了你们，只要目光对视，都会报以微笑。这虽然是很小的事，但却是对生活的一种温情，是对人的一种尊重。

我倒是很欣赏"北漂一族"，很欣赏"新上海人"，他们告别故土，远赴他乡，并且在那里扎根，做出了骄人的业绩。他们有点像当年流亡到北美的英国人。你知道，开拓美国的，主要是英国人。英国人就像老上海人一样，贵族化了，保守了，宠物化了，没有太多的进取之心，虽然有足够的智慧。可是，美国人就不一样了，同样是欧洲人种，他们没有英国人的绅士气，却有满是野性的牛仔精神。所以，他们开拓西部，他们有那么多的梦！美国，是播种梦想从而收获理想之地。我们家有一本《美国读本》，其中有一篇文章说到大意这样的话：在美国的中国人最勤劳，但不影响美国；在美国的犹太人最能赚钱，但也不影响美国……黑人最懒，但却从根本上影响了美国，黑人的爵士乐、摇滚乐……总之，黑人的激情和野性，再造了绅士般的白人，从而使他们的血液中重新有

079

去远方
——父与子的跨国对话

了野性,有了实现梦想的激情。现在,美国除了白人总统外,首先有的不是亚裔总统或是别的什么总统,而是黑人总统,这也证明了黑人的粗犷文化对美国的再造之功,这也好像"北漂一族"和"新上海人"对京沪的特殊贡献一样。

但你心中要有"北漂一族"和"新上海人"的激情,要有黑人的野性与豪情,希望有一天,你能成为"新欧洲人",无论身居地球的何处,都能成为一个健全的优秀的人,我想,你会的。

两个中午都没休息,一直在给你写信。少一点叹气,虽然有挫折,但生活就是在不断克服困难的过程中行进的,你会一天天好起来的。我们对你有足够的信心,你也要对自己有信心。这次即使考不好,也没关系,才三个月,剩下的时间抓紧一些,完全可以迎头赶上。

另外,看到你的留言了,书收到了,太好了!你结合英文课本,把关键的、费解的地方先找出来研究,应该可以起一些作用的。这书不要轻易扔了,以后,碰到一些问题了,还可以回过头来翻一翻,你物理基础不好,就更要留着它。

这次寄书,才十天左右就到了,估计是走空运。上次寄的,已经一个月多几天了,却还没到,那是走水运了。

昨天给你写了一封信,上午才改好,一会儿同时发过去。

我叫人民社的电脑高手小严来帮我搞了一个网络空间。他还为我安装了"纳米机器人",这样上传东西就比较方便了。从昨晚到现在已经传了 25 个文件,估计还要传一两天才能传完。这套教材很好,你一定要耐心下载。下载齐了,告诉我一声。对了,似乎要尽快下,时间太长,文件这么大,会被网站删了。小严说,把这个附件先发给你,这样你下起来会比较快一些。

以下先发一些下载的地址给你,有问题的话要及时告诉我。

爸妈
2009 年 2 月 3 日

儿子第 10 封来信　奖学金·转学校

爸妈：

因为网易邮箱在这里很慢，所以我现在就用这个 Google 的邮箱，这样发信比较快一点。

今天晚上我们去参加了关于转经济学和奖学金的讲座了，主要是下面的这些情况：

一是奖学金。原先学校告诉我们学校不提供任何奖学金，但是现在政府提供了一份只提供给国际学生的奖学金，每月 500 欧，共计十个月。我们学校有十五个名额，基本上是以平时的学习成绩为标准。不过，最后的衡量标准要等到明天才能知道。对于奖学金我是没有信心的，因为负责人说到，物理和数学，当然也是考察的重要标准。

另外，提供经济管理学学位的宙斯特应用科技大学同样也有十五个奖学金名额。

二是有关换学校和换专业的情况。现在如果希望换专业和学校的话，我们有两个选择：一是去杜伊斯堡－艾森应用科技大学，学的仍然是工科。还有就是去宙斯特应用科技大学，修的学位将由工学学位变为经济管理学学位。是全英文授课。如果报这个学校的话，我们将不用参加实习，而德语课程与英语课程的比重也会发生变化。修经济学的话，拿奖学金的希望会比较大一点；当然，如果想拿奖学金的话，肯定要有一种与现在不同的学习状态。

今天考了英语，虽然说很难（和高考简直不是一个档次的），但相对其他同学，我感觉基本上还是考得比较好的。拿到七成以上的分数应该没有问题。另外，我查了一下，宙斯特也在北威州，离杜塞尔多夫和杜伊斯堡比较近，从那里到杜塞，相当于我们这里去科隆的距离。

儿子
2009 年 2 月 6 日

去远方
——父与子的跨国对话

第21封信　奖学金·转学·实习

　　古人云:"天将降大任于斯人也,必先苦其心志,劳其筋骨,饿其体肤,空乏其身……""苦其心志"已经开始了,就是让你烦恼,比如,对同学的不满、想转学等;"劳其筋骨",那就是要去实习了,去干活了;你们不存在"饿其体肤"的问题,所以也不会"空乏其身"。
　　我们这么大老远跑到德国,就是为了学习,为了将来能成为国际型的人才,总之,为了有用于社会,也为了这一生的幸福。在外面,没人监督你,你要时时提醒自己,一定要抓紧。

儿子:

　　6日的邮件收到了,英语考得不错,这是好消息。英语是你的工具,英语能过关,行走世界就有了通行证。其他科考得怎么样,望及时告诉我们。
　　我们探讨几个具体问题。
　　一是奖学金和抓紧学习问题。政府提供了奖学金,说明德国政府对这一项目的重视。你是文科生,学习本来就有难度,既要学英语,还要学德语,拿不到奖学金是正常的。我们从来也没想"天上掉下个林妹妹",白捡了一笔钱。所以,奖学金的事,你不要太在意。别人拿了,你心里也不要酸,也不要不是滋味,要不以物喜、不以己悲,一切持平常心。
　　但是,从你的信中知道,你原来的学习状态不是最佳的,现在也意识到了要改变状态。自己有了认识,有了感觉,这最重要。你也想拿奖学金,这说明你对自己有信心,打算发飙了,这比你拿到奖学金还更让我们高兴。
　　把学习当一回事了,你又这么聪明,国外的教育方式又比较适合你,有什么困难不能克服的?
　　我们这么大老远跑到德国,就是为了学习,为了将来能成为国际型的人才,总之,为了有用于社会,也为了这一生的幸福。在外面,没人监督你,你要时时提醒自己,一定要抓紧。

082

第 21 封信　奖学金·转学·实习

人难免有情绪波动的时候,有情绪低落的时候,甚至有情绪失控的时候,这时,一个心理健康的人与一个不能控制自己情绪的人的区别就显现出来了,心理健康的人会用种种办法自我疏导、自我发泄,很快走出危机。前一段时间对学习重视不够,这与你初到德国有关,你也说了,对一切都充满了好奇。现在进入正轨了,学习也应该进入稳定的积极的良好状态。

你说过,进了亚琛的这两所大学,不怕找不到工作,就怕毕不了业。你还说过,此前,也有学长从亚琛工大转到你们学校来读的——这个学长从工大转到你们学校,说工大太难了,所以只能转。他一点也没为自己隐瞒的意思,说得大大方方,这与你不好意思说自己是文科生是一个对比。我们就应该学这个学长,行就是行,不行就是不行,一切都要大大方方,潇潇洒洒,就像你告诉我们物理考不及格一样——这就表明,西方的高校确实是宽进严出。你还说,明年学习的任务将更重。这些都提醒我们,一定要争取更多的时间钻研功课。

二是转学校问题。你似乎有点动了心。我们反复考虑了,这事最后还得你定。所有的事都是有利有弊的,不可能什么好处都占,什么优势都具备。不过,我有几条建议:

第一,你赶快到网上查一查宙斯特应用科技大学的情况,与亚琛应用科技大学对比,看有什么不同。还要查一下这个专业的情况。

第二,到网上看看有没有这个学校的学生在,如有,和他们聊聊天,听听学生的意见,从学生的角度了解一下这个学校。

第三,你可以打电话征求一下徐文静学姐的意见,她在德国这么久,应该会知道相关的情况。

第四,明后天,你也考完试了,到这个学校所在地走一趟,到学校看看,找这个学校的学生或老师问一问,最好找到这个专业的学生问。也当作去玩一趟。

第五,要给 BSK 打一个电话,问那个威利先生,听听他们的意见,问问看转学意味着什么。

这对你的人生来说,是一个重大决策。重大决策前,总是要做充分的论证。时间比较紧,你更要抓紧,周六周日一定要有所作为。

至于学校所处的地理位置,大可不必太在意。

去远方
——父与子的跨国对话

三是实习问题。你上封信中说了,如果没有转学校,接着就要开始实习了。你对实习的态度是积极的,甚至怀着某种程度的憧憬。你们上的是应用科技大学,实习当然是很重要的。西方教育肯定比中国教育更重视应用。看国内那些书呆子,读了一大堆没用的书,读了十几年的英语却不会说英文,我们就更能体会到学以致用的重要性。毛泽东有一句话还是对的:学习的目的全在于应用。实习可能有很简单的内容,你要有思想准备,不论简单还是复杂,我们都要认真对待,要把实习当作学习德国人认真做事的精神的一个机会。

你也提到,开始实习时,要起大早,要吃一些苦。年轻人吃一点苦,这没什么,不吃苦,安知甜?古人云:"天将降大任于斯人也,必先苦其心志,劳其筋骨,饿其体肤,空乏其身……""苦其心志"已经开始了,就是让你烦恼,比如,对同学的不满、想转学等;"劳其筋骨",那就是要去实习了,去干活了;你们不存在"饿其体肤"的问题,所以也不会"空乏其身"。遥想当年,我们去插队,那是既要"劳其筋骨"又要"饿其体肤"的,或者说是"饿其体肤"而去"劳其筋骨"——饿着肚子干苦力活,多累、多苦,可想而知。

我插队时比你还小,才十六七岁,当时有一首《知识青年之歌》是这么唱的:"迎着太阳起,背着月亮归,沉重地修理地球,是我们神圣的天职……"早上5点多就出工了,晚上8点多才回来。有一次,收工时又饿又累,在田埂边休息一会儿,竟睡去了,搞得他们到处找我,到了晚上10点多才找到。收工回来,胸口发疼,睡不着觉,农民教我们,这时要喝酒,喝了酒恢复得快,就这样,我学会了喝酒。

好像对你说过了,有一个叫阿城的知青作家写了一篇小说《棋王》,其中有这样一个细节:主人公看见桌缝里有一粒饭,立即眼睛发绿,用手将其拍出,吃了……

忆苦思甜,不说也罢。总之,吃点苦没什么,你说是吗?我们相信,你肯定比别的独生子女更能吃苦,至少比你同房间那个上海人更能吃苦。

好,先这样。今晚我会给你打电话。

爸妈

2009年2月6日

第 22 封信　假潇洒与勤奋学习

人有心理弱点，一点也不奇怪。成长是一个过程，心理的成长也是一个过程。你曾经想学心理学，说明你有这方面的兴趣。我们要学会透过行为表象分析他人内在的心理动机；光分析别人还不行，还要有勇气面对自己的内心世界，经常分析自己的心理状况，努力克服自己的心理弱点。鲁迅说过，我的确在不断地剖析别人，但更多的时候是在不断地解剖自己。

儿子：

昨天给你打电话也没什么事，就是想问你物理考得怎么样，你已经有思想准备，如果考不好，也不要有太多的心理压力。种瓜得瓜，作为文科生，我们有两年多没有读物理，平时付出的努力也不够，也只能这样了。

不过，这次考完以后，学习一定要抓紧了。

你可能有这样一个心态，看很多同学都在玩，表现出来的都很轻松、潇洒，你比较爱面子，在同学面前表现得比较矜持。我想，他们之所以这样，可能要从几方面观察：一是先前说的，中国的基础教育比较扎实，所以德国的功课难不到哪里去；二是基本的事实，那就是同学中大多是理科生，优势是客观存在的；第三，我要重点谈一谈这第三点，他们会不会有假潇洒的成分在？有的人可能智商比较高，天生是潇洒的，我就不相信所有的人都能这样。你们到那边，既要学英语，又要学德语，德语又那么难学，不能说是没有学习压力的。比起去澳大利亚等英语国家的人们，你们的学习压力要大许多，怎么可能天天玩呢？怎么可能那么潇洒呢？

我对你说过，王某是个才子，读初中的时候就参加高考，考前几天还在看小说《艳阳天》，结果还考了建阳地区第二名，进了哈工大。他的智商足够高，应该是真潇洒。可是，我们也见多了假潇洒的人，我看过一篇文章，说有一个学生，在聪明人面前感到自信心不足，也学聪明人，平常都不读书，可是，到大家睡觉了，他却在被窝里打着手电苦读。这样的事你好像也曾提过，说你的中学同学中也有类似的情况。不知道你还记

去远方
——父与子的跨国对话

不记得在人间杂志社的章某,他也是北大的,智商还可以,吹牛说打牌打进了北大。到出版系统后,评职称要考外语,他怕考不好,有失北大面子,以看球呀,睡过头了呀种种借口,不去考试。一次两次错失,也还说得过去,每次都这样,不会都这么巧吧?实际上他是逃避。其实那外语也不难考,绝大多数人都过关了。连我这样的人都能蒙混过关,更何况他这样的聪明人!北大毕业二十多年了,人家比他后到出版单位的都上了正高职称了,他还是助理编辑。这就是假潇洒,实际上是心理方面的问题,也是心理脆弱的一种表现。就是说,我们不要只看到假象,并为假象、错觉,去付出不必要的代价。

你曾经想学心理学,说明你有这方面的兴趣。我们要学会透过行为表象分析他人内在的心理动机;光分析别人还不行,还要有勇气面对自己的内心世界,经常分析自己的心理状况,努力克服自己的心理弱点。鲁迅说过,我的确在不断地剖析别人,但更多的时候是在不断地解剖自己。

人有心理弱点,一点也不奇怪。成长是一个过程,心理的成长也是一个过程。我刚走上社会时,还有过这样可笑的举动:我见戴眼镜的人,似乎很斯文,学问很高深,你知道,我的视力很好,但我也买了一副宽边平镜,假装斯文。这就是自我的丧失。现在,我绝对不这样了,我就是我,我就像一个工人,我说自己是农民本色、工人习性、知青做派,我看稿时就是要把脚架到电脑桌上,那些高智商的斯文的聪明人其奈我何!还有,你知道,你爹脱发,和很多脱发的人一样,曾经也有心理上的自卑,也将我高傲的脑袋去试过假发。当然,这只是偶尔的心动,很快就自己制止了。毛泽东说:假的就是假的,伪装应该剥去。你爹最终并没买假发,十多年光头,成了出版大院的一道亮丽风景,光彩照人,不也潇洒?!

其实,不管别人是真潇洒,比如王某,还是假潇洒,比如章某,与我何干?我们不要生活在别人的评价当中,我就是我,我们要理性地、实事求是地评价自己。如果生活在别人的评价当中,往往要付出很高昂的代价,这不值得。在乎别人说这说那,只能说明我们还不够独立,还不够坚强。以你现在的情况而言,我们物理差就是差,差得很正常,两年多没读物理,目前一周才三小时的课,又是英语授课,不差才奇怪了。解决差的唯一办法就是多花时间,迎头赶上。如果我们缩短了与理科生的距离,如果我们赶上理科生了,不是一件值得骄傲的事吗?

时间很紧,一转眼一年就要结束了,这一年又是最为关键的一年,道理不要我多

第22封信　假潇洒与勤奋学习

说。第一,你要有充分的信心,就像你说的那样,徐文静那样的基础都能过关,我们努力了,不可能不过关。有了信心,就会不急躁,不心烦,就会比较从容。第二,你的自学能力很强,没有别的捷径,我们只能多花时间。不要被他们的所谓潇洒所影响,他们在玩,我们抓紧学习就是了。鲁迅是绝对的天才,但他还这么说:哪里有什么天才,我是把别人喝咖啡的时间都用到工作上了。

从你说的情况看,你们虽然一人一间房子,但还是有被干扰的时候,比如那天看球看到晚上3点多了还没睡觉。我知道你是不爱看球的,那是你同屋的同学爱看?虽然第二天是星期天,他们影响了我们的休息,我们可以含笑地提出抗议。他们这样不顾别人的行为,不要讲不符合西方的行为规范,就是在中国,也不会被容忍的。我估计你是好好先生,虽然心里不高兴,也不开口。不过,这事过了也就过了,平时可以对吵扰者有所提醒,这样有铺垫,明事理的人就不会再吵扰,不明事理的人,到时你说他,他也不好多说什么。

明年自己租房住,这个问题就不会太突出了。如果住到德国人家里,就更不允许发生这样的事了,你说过,如果吵了别人,他们甚至会报警。我们现在,就是要尽量排除干扰,把物理搞上去。其他各科,你应该不会有大问题。

虽然在国外估计也有种种烦恼,但你将生活在相对文明和简单的人的素质环境中。上个月30日的信中,你也谈到了中国人的种种无聊、无趣,甚至丑陋。如果回到中国,将每时每刻面对这样的中国人。不知对你说过没有,鲁迅到日本,就是要"走异地,逃异路,去寻找别样的人们",可是,他到了东京,看到的还是中国人的种种丑陋嘴脸。他要学医,这到东京边上的千叶应是最好的,但那里有不少中国人,他不愿意与中国人搅在一起,就到了一个小镇仙台。只要是智者,只要是清醒者,对中国人的德行,应该多少都能感受得到的。

你也喜欢欧洲这块土地,现在,全球化的进程越来越快,又有了蓝卡计划,留在欧洲的可能性,比以往任何时候都要大得多。我们已经跨出国门了,如果不努力,那将对不起你自己。你已经有了在欧洲生活的感受,假如再回中国,那"跨文化休克"的程度将更深,痛苦和烦恼将是没完没了的。当然了,留下来以后再回国,那是另外一个问题、另外一种境界了。

你昨天有没有到你说过的那个学校考察?

去远方
——父与子的跨国对话

  今天是正月十五,窗外鞭炮声声,过完今天才算过完了年。你们在外面,节日的氛围应该比较淡吧?入乡随俗,如果同学们有习惯,你也应该聚一聚的。先说这些。

爸妈
2009 年 2 月 9 日

儿子第 11 封来信　实习笔记

导师给了我们一幅示意图和所需要的材料,就什么也不说了,一切靠我们自己研究。我做实习以来的一个印象就是,德国人喜欢只给你一个目标,如何达到这个目标你自己去思考,而不像国内的教材,书上的试验项目都是一个步骤一个步骤写得清清楚楚的,还有注意事项。

来了三个月,这几天才算切实地感受到德国人的严谨……老头是个完美主义者,我们完成后他签上名字表示通过,然后他还不断地做一些修正工作,拧紧螺丝、调整线的位置使之看起来整齐等等,而这些我们觉得本不必要做,因为延长线的套子一套上,里面的东西是完全看不见的,这也就是德国人传说中的严谨吧。

爸妈:

小狗的照片我已经收到了,看起来一只只都很可爱呵,能抱一只过来养就好了。呵呵。

今天已经是实习的第三天,我说说实习的情况。因为实习的时间比较不凑巧,我们必须 6 点起床,6 点半出发去赶 6 点 53 分的火车,这样才能在 7 点 15 分左右到学校。中午回来之后我都睡一会,所以目前为止还不是太累,而且也只是电子实习要求这么早到,以后物理和科学计划的实习课是 8 点开始的,只要 7 点起床就可以了。

因为中午放学的时间不确定,放得早的话能赶得上火车回去吃饭,放得晚的话就只好先去学校食堂吃饭。我们学生一份午餐是 2.6 欧,营养搭配均衡,在学校吃了两天,感觉还是吃得很好的。

负责我们实习的有两位老师。一位是说的一口流利英语的研究生,为人随和同时也很幽默,只是他一般神龙见首不见尾,布置好任务就消失不见了,好久才回来一次。还有一位是这几天我们讨论的焦点,一位瘦瘦小小的老头。这个老头其貌不扬,一言不发——第一天实习没有听见他说一句话(后来我们知道,这是因为他不会说英语),但是他给我们做示范操作的时候,所有人都连声惊叹,这个后面再说。

去远方
——父与子的跨国对话

头两天我们实习主要的内容是处理电线，德国标准的但是要比国内常见的粗很多的那种电线，内包三根粗粗的铜线，直径有 1 毫米左右。第一个实习内容是剥电线，这个原来谁都会，但是德国人不一样，他们处理任何东西都有专用的工具，剥最外面的一层皮，用一个奇怪形状的东西在线上绕两圈，就很完整地脱下来了；处理里面的电线，有一种钳子，上面有刻度的，要剥出 1 厘米长的铜头，就比到刻度上，一按把手，很轻松地就剥下一层皮。老头是德国人严谨性格的最好例子，这体现在他不允许你使用不是为你要做的事情设计的工具，比如一字螺丝刀，本来差一点大小都是可以用的，只是不那么麻利，但他就会告诉你，这是错的，你必须使用这个。还有我们有两种尖嘴钳子，一种是专门用来剪铜丝的，一种是用来剪带皮的电线的，这两种刀在外观上没什么差别，用来剪铜丝的拿来剪电线也只是剪出来形状不那么好看，而且需要多用力而已，而老头就不允许，他要求你一定要使用正确的工具。

剥电线导师们要求我们做得很麻利，剥成露出 3 厘米的内线、1 厘米的铜头，然后还要用另外一种奇怪的钳子把一个小插头压到铜头上去。我们做完了这些后，下一个任务就是看起来更加基本的：将电线弯成 4 厘米 × 6 厘米的小长方形。这个任务一开始大家都觉得很简单，但是我们许久未操作，动手能力不那么好，做起来就不是那么顺当了。先是把电线拉直的问题，电线有两种，一种是有弹性的，另外一种是比较硬的弯曲后就固定的，我们用的是后者。第一个要处理的是要将铜丝拉直，这个问题实在很不好处理，因为我们处理的电线都是用过的，弯曲得很随心所欲。这时导师给我们示范了一下，拿两把钳子夹住电线两头，很华丽地拉了两下（动作幅度很大的那种），电线就变直了。我们一开始觉得这没有什么，就是这么拉嘛，可是到了自己拉的时候却拉不直，所有人都不得要领，就只好用锤子一点一点修正。要弯的时候也出问题，因为算的是外径，而转直角的时候需要用多长需要估算，同时直接拗铜丝出现的是一个圆角而不是一个直角，又需要修正，而老师的要求是误差不能大于 1 毫米，于是我们一群人就在不断地做这个长方形……在这个过程中，我们的工艺提高了不少，做起来也麻利了，拉电线的用力方法也渐渐领悟到一点了。

第二天，我们做的是一个平面的小房子，材料不再是电线，而是里面的铜芯。就制作上来说，铜芯应该更容易，因为直径更小更容易弯曲，但是使用铜芯我们就要处理一个问题——拉直，而且由于没有弹性材质的塑胶皮覆盖，裸露的铜丝必须被拉得更直才能看上去美观，于是我们一群人又拉铜线拉得不亦乐乎。这时传说中的老头就出现了，把我们叫过来示范操作，他拿过一根电线，用两个钳子一夹，看起来很轻松地拉了两下，电线就变得无比直——可以和直尺比的那样，而且表面一点凹凸都没有，就像是刚出厂的一样，然后他把两头被钳子夹扁的部分去掉，拿住一边轻轻一拉，就把整个胶皮给拉了下来，那时我们的感觉就是，偶像嘛这是。

后面的操作不是很成问题，只用一根铜丝拉出一个三角形加一个带对角线的正方形，基本上这是一个一笔画问题，需要一点计算，但我们的问题还是工艺上的，转角老是处理不好，但是和昨天比起来已经有很大进步了。

接下来就是把铜丝弄成各种形状，弄成 1 到 9 的数字，弄成 7 毫米、10 毫米、20 毫米直径的小钩，这些我们都做得越来越熟练，感觉用起钳子什么的越来越得心应手了。老头子总是很干净利落地给我们示范动作，就是一句话不说。我渐渐地也能把铜丝拉得很平滑了，就是不那么直；也可以比较顺利地把整个胶皮给脱下来了。另外，由于我们组比较早做完，我就跑到隔壁在弄电烙铁的组那里去玩，老头看到我在那里很不专业地弄电烙铁，又跑过来很专业地示范了一下将两根铜丝完美地焊在一起的方法。德国这里用的电烙铁也是一套工具，有些怪异，我从没见过，我们下个星期才开始电烙铁的课程。

经历了两天基础中的基础课程之后，今天做出了我们的第一件作品———根电源延长线。不要看这个东西好像很简单，我们足足做了一上午。导师给了我们一幅示意图和所需要的材料，就什么也不说了，一切靠我们自己研究，而那幅图因为是平面的，画得并不是很明白，而线接上我之前说的小插头之后，变得更加难以安装，插头内部空间狭小，而我们又不知道如何把装了小插头以后的线固定到指定的位置。我们自己摸索了一个多钟头，使用了几种可能的固定方法，按着各自的想法就往下做了。我们把试验的作品交给导师看是否正确，导师总是说最后做完后再告诉我们哪里有问题，于是我们就摸着黑瞎做。到了第二节课老头出现了，看了一下我们的作品，摇摇头，然后给我们示范了一下正确的安装方法（包括之前小插头的安装都有严格的标准，不能有一点误差）。于是我们第一节课所做的全都白做，推倒重来。然后我们又做了许多次，老头不断地示范并要求我们修改，而他具体的做法在我们的书上完全没有（我做实习以来的一个印象就是，德国人喜欢只给你一个目标，如何达到这个目标你自己去思考，

去远方
——父与子的跨国对话

而不像国内的教材,书上的试验项目都是一个步骤一个步骤写得清清楚楚的,还有注意事项)。他就不断地帮我们修正,地线应该比火线和零线长一点,应该向上弯成一个倒 U 形,再塞到螺丝底下,线头应该塞在螺丝的左边再拧螺丝,等等,有些我们并没有想到是为什么,有些突然想到了,就觉得还真得那样操作,才能做得好且实用。老头是个完美主义者,我们完成后他签上名字表示通过,然后他还不断地做一些修正工作,拧紧螺丝、调整线的位置使之看起来整齐等等,而这些我们觉得本不必要做,因为延长线的套子一套上,里面的东西是完全看不见的,这也就是德国人传说中的严谨吧。然后他把线接上万用表测试,告诉我们什么样情况是没问题的,什么样有问题(他还是不怎么说话,基本上是示范出一种情况,然后告诉我们正确或者错误),最后他把线接上一个灯泡,然后把开关交给我们自己来按,看到灯泡亮了,真有种小孩子一样的感觉,呵呵。这根线呢,也就是我们的作品,我们可以带回宿舍用了,做了一上午,也算赚了 3 欧(这个延长线在超市的价格),呵呵。

来了三个月,这几天才算切实地感受到德国人的严谨,老头严谨归严谨,也不失幽默就是了,两个导师我都挺喜欢的。不过,老头检查卫生总是超级仔细,拖得我们来不及赶火车,呵呵。

好吧,先说这么多,有空再说。

房多

2009 年 2 月 12 日

第 23 封信　学习德国人的认真劲·同学相处之道

德国人把技术也做成了艺术，要求有美感，这是让我们敬佩的。读书重要，培养好习惯、学习生存技能更重要，一定要认真对待这次实习。

人是有气质的冲突的。有的人，你一见如故，仿佛二三十年的老朋友；有的人，天天工作在一起，还像陌生人一般，相处了二三十年，他的一举手一投足，总是那么让人讨厌！

儿子：

12 日来信收到了，看来你实习还是很开心的，活也不累，这我们就放心了。

中国人马大哈，凡事差不多就行，针对中国人的德行，胡适还写过一篇幽默文章《差不多先生传》，不知道你看过没有？好像你们高中课外读本选了。德国人办事认真，这是我们一定要学习的，可以终身受益。事情既要做得多，做得快，更要做得好；把事情做好，可能一时要多花一些时间，但做出的工作是一流的，不留后患，实际上是为以后节省了很多时间。德国人把技术也做成了艺术，要求有美感，这是让我们敬佩的。

关于做好事情，用好材料，我是深有体会的。比如我们桂山的装修，用在内里的电线、水管、水龙头等，都是市场上能买到的最好的。这些年来，虽然有损坏的地方，但总体上是过硬的，省了很多麻烦。有的人装修重表面，内里能凑合就凑合，住一年两年，这里坏那里坏，烦死人了。

做完事，对工作平台的整洁有要求，德国老头检查得很仔细，这也是培养好习惯的一个途径。日常的习惯，可以看出一个人的工作作风和行事的风格。你要把这种完事后"打扫战场"的习惯带回宿舍，把自己的房间整理得更加整洁。

对了，我还想起一件事。宁波的一个朋友告诉我，宁波有一座桥是七八十年前德国人建的。前几年，要安装管道煤气，管道要从桥下过，他们施工时发现，德国人已经预留管道了，而且还能用。德国人就是这样，有先见，办事认真。我们很多新修的桥，都不会考虑这些的。

去远方
——父与子的跨国对话

  我也是倾向认真办事的。我写文章前,必定要把办公桌整理清楚,桌面擦干净。我有那么多书,需要哪一本了,都知道它在哪一个角落。

  前两天,我在整理你小学的读物,好像还有"养成教育"这样的读本,主要是讲各种好习惯的培养,我在厕所里还欣赏了一番哩。

  读书重要,培养好习惯、学习生存技能更重要,一定要认真对待这次实习。

  刚才重读了你上月30日的来信,觉得还有一些事要和你交流一下。

  人是有气质的冲突的。有的人,你一见如故,仿佛二三十年的老朋友;有的人,天天工作在一起,还像陌生人一般,相处了二三十年,他的一举手一投足,总是那么让人讨厌!有什么办法呢?人是群居动物。人吃五谷生百病,这个世界上群居着各色人等,没有办法的,只能容忍、宽容,只能自己想得开。碰到问题时,要在心里反复地对自己说:我不生气。

  另一个包裹还没收到?

  物理要继续下载。我到现在也还没上传完,实在太慢了。其中《高中物理复习》,据说是解决疑难问题的,也是同一个老师讲的。时间过得很快,有空了,就要抓紧补习物理课,不仅现在要过关,你既然选择电子工程,这些基础知识以后是少不了的。

爸妈
2009年2月12日

儿子第12封来信 学习·宗教·租房

  已经是春天了,虽然天气还是比较冷,但天天都是阳光灿烂,到处都是一片春暖花开的景象,晒着这样暖暖的太阳去实习是一件很惬意的事情。

  在德国生活了一段时间,天主教开始渗透到大家的生活中来,时不时会有说中文的德国传教士到我们这里来传教,也有很多学长和越来越多的新生周末会到教堂去坐坐。教会中的确有好些不错的人,有些人从小有信仰,很质朴,我也很喜欢,我们有很多在亚琛工大读研究生的学长都每周去教堂做礼拜。

爸妈:

  最近生活总的来说比较平淡,实习也没有什么空闲,所以就一直没写信。今天下午没课,也没有什么事,就写点东西。

  已经是春天了,虽然天气还是比较冷,但天天都是阳光灿烂,到处都是一片春暖花开的景象,晒着这样暖暖的太阳去实习是一件很惬意的事情——当然,这样的阳光也很让人犯困。

  虽然还只是春天,德国的白昼就已经长得让人有点不习惯了,晚上要到9点天才完全黑,上午6点起来赶车的时候,天就已经完全亮了。前几天德国刚刚进入夏时制,表向后调了一个小时,就是说,我们上午实际上5点就起床了,但是天还是那么的亮……高纬度地区就是这样,到了夏天我们就只剩下5个小时黑夜了,对我们来说这也算是很新鲜的。

  最近感觉学习德语进入了一个倦怠期,因为新鲜感正在逐渐消退,而德语课程又渐渐地进入枯燥期,也就是需要记忆的内容越来越多,负担也越来越重。不过总体来说我现在德语还是不错的,我甚至感觉这样下去,不要多少时间我德语的语感就能强过英语。在国内通过畸形方式培养起来的英语语感其实很薄弱,很容易被德语冲刷走,而现在德语的语感是通过大量的听说建立起来的,即使在我们现在词汇量很少的

去远方
——父与子的跨国对话

情况下，依然有时会下意识地说出德语来，特别是在常用的连接词上，表现特别明显。

再说说英语，进入实习以后已经接近两个月没有读英语了，果然就像我们的英语老师说的那样，在我们现在这样一个语言环境丰富的地方学习第二外语，我们的第一外语会很快被第二外语所替代，时间长了以后甚至会忘掉大部分。

其实不光英语，在国外住久了，甚至汉语也存在变坏的风险。我现在已经隐隐约约感觉到一些倾向，在这样一个接触不到太多汉语的地方，提笔忘字变得越来越频繁，而在用汉语表达一些事情的时候，往往会感觉不那么顺畅，有时还会一下想不起来很确切的词。不过我们还好了，在这里待了七八年的学长们讲起汉语来都不那么利索了，汉语拼音也都忘光了。

哦，还有，在德国生活了一段时间，天主教开始渗透到大家的生活中来，时不时会有说中文的德国传教士到我们这里来传教，也有很多学长和越来越多的新生周末会到教堂去坐坐。大家主要是去亚琛的一座教堂，里面有华人专区，都是说中文的传教士在里面，大家聊聊天，还有免费的餐点。我还没去过，去了回来的人好像都很眉飞色舞，说这说那，似乎打算每周都去的样子。教会中的确有好些不错的人，有些人从小拥有信仰，很质朴，我也很喜欢，我们有很多在亚琛工大读研究生的学长都每周去教堂做礼拜。我们这里的一个印度尼西亚女生，名字就叫克丽丝丁娜，这个名字就代表基督的信徒。她告诉我们她从小的生活习惯就是每天上午一定要起床读半个小时《圣经》，然后周六用一整天的时间来读《圣经》或者去教堂，她觉得这使她感觉非常充实。不过，信徒的生活在我们外人看来，未免有些枯燥。这也许是因为我没有信仰。作为一个中国人没有信仰好像是件很正常的事，但是我觉得人还是应该有一点心理寄托。

布鲁塞尔的旅行我最后决定不去，一是已给学长打电话，知道名额已经没剩几个了，报名是以汇款到账日期为准，而汇款还要几天，到时候又要退钱什么的也是麻烦。还有一个原因就是我感觉我钱用得太快了一点，现在学期过去一半而我钱已经花了超过一半（不算400欧的押金），去的话又要花不少，所以想想就算了，以后不会缺这种机会的。

还有就是我写到一半的时候才发生的一件事。有几个学长和学姐打算搬走，在Linnich有一套房子出租，今天公告一贴出来就有很多人跑去看，很抢手，好处有几个：一是大，两层楼的小别墅，还有一个小花园，可以住六个人，窗外是田野，还有采光很不错的小阁楼；二是便宜，六个人租的话，一个人每月只要 150 欧，这比起 Juelich 的房价来说要便宜太多了，Juelich 现在由于中国学生很多，房价已经和法兰克福一个水平了；三是房子就在 Linnich 的最大的超市和火车/公交车站旁边，这样我们出行和购物要方便很多。但是，缺点也很明显，就是必须坐火车去上课，火车是一个小时一班，这样经常会有些不凑巧，如果遇到上午第一节和下午第四节有课的情况，就会比较尴尬。

我们班的同学和福建的一帮人下午都跑去看房子了，我不知道这个事情，所以就没有去看。他们回来就给我打电话，两边都缺一个人，都来找我，结果看福建人还在犹豫，江苏人就直接打电话定下来了。我现在就打算与江苏同学合租，7 月 1 日租期开始时，差不多学期也结束了，搬出去时机也算比较恰当，再迟了可能房子不是很好找，所以我今天就先定了。

大概的情况就是这样，先写这么多吧，有空再说。

儿子
2009 年 4 月 1 日

第 24 封信　日记·宗教·旅行等

　　能承受艰难困苦的人，才是有韧性的人。现在都是独生子女，大多比较脆弱，谁受过艰苦训练，谁就将是强者。

　　写日记，是收藏一段历史。为自己的生活留下一些痕迹，到将来，重新翻阅，应该是很有意思的。

　　要倾听自己心灵的声音，如果你觉得你心灵上有这个需要，那可能是上帝对你的呼唤，可能是自己的心灵找到了家园，有了皈依。也就是说，信不信教，不要受外来因素的影响，唯一要遵从的，就是你自己心灵的呼声。

　　如果你对欧洲文明相对了解了，你每到一个地方，肯定会与一般的游客有不同的感受。总之，我们不是去观看欧洲的长相，而是去倾听欧洲心灵的声音。

儿子：

　　4月1日的信收到几天了，前几天到厦门出差，这才给你回信。从来信看，你一切顺利，这我们就放心了，就开心了。

　　3日晚给你打电话，似乎打通了，就是听不到声音。另外，这些日子 QQ 和 MSN 上都看不到你，估计你们的网络老出问题，你们的网还真够烂的。

　　我看了一下电脑记录，你上一封信是2月12日写的，有一个多月没有写信了。你们去实习了，上午老大早要赶路，下午还要上课，还有作业，是很辛苦的。想你这二十年，此前应该还没有这么辛苦过吧？这只是开始，人的一生都是辛苦的。这样的训练很好，能感觉到时间的紧张，同时也能体会到时间的宝贵。早上5点就要起床，我想，国内的大学生少有这样的机会。这让我想起了古人名言："天将降大任于斯人也，必先苦其心志，劳其筋骨……"从我的经验看，能承受艰难困苦的人，才是有韧性的人。现在都是独生子女，大多比较脆弱，谁受过艰苦训练，谁就将是强者。

　　上回电话中你说，你中午如果回到宿舍，都去休息一下，这很好。你早上那么早起来,当然应该午休。无论如何,要尽量保证充足的睡眠。睡眠不够,人容易烦躁,注意力不集中,甚至身体的免疫力都会降低。这些道理你都懂,我们就不絮叨了。

前些日子,我赶着写一本书《"著名作家的胡言乱语"——韩石山鲁迅论批判》,从开始到脱稿,用了整整半年时间。当然,这期间还有别的事。想写一本书了,如果资料工作已经做好,最好一口气写完,否则,已经烂熟的资料和思路,又会有陌生感,还得重新熟悉和梳理,结果花的时间往往更多。因为这本书,我给你的信也少了。我查了一下电脑,上一封信是2月12日写的。没有我们的信,少了絮叨,你是感到解脱呢,还是感觉我们对你的关心太少了?这个问题你是不必回答的,心中有数就是了。

你信中说,最近的生活比较平淡。这也不奇怪,大多的日子是平淡的,可以努力做到天天都平和或快乐,却难做到天天都精彩。

努力做到天天快乐这一点十分重要。我有写日记的习惯,主要是记这一天做了什么事,属于提示性的,我怕很多事会忘了。先前,我在日记中都记了这一天的天气情况,比如,晴、多云、阴、雨之类,这些日子,我发现记这些其实没有什么意义。下雨不下雨,过了几十年后再看,无关大碍。当然,因为只有几个字,我还是坚持留下天气的痕迹。不过,我最近新增了一个提示性的项目,即心情指数。比如前天的日记,我是这样写的:"4日星期五晴,心情指数多云",然后接着写具体的内容。我这样做,是提示自己要天天保持开心,让自己的内心平和。奥运会前,有这样一项指标,说是北京一年中保持了多少天的蓝天;我也要看一看,一年中,我在心态上有多少天保持了"蓝天"。关于这一点,报上最近有了新提法,似乎是叫"心态环保"。

说这些,是希望你对平淡的生活持平常心,努力让自己有好的"心态环境",努力做到天天开心。

说到日记,我还要多说几句。

写日记,是收藏一段历史。我对你说过几回了,希望你养成记日记的习惯。比如,我这会儿随便打开1996年的日记,翻到4月20日,有这样一小段话:"苏小山来玩,说他母亲每周二都看《逛书城》节目,又说,我爸爸都在电视上。闻之,让人伤感。"小山是你童年的小伙伴,他父母离婚了,可只要有他父亲在镜头上的节目,他母亲必看。这说

去远方
——父与子的跨国对话

明,他母亲还藕断丝连,牵挂着他父亲。毕竟,一日夫妻百日恩;毕竟,他们有共同的孩子。如果没有日记,这些事是无论如何也回想不起来的。这是你七岁时候的事。

当然,也不能强求。以我而言,像你这么大的时候,也是断断续续地记,从来没有坚持过,到了三十多岁了,这一习惯才保持至今。你如果没有天天记日记,多给家里写写信,一是报平安,二是也可以为自己的生活留下一些痕迹,到将来,重新翻阅,应该是很有意思的。妈妈说了,她爱看你的信,我也一样,你的信我们都看了好几遍哩。

德国的春天是和中国同时到来?这我倒不知道,我以为会有一些时间差的。"春困"的话,就多睡一会儿吧。古诗云"春眠不觉晓,处处闻啼鸟",我们住在桂山,那是住在城市的边上,但我一早,总是在叽叽喳喳的鸟语声中醒来。睡眼惺忪时,聆听鸟儿清唱,心境平和极了,眼角带着梦中的微笑。能在鸣语声中醒来,也是人生的一大快事。推开窗户,阳光灿烂,空气中弥漫着春天的芳香,大自然生机勃勃,春意盎然。你们学校边上,可有鸟儿唱春?人生的快乐是很具体的,要努力把握每一个具体的快乐。比如,春天好睡觉,就多睡一会儿,这就是快乐;又如,尿憋得要死要活,前面突然出现了厕所,这何尝不是一种快乐……福州有一句老话,若是用福州话读,很有韵味,翻译过来是这样的:"万事不如背靠席",就是说,躺在草席上睡觉,是最为惬意的事情。

看你的信,我也鼓吹了一番"春困"之美妙,可是,哪有办法天天睡到自然醒呢?你早上5点就要起床了,人生之无奈,莫过于此了。

你说你的德语语感很快会强过英语,这是意料中事,生活在德国,耳熟能详,自然而然,也就会了。英语可能会生疏一些,但你有了好的英语基础,生疏一些也没关系,一碰到相应的环境,很快就可以重新唤起记忆。

从你现在的状况看,德语、英语都不能偏废,很多科目还是英语授课的,何况,英语是通往世界的通行证。

你说过,中学在中国念最辛苦,大学在外国念最辛苦,仅从要两门外语这一点看,我们就能感受到、体会到你的辛苦。房多先生,您辛苦了!

你千万不要因为四门功课只要过三门就能升学,而放松了自我要求。应该努力做到各门都能通过。物理一定要抓紧了。另外,作为文科生,你数学也才刚刚过关,不能掉以轻心。和你一起去的那个英语说得像母语一样的同学,英语却不过关,这就是一个提示。再说了,德国的大学是一年比一年难,学长也说过,头一年是最痛快的,这就意味着第二年的压力会增大许多。我们现在把基础夯得相对扎实,也会减轻明年的压力。

至于汉语变坏,我们倒不担心,假设你不会说中国话了,第一,我们可以帮你找回感觉;第二,就是找不回感觉,还可以比画着,大致懂了就行。这不成问题。我想,我们彼此比画着,代沟会小了很多,应该是蛮有趣的!

关于宗教,在国内时也和你探讨过这类问题。在西方世界,你们客观上生活在基督教和天主教的氛围中。当然,西方是宗教信仰自由的地方,自然还有其他许多非主流的宗教。我要说的是,信仰不信仰一个宗教,不是一个形式问题,更不是一个时尚问题,因此,完全不必看别的中国人怎么做,不必看你的同学怎么做。我们该怎么做还怎么做。

第一,要倾听自己心灵的声音,如果你觉得你心灵上有这个需要,可能是自己的心灵找到了家园,有了皈依。也就是说,信不信教,不要受外来因素的影响,唯一要尊重的,就是你自己心灵的呼声。

第二,在现在的情况下,首先要把相关的宗教,当作一种文化,教堂也是可以去的,去感受一下那里的氛围,去听听他们说些什么,也让自己的心灵在那里得到片刻的休憩。至少,我们应该了解基督教文化。数千年来,中国的价值观,就是当官,做人上人。鉴于中国根深蒂固的官本位的价值观,梁启超甚至把"中华民国"形容为"中华官国"。我们关注宗教,就是关注生命历程中的精神存在,关注灵魂和生死问题,而这些问题,可以通过宗教达到彼岸,也可以通过哲学或科学达到彼岸。我要说的是,只要我们精神强大,精神世界健康而丰富,也就行了。不必拘泥于宗教的形式。你也说过,很多老外已经淡化了去教堂做礼拜等这些宗教形式。中国还有一句话叫"酒肉穿肠过,佛在心中留",也是不必拘泥于外在而侧重于内心的意思。对我们来说,要有宗教关怀,不一定要有宗教仪式。毕竟,我们是现代人,还有很多很多的事情需要我们去做。当然了,如果有一天,你真成了虔诚的基督徒,那又另当别论了。

去远方
——父与子的跨国对话

你不去布鲁塞尔旅行了，不去也罢，也许你说得有道理，以后还有的是机会。我们鼓动你去，是想让你去放松放松，也多一些游历的见识，和同学在一起也多一些交流，再说了，钱也不贵。

你知道省钱了，这说明你为家里分忧，也有了计划用钱的观念，懂得克制自己的欲望，这都是好事。

关于旅游，我们不要像某些中国人那样，到了某地，只是为了到此一游，只是为了多一点向亲友夸耀卖弄的谈资。我们要更多关注内在的东西，平常要多关注欧洲文化，还要以欧洲文化为参照思考中华文化，看看二者之间的异同，了解东西文明的隔阂和冲突。如果你对欧洲文明相对了解了，你每到一个地方，肯定会与一般的游客有不同的感受。总之，我们不是去观看欧洲的长相，而是去倾听欧洲心灵的声音。

关于开销问题，你说你在同学中属于中等的。这就行了。你也不是特别能花钱的人，我估计你是买了一些东西，桌子，还有维修电脑，还去了柏林旅游等。这一切，都算正常的开支，不必太在意。我们要说的是，节约是要的，这是一个好的习惯，也是我们家庭经济现状的客观要求。但是，不要影响正常的生活，可买可不买的东西不买，但不能影响伙食和出行；我们给你带出去的那些钱，能维持今年一年当然很好，但是你缴了押金，这应该是必备的机动金，当时我们没有考虑到这一点。如果钱不够了，提早告诉我们，我们直接打到你的卡里。

租房子的事，你定下了，我们也没有意见。古语说，将在外，军令有所不受；我套过来说，儿在外，一切要由自己做主。看了你的利弊权衡，应该说还是蛮合算的。

你敲定这件事，在思路上值得肯定，这有两点：一是所有的事都要权衡利弊，世上没有只有利而没有弊的事，古语不是还说，有一利必有一弊吗？只能看是利大于弊还是弊大于利了。二是做事要果断，当断不断，反受其乱。有些人比较小家子气，斤斤计较，擅长算计，算来算去，反而失算。

你这次的决策是对的。但是，也要考虑到，人的一生当中，会有很多决策失误，将来肯定会碰到这样的情况。我要说的是，即便错了，也不要反悔，不要吃后悔药。错了也就错了，没有什么了不起。最关键的，最重要的，不要自欺欺人，自我安慰，为自己的

第 24 封信　日记·宗教·旅行等

决策错误寻找借口,为自己开脱。一定要总结经验教训,为此后处理类似问题时提供镜鉴。

你去看房子了吗?还满意吧?不管你看了房子满意不满意,有一点是以后要注意的:再碰到这样的事时,你一定要去看一眼再做决定,不能只听他们说。很多事会被说得天花乱坠的。就是说,凡事不能只是听人怎么说,还要实地考证。

说到考证,还有一事要提醒的,比如,碰到矛盾纠纷时,甲说乙如何如何,你如果要下判断,一定也要听乙说说。只听一面之词,得出的结论一般与事实都会有距离。

从你的信中看,搬到新居以后,可能上学有一定的路程。你学校那边还有宿舍,这就意味着你两边都可以住。你看看吧,反正哪一边方便就住哪一边。不过,我们的问题是,新的居所,就明年而言,离学校是更近了还是更远了?方便明年的出行,才是更重要的。

房租可能要预缴几个月吧?这样钱是不是更不够了?情况怎样、需要多少,请告诉我们。

听姑姑说,她在网上碰到你。她已告诉你奶奶骨折的事?奶奶去扫墓时,失足跌跤,骨折了,大约要有五个月不能走动。这样,我和妈妈晚上下班时,要回家给爷爷奶奶搞吃的,搞卫生。叔叔和姑姑中午回家帮忙。你知道了,得空应该给奶奶打打电话,以示慰问。以后,这类人情世故的事不要我们提醒,你自己就应该想到。好了,先说这些。

爸妈
2009 年 4 月 6 日

去远方
——父与子的跨国对话

第 25 封信 复活节时话生死

  中国古语有"未知生，焉知死"，大意是生的问题还没有搞清楚，还谈什么死的问题呢？其实，也可以这么说，"未知死，焉知生"，没有搞清楚死的问题，没有搞清楚灵魂问题，如何"生"好、"生"得有意义？我们从哪里来？我们将向何处去？

  如果人死了有灵魂，灵魂的栖所不可能在水泥堆中，更不可能在骨灰盒里，灵魂应该是能随风而飘的自由的抽象。如果思念亲人，亲人的灵魂肯定会走进亲人的梦中。

  不是死人才有复活的问题，我们经常要面对的是活人的自我的"复活"。

儿子：

  听妈妈说，你昨天电话里说这几天又放假了，过复活节。在欧洲，节日真是多啊！

  刚才，我特地找出《简明不列颠百科全书》，查了"复活"和"复活节"这两个词条，释义是，复活节是宗教名词，指神或人从死里复活。《旧约》中很多内容提到将来死者要复活的事。基督的复活是基督教的中心教义，其基本内容是：基督在十字架上受刑，而死后三天从死里复活，战胜死亡，使一切相信他的人与他共享征服罪恶、死亡和魔鬼的胜利。复活节不是具体的某一天，根据西方教会传统，在春分节（3 月 21 日）当日见到满月或过了春分节见到第一个满月之后，遇到的第一个星期日即为复活节。因此，复活节可能在 3 月 22 日至 4 月 25 日之间。（我的疑问是，如果这期间都是阴天，见不到满月，就不过复活节了？）

  昨晚，福州的月亮格外圆。我静坐在我书房前的椅子上，看月亮从登云水库那边的山坳上冉冉升起，杰克坐在我的边上，它的眼中似乎迷离着朦胧的忧郁，我们的屋顶阳台上满是柔和的月光……

  刚才一查，原来昨晚是农历三月十五，今天是星期天，这样算来，今天应是中国的复活节了——如果我们过复活节的话。

  奶奶脚骨折了，是给她的父亲，也就是我的外公扫墓时骨折的。今天，我和向阳叔

第25封信 复活节时话生死

叔等也要去扫墓,去祭扫房家的祖坟。说来有趣,我研究一番复活节,还真碰上了"复活节"。阿Q临死前有一名言:二十年后又是一条好汉。我的祖父是二十世纪七十年代去世的,祖母是八十年代也就是我与你母亲结婚没几天死的,说起来,都过了二十年了,估计他们已经投胎了? 估计又是或将要是一条好汉了? 总之,他们已经或将要"复活"了? 但愿如此!

清明节之前,应你奶奶也就是我母亲的要求,我和向阳叔叔等陪她去长乐看一块墓地,这已经是第二次了,结果不太满意。一是远,二是价格不菲。回来的路上,我对奶奶说,过三五年再买吧。现在公墓管理无序,价格普遍偏高,这事关乎市民死的权利,政府早晚要出台政策,我相信以后像房地产一样大规模开发,价格应该会下来。现在卖这么贵实在没有道理。奶奶当然没意见。虽然没意见,也可见这是她和爷爷的心事,此事总是要做的。

今天是复活节,所以与你谈一些生死问题。中国古语有"未知生,焉知死",大意是生的问题还没有搞清楚,还谈什么死的问题呢? 其实,也可以这么说,"未知死,焉知生",没有搞清楚死的问题,没有搞清楚灵魂问题,如何"生"好、"生"得有意义? 我们从哪里来? 我们将向何处去? 你要常常思考生命的问题。西方是有死亡教育的,我记得,美国小学就有死亡教育课。中国人怕死,一般忌讳谈死的问题,孜孜追求的是长生不老,这些说起来话就多了,不去说它。我记得美国还有一个法案,无论任何人,墓地都只能一样大小,因为他们的理念是,人人在上帝面前都是平等的。我曾经写过文章《中国文明是坟墓文明》,中国坟墓的大小,也是按官职大小来定的,皇帝的坟墓最大。中国文明都被他们带到了地下,所谓中国博物馆,很大程度上是中国坟墓展览馆。八宝山,也有严格的级别,什么级别在什么位置、占多大面积。作为共和之父的孙中山,居然也搞了一个中山陵,实在让人感慨!

鲁迅说过,"肩住黑暗的闸门,因袭了历史的重担,放他们到宽阔光明的地方去,此后幸福地度日,合理地做人"。就是说,一切黑暗他自己承受了,历史旧账在他身上了却,但此前的,就只能随他去了。比如,鲁迅也为先人造坟等。这种观念,用现在事业单位改革的政策来阐明,倒是更简单,那就是:老同志老办法,新同志新办法。我要说的是,爷爷奶奶他们属于"老同志",他们的后事,也只能按老办法办。这是我这辈人的事了,他们的墓地是要买的,香也是要烧的。我对爷爷奶奶说了,房家的祖坟,祭扫到

105

去远方
——父与子的跨国对话

我这一代也就可以了,他们该投胎的投胎了,该转世的转世了。至于房多这一代,他们从来没有见过这些先人,他们愿意去就去,不愿意去就罢了。当然,爷爷奶奶离你尚近,将来他们过世了,你是应该去扫墓的。

至于我和你母亲,现在似乎还早,但我有一些想法,也不妨说说。先前,我是想把自己的骨灰撒到大海里的,大海是那么宽阔浩渺!后来,我觉得我对土地有更深的情感,大地是我们的母亲,人类的一切都来源于土地。你看,土地任人踩踏,从无怨言,你种下树木它长树木,你种下瓜果它长瓜果。就是这样平凡的默默无闻的任人践踏的土地,它却能长出大米和荔枝等等,真是太神奇了。因此,我现在想,死了后,能够归入地母的怀抱,化作泥土,那应是最好的归宿了。三毛说:"如果有来生,要做一棵树,站成永恒,没有悲伤的姿势:一半在尘土里安详,一半在空中飞扬;一半散落阴凉,一半沐浴阳光。非常沉默非常骄傲,从不依靠从不寻找。"我愿意将骨灰埋进人迹罕至的深山,埋在一棵树下,让自己附丽于树,让树生长——我常常觉得,树要比人幸福,它的绿色,就是它的欢颜。我化作树,我与树相依为命了,也就不必扫什么墓,也无所谓墓。清明时节,我的忌日,后人们只要面向绿树致意,我就能感受到来自人间的温情;如果树叶发出沙沙声响,那就是我向曾经生活过的人间问候。现在人们造坟,既要骨灰盒,摆骨灰盒的周遭,还上了水泥或大理石,就是入土了,也要和大地有隔阂,隔了一层又一层。不要这样,就直接把我的骨灰埋入比较深的泥土中吧,埋在大树的根旁吧。留下坟墓有什么用呢?无非再给大地多添一块伤疤。如果人死了有灵魂,灵魂的栖所不可能在水泥堆中,更不可能在骨灰盒里,灵魂应该是能随风而飘的自由的抽象。如果思念亲人,亲人的灵魂肯定会走进亲人的梦中。

至于烧阴币,那更是大可不必了。我活在世上,一切都要靠自己劳动获得,死了,难道就靠子孙烧的阴币过活?那不是成了寄生虫了?我一生劳碌,我想,将来死了,如果有灵魂,我肯定也只能是劳碌的灵魂,就是做鬼吧,也要靠劳动养活自己。

这只是我随便说说,也算是复活节的杂感。将来的事,当然也不能只是我说了算,还得听从你母亲的意愿。

臧克家有诗:"有的人活着,他已经死了;有的人死了,他还活着……"一个死人,如果不活在活人的心中,那他就真的死了。

在基督教的文化背景下,所谓复活,更多的是自我的复活,人对自己的否定,在忏悔中否认旧我，从而获得新生。列夫·托尔斯泰的《复活》，写的就是聂赫留朵夫旧我的死和新我的诞生，也可以说是"我"的"复活"。所以，不是死人才有复活的问题，我们经常要面对的是活人的自我"复活"问题。托尔斯泰是很有宗教情怀同时又很有平民情怀的作家，有机会的话应该关注才好。

我们经常为世俗生活烦恼。我们轻而易举地就能接触到伟大的灵魂，却往往一样轻而易举地与他们擦肩而过，比如托尔斯泰，我有好久不曾和他对话了，却天天忙着与一些无聊无耻的人扯淡！

你把复活节的情况对我们说说吧。

先说这些，我要准备去扫墓了。

爸妈

2009 年 4 月 11 日

去远方
——父与子的跨国对话

第26封信　地理与生理，闲谈顾彬

　　地理条件的变化有时是会改变人的身体状况的。一般说来，我们世世代代生活在福州，会带有福州地理条件下所特有的生理毛病。你现在到了德国，又逢春天，有没有这样的症状？

　　顾彬早年主攻神学，读了李白的诗，让他震撼，乃至毅然放弃神学改学汉学。他曾经在波恩大学开中国文学课，学生只有三人，他仍然坚持。这可能是他的神学功底在起作用，有点传教士的坚忍。他说，如果他不坚持，可能就没有德国人研究中国文化了。

儿子：

　　好些天没有你的音讯，有时看见你在网上一闪，给你发消息，却不见回复，估计收不到？昨晚给你打电话，也不知道你手机是关机了还是没电了，总之，是一串叽里咕噜的德国话。最近都好吗？几天不见你的踪影了，你也应该给家里挂个电话或是发个短信，以免爸妈不放心。

　　从你在国家公园拍的相片看，你们都只穿单衣，雪也化了，德国的春天来得这么早？雪化的时候是最冷的，你们冷不冷啊？

　　从地图上看，你们离海边还有一定的距离，春天到了，气候会不会像福州一样潮湿？福州的气候又湿又热，所以湿毒很重。前些日子，我"香港脚"又发作了，胸闷得厉害，有时候，要站起来抽一口气，人才会舒服一点；后来吃了湿毒清，才感觉好一些。我记得你在家的时候，"香港脚"是不必说了，有时也有胸闷，我一是怀疑这是家族的遗传，二是怀疑此乃福州的气候使然。地理条件的变化有时是会改变人的身体状况的。一般说来，我们世世代代生活在福州，会带有福州地理条件下所特有的生理毛病。你现在到了德国，又逢春天，有没有这样的症状？

　　听你说过，你所在的州叫"北威州"？全称是不是叫"北莱茵·威斯特法伦州"？昨天读报,看到德国一个最为著名的汉学家顾彬(Wolfgang Kubin)就在北威州。他是波恩大学的教授,这样看来,波恩也在北威州? 杜塞尔多夫是州首府吗? 波恩曾是西德的首都,我去过的,那不是一个小城吗? 一点也没有首都的气派。我还去过总理府,因为首都迁往柏林,很多房子荒废了。

前些年,顾彬在中国搞得很热闹,他说中国当代文学是垃圾,说《狼图腾》让人想起法西斯,在网上广受欢迎,当然,一些当代作家是不爽的。后来,他太太(似乎是中国人)告诉他,不要再见中国记者了,省得惹麻烦。可是,波恩大学的校长要他要多见记者,说这样可以提高波恩大学的知名度。人家问他听太太的还是听校长的,他一脸无奈,说不知道。

此人研究中国文学四十年了,要出版七卷本的《中国文学史》;前些日子已经由华东师范大学出版社出版了《二十世纪中国文学史》,他还翻译过《鲁迅全集》《红楼梦》以及唐诗等。他是"中国通",我想,将来你如果有机会买到他的译作,结合中文读,应该是颇有趣的。

对了,顾彬还是一个诗人。每天清晨5点半起身沐浴、朝拜,写诗已成为其每日的早课,以至于"一天不写诗会不舒服,几天不写诗会生病"。

顾彬早年主攻神学,读了李白的诗,让他震撼,乃至毅然放弃神学改学汉学。他曾经在波恩大学开中国文学课,学生只有三人,他仍然坚持。这可能是他的神学功底在起作用,有点传教士的坚忍。他说,如果他不坚持,可能就没有德国人研究中国文化了。也不知道是不是危言耸听。

最近,顾彬还在中国出版诗集《世界的眼泪》,其中有这样的句子:"而今你将泪水轻弹,而今我承受沉重忧愁。我们的家园在何方?" 有些许悲哀的情绪,有凝重哀婉的中国情调。

他现在是北威州作家协会的主席。说不定你哪天会碰到他哩,不过,他大多的日子在中国讲学。

今天一早起来给你写信,先写这些,一会儿上班时给你发过去。复活节放假也不给家里写信。你最近在忙些什么呢?

对了,实习结束了吗?

去远方
——父与子的跨国对话

刚刚发信前看到你在 QQ 上的留言了，主板烧了，这也是没办法的事，你的电脑不是全球保修吗？有没有和他们联系？那么好的电脑，怎么说烧就烧了呢？你不是带了硬盘了吗？此前都没有备份吗？事情过去也就过去了，不要太上心，不要为此烦恼。

爸妈
2009 年 4 月 24 日

儿子第 13 封来信　德国的春天·实习的乐趣·无聊而且孤独

> 这个春天是我所体验到的最像春天的一个春天。野花蓬勃生长，一阵风吹来经常漫天飞絮，还有满地的细碎花瓣，德国人都在自己的院子里种很多的植物，满眼都是鲜花绿草。
> 玩这些机器真的很有意思，也很有成就感。昨天我们做了一个蜡烛台，喷好漆之后，感觉完全就是工厂里生产出来的样子，严丝合缝。
> 孤身在外也的确压力大，无聊而且孤独，这个小镇虽然说安静、漂亮，但也无聊到一定境界了，可以说没有任何的娱乐场所，晚上 8 点后比国内凌晨 3 点后还冷清。

爸妈：

德国天气是很温和的，冬天不太冷夏天不太热，只有少数几个月气温会在 10 度以下或者 20 度以上，雪是很早就化了，能积起来的雪也就下了两场。现在就是最标准的春天，不像在福州，纬度太低，还来不及体验春天的感觉，一转眼就夏天了。可以说这个春天是我所体验到的最像春天的一个春天。外面院子里野花蓬勃生长，一阵风吹来经常漫天飞絮，不知道是什么絮，好像不是柳絮，还有满地的细碎花瓣，我不认识，同学说也许是梨花。德国人都在自己的院子里种了很多的植物，满眼都是鲜花绿草，这和我从小体验过的春天是很不相同的。

现在白天已经很长了，晚上要到 9 点多天才完全黑，晚上 8 点的时候还像白天一样，这是因为德国纬度高，也由于同样的原因，德国的阳光总是斜斜地离地平线不远，于是我们就一天到晚都看到阳光斜射进窗户，金灿灿的，这种感觉真是不错。不过我没怎么听到其他同学讨论春天这个话题，也许理科生本来就不是很注重感受。

目前身体总体来说很正常，最近开始自己炒蔬菜吃，营养方面应该没有问题。现在的天气不太干也不太湿，"香港脚"没有犯，鼻子也没什么毛病，就是干咳依旧，可能还要更严重一点。

北威州的确就是北莱茵·威斯特法伦州。来了以后才知道，原来北威州是德国非

去远方
——父与子的跨国对话

常有钱的一个州,德国最富有的二十个城市中,北威州占了九个。杜塞是首府,北威州最富有的城市是科隆,我的感觉是科隆更年轻、更现代,而杜塞就要更雍容富贵一点。虽然杜塞总体不及科隆富裕,但是在杜塞街头随便就能看到名车飞逝而过,而奢侈品店的数量和物价也是令人咋舌,看起来杜塞的有钱人更多,不过我还是喜欢科隆。波恩是北威州一个不起眼的城市,即使曾经是首都,它也几乎没有什么吸引人的地方。圣诞节假的时候老师问我们想去哪里玩,我们说想去波恩看看,她就劝我们不要去,说除非我们对政治很感兴趣。

电脑的主板没烧,就是硬盘坏了,主板烧了那我损失就大了,呵呵。

最近实习快要结束了,大概也可以轻松一点,不过我们在第二个学期实习其实是最不合算的,进入第三个学期的时候进度是最慢的,而且期末考要考四科,压力比较大(最后进入实习的组在第二个学期结束的时候就要进行数学、物理和英语的期末考,因为实习学期没有这几门课,而最后 8 月份的时候只要考一科德语)。不过最近的机械实习我还是比较感兴趣的,虽然第一周非常非常累而且很枯燥(就是传说中的磨铁,给我们一块铁,然后我们用锉刀磨掉六毫米厚,这大约花去了我们两个上午也就是 6 个多钟头的时间;磨完了之后是锯,一块铁和一块铝),这些工作都有详细的操作指南,告诉你磨什么材料应该用什么锉子、手和脚应该放在什么位置、如何控制身体的重心、如何用力等等,但是总体来说还是在折腾人。然后就开始使用机械,利用各种各样的机械来切削工件、抛光打磨、制作螺丝孔等等,给我们入门用的机器都是手动的,年纪比较大的德国学生用的是程控的,但是即使是手动的,操作步骤正确的话,做出来的东西还是可以精确到 0.01 毫米误差级别,玩这些机器真的很有意思,也很有成就感。昨天我们做了一个蜡烛台,喷好漆之后,感觉完全就是工厂里生产出来的样子,严丝合缝。

还有,最近和学长聊了一下他们的学习情况,学机械的学长说现在开始进入变态阶段了,他们在学 AutoCAD 等一套工程制图软件,学校给他们用的一套软件的安装文件就有 14 个 G,使得很多学机械的学长不得不去买新电脑。而电子是一开始就很变态,难得他们呱呱叫,目前倒没有学到什么工程软件,附带在学程序设计,课程很多。然后前年的学长已经进入德语授课阶段了,他们说基本上是在听天书,晕……看来德国大学还是很有一点变态的……呵呵。

前一段时间有人凌晨跑到厨房蹲点,把"厨房贼"给拍下来了,有了证据就算是逮

儿子第13封来信　德国的春天·实习的乐趣·无聊而且孤独

到了一个，学校调解了一下算是私了了，让他到全楼一间一间道了一下歉，就不遣送回去了。但网络的攻击还是一如既往，而厨房还是继续在丢东西——"厨房贼"不止一个。

目前我过得还算不错，但有些人好像开始越来越想家，之前不是听BSK说韦可可（那个女的）来的时候不大高兴嘛，前一段她可能待不了了，请假回国了一趟，而现在好像说不打算再在这里待下去了，有可能就不读了。不过孤身在外也的确压力大，无聊而且孤独，这个小镇虽然说安静、漂亮，但也无聊到一定境界了，可以说没有任何的娱乐场所，晚上8点后比国内凌晨3点后还冷清。

好了，大概情况就是这些，先写这么多，有空再说。

儿子
2009年4月26日

去远方
——父与子的跨国对话

第 27 封信　关于"厨房贼"

你们都身在异乡,就是对那"厨房贼",我们也不要表示歧视,还是要与人为善。你不是看过《悲惨世界》吗？如果没有人对冉·阿让宽容,或许冉·阿让永远是一个贼了。

生活是很具体的,事实上,一切还得靠你自己把握。

儿子：

4月26日的信收到了。你描写的春天,还真让人向往哩。我们福州,四季常青,不甚分明。鲁迅在厦门待了135天,来的时候是9月,他窗前的花开着,走时,花还是开着。一种花,乍看是新鲜的,或许因为新鲜,所以美丽；一直看,可能就觉得这花仿佛天天向他媚笑,他就在心里犯嘀咕,怎么会是这样含含糊糊呢？天气也含糊,人也含糊。中国的北方会好一些,四季分明。鲁迅在北方生活的时间长了,反而一时不能适应南方。

我一直相信人的体质与气候和地理条件有关,所谓一方水土养一方人。美洲和欧洲的人吃了那么多的肉,他们之所以爱吃肉,可能与他们的地理条件及人种有关。比如,我们福州的女人生孩子不能碰水,如果在月子里下水了,就会留下风湿病,到老年了,关节痛,发麻,甚至手不能动弹。可是,我在电视里看到,北欧的女人却在水里生产,一生了孩子就要洗澡。这大约不只是"文明的冲突",也不只是习俗问题,这客观上是地理条件造成的。所以,要入乡随俗。打小,我们就对你灌输,长大了,应该走远一点,这除了好儿郎应该志在四方以外,其实也希望在非南方的地理条件下,让你的身体状况得到一定的改善。你知道,遗传的力量是极为强大的。你到欧洲,不流鼻血了,不胸闷了,春天"香港脚"不发作了,这都是好的迹象。至于你的喉咙问题,还要再观察,会不会是油炸的东西吃太多了,上火了？

听你说了"厨房贼"的事,你在电话中聊得更详细,我们觉得很有趣。关于这事,我

第 27 封信 关于"厨房贼"

和妈妈有过一段对话——

我说：小偷小摸的事，我们房多绝对不会做，这是我们家教成功的一个表现。从小不缺钱花，不贪心，但也没有太多的钱，也不大手大脚。

妈妈说：是的。

我说：不过，去偷拍"厨房贼"的事，我们房多也绝对不会做。房多只关心大事，比如比尔·盖茨的慈善事业问题，不会管这样的小事。

你妈笑。

我说：可是，这小子却没告诉我们是男的偷的，还是女的偷的。我估计是女的偷的。

妈妈说：不一定，搞不好就是男的偷的。

我说：男的要做也是做强盗，偷吃的，那就太没出息了。

妈妈说：那就问儿子看看。（你下次来信，要告诉我们是男的干的，还是女的干的。）

我说：说来也奇怪，能出去读书的，家境应该不会太坏，怎么会去干这样的事呢？

妈妈说：那也不一定，有的人就有当小偷的习惯。

昨天晚饭后，我又对你妈说，要告诉你，你们都身在异乡，就是对那"厨房贼"，我们也不要表示歧视，还是要与人为善。你想想，老师让他（她）到每一个房间道歉，其心理压力应该是非常之大的。在这样的情况下，如果同学都疏远了他（她），甚或对其歧视，那对他（她）似乎有点残忍，也不利于他（她）痛改前非。你不是看过《悲惨世界》吗？如果没有人对冉·阿让宽容，或许冉·阿让永远是一个贼了。

你妈不同意这个观点——她最近分析问题的水平有了很大提高——她说，冉·阿让是在贫困交加中去偷，而你的同学不可能出现这样的情况，所以是不值得同情的。有的人天生爱偷东西。她希望你不要和这样的人走得太近了。

与有劣迹的人保持一定的距离，应该不无道理。生活是很具体的，如此，我就不多说什么了，事实上，一切还得靠你自己把握。

爸妈
2009 年 4 月 28 日

去远方
——父与子的跨国对话

儿子第 14 封来信　租房与上海人

爸妈：

　　今天去见了德国房东,准备签合同了,还和学长学姐交接了一下房子的事,本来想打电话说的,看时间迟了还是写信说吧。
　　房子有一些地方和预先想的不一样,我不知道是帮我们去找房子的人误解了,还是学姐想误导我们。我们的房子在某种程度上说也是不带家具的,因为家具是学长和学姐们安装的,只用了一年,如果我们想接手用的话还必须付一部分费用,大头就是厨房的费用,一套整体厨房用具,学姐给我们看的发票的价格是 700 欧加上 480 欧安装费用,我们要接手的话要付 580 欧。冰箱要另外买,要 500—600 欧这样,送一个微波炉、一张餐桌和配套的椅子。还有一些公用家具包括网络电话设备、吸尘器、地毯、楼梯垫等等,一个人分摊下来需要 250 欧左右。还有很多杂七杂八的东西可以选择买学长留下的,我还需要一张大桌子和一张床,买单人床的话,桌子加床和床垫最便宜的大约需要 200 欧,加一个衣柜的话要 260 欧左右,不过衣柜可以买超市那种帆布衣柜,30—40 欧就可以,以后也方便搬。送货费用我不知道是多少,40 欧左右吧。这样,初期的入住费用我往多了算大约是 250(公摊)+250(个人)+100(零碎,包括台灯、衣架之类),合计是 600 欧,还需要交 285 欧的房屋押金,学期末学校会退给我们的房屋押金大约是 330 欧,要等到 10 月份才能拿到。
　　上周末有一年一次的自行车跳蚤市场,有很便宜的状态很好的自行车卖,我就长途跋涉去买了一辆,车子相当新,就是款式比较老,有点像邮递员骑的,因为坐垫嘎吱嘎吱响,我买了个新的,加上锁一共花了 60 欧,比他们在本地买的要便宜很多。警察还提供在买车的地方直接上牌的服务,我觉得还是蛮好的。以后锻炼身体的话,可以考虑直接从我们小镇骑到学校去,大概要四十分钟,沿途的感觉很不错,是一望无际的整齐田野。我们的起点和终点就在地平线的两头。

再说一下负责和我们交涉的学姐。一看到德国人就满脸堆笑；只有中国人在吃自助餐的时候，她就不去换吃完的东西，都没什么吃的了也就那么放着，一有德国人来，就马上跑去换新的，等等。这位学姐也给我这样的印象，我们这里是一位女生负责交涉，几次给这位学姐打电话，都被对方没好气地数落了一顿，或者也不能说是数落吧，就是那种尖声尖气不耐烦的语气，搞得我们这位女生不爽了好几天。打电话找她，只是因为她原来说第二天给我们答复，而到了第三天还没有，我们问一下而已。我们和他们在房子里谈家具的价格的时候，她是一种咄咄逼人的架势，说什么我们当时可是花了多少钱呢，才用了多久多久，是不是不相信我们可以拿发票给你们看，骗你们干什么，等等。

我们要走的时候，学姐突然问我们认识不认识王敏（另外一个学姐，交际广泛），我们说认识。她就说你们去问问她就知道这里的人怎么样了，我们不是很明白，但是她只是说去问问就知道了，所以情况也不是很清楚。联系到之前那位学长说的，我不免有些心虚：他说让我千万不要租那个房子，我问为什么，他有点闪烁其词，只是说中国人都喜欢窝里斗，人住多了不好，所以他们现在才要搬出来如何如何。我觉得还有些事情他知道，只是他不愿意说。我越想越觉得困惑，学姐说那话似乎也不像是说他们一起住的人不好，因为当时所有人都在场。

再说说"厨房贼"的事情，目前给逮到的这个是男的，我很少见到他，他整天宅在宿舍里，交际比较少，长得白白净净的，沉默寡言。他给我们道歉的时候也说他自己一向都很内向，可能心理上出了点问题。说到歧视，我也没什么机会好歧视他，在这里已半年了，我一共见到他没超过三次……

好了，先说这些，主要是报告一下经济情况，搬家的事情我打算到考完试再说，所以也先不急。钱倒是没剩多少了，实习花钱实在是很大，因为天天都在学校食堂吃饭，回来累死了，也懒得做饭。

儿子
2009 年 4 月 29 日

第 28 封信　租房问题的提示

　　生活要简单，求学期间更要简单，要租有现成用具的，这样我们比较有主动权，背起行囊就能走，宁可贵一些。租房子关乎今后生活的稳定问题，对你来说是一件大事，一定要慎重对待。

儿子：

　　刚刚看了你 29 日的来信，我考虑一下，要给你们提个醒，以下这几条你们是不是要再斟酌斟酌：

　　一、你说你们见了德国的房东，情况怎么样却没说。仿佛觉得你们见的就是学长他们。他们与德国房东怎么签的协议？原来的协议有没有给你们看？这里面会不会有陷阱？学长们向德国人租房，你们没有直接与德国人交涉，这样倒了一手，德国房东怎么说？学长们当初与德国人怎么定的协议你们却不知道，将来会不会出麻烦？

　　二、租这房子，却要自己购置那么多东西，学长把用剩的东西卖给你们，这是二手货，他们也急着脱手。那么，第一，你们要了解德国旧货的行情，比如你买自行车，比新的便宜了多少；第二，不能他们出多少价，你们就给多少钱，也要还价，要狠狠地还，然后再折中一下，才能成交。

　　三、你们六个人住在一起，将来万一合不来（这种可能性很大），或者，如果要转学呢？你们一起买洗衣机等，这就意味着求学期间要与其他五人捆绑，这多不自由！不捆绑就得损失。表面上合算，实际上不合算的。我们宁可租贵一些的，但要设施齐全的。总之，假如你中途要搬走，可是你却买了那些东西，那东西又固定了（你说，有人来安装），你怎么办？还只能放弃。生活要简单，求学期间更要简单，要租有现成用具的，这样我们比较有主动权，背起行囊就能走，宁可贵一些。

　　最好能找一个德语比较好的一起住，最好两三个人，人太多了肯定不行。两个中国人加一个老外，这是最理想的；也可以考虑和老外一起租。你在网络上留心一下，应该可以找到这样的主。如此,可以帮助你外语更快更好地过关。我们如果老是和中国人在一起,不能充分发挥到国外有外语环境的优势。另外,六个中国人在一起,如果起纠纷,多了烦恼,也会分心,搞得心里不愉快。

四、目前学校的宿舍我们是交了钱的,如果从 7 月住到 10 月,也还可再住四个月,这四个月留心找房子,不会找不到。事实上也可以节省四个月的房租钱。

五、你上回说过,离上课的地方似乎还比较远?还要坐火车什么的?从这一点看,也不是最好的选择。

六、不要相信特别便宜的说法。

七、我刚才给 BSK 的小范打电话了,向他们了解情况。我们是向 BSK 缴了境外服务费的,他们有帮我们租房子的义务,他们还要根据我们的要求租到合适的房子。小范说,房子问题我们可以放心,到时候不会有问题的。你也可以打电话问 BSK,那里有一条二十四小时中文热线。这个服务热线你要用起来。很多事情要论证,没把握的可以向他们咨询。要多开口,我对你说过多次,路在嘴上。小范告诉我,他们租房子的话,租金在 150 到 250 欧之间,但他们一般要求设施齐全。我上面说了,宁可要设施齐全的。小范也会与德国总部联系,了解情况,下午会回话,如果有新内容,我会告诉你。你最好还是自己给 BSK 打电话问一下。要勇于开口,一个人在外,凡事一定要勇于开口。

我们还没缴押金,主动权还在我们这边。你可以把我的以上说法告诉其他五位同学,让他们也多一些考虑。我和你妈都觉得退出是上策。当然,这话也不要急着说,我估计别的同学也一定在犹豫,就等着有人打退堂鼓。等有人退了,我们再附和就好。如果都没人退,我们反正不缴钱,拖一阵子。钱在我们手上,事事主动;钱一出去,就麻烦了。

租房子关乎今后生活的稳定问题,对你来说是一件大事,一定要慎重对待。不要碍于面子,把押金缴了。将来租房子最好直接与德国人打交道。

那六个学长还没毕业,为什么要把房子转租?我估计他们起了风波,吃尽了苦头,不得已而为之。

先这样,怎么处理此事,及时反馈。

去远方
——父与子的跨国对话

（下午 BSK 小范回话，德国的费博士说，这套房子确实是便宜的，建议我们租下。租，还是不租，你自己定吧。）

爸妈
2009 年 4 月 29 日

第 29 封信　聆听灵魂的声音

　　只有寂寞的心,才能听到自己灵魂的声音。与星星对视,仿佛与童年对视,在你们寂静的于利希肯定能听到天籁,上帝和外星人都存在于宇宙之间,人类如果要叩响宇宙的大门,肯定就在你现在生活的欧洲或是美洲,绝对不会在火树银花之地。

　　很多同学想家了,这也是正常的,在外待了半年了,新鲜感没有了,又是处在这样一个与中国完全不同的世界,大多的人会想家。如果你有一样的感受,那你就拼命读书吧,就去教堂逛一逛,聆听上帝的声音,也可以看看灿烂的星空啊!

儿子:

　　看报道,猪流感已传到欧洲? 德国有没有疫情? 要留意,这段时间可考虑不吃猪肉。不过,也不要恐慌,欧洲在这方面的控制要比中国严格得多,措施也要得力得多。

　　上回电话里说到德国的枪击案,各个国家都有自己的问题。你也要多加小心。在这个世界上,没有最好的国家,只有相对好或是更好的国家。我以前对你说,我单位曾经有个实习生王××,已经在德国三年,去年,她嫁给德国人了。前些天,我和她母亲一起吃饭,说起枪击案,她母亲说:"你放心,这只是意外加偶然的事,德国的治安不知道要比中国好多少。"但愿如此。我看这些年欧美的枪击案,大多是抑郁症患者所为,这不能说没有社会问题,比如工作、学习的压力太大等,但更大程度上是个人的性格问题。

　　4 月 26 日的信中说,学长们深切感受到学习的压力了,听德语如听天书。这件事,实际上是命运在向你提前预警了。一年很快就要过去,明年还是英语授课,后年,就要用德语授课了。如果上课听不懂,上了就相当于没上。课程跟不上,越积越多,就会感到学习的压力越来越大。既要学习新课程,又要补习旧课程,压力不大才怪哩! 德语是你们的工具,德语不过关,基础课程都难以过关。平时,你一定要抓紧学德语。磨刀

去远方
——父与子的跨国对话

不误砍柴工,德语对你来说就是砍柴的刀。早抓早主动,早过关早主动。你这次德语还考得蛮好的,你自己也说,你对德语的感觉蛮好的,有这样的基础,平时如果抓紧了,应该可以比其他同学更容易过关。你也说过,德语的词汇量非常之大,这就要求投入的时间要更多了。你现在又要学习,又要实习,也够忙的,反正你自己要心中有数,有所把握,要提前应对,省得以后麻烦。

留学也是一大考验。韦可可回来了,她如果没有再出去,那就只能说没有过关。这是两种不同的文化,能不能习惯并接受,不仅是个人的承受力问题,更是每个人的价值观的问题。我现在终于搞清楚了,北威州相当于我们的一个省,它的首府是杜塞尔多夫区,亚琛区和波恩区等一样,相当于北威州的一个市。你们在亚琛区的一个小镇于利希。亚琛可能就不会太热闹,更遑论于利希。北威州不仅是德国的经济中心,还是欧洲的经济中心。2007年德国国民生产总值为24238亿欧元,其中北威州以5294亿欧元的国民生产总值高居德国各州之冠,这个数值相当于中国国民生产总值的22%,在世界各国生产总值排名榜上名列第十七位。我在网上下载了一篇关于北威州的情况介绍,发给你,有空可以看看。

不过,你说晚上8点相当于国内凌晨3点,这也确实太寂静了一点。欧美国家基本上没有什么夜生活,如果有,也只是到小酒馆或咖啡馆去。他们住的家,多是在郊外,离家远,上班至少要开半个小时的车吧。这样,就不可能像我们中国一样,扎堆在城市,所以夜生活就比较热闹。欧美人实际上是很顾家的,他们白天在外上班,晚上都愿意与家人厮守在一起。你在国内的时候,我曾对你谈起《美国读本》——这部书被称为"感动过一个国家的文字",其"搜集的文章揭示了美国生活活力的一个组成部分"。总之,在美国,它是人人必读的书,它过去和现在都在影响美国人民的生活。其中的一篇文章提到,周日,如果是男孩,就在家帮助父亲修剪草坪、种树等,干一些粗重的家务活;倘是女孩,则在家帮助母亲做应做的家务。《美国读本》中还有一首约翰·霍华德·佩恩的诗《家,甜蜜的家》,作者写道:

"虽然我们可以漫游在乐园和宫殿之中,/可是天下没有比家更好的地方,/……即便是离乡背井,/那豪华壮丽的景象也不会使我眼花缭乱,/哦,还我低矮的茅屋!/换来鸟儿的欢鸣,/比什么都宝贵的是恢复心境的安宁!"

第29封信　聆听灵魂的声音

这是从外在感觉上对传统之家的结构的怀想,是对"豪华壮丽"的星级宾馆的不满。

接着,作者的笔触很快涉及了家的内涵:"多么甜蜜啊,坐下看着慈父的笑脸,/让母亲的抚摸给我安慰消遣,/就让别人以漫游在新乐园里为乐吧,/但是给我,哦,给我家的欢乐。家,家,甜蜜,甜蜜的家!"

我真没想到,美国人对家,竟然还有这样温馨的怀想!这样一首诗,在今天,仍然感动着美国人。美国并不是一个不顾家的国家。据报载,美国大多数父母是特别爱护小孩子的。美国的年轻父母普遍认为,倘若未成年孩子二十四小时无人照管,那父母将犯有"遗弃罪"。正是这样,美国的孩子才把"坐下看着慈父的笑脸,/让母亲的抚摸给我安慰消遣",当作一种甜蜜和幸福。

我觉得,欧美人的这种状态,与他们国民的文化素质高有关系,与他们有宗教信仰有关系。只有寂寞的心,才能听到自己灵魂的声音,才能与神灵对话,才能聆听上帝的声音,也才能观赏群星并叩问上苍。直白地说,他们的夜生活没有中国人的这么斑驳陆离,才有时间相守、交谈、倾听、读书、思考等等。而所有这一切,都要比中国人的花天酒地要好,好得多。

心灵和上帝之类似乎太玄乎了一些,不去说它吧。今年初,《文汇报》有一个专版,纪念国际天文年。其中有的文章说到,我们的祖先点起火把,以驱散漫长的、充满危险与恐惧的黑夜。蜡烛、油灯、电灯……伴随人类发展的脚步,人造照明从驱散黑暗,演变成了光污染,遮蔽了那天空中最初给人类以哲学启示的点点星光。你打小生活在城里,到处是高楼,晚上灯火辉煌,车水马龙,我们福兴路家周遭,大多的日子是看不到星空的。后来,我们搬到桂山,你天天忙着读书,可能也不在意我们家屋顶上的满天繁星。夜间,我工作之余,常到大阳台散步,与星星对视,仿佛与童年对视,自己灵魂的声音也清晰可闻。我们一家到技校的大操场散步,这你应该是有印象的,好几回遇到月亮从山顶升起,那米黄色的月亮!有人说,如果能在夜晚抬头看见满天繁星,是一件幸福的事。然而,如今这种幸福感却离我们越来越远,黑暗的天空正在逐步消失。为此,苏格兰筹建了第一个黑暗天空公园。借2009年国际天文年之际,天文学家大声疾呼:在地球上建立"黑暗天空"保护区,为子孙后代留下最后一扇通往宇宙的大门。我对你说这些,是要说明,在你们寂静的于利希肯定能听到天籁,上帝和外星人都存在于宇宙

去远方
——父与子的跨国对话

之间,人类如果要叩响宇宙的大门,肯定就在你现在生活的欧洲或是美洲,绝对不会在火树银花之地。

中国式的热闹有什么好呢?很多很多是无聊。心灵无所寄托,只好让自己沉浸在酒杯中。我在一篇叫《发现》的文章中写了这样一段话:"今天,华东六省的人民社开会。晚上,我们单位在聚春园请客。置身于这非同寻常的热闹之中,我感到了无边无际的孤独。苦的脸,却堆满挤出的笑。有茅台,却滴酒不沾。我知道,今天如果喝了,我将吐出满腹的苦水。茅台而不能诱惑我,这是一大成就,我的孤独结出了果实。这果实,沉甸甸的,走出聚春园,压得我甚至喘不过气来!这人海中的孤独啊!"有一种孤独,就是人海中的孤独。能在人海中体会出孤独,说明还不曾堕落,还在抗争,而那些醉生梦死的人,是永远体会不到人海中的孤独的。

对了,写到这里,我突然想起,你说过很多同学去了教堂,你去过吗?如果去了,有何观感啊?

很多同学想家了,这也是正常的,在外待了半年了,新鲜感没有了,又是处在这样一个与中国完全不同的世界,大多的人会想家。如果你有一样的感受,那你就拼命读书吧,就去教堂逛一逛,聆听上帝的声音,也可以看看灿烂的星空啊!我儿子还在青春蓬勃的时期,也许就要学会寂寞和孤独了。努力地适应与东方文化截然相反的西方文化吧,努力适应现有的生活吧。不过,我想,你的心灵要比同龄人的丰富并强大,谢健山老师还在你读初中的时候就对我说,你的思想深度要超过大多的高中生。我想,你是不会有大问题的。何况,现在的世界还真是一个"地球村",一打开电脑,世界就显得那么小!

国民党元老陈立夫有一名言:动以养身,静以养心。这话还真不错,你要像欧洲人一样爱运动,你比我强多了,会游泳,会溜冰——到那边后,还去游泳和溜冰吗?至于静以养心,我上面说了很多了。

明天是五一劳动节了,仿佛西方国家没有这个节日,我们和周末连在一起,放假三天。我这一生,有很激进的地方,也有很保守的方面。我始终认为,要靠劳动创造财富,靠劳动建设美好的生活,从来不相信天上会掉馅饼。所以,我从来不炒股票之类。当然,我这是落后了。这些年,年纪大了,又多了一些宿命感,看多了花开花落,知道非

第 29 封信　聆听灵魂的声音

劳动获得的财富,终也守不住,这边进了,那边也要破财;这些年进了,过些年也要破财,严重的,甚至要带来灾祸。一生辛勤地劳动着,生活也过得踏实。

先前,有一句很有名的话,叫"工作着,是美丽的"。儿子,劳动节快乐。

爸妈

2009 年 4 月 30 日

去远方
——父与子的跨国对话

儿子第15封来信　"快乐杀人"·德国人的家

　　这种校园枪击案一般都归结为"快乐杀人"，即为了获得快感而杀人，这种现象可以说是当代社会发展的一个不可避免的问题。人在物质生活没有保障时，必须时时为生计操劳，没有时间去想这些，自然也就不会有什么心理问题。

　　德国人一般家里都有一个院子（在大城市租单元房的德国人甚至也在公园里租用属于自己的一小块土地），然后德国人就把很多的热情和金钱投注在一个小小的院子里面。每个德国人的院子都打理得清清楚楚，草地整整齐齐，一到春天是满眼五彩斑斓，而且在其中还能看到主人匠心独运的设计。我感觉，可以说小小的院子是德国人的精神寄托，也是家庭生活的主要场景之一。

爸妈：

　　五一这里也放假的。印象中，这种节日好像是只有中国庆祝，但实际上不是这样，我们高中的历史课本中也提到，五一劳动节是源自美国工人的五一大罢工，对于中国来说倒是舶来品，而资本主义国家普遍是过这个节日的。

　　猪流感的问题我没有怎么留意，因为网不好上，也没有关心新闻，猪肉也照样吃。禽流感的时候在国内不也照吃鸡嘛，我觉得没什么关系。

　　关于枪击案，我觉得这完全没有什么奇怪的，我之前专门查过这方面的资料。这种校园枪击案一般都归结为"快乐杀人"，即为了获得快感而杀人。枪击案的后续报道我没有关注，但是就早期报道来看显然也属于此类。虽然原因可能要牵涉到心理学上一些我不甚了解的方面，但总的来说，"快乐杀人"的数量可以作为社会发达程度的一个尺度，也就是说越发达的地方，"快乐杀人"就越多（同样的，自杀也越多）。最早也最著名的"快乐杀人"案件要属发生在英国的"开膛手杰克"案，当时还是资本主义初级阶段，英国是当时世界上最发达的国家，于是第一件"快乐杀人"案似乎就理所当然地出现在英国，而后世界经济重心向美国转移，美国"快乐杀人"案的数量也随之上升，很快超过英国。这种现象可以说是当代社会发展的一个不可避免的问题。社会学家也许做了很多研究,我并不是很明了,但是我觉得主要的原因就是,有一定教育水平的人在物质生活得到保障以后,总是会有一些这样那样的思考,而其中一些走火入魔者走向某种极端,于是就造成了抑郁症、自杀(诗人总是喜欢自杀),甚至杀人等普遍的心理病。人在物质生活没有保障时,必须时时为生计操劳,没有时间去想这些,自然也就不会有什么心理问题。记得有一个"人类的需求金字塔"好像是这样说的,人类的需求从金字塔底到顶依次分为生理需求、安全需求、社交需求、尊重需求和自我实现需求,不满足下层的需求就不会有上层的需求,而当下层需求得到满足时上层需求也必然产生。也就是说当人们较低层次的需求都得到满足的时候,人们就会追求自我实现,而这是最为困难的,于是当需求得不到满足的时候,心理问题就产生了。

看了你发来的文章,要说的一点是,文章中讲到的"Juelich 研究中心",其所在地 Jülich 也就是我们在的于利希。当然我们现在还在 Linnich,是一个许多老人养老的安静小镇,我们的学校是在 Juelich 的,我们也要去那里上课。当然,我们在这里,除了田野里时不时掠过的一些透着现代气息的厂房,也感受不到太浓厚的科技气息的,真正的科技不是什么道貌岸然的东西。

说到顾家,德国人一般家里都有一个院子(在大城市租单元房的德国人甚至也在公园里租用属于自己的一小块土地),然后德国人就把很多的热情和金钱投注在一个小小的院子里面。我们在超市的海报上看到,园艺的设备做工精细,价格相当相当昂贵,而每个德国人的院子都打理得清清楚楚,草地整整齐齐,一到春天是满眼五彩斑斓,而且在其中还能看到主人匠心独运的设计。我感觉,可以说小小的院子是德国人的精神寄托,也是家庭生活的主要场景之一。除此之外,我承认我对德国人的心灵生活知之甚少,我现在甚至无法准确地从面貌分辨出这个人是否是德国人,对于中国人来说外国人都长一个样——而德国人看一眼就知道这个人是来自北欧还是东欧,更遑论中东或者西班牙。我的一个感觉是,即使是德国这样一个相对封闭(相对于美国而言)的资本主义国家,我所能见到的人也都是林林总总的、各式各样的,不同的肤色不同的语言,不同的穿着甚至不同的眼神。而且由于德国人口密度小,在这里完全不会有那种在中国一不小心就融进人流,变成无差别、面无表情的一部分一样的感觉。

好了,先说这么多,还是回头说下花钱的事。

去远方
——父与子的跨国对话

先说房子问题，我最后还是打算租，因为我觉得找一个带家具的房子是不大现实的——我舍友已经在学姐的带领下找了两个月的房子了，看过很多的房子，250 欧以下带家具的房子在 Juelich 可以说是找不到的，他找到的最便宜的也是 210 欧每月的清水房，大约要花 700 欧来装修，在城市的最北端，附近没有超市。看来看去不是清水房就是有家具出售的房子。带家具的房子在我们这里的小镇也要 260 欧。我们这个房子 90 欧的租金可以说是无比便宜了，90 欧是续租，150 欧是我们算上水电暖，往多了算的，可能还用不了那么多。然后就是家具的预算，今天去电器行看了下家电的价格，也比预期的要便宜，最便宜的洗衣机是 250 欧（洗衣机我们也可以不买，因为住在 Linnich，大可以回我们现在的宿舍来洗衣服），冰箱 600 欧可以买到很大的一个（是 BOSCH 牌的，在国内好像还不错，在德国应该是最便宜的牌子之一），冰箱是八十多升的，比我们预期的要便宜，我们原来预计六个人用的大冰箱可能得 800 欧以上。

家电的成本是 900 欧左右，平摊下来也就是每人 150 欧，加上厨房和杂七杂八的东西不到 300 欧。书桌和床、柜子的预算大约是 150 欧，连运费 175 欧左右吧。入住成本大概在 600 欧。虽然比清水房便宜不了多少（200 欧左右），但是，算上每月省下的房租还是很合算的。这样，住到十个月的时候就节省了 1000 欧了，这相当可观。

就现在的情况来看，我觉得真要等到考完试再找房子，真的是太晚了。现在房子已经很难找，而且一般签下来马上就能住的房子还要更贵，想要和学校的房子完美衔接恐怕很难。

还有一点，由于德国法律要求租房必须先交三个月押金，而我们的房子是续租，也就意味着我们初期需要交的押金更少，如果租 250 欧的房子就意味着一开始押金就要交 750 欧，甚至有上千的（我们这里有些人租了 350 欧左右的房子，真是有钱）。

话说回来，我现在真的很想回国拼命花一把钱，这里东西真是贵得要死，买什么都得掂量掂量，稍微随便一点就超预算，一般去超市就买一点吃的，就花掉 20 多欧，想想国内的物价真是幸福啊。

挺晚了，先睡了，回头再说。

房多
2009 年 5 月 2 日

第 30 封信　支撑德国的内在精神

　　德国人说:"我们出口的不是机器,而是我们的聪明才智。""德国人引以为自豪的并不是他们年产多少辆汽车、多少吨钢铁、多少台电视机的工厂,而是他们的文化传统、他们在文化上取得的成就。"

　　在柏林遭轰炸时,许多德国人从废墟中走进音乐厅,去听富特文格勒指挥的贝多芬交响乐。有一篇小说,写法国遭到轰炸后,废墟的窗台上还摆出鲜花。废墟中还有音乐和鲜花的民族,是不可摧毁的。

儿子:

　　5月2日的信收到了。你的信越写越好,文字也干净。你现在是理科生了,爸爸在你的专业方面帮不上你任何忙,只能和你交流一下思想和文化方面的信息和感想。我想,不论文科生还是理科生,总是要提高人文素养的,在欧洲这块土地上,就更需要人文素养了。颜向红对我说,她去欧洲,老外对她格外尊重,为什么呢? 因为她对欧美文学非常熟悉。我一方面在关注着欧洲,一方面与中国对比,这也算是跨文化聊天了。对我来说,我儿子在欧洲,那么欧洲,尤其是德国,就是我要研究的一个新课题了。

　　昨晚读书,我突然发现,诗人海涅的故乡就在杜塞尔多夫。我们国内的著名翻译家张玉书(他翻译过许多德国和奥地利作家的作品,其中,茨威格的东西几乎都是他翻译的。你听说过《一个陌生女人的来信》吗? 就是他翻译的)写过一篇文章叫《从波登湖到茵梦湖——访德杂记》,上面有这么一句话:"我是慕诗人海涅之名到他的故乡杜塞尔多夫去的。"没有想到,海涅离你竟是这么近! 你如果去杜塞,如果有时间,应该关注一下海涅。

　　德国给世人的印象是工业强国,工业大国。张玉书的文章告诉我们,德国人最感骄傲的还不是这些。"德国人引以为自豪的并不是他们年产多少辆汽车、多少吨钢铁、多少台电视机的工厂,而是他们的文化传统、他们在文化上取得的成就。难怪我在波

去远方
——父与子的跨国对话

登湖畔的时候,德国朋友首先带我去看坐落在圣人山上的那座古色古香的豪华宫殿,毕尔瑙那座依山傍水的巴洛克式的教堂;我到了汉堡,德国朋友陪我驱车出游,沿着易北河林荫道疾驰,绝不会忘记告诉我:这里就是海涅叔父的别墅,诗人海涅曾经在这里因为失恋而伤心落泪,那里是诗人克洛卜斯托克的坟墓。"

我还看过一则小报道,在柏林遭轰炸时,许多德国人从废墟中走进音乐厅,去听富特文格勒指挥的贝多芬交响乐。有一篇小说,写法国遭到轰炸后,废墟的窗台上还摆出鲜花——对了,应该是都德的小说。废墟中还有音乐和鲜花的民族,是不可摧毁的。

一个工业发达的国家,如果没有内在精神的支持,实在难以想象。硬的崛起,肯定有软的支撑,就像电脑的硬件和软件一样。先有启蒙运动,后有工业革命。机器需要发明,发明之后,一般就是流水线上的批量产品,而诗人是独一无二的。

当下中国人以拥有汽车为骄傲,而粪土所有的诗人——这也怪中国没有产生真正的诗人。有的人,哪怕家离上班地点只有几百米的路程,也要买一部汽车。为什么呢?就像缝纫机、手表、三用机、手机等曾在不同时期充当时髦和财富的象征一样,现在轮到汽车了,所以,不管实用不实用,只有拥有一辆汽车,走出去似乎才能人模人样。中国人往往对精神的存在视而不见。

我也曾到过汉堡,中国的导游就不曾对我说过海涅之类,他带着我们在街上乱逛,好像去过汉堡港……总之,就是逛马路和公园。似乎我们大老远跑到德国,就是来逛街的。我相信,这个中国导游或者自己尚未搞清楚汉堡的内在精神,或者他自以为是地觉得我们对这些不会有兴趣。

德国人常说:"我们出口的不是机器,而是我们的聪明才智。""一个国家的真正财富不是矿产资源,而是人民聪明才智的充分发挥。"张玉书说,"因此,他们对于自己民族创造的精神财富非常珍爱,对于自己民族文化上的巨人极为崇敬,用各种方式纪念他们。在波恩不仅有贝多芬的旧居、贝多芬的塑像,还有贝多芬广场、贝多芬音乐厅;在斯图加特,不仅可以参观位于郊区的马尔巴赫的席勒旧居,还可以参观离旧居不远的席勒博物馆,城里有席勒广场,广场中心耸立着诗人的塑像。他们的大学用文化名人命名的比比皆是,莱茵河畔的法兰克福大学叫沃尔夫冈·歌德大学,以此纪念在该城出生的德国伟大诗人歌德;美因茨大学叫约翰内斯·古腾堡大学,纪念欧洲印刷术的发明人古腾堡。几乎每个城市都可以看到歌德街、席勒路……"

第30封信　支撑德国的内在精神

中国人是"唯物主义"者,对物欲享受的图腾的膜拜,在当下,到了前不见古人的程度。但是,从汽车到手机等等,所有现代文明都不是中国人发明的。中国的广场,有一段时间,几乎清一色的"五一广场"和"人民广场";中国的马路,几乎清一色的"人民大道"或"解放大道";中国的雕塑,台湾到处是蒋介石的铜像,大陆到处是毛泽东的汉白玉雕像……中国也有伟大人物,但如果离我们太近,首先是要看他的意识形态色彩,而不是他对中国的贡献,比如胡适,先前在大陆,除了被批判,几乎没有人提起,更不要说纪念物了;又如鲁迅,不间断地几乎是周期性地被贬损。此外,死了已久的中国人,则经常被非人间化,岳飞,被供到庙里,雕像也毫无艺术感可言,就像一个菩萨,老百姓去烧香,顶礼膜拜。就是杜甫这样的诗人吧,也被供到了庙里,也有人烧香,据说是为了让孩子高考考得好一些。

房子的事就照你说的办,你分析得很有道理。

你QQ留言中有两个费解之处:"冷租"是什么意思?是不是就是"续租"的意思?你们续租了学长们租的房子?"清水房"是什么意思?是不是没有装修的房子的意思?

还有,你买了自行车,这很好,骑车走在德国的原野上,既锻炼了身体,应该也别有一番感受。只是,我们搞不懂的是,你说"车子相当新,就是款式比较老,有点像邮递员骑的",怎么个老法?是很笨重的那种?关键的问题是,好骑不好骑?重不重?

这个星期,我们会把1500欧打到你的户头,打好后会告诉你。我们家经济不宽裕,这就意味着你的留学生活比较拮据。我和妈妈都感到不好意思,我不是地主,她不是地主婆,你就凑合着过吧,有委屈之处就多担待了。不过,这对你也有好处,可以体会一下生活的艰辛。还是老话,伙食要安排好。衣服等,可买可不买的,回国后再说。如有空,自行车、新房子拍相片给我们看看。不过,这不是急事,不要太放在心上。

爸妈
2009年5月4日

去远方
——父与子的跨国对话

儿子第 16 封来信　生活琐事与租房问题

> 东西贵得要死，还是很想花钱，看来明年只有去打工解决问题了。我看学长们好像过得都挺宽裕。
>
> 我觉得在德国有一个经验丰富的人帮忙捣鼓捣鼓也挺好，房子啊合同什么的，我们原来就不大搞得定。

爸妈：

下午还上课，先简单说几句。

冷租是指不带附加费用的租金，也就是纯房租，不包括水、电、暖、网等等，暖租就包括这些。昨天还了解了一下，我们租了房子还得给房子买保险，是第三方责任险，一年是 50 欧，不知道还有没有其他的保险要交。另外，第二年开始上学后，人身保险就得自己交了，好像是 50 欧一个月。暖租的好处是水电可以大胆用，冷租的话自己可以节省，而且初期要交的押金比较少。暖租按 240 欧的月租来算的话，押金要少交 450 欧。

不过，说起来我们也算是续租学长的房子，学长当时签的合同是无期限的，他们随时可以搬走，前提是，必须提前三个月找到续租的人，我们现在就是这样。

清水房我不知道国内怎么叫，就是除了四面墙之外什么也没有，要装修的那种，那样的房子多是新盖的，在比较偏的地方，租金便宜但是入住成本很高。

车子是全铝合金的，很轻很好骑。我说的老式是说把头，是那种弯把的，看起来比较老气，换挡、坐垫什么的都比较老式，我估计车龄可能有七八年（德国自行车大多保养得很好，车龄很高，一是因为偷车的少——但也有；二是因为他们大多有车，自行车是健身用品）。老式的坐垫嘎吱嘎吱拼命响，很讨厌，我自己买了个新的换上，这样整个车看上去和新的差不多。

东西贵得要死，还是很想花钱，看来明年只有去打工解决问题了。我看学长们好像过得都挺宽裕。先这样。

上面的信是前两天写的,这些日子太忙了,接着写哈。

关于租房的事,今天已经把合同签下来,把最大的一个中介(叫辛爱民,不晓得你们知道不知道)叫来了,我们这里大部分的人(江苏三十几个,山东三十几个,宁波二十几个,一共有八十多人)都是他中介来的。他们认为应该让境外服务费用发挥一下作用,就把他给叫来了。叶良杰他们说,BSK 的人说是会委托在亚琛的一个人帮助找房子,我想可能也是找他。

我们约他的时候,没有说我们租的房子在什么地方,只是让他来宿舍和我们一起去。神奇的是,我们按预定时间给他打电话的时候,他让我们自己过来,他已经在房东那里把合同给看完了,不知道他是怎么知道的……前几天给他打电话的时候,他把我们臭了一顿,说怎么会想着在这样一个穷乡僻壤找房子,住不到一年肯定就想换。今天他看过房子就改口了,说这个房子真是不错,没的说,夏天在园子里吃吃烧烤或者在露天小阳台喝喝小酒都是很不错的,地下室还有车库。地点比较偏,如果我们不在乎地点的话,这个价格绝对值。我们都表示,在这样一个小镇住也好,安静,不像单元房那样拥挤。(我们这样的房子算是德国传统建筑,也就是一般想象中的那种欧洲民居。这种房子一般比较贵,而到于利希找房子的话,以我们的经济能力通常只能租得起宿舍和单元房,住起来就比较局促。)

中介谈房子看来是经验丰富,和德国房东叽里呱啦讲了一大堆,他帮我们把方方面面的情况都问清楚了,比如钥匙、邮箱、水电暖的转户、市政府的注册、花园的维护什么的;房东要求修剪草坪,但是没有提供剪草机,他要求房东给我们一个剪草机。然后还向我们介绍了需要办的手续等等,总体感觉还是不错的。他说如果我们不怕偏的话,这个房子倒是无可挑剔,房东人也不错,用他的话来说是不矫情。还有一个德国老头邻居,原来是照顾学长学姐他们的,现在还可以接着照顾我们,只是他也一直强调,年轻人不适合住在这里,太寂静,没有电影院,没有迪斯科,什么也没有……不过这时候学姐插话了,于利希其实也大不到哪去,一样没有这些东西……要娱乐还是得去亚琛、科隆。

比较重要的一点是,他还给我们提供了一些家具的参考价格,看过房子里的家具,

133

去远方
——父与子的跨国对话

出来告诉我们，那套厨房用具根本不值 570 欧，虽然他们当时花了 480 欧的安装费，但是这费用和我们没关系，我们不必为他们负责，很多人都是买回来自己安装的，他们请人安装是他们自己的事。他说这套厨房用具连冰箱也不带，最多就值 100 欧。有了他给的这个价，我们心里有底了，下次去和学姐砍价。在砍价上面我们现在比较占优势，因为他们如果不把厨房用具卖给我们，就得自己拆下来搬走，运输不方便，而且到了新家还得自己装回来，东西又已经旧了，还不如买一套新的合算。我们现在打算拿 200 欧的价格去砍，如果他们坚持不卖的话，我们就不要他们的厨房用具，让他们搬走。中介说一个抽油烟机最多 50 欧，他们管道都已经埋好了，到时候我们自己买回来一插就可以；如果需要烤箱的话，买一套可能比较贵一点，要 200 多欧吧，不要烤箱只要灶台或者电磁炉的话，100 欧以内就可以解决，还省了安装。我们原来担心自己买厨房用具太贵，是因为觉得安装费实在太高，现在看来可以自己装，也贵不到哪里去，所以我们完全可以不要学长留下来的用具，这样的话，还可以省一点。

学长他们原来租的网络是最贵最好的一种，但中介说，他们一年前和现在情况不一样，我们大可以不要去签现在降价过的网络，16M 一个月大概只要 30 欧，学姐现在用的套餐是 50 欧一个月的，比较好一点。我们现在在考虑要不要换，不换的话每个人其实也多出不了多少钱，再观察吧。他还问我们，他们路由器有没有问我们要钱。我们说有，要了 30 欧。他说他们绝对是宰我们，那个网络盒子是签合同的时候附赠的，他们当时是白拿的，没理由要我们钱。

大概情况就是这样，杂七杂八地说了一些。我觉得在德国有一个经验丰富的人帮忙捣鼓捣鼓也挺好，房子啊合同什么的，我们原来就不大搞得定。我们现在琢磨着，买家具的时候能不能叫他帮我们运一下——虽然他的是小轿车，可能不够大，但是如果能的话，还能省下 80 欧左右的运费。

房多
2009 年 5 月 7 日

第31封信 租房与砍价

六个人在一起,在这段时期内,就是一家人了。随着时间的推移,你还将发现,包括此前和你同住的上海人,这六七个人在你的生命历程中,将会留下很深的烙印。

你看,中介这么一参谋、一砍价,不就省出许多钱了吗?所以,砍价也是生产力。这就是生活。将来,你或许还要走遍世界哩,路在何方?不只在脚下,更在嘴上。

儿子:

5月7日的邮件收到了。

房子租下来了,提前把下半年的生活给安排了,有一个稳定的家,我和妈妈都很高兴。特别开心的是,你们住进了欧洲的老式房子,我想象,这样的房子应该更有文化品位,你住进了欧洲历史。一安定下来,要拍一些相片让我们看看,一是看房子的整体,别忘了你们的花园;一是把你的房间拍下来,我们想知道儿子猫在什么样的窝里。

六个人在一起,在这段时期内,就是一家人了。随着时间的推移,你还将发现,包括此前和你同住的上海人,这六七个人在你的生命历程中,将会留下很深的烙印。你们现在都是独生子女,其中的性情相投者,要看作兄弟姐妹一般,甚或胜过兄弟姐妹。总之,多少年修来同房住,一定要珍惜你们之间的友谊。一定要多忍让,多宽容;如果有的人有不好的习性,该说的要说,该批评的要批评,但要就事论事,事情过了就过了,过了还是要忍让,要宽容。比如我们家,亲戚中也有很多这样那样的毛病,也只能忍让和宽容。

你们最好要规定清楚,公共场所的卫生怎么轮流,要有值班制,事先定好了,有章可循,责任明确,这样会少一些纠纷。有时,我们多做一些,也不要斤斤计较,能为大家服务,也应看作快乐的事。

你信中说,还有邻居老人照顾你们的生活,他们照顾些什么呢?我不懂。你要格外尊重老人,要找机会和他们多沟通,可以帮助他们修剪草坪等等,争取和他们交朋

去远方
——父与子的跨国对话

友。通过具体的德国人是最容易了解德国的,也是学习语言的捷径。

同住的都是江苏人,这点也好。江苏人和浙江人、上海人统称"江浙人",古时同属吴越国。江苏是中国南北交接处,或许有北方的血性,亦有南方的精细?我印象中,南京人比较粗犷,但没有纯粹的北方人的粗糙;有上海人的精致,但没有正宗上海人那样因为过于精细而滋生的小气。不过,你要注意到将来的两种可能性:一种是,所有的江苏人都和你玩得很好,因为你是独一无二的,把你当作"党代表";另一种是,他们抱作一团,排斥你,比如,说着只有你听不懂的江苏话——没有这样的事最好,倘若真碰到了,千万不要当回事,我们不是好事者,对他们的神秘叙说没有任何兴趣。

当然,一般是不会有这样的事的,你说了,你和他们相处得很好,我只是一时想到了,随便说说,就算打一针预防针吧。

看来,你们这六个人中有"高人",知道把中介叫来。你看,中介这么一参谋,一砍价,不就省出许多钱了吗?所以,砍价也是生产力。这就是生活。"老外"要比中国人和善许多。中国人的真正敌人是中国人。素质教育的要求是学会做人。做中国人要学会两方面的为人之道:一方面是做一个正直的有良知的人,同时又是有生存技能的人;另一方面就是有"三十六计",能对付乌龟王八蛋。总而言之,中国人一开口,你就要打问号;中国人一开价,你就要拿大刀。中介说,你们那个厨房用具最多就值100欧,学长却要570欧,可见他们的心多狠!你们为什么要以200欧和他们开谈呢?中介说了100欧就是100欧,应该从100欧开谈,最多谈到200欧,行就行,不行拉倒,宁可买新的,宁可多花钱。到时候,看谁求谁。

当然,我们在这么操作的同时,也要考虑到,学长们也是异国的漂泊者,砍价是我们的权利,报价是他们的权利,成交不成交则要看各自的意愿了。对他们的言行也应持平常心,总之,大家都不容易,为了多得一点钱,似乎也是可以理解的。或许,我们站在他们的角度,也会这么干?处理这类事,我的原则是,一切要合乎常理,我不想占别人的便宜,但也努力不被别人狠宰。

江苏的同学开口找中介,敢于开口的这个人,应该是我说的"高人"。交了境外服务费,要求他们来服务,这是天经地义的事。我们福建学生都还没开这个口。从这次的经验看,你一定要学会开口,我们出了钱,他们有这个义务。你想想看,我们出了4500欧,相当于4.5万人民币,有什么不好开口的?此前的同学,也通过他们切实地解

第31封信　租房与砍价

决了一些问题。你的整个求学过程,他们都有义务帮助我们。有境外服务,也是我们完成学业的一个保障。妈妈也常这样,金口难开,这是不好的遗传。将来,你或许还要走遍世界哩,路在何方? 不只在脚下,更在嘴上。

这次租房,你虽然没有介入很深,但你在边上,也算看到了实在的人生。你能处处为家里考虑,处处想着节省,说明确实长大了,我儿子可以和爹妈一起承受生活的重压了。

你在外面半年多了,我想问一下,这半年来,纯粹的伙食开支每个月平均要多少? 包括水果、蜜水等。

昨天,通过BSK往你的户头汇了1500欧,收到了请回话。最近欧元与人民币是一比九点多,比你出去时要贵,看来欧元还是可以的。

一早起来写信,要准备上班了,先这样。

爸妈
2009年5月8日

去远方
——父与子的跨国对话

第32封信 打工问题

打工固然为了赚钱,但更要兼顾其他,打工是进一步与社会接触的渠道,更是学习语言的好途径。打工不能影响学习,这是原则问题。任何时候都不要忘记了,我们是去读书的,不是去打工的。

儿子:

你在5月7日的信中说:"东西贵得要死,还是很想花钱,看来明年只有去打工解决问题了。我看学长们好像过得都挺宽裕。"上回电话中你说,你也留心过打工的事,什么去饼干厂之类。有消费的欲望,才会有工作的动力,是要去打一点工。你去打工,在心理上应该不存在障碍,从小你就有这样的观念;我不是经常对你说吗,美国总统的孩子都要去打工。不过,我印象中欧洲人相对懒,尤其是法国人,德国人要勤奋一些,总体上看,可能不像美国人那样乐于打工。

前几天,BSK的陈钢与我有所交流,我就顺便告诉他,我儿子寒假有打工的计划,希望他们能帮助谋职,他们记下了,并表示会想办法的。我们既要自己找工作,也要他们帮助找,到时,什么工作好就干什么工作。做任何事,心里都要有两三套方案,不能只有一个方案,如果这个方案不行了,就没有余地了。

你说过,打工有三项选择,如果选修理电脑之类科技含量高的,工资会比较高;去饼干厂之类的,工资相对低,但可以拿到法定工资;再就是去中餐馆,活累,收入往往在法定工资之下。

你现在德语还没有过关,修理电脑什么的,他们电脑是德文界面,看起来有相当的难度。不过,你是不是可以在学生网站贴广告,如果有中国同学的电脑坏了,你可以帮助修理?这可能会给你带来一些不确定的收入。你说过,现在有的同学电脑坏了,就是你修的。

饼干厂之类是可以去的。陈钢似乎说过,可以去法兰克福机场打工,到时我再问

138

第 32 封信 打工问题

问他,再说吧。

　　至于中餐馆,如果都没活可干,也可以试试。很多人出去,也都是从中餐馆开始的,累一点,钱少一点,也没关系,要把这看作是一种生活的体验;实地考察一下中国雇主的做派,将来和外国雇主做一番对比,也是颇有意思的事。当然,只要有别的选择,就不要去中餐馆。打工固然为了赚钱,但更要兼顾其他,打工是进一步与社会接触的渠道,更是学习语言的好途径……在中餐馆打工,学习语言的机会就少了。

　　你出去前我就对你说过,打工不能影响学习,这是原则问题。任何时候都不要忘记了,我们是去读书的,不是去打工的。今年寒假是打工的最好时机,因为第一学年结束了,第二学年还没开始;第一学年的学习压力不是那么大,所以寒假可以去打工。你说过,学长们说了,第二年的学习压力要大许多,你要有这样的思想准备。到时候,学习都没时间了,还打什么工!

　　经济问题是要考虑,但这主要是我们的事,既然你出去了,我们砸锅卖铁也要供你读书,何况我们还有一套房子在那里,实在困难了,可以将其卖了或是抵押贷款。问题没有那么严重。你要注意的只是生活尽量简单一些,可买可不买的不买,能省则省,稍加节俭,也就是了。

　　我还给颜向红发了一封信,问她寒假去奥地利打工的可能性,她是我的老朋友了,问问无妨。我想,她先生那里如有这样的机会,你边打工还可以边到奥地利玩,不亦有趣!她回信说:

　　　　你儿子的事,我问我先生老伊了,他是个很傻很单纯的人,有什么能力说什么话。他说,目前一时不能保证什么,因为两个原因:一是经济危机带来许多就业问题,很多人失业,他们公司有几个年轻人只是志愿者,因为奥地利法律规定,学生上大学前或大学毕业后一定要到一些特殊的公司当志愿者(九个月),或者服兵役(六个月),这些没有报酬的学生占据了不少临时岗位,加之失业者增加,在这种情况下会比较困难。第二个原因是,德语如果不够好,恐怕也不太好找像样的工作,他们的计算机也是德语界面的。当然,我相信你儿子能对付这些小问题,可在德语国家毕竟主要用德语。

　　　　他说,他会留心的,看看最近国家经济会不会好转,就业率能不能增加。

去远方
——父与子的跨国对话

　　欧洲和中国不同,他们下了班就回家,人际关系很简单,没什么帮来帮去的习惯和能力,他只是个普通的职员,也不太会来事,这事对他可能有难度。但我们会留意,一定不放过可能的机会。
　　祝你和你儿子顺利!

　　我给她回了信:"没事,我只是随便说说,让你们为难了,不好意思。我这还是用中国的思维方式思考问题——我是中国人,能不用中国的方式思考问题吗?BSK曾有承诺,他们也会帮助的。我儿子自己也会留心的。"是的,看来我是用了中国的思维方式来思考问题了。她的这封信中折射出了一些信息,应该有值得玩味的地方,你自己体会吧。
　　至于回国,BSK的小范说,你如果想去打工,圣诞节回来比较好,圣诞节有十几天的时间,这个时间段内也无工可打,就像我们过春节。这样你寒假就可以安心打工了。你说你要是寒假回来,也要到正月初二初三左右才能到家,我和妈妈倒没什么,爷爷奶奶当然希望你能在家过年。很多事情都不会那么凑巧的,我说过了,这事你自己定,你自己权衡吧。
　　实习结束了?这段时间你要专心读书了,估计很快就要考试了?一定要努力一次性过关,省得麻烦。实习的事就说这些,今年学业结束前也不要再去想它,也不要再去说它了。

爸妈
2009年5月11日

儿子第 17 封来信　母亲节·德式幽默及其他

　　今天是母亲节,先祝妈母亲节快乐哈,一个人出门在外,才比较能感受到这样一个节日。我现在经常想着回国去大吃一顿之类……呵呵。来了之后好像就没吃牛肉,海鲜更是买也买不到,吃得实在有那么一点单调。
　　德国人真是太有幽默感了——这种幽默感我还不能很好地描述,但我感觉可能比较类似英国式的幽默感,比较低调,但是很传神。

爸妈:

　　今天是母亲节,先祝妈母亲节快乐哈,一个人出门在外,才比较能感受到这样一个节日。
　　今天去拿了账单,汇款已经到了,是 8 号到的,还是很迅速的。
　　我们的房子在德国应该算老式房子,但这只是和单元房相比较而言,房子其实不是很老,也不是很大。是像我们家一样和另外一户人家共用一堵墙的,属连体别墅吧? 花园也不是很大,现在的学长们也没有在里面种些什么东西,有点光秃秃的。即使是这样,我也已经很满意了,比那种拥挤的宿舍要好得多。我的房间不是很大,因为我要一个人住,所以只能住小的,如果住楼下大房间的话,得两个人住,我不是很愿意(楼下的大房间即使分一半,也比楼上的房间大),二楼其实都是阁楼,房间不算太小,但是天花板是斜的,这样住起来感觉比较局促一点,但倒也别有一番风味——西方的故事里总少不了阁楼,而在国内是见不到这样的地方的。
　　从上课到实习,我们这几个人都是分在一起的,将来学的应该也是一个专业。相处到现在,我对他们基本还算满意,毛病人人都有,这几个人目前表现出来的,都还在我的接受范围之内。这样,至少比某些我还没有一起住就已经讨厌了的人要好一些。
　　顺带说一下,我感觉理科生都比较直白,比较不善于掩饰自己的意图,说话也更直接,做事情也更少顾忌,这些和文科生是不一样的,即使是理科的女生,也表现出和文

去远方
——父与子的跨国对话

科女生大不一样的气质来。

德国老人嘛我不是非常清楚,我只知道他是那个上海学姐的德国家长,认了她做女儿的(同时也认了其他许多中国学生),几次去谈房子的事情他都在场,经常和房东一起行动,看起来很和蔼、话不多的一个老头,也有一些标准的德国式幽默感——说到幽默感,来之前我看的书上说,德国人总认为自己缺乏幽默感,而说英语的人都理所当然地有很强的幽默感并报以期待。在我看来,相比一些只会说黄色笑话的中国人,德国人真是太有幽默感了——这种幽默感我还不能很好地描述,但我感觉可能比较类似英国式的幽默感,比较低调,但是很传神。如果能和我之前从其他同学那里听说的对上号的话,这个老头应该是个物理学家而他的老婆是个德语教师,两人都已经退休了。

我们同住的人里其实还有一个不是江苏人,是宁波人,但是我感觉江浙一带的人性格都差不多,不大容易区分,区别不像南方人和北方人之间那样泾渭分明(特别是南方女生和北方女生之间)。由于我现在天天和江苏人混在一起,听南京话已经没什么问题了,相对于福州话,南京话、四川话这类话实在是太好学了,基本上只是些音调的不同。

今天我们去宜家看了一下家具,长途跋涉,坐了一个多小时车到科隆,又坐半个小时地铁,再坐十分钟公交车。那个宜家真是大得够呛,逛得我们腿都要断了。我们厨房用具一套下来,最便宜的得花上400至500欧,前提是得自己装,请人安装的话随便就上千。我们看了一下新东西的价格,也就更清楚学姐他们有多宰我们。他们一直在强调当年480欧的安装费,他们肯定要把这部分钱算在厨房用具的价格里,所以我们才打算拿200欧和他们谈。今天看完后,我们打算直接亮200欧的底价,他们不愿意卖的话就让他们搬走,我们自己买,还是新的(另外,由于抽油烟机的管道他们安装的时候都埋好了,我们要是自己装的话也方便)。

后来我没有记账了(实在是麻烦),所以要有一个确切的伙食开销可能不大容易,我粗略估计一下在200欧左右。其实有些钱我也不知道花到哪里去了,去超市随便买点吃的就是十几二十欧,还老觉得精力不够,想吃东西。吃的贵,做起来还麻烦,快餐食品一般也没什么营养,所以比较头疼。我现在经常想着回国去大吃一顿之类……呵呵。来了之后好像就没吃牛肉,海鲜更是买也买不到,吃得实在有那么一点单调。

周五考试考完了,感觉还算可以,虽然实习期间没怎么学习,但是考起来手感还是有的。下面要进入第三个学期了,得花不少时间来学习了。只是不知道能不能静下心来,因为我很容易被干扰。我想,要么等到7月份的时候房子可以住了,我就自己先跑过去住,晚上再回来睡,一个人在那里比较好读书。他们都打算等到暑假了再住那个房子,现在就搬的话,天天上午还得走回来上课,麻烦。

刚刚考完试,就上网折腾到现在,4点多了,脑袋也不是很清醒,这封信好像有点语无伦次,呵呵。

好了,先这样。我睡了。

房多

2009 年 5 月 11 日

去远方
——父与子的跨国对话

第 33 封信　跨文理、跨文化

　　"慈母手中线,游子身上衣",和你们所有的同学一样,儿行千里万里,爹娘是日日夜夜地牵挂。你们身在异国他乡,学会自己照顾好自己,就是对父母的最大安慰。
　　你是由文科生而成为理科生的,我们是极希望你既有文科生的人文情怀,又有理科生的逻辑思维,一句话,形象思维和抽象思维并举,集文理优势于一身。
　　我们要努力练就钢铁意志,到西方也不"休克",到东方也不"休克",虽然难,但如果炼成,就像出了八卦炉的孙悟空,那是怎样的了不得哟!

儿子:

　　5月11日的信收到了,你在信的开头问候了妈妈,"今天是母亲节,先祝妈妈母亲节快乐哈,一个人出门在外,才比较能感受到这样一个节日",妈妈看了,非常感动,甚至眼里含满泪水。儿子长大了,懂事了。"慈母手中线,游子身上衣",和你们所有的同学一样,儿行千里万里,爹娘是日日夜夜地牵挂。你们身在异国他乡,学会自己照顾好自己,就是对父母的最大安慰。
　　很多事就是要像"老外"一样,善于表达自己的感受,比如,通常"老外"会比较坦然地对亲人、对自己喜欢的人表达"我爱你"之类,中国人比较含蓄,不善表达。特别是,对家里人不善表达,觉得一家人天天在一起了,说这类话有点肉麻。我一直记着你说的话,在德国的公交车上,如果有人眼光与你对视,就会保持微笑。这是多么好的人际关系,多么亲切! 我也努力这么做。但是,我的微笑在大多情况下收到的是错愕。在中国,我的同事向我迎面走来,有的人视若无睹,更遑论陌生人。对同事,我完全可以理解,我年轻时对我的领导也是这样,力图要在强势者面前保持一种自尊。另一方面,对领导笑的人,往往是媚笑,笑意中满含着对权势者的卑微的谦恭,或是对潜在的自利的渴求。这很可笑。当然了,在中国,我如果对一个美女微笑,她或许以为我要勾引她,骂曰:流氓!你妈妈要见了,怕是要拧我的耳朵,呵呵。

听你说出去这么久了，都没吃牛肉和海鲜，我和你妈都很心疼。儿子，别这么节俭哦，要对自己好一点，想吃就吃。我们到邮局问了，还让 BSK 问了有关方面，问牛肉干、墨鱼干之类能不能寄出去，他们都说不行。这一点"老外"也忒过分，中国产的东西都不能吃的？没劲！

BSK 的人说，照理，也不会到没有牛肉吃的程度，牛肉是贵，但如果去亚洲超市买会便宜许多。他们说，亚超的东西和其他超市的没有什么太大的不同，就是购物环境不那么好。你要学会怎么购买便宜的东西，这是生活的需要。BSK 的人和王路雯的母亲都说，如果自己做饭菜，伙食不会太贵，王路雯是女孩子，可能比较节省，她在德国的伙食开支一个月只有 100 多欧，吃得还不错。当然，这也只是他们说的，未必可信，每一个人的情况也不一样。你去实习，累了，就上街吃，这没的说的。起码周末时间要自己搞一些吃的。比如，采购大几斤牛肉（贵就贵了，吃是不要省也不能省的。其实，就是让寄，我们从国内寄出去，加上邮费，也差不了多少的），卤好了放在冰箱里，平时拿一两块放微波炉中转一转，或是烤热一下，不就行了？卤牛肉会吗？要不会，回头我叫妈妈开出单来，你可以试着做。再不行，红烧牛肉总会吧？先把牛肉煲烂，放进酱油（盐巴也可以），加糖，加你喜欢的调味品，也就行了。猪肉也可以这么做。总之，星期天要拿一些时间筹备第二周的吃食，至少把肉类备好，下课回来做一下主食（比如烤一块饼啊，很简单嘛），做些青菜，吃点水果，喝杯牛奶或是蜂蜜，也就 OK 了。自己做，既能保证营养，也能省钱。餐餐做太烦，备好一周的菜或许是一个好办法。

BSK 推荐了亚超："德国物价比较廉价的超市有三家，分别是 Aldi、Lidl、Netto，前两家在德国任何一个地方都有，包括小乡村。建议小孩如果要买亚洲的食品的话，最好到科隆的亚洲超市去比较好。亚超的物价都较便宜，当然会比国内贵些，但相对海运来说是比较划算的，海运要运费，还可能被海关抽查，途中时间长，也要考虑食品的保质期。"我估计你应该知道他们推荐的这几家超市。总之，星期天拿半天时间处理生活问题，购物、备餐、洗衣、整理房间等。我们先不说给别人打工，给自己打工也能"赚钱"，也是生产力。

11 日的信中，你说到，"理科生都比较直白，比较不善于掩饰自己的意图，说话也更

去远方
——父与子的跨国对话

直接,做事情也更少顾忌,这些和文科生是不一样的,即使是理科的女生,也表现出和文科女生大不一样的气质来"。这一点,在大多的情况下是事实。这说明你的观察还是细致的。这样看来,理科生的性情更接近"老外"?这倒引出我的担心来了。

你曾经是文科生,你爸又是做文章的,你会不会也太过细致呢?会不会也太过委婉呢?心里想的会不会不太愿意表达呢?一定要注意,如果有这方面的性格弱点,要不断地克服。你是属蛇的,福州有一句老话叫"属蛇心思多",这当然没有科学根据,但我们不要有太多的"心思",男子汉,更应该粗犷一些。我们赞成什么,不赞成什么,想做什么,不想做什么,都应该旗帜鲜明地表达,不要顾忌别人怎么想。那么多的人,他们表达时,也不是顾忌所有人的,有人特别顾忌你吗?我们既要善于表达自己的想法,也应该多听取别人的想法,然后进行沟通,择善而行。要学习理科生(你现在就是理科生了)的直截了当和无所顾忌。

文科生也有文科生的好处,文科生有更多的文化素养和人文关怀,大的自然科学家,都有上等的哲学思维、丰富的人文知识。你未必要当也未必当得了科学家,将来无论处在什么岗位,我们都是一个普通劳动者。人,第一关注的是物质,即谋生和生存的基本条件;接着关注创造力的发挥等;但人应该更多地关注自己的心灵,文科生有了通往内心世界的路线图。

你是由文科生而成为理科生的,我们是极希望你既有文科生的人文情怀,又有理科生的逻辑思维,一句话,形象思维和抽象思维并举,集文理优势于一身。不过,你考虑过没有,会不会也有这样的可能,也许有可能你感性思维不如文科生,理性思维不如理科生,就是说,成了两边都不是的人物,那生活得就比较累了。

由此我又想,你在德国接受教育,客观上脚踩东西两只船,将来会不会回到中国,不适应中国的生活,留在德国或欧洲,不适应西方的生活?即所谓"跨文化休克"。如果真这样,那麻烦也大了,痛苦也深了。这也是两种结果:一种上面说了,两边不适应;另一种则是,把自己炼成合金钢,这边也适应,那边也适应,那真成了"特殊材料制成的人"。你一定要朝这方面去努力。五四时期的留学生,比如蔡元培、鲁迅、胡适,多是学贯中西,两边都通。作为普通人的我们,要有"双重人格",要有"双重标准"。

我们要努力练就钢铁意志,到西方也不"休克",到东方也不"休克",虽然难,但如果炼成,就像出了八卦炉的孙悟空,那是怎样的了不得哟!

文科生、理科生，东方、西方，你现在成了"中间物"，像鲁迅说的那样"两间余一卒"，就像蝙蝠，非鸟非兽。不过，话说穿了，这也没什么，什么也不是——只是自己——也没有什么不好！胡适常说，老鼠之类（比如你爹，敝属鼠，乃鼠辈）都是成群结队的，而狮子则是独来独往。

刚才在网上看到这样几句话：一个外星人抵达中国，在上海，他立刻被捉起来进行展览，人们从中赚取不菲的门票收入；在广东，他马上被解剖了，人们分析他能不能食用、有没有营养；而在温州，商人竞相拉他去吃饭，然后询问："你们那里什么东西最好卖？"蛮有趣的，你的同学中也有各个区域的人，你看像不像这么回事？

对了，台湾作家龙应台（就是写《中国人，你为什么不生气》那个人）嫁给德国人，生了两个混血儿，长子叫安德烈。马英九台北市市长任上，曾跑到德国请她回来当文化局长，她先是住台湾，现居香港。她与安德烈之间有很多通信，也是脚踩东西文明，蛮有意思的，我先发一篇给你，周末有时间了，应该看看。

考完试固然可以放松一下，但在网上折腾到凌晨 4 点，这是我们所不认同的，偶尔则罢，不好经常这样。先写这些，周末愉快。

爸妈
2009 年 5 月 15 日

去远方
——父与子的跨国对话

第34封信　屈原与责任·妈妈的梦

不要讲政治家，就是一般人，不仅没有生的自由，很大程度上也没有死的自由……就是说，还有许多人间未了事、未了情，所谓尘缘未了。就这样死了，那是有罪的。

妈妈的潜意识里知道你去德国读书，受到德国式的训练，一切都讲认真，所以做了这个梦？

儿子：

今天是端午节。今年端午节放一天假，这样，和周末连在一起，有三天时间。端午节和别的节不一样，是中午过，为什么中午过，我也搞不太懂。妈妈已经先到奶奶家帮忙搞吃的，我12点前过去，这会儿抽空给你写信。

端午节有很多种说法，其中比较盛行并为大众接受的一种说法是纪念屈原的，屈原因绝望于楚国的黑暗政治，自沉于汨罗江。政治家的日子都不会好过，因为他们身居权力核心圈，尔虞我诈的争斗在所难免。前几天，意大利总理贝卢斯科尼就说，这个总理不是他爱干的，他现在做的每一件事，都是出于他的责任心的支持，他希望尽快有人能取代他，有很多有趣的生活在等待他哩（大意）。但是，虽然艰难，像屈原这样选择自沉却不足取，似乎韧性不够。屈原就不说了，最近，韩国前总统卢武铉为了自证清白，跳崖自尽。他太爱惜羽毛。卢这么一死，倒是超脱，可是，却让韩国再次陷入了政治纷争，也辜负了他的支持者。他应该想到，他不是他个人的，而是属于他的支持者，他的国家。对比之下，阿扁与他一样，甚至状况更糟，已经身陷囹圄，又是绝食抗争，又是写书辩白，不论结果如何，其意志是坚强的，也是难能可贵的。没有坚强的意志，就不要从政。政治家应该有我不下地狱谁下地狱的基本素质。

其实，不要讲政治家，就是一般人，不仅没有生的自由，很大程度上也没有死的自由。比如你爹我，假设我现在想死，假设现在要去死，那也没有死的自由，没有死的权利，上有老，下有小，还有你妈……就是说，还有许多人间未了事、未了情，所谓尘缘未了。就这样死了，那是有罪的。

第 34 封信　屈原与责任·妈妈的梦

罗曼·罗兰的小说《约翰·克利斯朵夫》有一章叫《安多纳德》,安多纳德是个女孩,她父母双亡,带着一个弟弟。为了养大弟弟,她含辛茹苦,受够了生活的折磨;她病痛缠身,身体虚弱……可是,因为弟弟没有长大成人,她硬是支撑着,仿佛什么病也没有。后来,她弟弟自立了,一夜之间,她感到从未有过的羸惫,整个人土崩瓦解了,很快就死了。此前她为什么不生病?不死?因为她还没有死的自由,没有死的权利。只有她弟弟独立了,她觉得她已经完成了父母的嘱托,这才松了一口气。谁能想到,这么一松弛,就再也站不起来了。

由端午节说到屈原的死,又乱扯了这许多。不说这些了。

昨晚,妈妈做了一个梦,梦见你回来了。时间、地点都不是现在,而是她小的时候。你和妈妈一起从楼上走下来,就相当于你上中学时学校那样的楼梯,你们原打算上街的。在楼梯的拐弯处,写着毛主席语录,但上面的油漆字剥落了,你说:"这怎么行?太不认真了。我去拿油漆,把字补好。"妈妈说:"算了,我们还是上街吧。或者,明天再说吧。"你严肃地说:"不行,必须立即就做。"于是,你就在那一笔一画地凝神修补残缺的毛主席语录。妈妈替你扶楼梯,问你:"想吃什么?"你说:"羊肉。"妈妈立即打电话给我:"羊肉!"又问:"还想吃什么?"你说:"糯米饭。"妈妈又打电话给我:"糯米饭!"好像传达命令一样。你说好玩不好玩?

妈妈的潜意识里知道你去德国读书,受到德国式的训练,一切都讲认真,所以做了这个梦?毛主席语录有很多,其中有一条是这样的:"世界上怕就怕认真二字,我们共产党人就最讲认真。"当时,你修补的是不是这条语录啊?

最近情况怎么样?特别是去巴黎有何观感?有空时写信说说。

再附上一封龙应台母子的通信,有空时看看。先这样。

爸妈
2009 年 5 月 28 日端午节

去远方
——父与子的跨国对话

儿子第 18 封来信　这几天比较颓废

唉,抱怨了一大堆,其实最近我一直想找人抱怨的,只是没有机会。总之,现在一点学习劲头都没有,整天感觉很颓废。不过,现在的状态,即使不玩游戏,我也就在那坐着,什么也不想做。今天乱七八糟抱怨了一大堆,也许这样心情会好一点吧。一个人出门在外久了,也的确是孤独啊。

爸妈:

信收到了,这几天比较颓废,一直没回,主要是因为没干劲。在巴黎时有很多感想,在回来的大巴上也构思了好些,但是,坐在电脑前,感觉写不出来,或是不想去写。我也不知道怎么回事,现在想来可能是因为在巴黎玩得太累了,三天时间玩了那么多景点,实在很赶,很多时候是用脚走,每天都走十个多小时吧,很累的。而且,回来后第二天就上课,大家都很累,很多同学翘课(保守估计占百分之三十),那天我也很想翘课的,但因为那是我很喜欢的一个德语老师的课,所以没翘,但很快我就后悔了,实在是累,根本没精神上课。接着就整天想睡觉,也提不起什么精神来。照片整理好上传了,就懒得再写巴黎,不怎么想动脑子。

最近天天都想睡觉,睡了很长时间,起来仍然想睡,情绪也比较低落,可以说是想家了。有时候想给以前的同学打打电话,要么时间不对,要么是想来想去不知道说什么好,就没打,然后就比较郁闷。上周的几节数学、物理课我是认真听的(说实话,以前听这些课很容易走神,因为是用外语听自己不熟悉的内容),我们数学老师基本上是个白痴……关于他可以写好长好长一段,今天就先不写了。不过,物理老师是很好的。现在开始上高等数学,讲微积分,听那个老师讲,基本等于没听。我回宿舍看带来的那本高等数学,看着看着就烦躁起来,自己看,看不懂多少。虽然我们学的只是简单的微积分,按学过的同学说,只需要背几个公式然后套着做就可以了,我觉得学数学应该理解它逻辑上的意义,但是我做不到,于是就很烦躁,然后就不想碰书。

现在德语学习也已经进入一个新阶段,就是有大量的东西需要记忆的阶段,而且

儿子第 18 封来信 这几天比较颓废

德语的语法规则实在是烦得要死,相比起来,英语那相对于汉语来说更为复杂的语法,根本不算什么。我们现在在学形容词变位,意思就是根据一个名词的阴阳中性,形容词末尾要变化,而根据名词在句中的成分(主语、直接宾语、间接宾语、宾语),形容词还要变化,而一个只带一个宾语的动词(或者动词 + 介词结构),还得背它是带直接宾语还是间接宾语,而德语的过去式啊,完成式啊,又一大堆特例,都是要背的,好烦。

我们班在第一学期末德语成绩是很好的,因为那个老师我们很喜欢,后来,实习期间她要带小孩,不能上下午的课,就没有继续带我们。一开始给我们换的德语老师人还不错,就是上课进度慢,这样我们班进度就比较落后,而后来有几次课她不知道怎么的没来,于是我们班就合计缺了四节课(也就是十个小时的课),所以我们班进度现在是所有班中最慢的,所有的组都已经进入第三本书了,而我们组还在第二本书的百分之八十左右。而后给我们换了一个很恶心的老师,之所以会换她过来,可能是因为我们班进度太慢而她上课进度是最快的。她来了以后,我们才领略了一下什么叫上课快,基本上她就是把书念一遍,然后就直接做题,对答案,再做题,再对答案,那个课上得真是恶心死了。语法部分她就对着书念一遍,和我们自己看完全没差别,然后我们就一头雾水地做题,基本上都是在蒙答案,什么知识点也不讲。第三学期,在我们的强烈要求下,原来我们第一学期的老师又重新回来教我们了。她来上了一节课就感叹,你们怎么了?是谁教的你们?什么也没讲,她要去找她算账什么的……不过,即使这样飙过了进度,我们班仍然落后,毕竟十个小时的课不是赶一赶进度就能赶回来的(哦,对了,其实还不止,因为德国假多,上次狂欢节的时候放星期一、星期五两天,而我们班正好星期一、星期五都有德语课,其他班要么星期一有一节,要么星期五有一节,只有我们班是被冲掉两节的,所以又比别的班少两个半小时)。

英语呢,三个月实习没上英语,其实我们是比较不合算的,因为其他两个组要么开头实习要么结尾实习,英语课都是连在一起的,而我们中间断了三个月,而又基本不讲英语,可以说忘了许多。原来我们班的英语成绩应该说是最好的,可现在却表现不良。我们的新英语老师人虽然很好,但是上课也相当地无聊,我不知道英语课原来可以这样地无聊,基本上只是在做题,很多人都在自己做自己的事情。

唉,抱怨了一大堆,其实最近我一直想找人抱怨的,只是没有机会。总之,现在一点学习劲头都没有,整天感觉很颓废。这次放了三天假,我就待在宿舍里也不知道干

去远方
——父与子的跨国对话

吗,开着电脑想找点什么打发时间,可是看到游戏也不想碰,书就更不想碰,出去转一转,也不知怎么的,就感觉不自在。总之,最近情绪相当低落,有时兴奋了一两下,很快又开始郁闷。

真是搞不清楚为什么会这样,也许是去巴黎玩得太疯了。巴黎真是个好地方,去了以后我一直处在兴奋当中,走了很久的路,也没有感觉很累。我们是十个人一起行动的,人太多了有点不好,这个人拖拉一下,那个人拖拉一下,磨去了不少时间。我们时间本来就不多。去巴黎,最好还是两个人一起玩。我们原来想吃吃传说中的法国大餐的,第一天找了家餐馆充饥,算不上大餐,不过也好好腐败了一把,开了一瓶77欧的香槟,一个人7.7欧……只够喝一口,呵呵。第二天从塞纳河游轮上下来是10点多了,我们想找家法国餐馆试试法国大餐,结果找了一家,进去和侍者解释了半天"蜗牛",才发现这是一间意大利餐馆……晕。不过,那个侍者非常热情,甚至可以说热情得有点过头了,让我们都不大好意思了,所以我们也没出来,就在那吃了一盘正宗的意大利面加牛排。巴黎的物价也不会比我们这里高多少,上这里的意大利餐馆吃一顿,也不会比在科隆的中餐馆吃一顿更贵。

去巴黎的感想很多,像上面说的,一直没干劲写,写了一千字就一直放在那里,下次有空再写吧。照片我已经整理上传了,可以去相册看看。

关于寄东西,我想了想,是有一些需要的,但是比较少,可能寄过来不合算。一是我需要一些我手机的配件,得上淘宝买,笔、电池、保护膜、保护套之类,来了之后因为当电子词典用,我的手机的使用频率相当高,已经被我用旧了。另外,最近手机上出了一套德语词典的软件很好,装了之后还能发音、查变位什么的,完全不输给专业的电子词典,甚至还要更加强大,用得很顺手,我想买一套,要花68元。我本来给了同学欧元,让他帮忙买一下,不过我们这里网太烂,一直没弄,实在不行还得从国内买,这个倒是不用寄。另外就是可能需要一点夏装,不过问题也不是很大,前天我去于利希了,发现同样品牌的服装店,那里要比科隆便宜相当多,我买了两件T恤和一件衬衫,花了23欧,可以说是相当便宜了。在科隆,上次我买的背心,还是斯洛文尼亚产的(中国产的算是比较好的),就要15欧。台灯我在网上买了一个,15欧,是触摸开关的,很有情调的台灯,我很喜欢;不过,实际上是床头灯,做书桌灯可能有点不太合适。德国这里书桌灯死贵死贵的,我就买个床头灯凑数。

儿子第 18 封来信　这几天比较颓废

　　这周有打折，我打算去超市买一个大衣柜，是那种帆布的，我从海报上看做工很不错，造型也不错。有格子可以放折叠衣服的，30 欧，比买木质的要合算很多，要搬动的话也方便。不过，二手的木质衣柜也差不多这个价格，我还在犹豫。如果有东西寄的话，我要一个闹钟，这里一个闹钟起码 20 欧。

　　还有，想起来骂骂我们新来的管理员，后来我们才知道，卫生检查开始变得无比严格并不是因为那个有洁癖的老太婆，而是因为他。最近，他搞得我们这里鸡犬不宁，人人都在臭骂他。规定房间里不能用烹饪类的电器（包括烧水壶、电饭煲、面包机什么的），于是就经常突击检查没收电器，不光对宿舍是宾馆级要求，对厨房也是宾馆级要求，稍微有点不闪亮，就锁厨房，就算做得很干净了，他还是鸡蛋里挑骨头，所以老是有厨房被锁。我们的厨房坏了很久了，他也没修好，我们不用厨房倒是没什么，只是冰箱里的东西拿不出来，从超市买了东西没有冰箱可以放。说实话，这个家伙是非常尽职尽责的，在宿舍里到处改革制度，的确有一些改进，比如给我们弄了个自行车棚什么的，但是也实在是太烦人了，整天都得和他耗着，动不动就检查，烦得要死。一般来说，男生寝室都是乱的，稍微过得去不就可以了，但是他就非得折腾；而且，还有许多新制度，比如说蔬菜、水果不能放冰箱里，这让我们所有人都很无语，后来又修正说，没有恰当包装的食物不能放冰箱里，就是说肉买回来，如果开封了一定得再拿个袋子套着，不然不能放进冰箱。

　　还有一点我顺便也提一下，以前都没有说，就是这里晚上打游戏实际上非常盛行，这和国内大学一样，有这样一个局域网，没有理由不联机打游戏，以至于我现在经常被人拖去打游戏，当然很多时候是自己想玩，但是现在经常不想玩也要被拖去玩的，这个实际上是个给不给面子的问题，都是熟悉的同学，人家一直打电话来催，实在不太好意思拒绝。我现在已经在尝试拒绝了，但是，说实话，在这上面还是消磨掉不少时间。不过，现在的状态，即使不玩游戏，我也就在那坐着，什么也不想做。

　　好了，也晚了，先说这么多吧，有机会我会把巴黎的情况详细地说一下的。今天乱七八糟抱怨了一大堆，也许这样心情会好一点吧。一个人出门在外久了，也的确是孤独啊。

　　好了，先这样。

儿子
2009 年 6 月 2 日

去远方
——父与子的跨国对话

第 35 封信　想家了，放假回来吧

一个人牙齿剧痛，会改变人生观；一个人得了绝症，会改变世界观……你的人生才刚刚开始，以后情绪低落的事会经常发生的，甚至有可能是周期性的。就像人难免会感冒一样，人难免有情绪低落的时候。不仅情绪低落，感觉痛苦的事，也将是难免的。

头一年放假不要打工了，我们也都盼着你回来。你想，将近二十年，你都在爸妈的膝下、周遭，我们也很想你的，上封信中不是说了嘛，做梦都梦着你。

儿子：

6 月 2 日的邮件收到了，今天特别忙，现在是晚上 10 点多了，先回几句，明天上午在家继续给你写信。

你去巴黎玩得太累了，一天走十几个小时，这有点像长征路上的工农红军了。巴黎我没去过，看来对你们是很有吸引力的。高兴就好，累一点没什么。人的一生中，总会有那么一些日子累得要死要活的。况且，你们是因为开心而累，这就更值得了。

不过，下次再去别的什么地方玩的时候，可以稍有节制，去玩不是赶任务，来日方长，这次玩不完，下次还有机会。读一个城市，就像读一个人、一本书，要慢慢品味。一本好书，是要读三五回的。

我们看了你拍的照片，感觉极好。妈妈还特地让我告诉你，你的摄影技术，不，应该说你的取景手段很高，她说，凯旋门、埃菲尔铁塔以前感觉不出有多高大，经你这么一拍，她能强烈地感觉到它们的巨大存在。

我们都感觉，你个人拍得太少了，我们固然要看巴黎，但更要看儿子。可是，你只拍了三张，而且，其中只有一张是笑的。以后多拍一点你自己吧。从这三张照片看——你可以与你刚出国时的相片对比着看——你老成了许多。欧风欧雨，把你催熟了，你成熟了。

去巴黎的观感，写了一千字就写不下去了，写不下去就不要硬写，这是鲁迅说的，

第 35 封信 想家了，放假回来吧

大意是，写不出来的时候不硬写。我们是鼓励你为自己的生活留下一点踪迹的。但是，你现在不是文科生，大约也不会靠文字吃饭，这样的事不要太难为自己。其实，就是从做文章的角度看，有的文章是一时有感想，立即就写；有的是经过反复咀嚼，过了若干年后才写，是用回忆的方式写出。前者，可能会留下一些清新；而后者，会像酒一样，历久弥香。

或许因为玩得太累了，你一时感到情绪低落，这不足为奇。你要知道，生理问题常常影响到心理问题。我以前曾开玩笑说，一个人牙齿剧痛，会改变人生观；一个人得了绝症，会改变世界观……虽是玩笑话，也不无道理，至少在牙痛期间会有与平时不一样的人生诉求。所以，因为太累而一时情绪低落，这是再正常不过的现象。不要太在意。你要记住，你的人生才刚刚开始，以后情绪低落的事会经常发生的，甚至有可能是周期性的。就像人难免会感冒一样，人难免有情绪低落的时候。不仅情绪低落，感觉痛苦的事，也将是难免的。

你也不要指望现在就能很好地控制自己的情绪，没有这么容易，这需要长期的磨炼，或者说历练，才能在一定程度上做得相对好一些。人一般要过了三十岁，才会比较有能力控制自己的情绪。话说回来，就像潮涨潮落一样，如果一个人天天都是情绪高昂，从没有情绪低落，那也不正常，真有这样的人，大约也是患了神经亢奋方面的毛病了。

当然，也不是说在情绪低落的时候就无所作为了，不是的。可以试着调整一下自己的情绪。其实，你已经做出了自然的反应，比如好好睡一觉啊，玩玩游戏放松放松啊，还可以听听音乐、出去散散步，也可以参加一些体育活动，比如溜冰什么的，还可以给家里打打电话、聊聊天，找同学或朋友倾诉，总之，要让自己的注意力转移，不要老盯着自己的"颓废"。

我情绪低落的时候，有时叫几个朋友来，喝茶、聊天；有时去逛书店或花鸟市场；有时写文章；有时去刮痧……总之，要想点办法自我调节，尽量让自己感觉不是那么不爽。

情绪低落的时候，自然会感到孤独，更何况独在异乡为异客，更何况你是第一次出远门，而且一出就是这么远，这么久。你竟然也会说想家了，这让我们感到高兴，也还有几分伤感。我们知道你会想家的，但我们也知道，儿子不擅长对父母表达自己的内

155

去远方
—— 父与子的跨国时话

心，而现在你终于能表达、会表达了，这是我们高兴的原因。好像你小学还是中学的老师说过，中国的父母不习惯对孩子表达"我爱你"，而中国的孩子也一样。你知道，西方的家庭关系不是这样内敛。此前的信中，我已经对你说过，不管你将来在世界的哪一个角落，家，永远是你的港湾。

这半年多，异域的异质文明给你惊喜，不同的教育模式也给你压力，这些压力，在国内大学也是不可避免的，只不过表现的方式不一样。估计我儿子不仅去巴黎玩累了，心理上也有一点累吧。这一两个月好好读书吧，考完试回来休整休整。你要争取一次性过关，这样不要补考，可以早一点回来，多待一些日子。考试一过关，你就要去买机票，把行程设计好，往返机票都买了，据说提早订票并买了返程票会便宜一些。

本来想，头一年让你去打一些工，一是接触德国社会，二是有助于学德语，三是可以赚一些零花钱。我们本来认为，头一年的放假是打工的最好时间，因为第二年的功课会更紧。但是，我们没有考虑到中国生活方式与欧洲生活方式的不同，没有考虑到东西文化的不同，没有考虑到你的心理过渡和心理适应等问题。你应该回来休整一下。头一年放假不要打工了，我们也都盼着你回来。你想，将近二十年，你都在爸妈的膝下、周遭，我们也很想你的，上封信中不是说了嘛，做梦都梦着你。

如果可以，我建议你从北京回来，你没去过北京，应该在北京玩几天。我让妈妈到北京接你，你们一起在北京玩。我去北京无数次了，有两次在北京都待了一个月以上，还是觉得有可玩的。妈妈只去过一次，就是 1987 年我们结婚的时候，她也应该再去玩一玩。你们母子一起游玩北京，应该是蛮有趣的。我要在家看狗哩。这是后话，以后再说，也看情况再定。我要回家了，明天再写。

我们打算给你再寄一包东西，你最好把要的东西一一开出，不要含含糊糊。

爸妈
2009 年 6 月 2 日

第36封信 关注心理问题

　　我们中国人,也包括我,批判社会、批判别人的时候多,但因为没有宗教关怀等原因,自省的时候比较少,倾听自己内心声音的时候比较少。

　　从你个人角度看,也不是没有可值得审视的地方,求学是一个过程,虽然有快乐,但同时伴随着痛苦。不可能所有的老师都是你喜欢的,不可能所有的课程都是你喜欢的,很多时候就得硬着头皮尽可能多地去接受、去吸收。有什么办法呢?

　　要有自我调节情绪的能力,要尽快让自己的情绪走出灰色地带,尽快地正常化。

儿子:

　　心情好些了吗?月有阴晴圆缺,天是时晴时雨,心情也不可能尽好皆坏,情绪低落到了极点,就是好心情的开始。

　　对了,心情不好,除了上一封信里对你说的,有生理原因外,还有很多外在原因。比如昨天,天将下雨而未下,十分闷热,我的心情就不好,人也烦。傍晚开始,下了一整夜的雨,天气转凉,今天上午心情就好多了。我看过一篇文章,外国科学家做了研究,说月圆的时候,由于海水还是什么引力的作用,人的情绪容易大起大落,因此全球的犯罪率要比平时高出许多。

　　今天想对你说说正视自己的心理问题。我们中国人,也包括我,批判社会、批判别人的时候多,但因为没有宗教关怀等原因,自省的时候比较少,倾听自己内心声音的时候比较少。因此,也常常难以正视内心的问题,也很少对自己的行动进行心理分析。一件事,做就做了,为什么这么做,很少去想。这就是常言说的,知其然,而不知其所以然。实际上,每一件事之所以这么做而不那么做,都是有其心理上的原因的,这么想了,所以这么做了。

　　先从你们的更换老师说起。从你6月2日的信看,在德国供职的老师也各种各样,

去远方
——父与子的跨国对话

也有不够负责任的,比如那个一味赶进度的德语老师,"基本上她就是把书念一遍,然后就直接做题,对答案,再做题,再对答案",这让人疑心,她是不是在应付;也有教学水平不那么高的,比如那个新来的英语老师,人虽好,但却只会叫同学做题,这估计有能力方面的问题;也有比较尽责的,比如,那个后来下午要去带孩子的老师,"她来上了一节课就感叹,你们怎么了?是谁教的你们?什么也没讲,她要去找她算账",可以看出,她对那个不负责任的老师是不满的,还不只是不满,甚至要去与她理论,找她"算账"。就是说,她对错误的东西,不会听之任之,她要对学生负责。

这让我思考这样一个问题,西方的教育制度与中国的教育制度是大不一样的,这只是宏观而言。可是,所有教育制度的落实,都要通过老师来实现,而具体的老师,是有很大的个体差别的。这样看来,人的因素,老师的素质,是最为重要的。离开了人的素质,所谓的教育制度就显得十分抽象和虚幻。那只是叫学生做题的老师,让人觉得这不是德国的老师,倒像中国的老师了。

你的信中还有这样一句话:"第三学期,在我们的强烈要求下,原来我们第一学期的老师又重新回来教我们了。"这是一个小小的抗议活动,你们对不负责任的老师是不满的,所以你们"强烈要求"更换老师,并且达到了目的。我不知道这里的"我们"有没有包括你?我想,应该有你的。我们不满意了,为什么要憋在心里?有一本宣扬民族主义的书叫《中国可以说不》,套过来,我们可以说不。在国内的时候,你不是说了吗?外国的教授,要招生的时候,要面对学生发表演说,相当于自我推销,相当于做广告,要让学生满意了,或者说要能吸引学生了,才有人报他的研究生。这是学生本位。老师的课要上得让学生满意,否则,你们可以也应该提出抗议。你们这样做了,因为你们做得有理,所以学校更换了老师,这多好!你们应该为这事,有小小的成就感。这也不是对那个不负责任的老师的不礼貌,你们的举动,或许可以促使她做得更好。

老师不负责任或教不好,应该像这次这样,提出我们的"强烈要求",以促使问题的解决。不听课,甚至由此厌学等,却是不足取的,那是另一种形式的"用别人的错误来惩罚自己"。

从另一方面看,上面说了,人是有差异的。世界上没有两片相同的叶子,一样的,世界上没有两个完全相同的人。老师的工作态度、为人风格、学问修养、教学方法,都会有种种差异。从某种意义上说,老师与家庭出身一样,大多情况下是无法选择的。

有什么办法呢？我们要以平常心看问题。老师也各有长短，某一方面比较差劲的老师，可能另一方面自有其优势？你能不能思考一下这些让人不喜欢的老师的优势？这些老师有没有我们可吸收的营养？当然，还要琢磨一下为什么不喜欢，找出原因。

就是说，一方面，对那些让人忍无可忍的老师，对那些没有尽职尽责的老师，我们可以"强烈要求"更换，可以说不；另一方面，对那些一般意义上不够理想的老师，还只能容忍，既然只能容忍，还是要尽量调节自己，多看到他们的好处，努力多吸收一些可吸收的知识。

回到你的心理问题。从小到大，你都有一个选择老师的问题。回想你的成长历程，一路上既碰到过好老师，也遇到过你不喜欢的老师。你这个人，对老师的变更是特别敏感的。碰到好老师的时候，学习成绩很快上去；相反，则很快下来。杨爱民当班主任时，你不仅学习好，也很开心；换了个老师，学习成绩直线下滑，人也变得不开心了；后来，又换了陈德钦老师，学习成绩又上来了，而且还比较稳定。上了中学，你本来从小是很喜欢物理的，就因为那个婆婆妈妈的物理老师，你甚至变得讨厌物理了。回顾你中小学的学习历程，总体上说，碰到的好老师还是多的，比如，陈凌老师、谢健山老师、吴文霞老师、郝惠老师等，对你都还是不错的，有程度不同的关照。这是你的幸运。

从你个人角度看，也不是没有可值得审视的地方，我们现在长大了，不能像小时候厌恶那个物理老师一样，简单化、情绪化地对待自己不喜欢的老师。求学是一个过程，虽然有快乐，但同时伴随着痛苦。不可能所有的老师都是你喜欢的，不可能所有的课程都是你喜欢的，很多时候就得硬着头皮尽可能多地去接受、去吸收。有什么办法呢？

大学，尤其西方的大学，完全是靠自觉的，不像中学那样有保姆似的班主任看管着学生，有家长监督着学生，一切都得靠自己。国内大学，是严进宽出，上了大学，尤其一般的大学，很多同学松了一口气，所以翘课的事或许比较多。但是，在德国，是宽进严出，不能稍有懈怠。你不是说了吗？有一个上亚琛工大的学长，因为实在跟不上，退而求其次，到了你们学校——这就是宽进严出的一个证明。在国内大学，基本上不会有这样的情况发生，进了北大，如果没有碰上极端的事情，比如违法乱纪，自然也就会毕业。你从巴黎回来还能没有翘课，这是值得肯定的。如果有百分之三十的同学翘课，那至少有三分之二的同学没有这么做。这不仅是听得进去还是听不进去的问题，这同时是一个习惯问题，也是意志力的一个表现。你不是说了，你们去实习，只要有一次不

159

去远方
——父与子的跨国对话

去,就算不过关,就要重新实习一次,德国人的这种严要求,包括磨铁之类,在我看来,与其说是学习和实习,不如说是在培养学生好的意志品质和好的生活习惯。你到德国后,应该还没有翘课的现象发生吧?一定要坚持。

在外面,又请不到老师补课,所以,经常情况下,要靠自己调节情绪,要培养坚强的意志。前天说了,情绪可以低落,情绪低落是极正常的一件事。如果一个人情绪从不低落,那才是不正常的。关键是,要有自我调节情绪的能力,要尽快让自己的情绪走出灰色地带,尽快地正常化。

以上谈的,第一,要培养自己勇于抗争的品性,要有敢于说不的勇气,老师课上得不好,就可以要求换老师;第二,当有一些具体的现状无法改变时,就要调整自己的情绪,提高自己心理的承受力,一些人和事,在与自己心理抵触的状况下,要尽快取得自我的心理平衡,尽量多看到这些老师的长处,要避免用别人的过错来惩罚自己。

还有一些零星问题。

看你在巴黎的相片,好像头发比较长了,不过,也不是催促你剪头发,无所谓的,看上去还是蛮帅的。我们要问的是,你出去以后,理了几次头发?是怎么理的?还是自己解决吗?其他同学是怎么解决这一问题的?这是小事,我们比较好奇而已。

你说过,你有几个要好的朋友,比如山东的朋友等,谈得来的朋友一定要珍惜,谈话是需要"对手"的,否则,鸡对鸭讲,狗也翻译不来。古人说,高山流水觅知音。有说得来的朋友,郁闷时、孤独时,也可以找来聊聊,互相排解,应是一个不错的疏通管道。古人还说,在家靠父母,出门靠朋友。远在他乡,好朋友就如亲人一样。

我给你发过去的龙应台与她儿子安德烈的通信看了吗?安德烈比你大两三岁,是中德混血儿,里面有很多你同龄人的情绪,自然也有德国人的关怀,有空时应该看看。

你信中说要买笔,带去的那么多笔都用完了?需要什么笔?要说明白。另外,你说要买一个闹钟,这没问题,就怕钟的外表是玻璃的,寄到时会不会破了?你的手机不会闹吗?估计你9月就回来了,可买可不买的,也可以考虑不买,比如笔,如果够用就等你回来再说。如果手机能解决问题,钟也等你去的时候再带去。还有台灯,到时也带去。上封信已经对你说了,开一份清单出来。比如毛巾被,还有托福的什么书,以及其他急需的。

　　时间过得飞快,真叫如白驹过隙。去年这时候,你正准备参加高考哩。这几天,报纸上都是关于考前的文章,很幸运,我一篇也不要看,真有解放了的感觉。一闭眼一睁眼,你看,又是一年。这以后,时间会过得更快的,时间就像握在手掌里的水,一转眼,就流光了。"子在川上曰:逝者如斯夫。"关于时间和水,鲁迅说:时间就像海绵里的水,只要肯挤,总是有的。岁月如歌,青春似火,弹指一挥间,微笑着、哼着歌儿面对生活吧——儿子!

爸妈
2009 年 6 月 4 日

第37封信　再谈心理及学习问题

应该进行自我分析、自我审视，并且要努力克服不良的心理状态。我们的内心有没有脆弱的地方？应该怎样战胜自己？人最大的敌人是自己。最难的是克服自己的心理障碍。

与中国人打交道就是这样，你稍稍斯文一点，就要吃亏。我是吃了很多亏的，怕这样的秉性遗传给我儿子，怕你太过忍让，太过委屈自己，被人欺负。所以，希望你在心理上健全自己，强大自己，该抗争的要抗争。

儿子：

昨天的信中，对你说了要勇于抗争和勇于说不，关于这一问题，我还有一些话要说哩。

那个新来的管理员，你也提到了，他还是非常尽职尽责的，也做了一些好事，比如，为你们搭了自行车棚等。他对你们的要求太过严格，这让你们觉得烦。你要这样想，其实严格要求也没有什么不好，也是一种训练。你们都是独生子女，或许散漫惯了，他让你们把卫生搞得干干净净，这应该说是合理的要求。我也希望你把生活空间整得整洁一些——你不是看见毛主席语录剥落了，都要将其补写得清清楚楚吗？呵呵。总之，这是德国人的行事风格，是好的作风。但是，你们的厨房坏了这么久了，他们却不给修，这是为什么？这影响到你们的基本生活。这与他对你们的严格要求的作风似乎有矛盾。对此，你们也应该有勇气向他提出"强烈要求"，要求他尽快解决问题，甚至应该给出一个时间表，解决这类问题应该是他职责范围内的事，如果不解决，就向学校当局反映。这没有什么好客气的。

还有玩游戏的事。在外面生活单调，累了时，适当玩玩游戏，也没有什么不可以。你高考之前，为了调适和放松，不也在玩游戏吗？只要有一个度，就是可以接受的。我对你说过，我们是去求学的，要玩游戏又何必跑到那么远的地方去？就像当年鲁迅说清国留学生整天就是跳舞，他认为，要跳舞在国内就行了，何必大老远跑到日本来？好

第 37 封信　再谈心理及学习问题

在你小时候已经过了一大把游戏的瘾,已经玩到不爱玩的程度了。你在家里的时候说过,在大学里疯狂玩游戏的人,都是中学时代从没有碰游戏的人。你信中说,同学老拖你去玩,你也不大爱玩了,准备拒绝他们。是的,应该拒绝。给一两次面子是要的,但我们不是专职的"陪玩",学习压力那么大,时间那么紧,我们还有多少更有意义的事要做! 对此,我们很信任你,也很放心,没有什么要说的了。之所以提起这事,是要告诉你,这也属于心理锻炼的范畴,属于需要敢于说不的问题之一。

此外,先前对你说过了,你的舍友,那个上海人,聚了若干人看球,搞得你一整个晚上都无法睡觉。这你完全可以抗议呀!你不是说了吗? 在德国,晚上要是10点以后还在喧闹的,甚至可以报警。你呢,就是会委屈自己,算了算了,不说也罢,好好先生。反过来,你要是影响了别人的生活,别人不是照样向你提出抗议吗? 再想,你们这次租房的经历,那几个学长,对你们也没有客气过。你叫那个上海人带饭,他不是也没有顾及舍友情面,不也拒绝了你吗?

还有,你曾说过,你虽然物理有问题,但不愿意在同房间的上海人面前读书,要装作很轻松的样子。这又何必呢? 我们学习有困难,多挤一点时间读书,这没有什么不好,有什么好顾虑的? 你说了,待搬了新房子了,有自己的独立空间了,你再抓紧。这固然是好事,人总是要有属于自己的空间。问题是,你这种在别人面前要如何如何的心理状态,应该进行自我分析、自我审视,并且要努力克服不良的心理状态。我们的内心有没有脆弱的地方? 应该怎样战胜自己? 有一句名言,你是知道的:人最大的敌人是自己。自己外在的坏毛病的克服还不是很难的,比如,饭前不洗手,要改变这状态,难吗? 不难。最难的是克服自己的心理障碍。你曾经对心理学感兴趣,应该多想想这方面的事。

当然,说是容易,真要克服起来,还真是难上难啊!

你还记得你小时候住的花园弄的房子吗? 一个院子住了两户人家。那时,妈妈怀了你,你还没出生。我们刚搬进来时,隔壁有一户人家(他们家有两个上中学的女儿,你小时候,她们还蛮喜欢你的,不知道你有没有印象),她已经调离我们单位了,但我想,先入为主,我格外尊重他们,他们占有的空间,我们都没有去冒犯。当时,两家只有一个厕所,那家的女主人告诉我们,厕所只能小便,不能大便,我们就照她说的办,大便都到外面的公共厕所去。后来,我发现,他们一家倒都在这厕所大便。这不是欺负人

去远方
——父与子的跨国对话

吗？他们也以他们是先搬进来而自以为是，处处占我们家的便宜。我们都是迁就，算了算了。

后来，他们的新单位分了房子，这户人家搬走了。不久，我调到少儿社工作，但还住着花园弄的房子，也成了这栋房子的"客人"。没多久，又搬进了一户人家。这户人家认为我是调走的人，还住着他们单位的房子，他当然是这房子的"主人"。他根本就没有我那种所谓"先入为主"的观念，又是到处抢地盘，二楼有一个公共大阳台被他们占了，事先连商量一下也没有；就连我们二楼房间的后门过道，他们都摆了缝纫机。

你看，我原先是这家单位的"主人"，但被先住进来的"客人"挤对；我后来成了"客人"，但我是先住进来的，却被后来的"主人"欺负……

与中国人打交道就是这样，你稍稍斯文一点，就要吃亏。我是吃了很多亏的，怕这样的秉性遗传给我儿子，怕你太过忍让，太过委屈自己，被人欺负。所以，希望你在心理上健全自己，强大自己，该抗争的要抗争。我们做人的原则是，不去欺负别人，也不被别人欺负。只有心理上战胜自己的脆弱，才有行动上、为人风格上的不卑不亢。

以上这些，也只是提示你、提醒你关注自己的心理成长。心理的成熟，也是一个过程，也要随着年龄的增长，才能慢慢地强大起来。但是，你现在就要有这方面的自觉。要时时意识到自己有这方面的心理弱点，甚至是心理遗传，这样，才会经过长期的磨炼，让自己变得强有力起来。不是有一句话说"心都长茧"了吗？这正是阅尽沧桑的结果，也说明心理成长需要一个过程。

我再看了一遍你6月2日的信，对于你的学习问题，虽然我是"外行"，但也说几句观感吧。

从那天的电话聊天看，你对学习还是很有信心的，已经考过的同学，平常也一般，都取得了较好的成绩。你们刚刚实习结束，又去了巴黎，状态还没有调整好。一旦进入最佳状态，这些一时的困难都是可以克服的。

你现在离期末考还有两三个月时间，昨天电话里对你说了，英语应该不成问题，你的语感很好，现在的问题是，与德语搅在一起，有时会觉得麻烦，但我们相信你很快会找回感觉的。

德语比英语麻烦，这是没有办法的事，该背的也只能背了，但它是不是带有某种规律呢？到了一定的时候，到了一定的程度，你就会发现一定的规律的，一旦掌握了规律，应该会有茅塞顿开的时候。

关于数学，你说："按学过的同学说，只需要背几个公式然后套着做就可以了，我觉得学数学应该理解它逻辑上的意义，但是我做不到，于是就很烦躁。"对这个问题，我是这么看的，同学告诉你的，说明不会很难，只要掌握一定的窍门，背几个公式就可以。这或是建立在未必很理解但却能做题的基础上。你的学习方法可能与一般的同学不一样，你的记忆是要建立在理解的基础上的，所以，你要探究"它逻辑上的意义"。可是，因为此前你没有学过，有了障碍，一时搞不懂"它逻辑上的意义"，就烦躁起来了。你的这种思维方式，与德国人的思维方式相近，即什么事都要穷根究底。这是好的习惯，应该肯定，应该坚持。但是，在时间比较紧的情况下，不是很理解，先求考试通过，像你的同学那样，走捷径，背一些公式，套着做，这也不能不说是一个办法。至于弄懂"它逻辑上的意义"，也可以留待以后慢慢解决。一时解决不了的问题只好留待以后解决。也许，我是胡言乱语，你知道，我对数学是一窍不通的。你自己面对吧，自己想办法解决吧。

关于数学老师的"恶心"，如果有时间，如果不影响学习和休息，你也不妨说说，如果写起来麻烦，也可以在电话中说说。

先写这些。

爸妈

2009 年 6 月 5 日

去远方
——父与子的跨国对话

儿子第 19 封来信　德式教育·生活琐事

　　国外的教育总体上是以学生为中心的,老师不会管你太多,也不会在工作时间以外回答你的问题,虽然说从应试教育中走出来的我们不能完全适应这种方式,但这毕竟比较符合人性。

　　德国教育重考试和成绩,但是同时也非常注重实践,所以既不像英美式教育又不像中式教育,在西方国家中应该算是一种比较有自身特色的教育体系。

爸妈:

　　两封信都收到了,龙应台的信我还没看,有时间再看吧,今天先大概回一下。

　　这几天心情已经不错了,基本上恢复到以前的状态吧,上课也还好,波澜不惊,只是老是觉得一个晚上一下就过去了,都没有怎么学习。可能还是要搬出去住了,才有比较安静的环境,现在这里人来人往的,看来,交际广泛也不是什么太好的事。不过,到时候时间可能就不是很多了。所以学习问题还是得纠结一下。说实话大半年在这里,老是纠结这个问题,真想早点结束好了,老是担心回头过不了,但是又很难静下心来读书,以前高考的时候都没像这样。

　　再说说老师的问题,对于老师嘛其实我现在早已不像以前那样了,现在在这里上课,氛围和国内很不一样,学生都是围一圈坐的,老师会关照到每一个学生,这一点基本上是一样的(上次飙进度的那位不算),而在这样的情况下,老师教得好固然好,教不好也不会有太大影响,我们基本上是一样上,只是无聊程度的差别而已。读了这么多年书了,差不多已经可以忽略老师了,国外的教育总体上是以学生为中心的,老师不会管你太多,也不会在工作时间以外回答你的问题,虽然说从应试教育中走出来的我们不能完全适应这种方式,但这毕竟比较符合人性。

　　大学翘课不论在哪里,在中国学生中都是很普遍的(顺带提一下,有学长和我聊到,闽北那个许某人,回国后再来,就完全颓废掉了,整天不上课,躲在家里),德国大学对成绩的要求很严格,但是管理方面还是很松散的。翘课我是翘过的,英语、数学翘过四五节;德语、物理没翘过,不过物理听懂的不多。数学课的出勤率基本都在百分之四十左右,总之,那个土耳其老头上的课基本上是听了白听。我们班算是很不错的,数学课还有百分之六十的出勤率,而其他班曾经创下两个班总共六个人来上课的纪录(两个班共二十六人)。现在一般人的出勤率都在百分八十至九十,百分百出勤的基本没有。这段时间还经常有人缺勤去看房子什么的,老师也都见怪不怪。

德国教育重考试和成绩,但是同时也非常注重实践,所以既不像英美式教育又不像中式教育,在西方国家中应该算是一种比较有自身特色的教育体系。顺带说一下,我觉得德国教育体系在决定人生道路方面有些操之过急了:学生上了四年小学后,就要决定将来去什么样的中学,而德国的四种中学可以说在教学内容上是完全不一样的,而其中的两种是没有资格考大学的。也就是说,上完小学,就要决定自己想做的职业,也就是说,很大程度上就要选择自己的人生道路。

说到房子,现在那些同学找房子真的是找得焦头烂额,于利希的房子实在难找,一个小镇得容下这么多外来人口也真是难为了,而且德国人住的还都是一到两层的平房。明年要是像校长说的收三百人,恐怕真要找不到房子住了。

头发我从巴黎回来就剪了,之前是我怕留这个傻乎乎的发型去巴黎,所以就先留着。现在我都自己剪,而且越来越熟练了,感觉自己对着镜子剪的平头不会比店里的差,比德国这里的水平是还要高的,嘿嘿。

关于寄东西的事,我刚从超市回来的时候给你们打电话了,没人接,我就发了几条短信,不知道有没有收到。我想多说一点东西,主要是因为觉得多寄一点东西应该会比较合算,不过,我也不是很清楚。今天买了闹钟,闹钟就不用寄了。我在网上看好了要买的一批东西,主要是我手机的配件。另外我打算买一个便宜的500元的带全键盘的二手手机,专门用来查德语用。用我现在的手机查一直要拨笔,比较麻烦,由于笔使用量很高,最近也断掉了,感觉特别不方便,如果有一个带键盘的机子的话会方便很多,也就相当于买一个电子词典了,也能插亚洲卡,往国内打电话会方便点(最近我的手机不知道怎么搞的,不认亚洲卡,得借别人的手机才能打)。不过,这个其实不是必需的,你们看着办吧。具体情况是这样的:手机配件140元加托福的书和一本文科用的高数书,60元;如果买手机呢再加520元;如果还有多100元的话,我还想买块电池。也就是说如果不买手机的话就是帮我存200元,买的话就存720元,可能的话就多存

去远方
——父与子的跨国对话

100 元。

其他需要的东西是毛巾被、拖鞋(不要人字拖)、内裤若干。再有我就想不到什么了,不知道吃的能不能寄。

要不要买手机你们定,最好明天就帮我把钱存进去一下,我平常没什么机会上网,明天下午有一节电脑课可以上,马上也周末了,我想尽快办掉,不然可能回头又要跑学校,比较麻烦。

顺带提一下,今天我去学校上了会儿网,真是见识了一下传说中的"中国互联网维护日",什么网站都在维护,还真是有意思,嘿嘿。

高考也是最近我们的热门话题之一,大家都在讨论去年的这个时候,唏嘘不已,唏嘘不已。

东西我已经买了,应该过几天会寄到,一共有四件,收到了核对一下,内容如下:
1. 一本托福冲刺,一本文科高数;
2. 一部手机(帮我清点一下配件,电池放进去试一下开机。配件是:电池、充电器、数据线、耳机、笔、保护膜、硅胶套、一张 2G 卡);
3. 三支手机手写笔;
4. 手机配件:四张保护膜(有两种包装,各两张),一个手机套,一个读卡器(像 U 盘一样)。

这些包裹都到了就可以了。另外寄一个排插,不要太大太长的,三米左右的线就差不多了。

大概就是这些东西,应该不会很重,你再看看有什么好寄的寄一点,最好寄个快点的包裹。

发一篇文章给你们看看,今天在网上看到的,一个在德国住了十年的人写的关于德国经济和家庭经济的详细情况,比较有参考价值。

比较晚了,睡了,回头再说。

房多

2009 年 6 月 5 日

第 38 封信　关于购物

儿子：

我现在就等你的东西了，一齐了就寄，可能明天可以寄出吧。

昨天给你买了这些书：《德语新手快速上口》（这本书有点意思，比如，"不客气"，它在边上加一句"比特贼儿"，诸如此类的。我想，你在外面有一定的语言环境，加上这样的提示，应该不无好处？）、《德语口语基础教程》（是德国人与中国人合编的）、《实用德语会话》、《德语常用小品词》、《漫游者之夜歌》（德语诗歌精品，德汉对照）、《简明汉德词典》（商务印书馆版）、《郎氏德语词典》（我突然想起，你似乎有这本书，姑姑给你的？如果有，就买重了）。

另外，我从家里给你找出了这样几本书：《向情人坦白》（德语国家散文精选）、《德国思想家论中国》、《北欧亲历》、《拾回的欧洲画页》、《触摸欧罗巴——北京青年报记者欧洲之旅》。这些书是供你消遣用的。

以上这些书要不要寄去，要的请点出来。可要可不要的，可以留着你回来时再带去。

手机蛮复杂的，我本来想试试，还是寄去你自己折腾吧。

今天又收到贴膜四张、移动硬盘一枚，现在是不是就差书了？还差什么东西没到，尽快告诉我。

你要的书是雅思还是托福？书店里有很多这方面的书的。

还有插座一块。

你的茶叶喝完了吗？寄去的都是红茶，要不要寄绿茶？给你寄的都是不错的茶，不要浪费了。家里正好有一袋比较好的龙井，龙井属绿茶，如果要，一起寄去。

厨房好了吗？要不要让 BSK 与他们交涉一下？

爸妈
2009 年 6 月 11 日

去远方
——父与子的跨国对话

儿子第 20 封来信　琐　事

爸妈：

　　刚查了一下包裹，亚马逊的书的包裹是 10 号寄出的，应该差不多要到了。
　　贴膜的包裹里应该还有一个硅胶套，有吗？老板上次打电话和你说没有黑色的，后来我和他联系了，他说有货了，给我发了，收到了吗？如果没收到你也直接给我寄出来，套我就不要了，找他退钱。
　　突然想起来，掏耳扒也给我寄一个来，带来的那个断掉了，这里好像没卖这玩意儿的。
　　德语的书我要这些：《实用德语会话》《德语常用小品词》，词典我现在都用手机，大辞典也有一本备查，我们有德语的语言环境，中文式的发音指导对我们来说没什么必要。
　　消遣的书就一并给我寄来好了。
　　我要的书是托福的，书店里的确很多，不过也读不完，我自己挑了一本冲刺的，你给我寄来就是。
　　茶叶就不需要了，我这里的都喝不完，实在太多。
　　另外我之前在网上看到一个桌子，比较满意打算买，是专门的学生用书桌，有书包架和下面的书架，桌面可以调高度和角度，下面有夹书的夹子，这样不用一直低着头看书，还是德国制造的，原来我看到的价格是 95 欧，很有一点贵了，结果今天看超市海报发现超市有特价，只卖 59 欧，我想明天就跑去搬回来，可惜我海报看得比较迟了，周一就开始卖的，明天周五了，希望还能买到，能买到的话倒是运气很好。这样的话我一套家具就买全了：衣柜 30 欧，床 90 欧，桌子 60 欧，一共是 180 欧，比原来预计的是要便宜很多。另外还可以考虑买个床头柜或者书柜什么的，或者二手的办公椅（新的办公椅我看到最便宜的也要 99 欧），看看有没有必要了。

房多
2009 年 6 月 12 日

第 39 封信　学以致用

　　买一件衣服不穿,只是浪费了几十上百元的钱;学的东西没有用,那是对生命的浪费,是最大的浪费。中国人,追求的都是高学位,这与中国人总想出人头地的观念有关系。

儿子:

　　邮件今天收齐了,包裹里有黑色的硅胶套。两本书也到了。我们明天把包裹寄出。

　　托福考试的书中有一张光盘,邮局要求出示发票,发票上还要写明与书配套等,否则会被扣下。为了省事,我是不是把光盘抽出? 7月份你搬家了,网络如果比较好,我给你发过去。你说呢? 这事要马上回复,明早就要寄东西了。

　　桌子买到了吗? 我记得你原来不是买了一张桌子? 这样的话,你有两张桌子了? 桌子大一些也好,做事方便。你买的都是二手货,以后这些家具不用了,也可以卖掉。这样看,就更省钱了。安个家,180欧,不错! 对了,毛巾毯买了吗?

　　BSK来了一封信,我转给你看看。其他班福建同学的考试成绩都出来了,情况还好。你还没考,自然还没出来。今年与去年的考试要求不一样了,过关的线降低了,但各科都要过,不是像先前说的那样,有一科可以不过,这一点你务必要注意。最近要把情绪调整到最佳状态,学习一定要抓紧,争取一次性过关。回来的事,待考完试你自己定。如果时间太紧,就不要去北京了,直接回来。

　　我把《德国,这里没有高考》发给你,你在德国上大学,一定要对德国的大学情况有多一些的了解,可用周末时间看一看。

　　从这篇文章看,我们要特别关注专业问题。这篇文章说了,德国一般没有大学排行榜,而只有专业排名。这一点与中国略有不同,中国是名牌大学的烂专业也问题不大,三流大学的好专业似乎也不行。中国人多是重外在,而不是重内在的、实际的。文

去远方
——父与子的跨国对话

章说了,"想要进心仪的热门专业,不仅需要令人刮目相看的中学毕业考试成绩单,最好还能有足够优秀的海外交流学习经验和出色的实习表现",还说,"即使是德国媒体制作的大学排行榜,也是以专业作为标准来排名的,综合排名并没有多少人看重"。你现在要多思考这一问题。要考虑自己的兴趣,这一点最重要,这样学习起来相对轻松一些;也要适当考虑专业,学习的目的全是为了应用,学以致用。"文革"期间,有一部电影叫《决裂》,是"批判资产阶级教育路线"的,其中有一个细节蛮有趣的,一大学教授给农学院的学生上课,不讲农业科技等问题,却不厌其烦地大谈特谈"马尾巴的功能",为学生所诟病。德国人说了:"上大学不能学以致用,还不如早点上班挣钱。"

德国这样做,有其合理性。那些最终要走进研究室的专业,应该让适合搞研究的人去做。事实上,适合搞研究的人非常之少。如果一个人不是搞研究的料,为什么要在这类大学里折腾呢?最终,学的也没用。买一件衣服不穿,只是浪费了几十上百元的钱;学的东西没有用,那是对生命的浪费,是最大的浪费。中国人,追求的都是高学位,这与中国人总想出人头地的观念有关系。

这一段话,其实是对亚琛应用科技大学这一类学校的描述:"近年来,存在于综合性大学和职业技术学院之间的应用技术大学(Fachhochschule)受到了越来越多年轻人的青睐——和大学相比,应用技术大学的课程同样很有深度,但是更具实用性,也更重视培养学生实际操作能力;与职业技术学院相比,应用技术大学的学术标准保持在综合性大学同样的水准线上,学生硕士毕业后还可以继续深造攻读博士学位,在学位和学历方面和一般大学基本一致。"这样看来,我们上这所大学还是上对了,你要珍惜。

再发一封龙应台母子的信,你也可用周末时间看一看。先这样,周末愉快。

爸妈
2009年6月12日

第 40 封信　寄手机遭拒

儿子：

　　周六到邮局寄东西，不曾料到，邮局说，手机等电子产品不能寄，虽然如果我们一定要寄，他们也不管，但是，从经常碰到的情况看，不是被退回来，就是德国那边要加收税款。退回来的话，我们还要再出退回来的路费；如果被德方征税的话，其税款比手机本身要更贵许多。况且，我们这手机没有发票，就更成问题了。邮局的小姐说，国外电子产品应该要比国内便宜，为什么要从国内寄呢？我只好对她说，这是你用过的，忘在家里了。这样，手机、U 盘之类的东西就都扣下了，好惨！

　　不过，手机用的笔、膜及硅胶套等都寄去了，书和笔也寄去了。托福的书中有光盘，小姐说，这问题倒不大。

　　这次是航空邮件，不多的东西寄了 600 多元，说十天左右就会收到。

　　国外手机等电子产品会不会比国内贵？现在的办法是，你现有的手机先凑合着用，有了笔，应该也可以方便一些？你买的这部手机我们留着，你回来时再带去。如果急着用，你也可以侦察一下外面的行情，要不是非常贵，再买一部就是了，家里的这部就留着妈妈用。你看着办吧。

　　袜子可以积了一大堆再洗，外套等也可以，但短裤却不能这样，当天就要洗了，最好还要手洗。否则，会有可能得皮肤瘙痒等毛病，特别是春天，你不得不小心，也要养成好习惯。洗完澡，顺手洗一下，也就五六分钟的事。这事请你务必注意，省得出了毛病，到时麻烦。

　　一早起来写信，要准备上班了，先这样。

爸妈
2009 年 6 月 15 日

儿子第 21 封来信 差价问题

爸妈：

  原来我也提过海关的问题，海关的标准是对他们认为价值超过 50 欧的东西征税。只是没有想到邮局会不让寄。我们这里寄其他电子产品是有的，比如好几个人寄了电子词典了，手机倒是还没有见到有人寄的。就电子产品来说，德国是要比国内贵不少的，现在最便宜的是美国，而且要便宜很多，主要是因为汇率差距，比如苹果的产品原来欧洲和美国是统一定价的，但是随着汇率差距的变大，价格实际上就差了很多，会有百分四十左右的差价，这是相当可观的。大致上，欧洲要比国内贵百分之二十，美国便宜百分之二十，一般水货都是从与美元挂钩的国家进口的。
  手机没有寄来倒是比较失望，不过算了，也没关系，我现在都直接用写字的笔在屏幕上戳，比较方便，就是经常弄得屏幕上都是油墨，也不好擦。不过，总体来说问题不是太大，现在书还是比较急用的。
  下课的时候收到信，就简单回一下，先这样。

房多
2009 年 6 月 15 日

第41封信　在精神上强大自己

很难静下心来,是因为你太在乎别人,没办法把别人的干扰不当一回事,做到视若无人——当然,这不容易做到,我一再说了,这需要长期的修炼。

人生一开始,你就选择了艰难。在国内读大学,一般不会这么难、这么累。你知道,国内的大学是严进宽出。很多学生把进入大学当作"解放"。痛快固然痛快了,学不到什么知识,这也是事实。

儿子:

我觉得你应该对自己的心理多加审视。我们要不断地在心理素质上提升自己,在精神上强大自己,不要在乎别人怎么说,我行我素,管他呢!虽然真正做到这一点很难,但要有这样的意识,不断地自我提醒和自我鼓劲,如此逐步克服性格弱点,才能把自己锻炼成在关键问题上不为外界干扰的人。

我从小爱读书。1975年前后,我十五六岁。我是寄宿生,晚自习时,有的同学在打牌,有的闲扯,有的甚至打闹。我通常是抱着一本小说读,应付几句是有的,但大多的时候是视若无人。那时没有什么好书可读,我经常读的是一本叫《朝霞》的杂志。此外,便是浩然的《艳阳天》和《金光大道》。有一回,我抱着砖头一样厚的《金光大道》在读,有一个小捣蛋看了不爽,在我面前嬉笑说:哇,看这么厚的书,很有水平喔!还挖苦说:人家要当作家啊,不得了啊!引得班上同学哄笑。我气极了,讲不出话,但坐着不动,瞪着他。他似乎意犹未尽,莫名其妙地抢过我的钢笔。我站起来,命令道:放下!他举着钢笔,做着夸张的动作,面有得色道:就不放,就不放。班上一伙人笑得前仰后合。我加大音量,几乎是喊出来了:放下!可他还是不放。他只顾自己一时的快意,完全没有顾及我神色的变化。我二话不说,抓起不远处的木制畚斗,朝他的脑袋狠狠敲去!一瞬间,他的眼角肿起了一个紫青色的大包。平时在这一类挑衅面前笨口拙舌的我,居然出手这么狠,周遭的同学都看呆了。此人要冲上来与我斗殴,立即被同学抱

去远方
——父与子的跨国对话

住,想打也打不得。那时,我也不知为何如此冷静,说:走吧,上医院。他乖乖地跟我走了,班长赶紧陪同前往。

后来,老师让我在班上做检讨,批评我打人不对,同时表扬我能及时带他上医院,处理得好。

这是一个小小的突发事件,当年我在青春期,气盛。现在想来,用畚斗敲人脑袋十分危险,搞不好会出人命的。

我插队时,带了一箱书。收工回来,大家都玩去了,我们一个房间住着四个人,在房间里根本无法读书,我就在堆放工具的杂物间点着蜡烛读书,全不在乎其他知青怎么看我。

我到七四二七工厂当工人时,当时搞的是计件工资制,多做一件,就多得一些钱,很多人抢着干活,就为了多得一点奖金。我一般完成任务就是了,他们爱多干,就让他们干。七四二七工厂是修理军车的,有很多报废的汽车扔在工厂的垃圾场,我揣一本书到垃圾场,找一辆报废的汽车,躲在驾驶室里读书。

以上属于"表扬和自我表扬",但都是我的真实的经历。我要表达的意思是:第一,周边环境喧闹,我们尽量不要受其影响,该干什么干什么,管他哩!虽然不能完全做到超脱,但要尽量提示自己,不理睬他们,我要做自己的事。第二,对读书的环境不能太讲究,应该做到"祖国处处摆战场",随时随地,坐下来就能很快进入状态,就能读书。美国人爱读书,我去美国的时候,在轮渡上,看到很多人席地读书,虽然坐轮渡的时间很短。不过,我现在是比较讲究了,读书之前桌面一定要整理清楚,否则,好像不容易集中注意力。

你说,你旁边的游手好闲之徒影响了你的学习,还说,去图书馆读书不习惯,我想起了这些往事,对你说说,供你参考。当然了,你读的是教科书,与我读小说等,不可同日而语。

你信里说,老是担心考试过不了,但是又很难静下心来读书,以前高考的时候都没像这样。这是一种焦虑状态,说明你对考试的事还比较上心,也很在意,这是好事。最怕的就是一切都无所谓。你应该把这种担心化作学习的动力。担心有什么用呢?担心能解决什么问题呢?与其担心,不如抓紧努力。很难静下心来,是因为你太在乎别人,没办法把别人的干扰不当一回事,做到视若无人——当然,这不容易做到,我一再说了,这需要长期的修炼。

考试不会不过关,德国没有高考,你们这一年,实际上是补上中国与德国中学教育学制差一年的课,这在上回我给你发的《德国,这里没有高考》一文中已经说明得很清楚。去年学长们的升学情况你也是很清楚的。

不要焦虑,放松,再放松。

目前对于你,静下心来是最重要的。好在马上可以搬家了,有了独居一室的环境,状态肯定会得到极大的改善。

搬房子,可以一次性解决问题,也可以一天搬一点。目前情况下,我更主张一次性地解决问题,省得一会儿想到这个,一会儿想到那个,走神、分心,因为时间不多了。作为文科生,我们基础又不太好。抢时间吧,效率就是时间。

去年高考后,差不多也就是这段时间吧,你又准备迎接赴德考试;今年,又要面对考试。人生一开始,你就选择了艰难。在国内读大学,一般不会这么难、这么累。你知道,国内的大学是严进宽出。很多学生把进入大学当作"解放"。痛快固然痛快了,学不到什么知识,这也是事实。前些天有报道,台湾对大陆大多的高校文凭不予承认,只认可十来所重点高校。我想,对大陆文凭持这样态度的,肯定不会只是台湾。总而言之,既然我们选择了艰难,就要义无反顾,勇往直前。

最近有朋友给我发了几篇今年高考的"零分作文",这些作文写得蛮好的,但我怀疑是好事者的假托。不管怎样,值得一读,你看看。

这些天,国内新华网报道,说德国逾10万大中学生及教师17日在多个城市举行示威活动,抗议现行教育体系弊端重重。抗议者在柏林、慕尼黑等城市以及哥德堡、哥廷根等"大学城"举行街头游行。一些激进学生封锁大学入口,占据校方办公室。组织者称,当天约有24万名学生参加示威。警方则把参加人数估为12万左右。

抗议学生称,现行教育体系低效,不公,资金匮乏。他们要求政府废除一些州开始引入的大学收费制,取消与欧洲其他国家接轨的本科、硕士学位体系,加大教育投入。

德国大学校长联合会会长玛格丽特·温特曼特尔对学生的部分诉求表示理解,如学校师资不够等。但她认为,大学收费、学位体系与欧洲标准接轨等举措无可非议。她说,"学费削弱公平接受大学教育机会的说法不对",在已经实行收费制的地区,并未发现大学入学率因此下滑。

去远方
—— 父与子的跨国对话

报道说，德国约半数州已允许大学收费，一些州设定的每年学费为1000欧元（约合1380美元）。

在我看来，这次游行有的诉求不太明确，与欧洲接轨等，这并不是坏事，似乎应该肯定。算了，不去议论这类事了，我也搞不太清楚，转告这些，无非让你多一点信息。先这样。

爸妈
2009年6月22日

第 42 封信　病好些了吗？

儿子：

昨天对你说，让你 11 点打个电话回家，怎么没打呀？我和妈妈一直等到 12 点才去睡觉。

我们是不放心你。生病了，不去看医生，这不好。你从小就不爱看病，小时候为了让你去看病，还要买变形金刚等贿赂你，这些事你可能都忘了。只是感冒，硬扛是可以的，如果有炎症，一定不可大意。炎症不治，会引起并发症的。长城的姐姐，就是有炎症，发低烧，只当一般的感冒治，只是吃中药，后来引发心肌炎，酿成悲剧。这样的事不在少数，你千万不要掉以轻心。现在你长大了，又独自在外，不能像小时候那样任性，要理性地对待生病，有病就要看病，要爱护身体，爱惜自己。

从你说的情况看，你基本上是热感，比较长时间没有感冒了，病毒发出来，来势可能比较凶猛。如此发作，也是有好处的。据医生说，长期不感冒，并不是好事。一个人五年不感冒，就有生癌的可能；十年不感冒，那就糟了。身体也是一部运转的机器，机器在运转过程中，会沉淀一些毒物，会有这样那样的毛病，不断检修、不断维护，才能正常运转。热感有时可以不要治疗，拼命喝水，多睡觉，很快就会好起来。你说你喉咙发炎了，那就不是一般的热感了，还是小心一点好。

人在生病的时候，情绪会也比较低落，自己调整好吧。

今天好些了吗？情况怎样，及时告诉我们。估计你快起床了，先写这些，好让你上课前就能看到。

在新家住习惯了吧？睡眠好吗？多保重。

另外，你走后，我们这里拼命挖路，最近，温福铁路通了，三环路的高架桥也快做好了，经济适用房盖了一大片，整个桂山就像是大工地，乌烟瘴气。这些天下雨，坑坑洼洼，路很不好走。我问他们，怎么都不管我们死活，搞得我们每天要跋山涉水的?！工

去远方
——父与子的跨国对话

程指挥员说:我们是在赶进度,赶在房家安回国时有好路走,有相对好的环境。我对他说:哦,这样,那我要代表房家安谢谢你们了。

爸妈
2009 年 7 月 3 日

儿子第22封来信　安家·参加教会活动

在德国找房子相当难,但也是学会自立的第一步,首先要好好学德语,然后还要不断地和德国人交涉,经历了这样一个累死人的事情之后,才能真正在德国学会自立。

基督教不要求任何形式的礼节和场所,只要在心中相信就可以。我们只是几个人围坐在一起,完全没有宗教场所的样子,但我知道这是一个宗教场所,多少还是有点感觉不自在,呵呵。

爸妈：

今天去宜家订了家具,大花钱算是告一段落了,这一段时间花了不少钱,比较心虚,给你们汇报一下：

搬家一共买了一张床(带厚薄两床被子和大小两个枕头),90欧;衣柜一个,30欧;桌子一张,60欧(今天终于还是决定买一张桌子,因为现在用的学长送给我们的桌子比较山寨,写起字来有点晃,破破的也比较难受);椅子没买,太贵,以后再说吧,现在先用个山寨板凳,宜家的椅子稍微像样的也要50欧吧;木质柜子两个,一个19欧,我放点内裤、袜子什么的,也做床头柜,另一个29欧,放桌子底下的文件柜(德国桌子没有抽屉);风扇一台,25欧;小地毯一张,5欧;垃圾桶6欧;清洁用品10欧;开水壶20欧;全身镜一块,13欧。

公摊的费用,运费我出20欧(包辆车运家具要120欧,真黑,不过我们今天去一趟科隆宜家前后大概花了五个小时);洗衣机和微波炉还没买,估计我要出60欧左右;厨房带冰箱一套买下来是860多欧,我出140欧左右。此外估计还有一些公摊的内容,比如厨房的大垃圾桶、锅之类,倒是学长们留下了数量庞大的新餐具,简直可以拿去卖了(都是他们的德国爸妈送的,堆积如山)。

搬家到现在为止的开销是530欧,基本上没什么别的了。交了三个月的押金是275欧,不过这个钱是不算花掉的。还交了第一个月的房租135欧(带水费和网费)。

现在钱还没有结算清楚,都结清后我大约还剩下500欧,10月份会有300多欧退

去远方
——父与子的跨国对话

回,钱还是够用的。其实,这些钱也就是一张飞机票而已。

我们租现在这样的房子从长远看是很合算的,其他同学租的房子带全套家具的一个月300欧,我们两三个月就能把一套家具的钱给住回来。租住在于利希的同学一般都是200—250欧的清水房,相对于他们来说,我们一个月也少付100欧左右的钱。现在租房子实在是很难,已经有一些同学开始放弃找房子想申请学校宿舍了(就是我们之前住的房子)。我们班的两位同学从4月份开始找房子,到现在还没有找到,有点走投无路,找他们父母去问在德国的朋友了。

我感觉比较不好的一点,就是租房子的过程我基本上没有介入,即使是负责交涉的同学,实际上也都是在和中国人打交道。上周末我去教会,有一位学姐就说了,在德国找房子相当难,但也是学会自立的第一步,首先要好好学德语,然后还要不断地和德国人交涉,经历了这样一个累死人的事情之后,才能真正在德国学会自立。学长也说,去年他找房子的时候简直是焦头烂额(天天晚上睡觉前都向上帝祈祷赐一好房子给他),被德国人无数次地放鸽子(自己也放了不少次德国人的鸽子,感觉好像很多同学在和德国人约了看房之后被放鸽子,这倒是和原先印象中的德国人形象不符)。不过最后他还和我们感谢了半天上帝,因为他说上帝最后还是给了他一间几乎是他们上一届租到的最好的房子(离学校近,220欧每月,水电暖全包,带家具,还送个自行车),上帝要磨炼你,看你心诚不诚,上帝知道,如果你求他他就赐给你房子,这种利益上的关系是无法在人的心中长存的,上帝就是在磨炼你并要求你不带怀疑地相信他。

这周末第一次参加比较传统意义上的教会活动,上次是去吃烧烤的,不算。这次是参加了两个学长和我们班一位同学组织的在于利希的查经班,是为了方便我们学校的教友,因为每周都往亚琛跑比较麻烦。目前只运行了两个星期,还没有什么人(第一次四人,第二次五人),不过,倒都是认识了的。我拿了一本《圣经》回来,有空的时候就翻翻吧。只是,我还不是很适应这种场合。本来我比较喜欢发表自己的看法,但是在这样我不熟悉(又有一点神秘色彩)的领域,有些患得患失,我也不知道为什么。总之,第一次去我没有发表什么看法,倒是平常观点不是很多的一位学长,到了这样的场合却突然侃侃而谈起来,旁征博引,十分雄辩。

我只是尝试接触一下,基督教的气氛我还是很喜欢的,场所简单随意,几乎没有宗教色彩,没有什么繁文缛节,没有诸多禁忌(我们那天专门讨论了这个问题,学长说《圣经》中明确说了,基督徒没有什么戒律,只要相信上帝就好)。基督教不要求任何形式的礼节和场所,只要在心中相信就可以。我们只是几个人围坐在一起,完全没有宗教场所的样子,但我知道这是一个宗教场所,多少还是有点感觉不自在,呵呵。

先说这些了,有空再说。

房多

2009 年 7 月 7 日

去远方
——父与子的跨国对话

第43封信　开销·宗教·学习问题

不仅读书是学习,办事也是学习,学会办事、交涉,对你的日常生活而言,是更为重要的学习。

你快出国的时候,有朋友提示我,如果在国内搞一个教会的身份,出去时,如有麻烦,可以找他们帮助解决。虽然中国人考虑问题总是比较务实的,但这也说明,教会的人们比一般人会有更多的热心和爱心。

儿子:

你终于安好家了,这样可以安定两三年了,一定要珍惜和六个同学在一起的日子,多少年修得同在一个屋檐下!同学在一起,距离很近,因为家庭背景、生活习惯、性情性格等原因,难免会有一些磕磕碰碰,也会有你看不惯的人,如有矛盾,一定要隐忍,大事化小,小事化了。你已经体会到了,租房子是多么麻烦的事,既住之,则安之,要力争保持稳定,不要为一些小事起纷争,闹散伙。如果搞得不愉快,多少会影响心情,影响学习。好在你们几个现在都很友好,基础很好,你这个人又比较随和,这也许是我多余的提醒。

你们头一年住在学校,一切设施由学校提供,现在要自己安家,自己租房子住了,这自然要花钱。你给我们报了一份账单,这很好,也让我们心中有数。不过,安家费不能算你的日常开支,这是我们另外要付的,你不要太在意。从你的信中看,你为自己最近花钱太多甚感不安,这说明你很能体会父母的艰难,是一个懂事的成年人了。但是,也不要太拘谨,搞得很穷酸的样子。关于用钱,我们的态度是,不要铺张浪费,也不要太抠门儿,太小气。这就好比穿鞋子,太宽不好,太紧也不好。从我们家的经济状况看,你只会太紧,不会太宽的。从你开出的细目看,都是生活必需品,没有什么可买可不买的东西。你又不是在那边生活一周两周、一个月两个月,而是相当长的时间,不好将就,这些东西都是非买不可的。

房子租得便宜,一个月可省100欧,这可不是一个小数目。不过,这只能说你运气好,也决策得比较果断(当初我还很忧虑,是 BSK 提供了可租的信息)。房子这么便宜,过了一年两年,房东会不会要求提价呢?我们福新楼租给人家,初时是 1300 元,现在提到了 1500 元。

对了,你一个人先住在新家,与房东认识了吗?和邻居有来往吗?如有空,说说房东和邻居的情况。要没空,等考完试再说,到时最好再拍一些新家的照片让我们看看。

你信中说,学长告诉你们,在德国租房子是学会在德国立足的第一步。可惜,你比较少参与交涉。这就告诉你,不仅读书是学习,办事也是学习,学会办事、交涉,对你的日常生活而言,是更为重要的学习。既然意识到了,以后一定要多参与。前些天,你在电话中谈到,那个学长对你说,你如果要去打工,可以到他公司去,他已经表现出了对你的兴趣。修理电脑等,也能发挥你的优势。放假时,回来则罢,如果要到圣诞节或春节才回来,可以考虑与他联系,迈出立足德国社会的第一步。离开了父母,一切都要靠自己亲力亲为,如江湖上的人所言,在家靠父母,出门靠朋友,但最重要的是要靠自己。说起来是常识,就是国内素质教育所要求的:学会生存。

对了,你说德国人对你们"放鸽子",学长们也对德国人"放鸽子",这"放鸽子"是什么意思呢?不同的区域有不同的语言,我们听不懂。

你现在手头又比较紧了,你先花吧,如果 9 月回来,我们把今年的钱给你带出去,要是要到春节才回来,我们会通过 BSK 把钱打到你卡里。

我们一直要你搞好伙食,你可能都听烦了,这既是节省的一个好办法,又是爱惜身体的需要。现在你有了自己的家、自己的厨房,应该自己动手搞吃的。自己搞吃的肯定比上街吃便宜,也更有营养,也更符合自己的口味。你在国内时,不是还会煮几道菜吗?不是还会做西餐吗?要把这些优势发挥出来。我曾经对颜向红说,你在国外吃不到牛肉什么的,她回信说:"怎么会吃不上牛肉呢?和国内比价格几乎差不多,人家没泡水呀,而且分量足。估计儿子在家以为爸爸妈妈的钱都不像钱。其实相比之下,蔬菜更贵。Aldi、Lidl 的蔬菜会便宜一些,海鲜宜家有冰冻的,较便宜。还有,Kaufland 的肉类和鱼类便宜。他们不同的商店经常打折,要关注信息。他们每天都有报纸发布打折信息,送到各家信箱,问问房东。打折信息一般在一周左右有效。周末关门前,为了不浪费,Aldi、Lidl 的肉类打折 20%—30%。我觉得这里的肉类比国内的便宜,从质量上整体评估。但要自己做,煲汤是很容易的。"周末东西便宜,这一点你要把握。国内

去远方
——父与子的跨国对话

牛肉也要二三十元。你不能考虑国内,很多东西是不可比的,需要的,就要买。她说得有没有道理?供你参考。当然,吃的事也不要折腾得太复杂,单身汉,生活宜简单,注重营养是第一要求。

你参加了几次教会活动,这是好事。我看你们哪是教会活动啊,就是几个人聊聊天嘛。这样好,少了繁文缛节,少了烦琐。我们增加一些宗教知识,有宗教文化、宗教情怀,这就很好了。你快出国的时候,有朋友提示我,如果在国内搞一个教会的身份,出去时,如有麻烦,可以找他们帮助解决。虽然中国人考虑问题总是比较务实的,但这也说明,教会的人们比一般人会有更多的热心和爱心。

你有了一本《圣经》,是德文还是英文的?有空多看看,至少可以增加基督教的知识。从文化读物来说,《圣经》也是一本必读书。蒋介石本不信教,后来娶了宋美龄,也信了基督教。他死的时候,枕边放了三本书,一本是《唐诗三百首》,象征中国文化;一本是《圣经》,象征他的宗教信仰;还有一本是《三民主义》,表明他是孙中山的追随者。说起来,还是蛮有趣的吧?

关于宗教问题,此前已经说了不少了,你自己把握吧。

你最近好像翘课比较多啊,生病了当然要休息,病稍好就要坚持去上课,一定要养成好习惯。翘课如果成了习惯,那就不是好事了。你在一封信中曾说,一个同学回国后再来,就完全颓废掉了,整天不上课,躲在家里。我们不要像他这样,现在不能这样,以后也不能这样。这些道理就不多说了。对了,你不是说过,有学长管着你们吗?这段时间怎么没人管了?当然,这不是说你,你没有上课多是因为生病,而且已经请假。

最近一定要抓紧了,你不是说了,老师会提示考试重点吗?你没去上课,不是错过了机会?你的物理成绩一般,就更需要提示。没有去上课时,可以向别的同学打听一下,看老师有没有提示什么。

快要考试了,既要紧张,又要放松,紧张是为了尽量考好一些,为了一次性过关;放松是从容的表现,肯定能过关的。况且,退一步说,万一不过关,也还有补考的机会,终究会过关的。

不多说什么了,病都好了吧?照顾好自己。

爸妈
2009 年 7 月 9 日

去远方
——父与子的跨国对话

儿子第 23 封来信　生活琐事

爸妈：

　　昨晚贿赂了同学一瓶可乐，让他到车库去帮我搬了一个柜子上来。这是之前学姐留在这里的，我倒比较奇怪为什么他们没有把这个列在出售的列表里，柜子还很新，而且里面有数量庞大的全新餐具，看上去还蛮高档的那种，学姐的德国爸妈之前给了他们数量庞大的餐具，基本上可以开个饭店了，他们搬家的时候送了很多给来帮忙的人，但是还是剩下很多，足够我们用了。

　　我们和房东的合同是两年的，就是说两年内房东是不能更改价格的，这也意味着在两年内如果我们没有找到续租的人的话，我们是不能搬出去的。总体来说，对这里还算满意，不知道住一段时间后会怎么样。另外，昨天去超市买了吸尘器和微波炉，各 70 欧，是算公共的。我们挑了一个比较好的吸尘器，用了一下感觉很舒服，我很喜欢。

　　房东的办公室就在隔壁，目前为止还没什么来往。我感觉房东人还是不错的。学长他们搬家的时候清理了很多垃圾，没有分类就一堆堆在外面，结果垃圾公司不肯收，房东跑来看了一下，打电话把学姐他们一群人叫过来打扫了一上午卫生，而没有让我们做，倒是不错。邻居嘛没怎么见过他们，来往也算有一点，上次中餐馆老板来这里修电脑，也带着他的女儿一起过来，我在上面弄，他女儿就跑到楼下和两个小孩玩起来了。小孩就是容易混熟，晚上他们就邀请她到家里吃饭了，比较尴尬的是楼下那家人盐巴用完了，上来问我有没有，交往也就这么多吧。

　　"放鸽子"在国内我也经常用吧，原来这是年轻人才用的啊？其实也就是爽约吧，只是"爽约"这个词太书面了，基本没人用。

　　下周一家具就到了，我们就有厨房了。比较头疼的是我们出于省钱的考虑，没有请人安装厨房（因为安装厨房需要 400 欧左右，太不实惠），而自己装的话其实其他问题倒不大，就是担心自来水装不清楚，反正先这样吧。另外还要考虑洗衣机的问题，洗衣机非常重，去几个人搬可能不太现实，我找了一个同学让他叫他认识的德国老头带我们去买，他同意了，说德国老头退休了，整天闲在家里没事干，很乐意干这样的事，倒是也好趁机认识一下吧。

超市海报我们是经常研究的，非食品类的东西一打折可不是打一点点，像我们这个微波炉就是打折的时候去买的。

新教教会的活动基本上也就是那样，目前我们主要是查经，就是大家一起祈祷、念念《圣经》，然后发表一下自己的看法。下次据说要唱圣歌，只是我不会唱，呵呵。教徒是比较热心，即使对不是教徒的人，他们一般也都会热心帮助。

房多
2009 年 7 月 9 日

去远方
——父与子的跨国对话

第 44 封信　关于别人的潇洒

学习往往不仅仅是学习的问题,有的时候还是性格问题,有意无意地会表现出性格弱点。

为了种种心理需要,把真实的自己隐藏得越来越深,把虚假的经过和不断粉饰的自己展示在别人的面前,这是现代病,估计是每个人多少都有的心理毛病或是障碍。

你看别的同学都很潇洒,学习似乎很轻松,你感到郁闷,这大可不必。他们是不是真潇洒、真轻松,这是我们要考虑的。其实,他们怎样,与我们有什么相干呢? 不要跟人家去比较。

儿子:

这些天都好吧? 刚才我和妈妈在家给狗洗澡,在屋顶阳台上搞卫生、修剪树木等。今年,我们在我书房顶上种了好几株丝瓜,瓜藤爬到桂花树上,树上满是黄色的花,还招惹很多蜂蝶,一阵一阵乱舞。丝瓜长了很多,已经吃了十几根了。我们家现在是小生态农业了,养狗,狗屎用来种桂花、种丝瓜,我们很少在家煮饭,丝瓜就够当菜吃了。狗屎种的丝瓜并没有狗屎的味道。

德国有丝瓜吗? 不过,你是不爱吃丝瓜的,你爱吃葫芦。

前一阵子你在准备考试,听你电话,因为物理和数学问题搞得你比较烦,所以,我们也不和你多说什么,只是在 QQ 上提醒你要放松再放松,鼓励你肯定会过关的。现在考完了,成绩还没出来,有一个月没有给你写信了,今天又是周末,我要对你"说教"一番了。

你说,你的很多同学都在玩,很潇洒,但考试考得还不坏;而你对考试没把握,所以在那里干着急,所以烦躁。

我想由远及近,来谈一谈对这一问题的看法。

中国人是最爱面子的,不管是聪明人,还是相对的笨人;不管是政府,还是农民……总要千方百计地做面子。前些日子,网络上有"最牛门面户"流传,一张相片上,一个家里穷得叮当也不会响的农民,在他家的破房子外,砌了一堵墙,高门大院,俨然

第44封信 关于别人的潇洒

大户人家。我附上相片,你看看,蛮有趣的。

那天QQ聊天,我对你说了吕某某的秘密,他号称是打扑克打进北大的,吹牛说考试之前还在打扑克,以示他的潇洒和聪明。事实上,他是苦读的,每天大家睡了,钻进被窝,打着手电温书。他为什么要这样干呢?这与他的偏远山区的农民出身这一家庭背景不无关系。农民总怕被人瞧不起,又很羡慕城里孩子相对聪明。所以,他要刻意把自己塑造成一个洒脱的聪明人。他这是自找苦吃。像他这一类人之所以可以成功,应该说,他们还是特别能吃苦的一群。农民的孩子总是比一般人会吃苦。因为,在相当长的一段时间内,摆脱贫穷的唯一途径就是上大学。"最牛门面户"是想用一堵墙遮住寒酸,同时向村人炫耀他的气派。吕某人等是想用他的"潇洒"掩盖农民孩子可能的笨拙,刻意表现他的聪明,虽然他已经够聪明的了。

还可以提一提的是王某某。王某某和吕某某稍有不同。他父亲是机床维修厂的技术员。就是说,是出身知识分子家庭。他的智商可能真的是高。我对你说过,他在初中刚毕业的时候,就参加高考,结果还以建阳地区第二名的优异成绩考上了哈尔滨工业大学。这样的成绩应该是非常骄人的。他成了一个著名网站的老总、成了"亿万富翁"以后,写了一本书,说他考了建阳地区第一名。这是虚假的。第二名已经是够牛的了,他为什么还要造假呢?表面上看,他这是争强好胜,一切都要第一,不是第一,也要硬吹成第一;实际上,他的内心深处有被淘汰的恐惧。他接受采访时,号称10万元以下的西装是不能穿的,300元一支的雪茄是不能抽的……张狂得不得了,都是为了支撑他那可笑的"面子"。你知道,最夸张的时候,可能就是即将崩溃的时候。不久,这个网站就崩溃了,公司连办公用品都被客户抢走。王某某躲债躲了很久。中学时,王某某和我照过不少相,还穿着打补丁的衣服。当然,那是特殊时代的历史印痕。可是,从根本上讲,他不是那种类型的人。他把自己塑造成"第一"、假装高贵等等,也像那个"最牛门面户",是为了遮掩他崩溃前的千疮百孔。

他俩都是聪明人,他们不要这些刻意的东西,就已经够聪明的了,但因为他们太聪明了,又折腾出这些"自我完善"之类"锦上添花"的勾当,终于是可笑的。他们有一个共同的特点,就是生活在别人的评价中,把自己的行为,建立在别人的评价的基础之上。假如吕某某不要刻意表现他的潇洒和聪明,人家读书他也读书,不是省了很多麻烦吗?何必把读书变成像小偷一样?大家都休息了,他却要真正地"埋头"苦读,这又何苦呢？王某某的所谓建阳地区"第一"，以及10万元西装、300元雪茄之类，今天回头看，除了留下笑话以外，还能有什么？

学习往往不仅仅是学习的问题，有的时候还是性格问题，有意无意地会表现出性格弱点。我不敢说你的同学中肯定有这样的人，但我相信中国人的弱点中国人都难以避免，会以各种各样的方式顽强地表现出来。

为了种种心理需要，把真实的自己隐藏得越来越深，把虚假的经过和不断粉饰的自己展示在别人的面前，这是现代病，估计是每个人多少都有的心理毛病或是障碍。我曾经也这样，有的地方，现在也还这样。每每想起这些往事，我为自己感到痛心，也可见克服心理障碍是多么艰难的事！

我试举几例——

你知道，我的眼睛很好，天天读书，到现在，视力基本上还是1.5。上中学时，我觉得那些戴眼镜的同学学习成绩都特别好，也斯文得不得了。于是乎，我也买了一个宽边平镜，东施效颦，竟然戴着眼镜上学！

不久，我就不戴这劳什子了，我既为自己的虚假感到肤浅的满足，同时又感到深刻的痛苦。有很长一段时间，我是深切地瞧不起我自己了，甚至抱怨我怎么就不生一双真实的近视眼呢？怎么会这样?!

当然，今天看，我是淡然一笑，这是成长的烦恼，也是一个过程吧。现在，我们家的小孩，你的堂兄弟、表兄弟，都已经切实地佩戴了眼镜，唯有你还没戴，看来，你的水平是最低的了。

再有，有一段时间，具体地说，是我二十多岁的时候吧，有人问我：你父亲是干什么工作的？我总是底气不足地回答：技术员。一般说来，这样的回答是不错的。我的父亲——也就是你的爷爷——十二三岁就出去学艺了。他虽然是工人，但技术十分高超，还在"文革"以前，我很小的时候，就已经是八级工。当年，八级工是工人中最高的级别，一个月赚80多元钱。后来，他由工人破格提为工厂的技术员，但还在车间一线上班。从八级工到技术员有什么变化呢？唯一的变化是，粮票由一个月48斤变为24斤——这也是很搞笑的，工人要干体力活，所以粮票多发；干部不干体力活，所以粮票少发。干部用脑，当年怎么就不给他们发一些购买猪脑的"脑票"呢？

你爷爷虽然是技术员，但他干的都是工人的活，从里到外，就是一个工人，甚至还

第44封信 关于别人的潇洒

有不少农民习气。你看他像一个技术员吗？对他而言，技术员的身份是附加物，不能体现他的本质，从根本上讲，他就是一个工人。我是从来没有把他当作所谓技术员看待的，但在与他人的交往中，突出他的技术员身份，实际上是我对自己的工人家庭出身以及对自己的不自信，是我软弱和脆弱的曲折表现。

工人就是工人，工人怎么啦？只要靠自己的劳动养活自己，就是堂堂正正的。我勉强也算所谓高级知识分子了——我有正高职称——可现在，从来没有把自己知识分子的身份当作徽章。我倒觉得我更像一个工人。我常对人说，我是知青秉性，工人特色。你爹我十六七岁在社会上打拼，饱经沧桑，见多了知识分子，也正可以粪土当下酸臭人了。

我说这些，就是要告诉你，你看别的同学都很潇洒，学习似乎很轻松，你感到郁闷，这大可不必。他们是不是真潇洒、真轻松，这是我们要考虑的。其实，他们怎样，与我们有什么相干呢？不要跟人家去比较。

我们把你从小带大，总结的一条育儿经验就是，我的孩子就是我的孩子，一切要从我儿子的实际出发，不要和别人的孩子比较。虽然我们在教育你的方式上犯过这样那样的错误——我们也是在学习如何做父母——但应该说，你从小到大，还是比较自由地成长的。

道理是一样的。你现在一定不要和同学做对比，你就是你。你是文科生，有两年时间没有学习数学和物理，你如何与理科生比？在基础不扎实的情况下，又是外语教学，这就客观上加大了接受的难度。你还要考虑遗传因素，你爹我数学也很差，你能这样，已经非常了不起了！

我多次对你说过，我们一定要多关注自己的内心世界，不断地克服自身的性格弱点。人最大的敌人其实就是自己。我们要不断地战胜自己，才能战胜自己之外的"敌人"。你也是有性格弱点的。比如，此前你不愿意把自己是文科生的背景告诉其他同学。这真是没有必要，你是文科生，能跻身理科生的行列，这正是我们别有实力的表现。文科生为什么就必然不如理科生呢？胡适曾说过："教育部应该给社会科学、人文科学留一点位置，使能平均发展，不能完全着重理工科，理工科还是要人文科学的基础。"我们有了更多的人文知识，将来可能比理科生要有更开阔的思路、更灵活的思维方式哩。

去远方
——父与子的跨国对话

总之一句话，让别人潇洒去，我只根据我的实际情况，走我自己的路！

你的公历生日就要到了，如果各门考试都过关，或许还来得及回家过生日哩。

要吃晚饭了，这封信我写了一整天，你要认真读一读，多思考，思考自己。先说这些。

爸妈

2009年8月8日

儿子第 24 封来信　我们别无选择

一个人出门在外，本来就很孤独，而这种事情是最容易勾起孤独的感觉的。德国的夜无比地黑无比地安静，还冷冷的，这种时候就容易让人情绪低落。

关于宗教我也有了一些想法，人在无助和心灵无法平静的时候就会寻求神的帮助，考试前最焦虑的一段时间我就有很强的愿望去感受宗教，并不是说要求上帝保佑我考试通过之类，只是希望通过祈祷能让自己的心灵得到平静。信仰往往是在最无助的人身上被建立的，因为他们别无选择。

爸妈：

今天下午考试成绩出来了，也算是意料之中的，德语没有过。看来暑假可能回不去了，如果要回去的话前后也就二十天，不是太合算。晚上一帮子难兄难弟跑到我们房里来，抽烟喝酒，使劲骂娘。这还真的是有那么一点郁闷，还很有那么一点不平衡。大约百分之四十的人过了德语，百分之五十的人过了英语（这是老师之前口头和我们说的，我没有回学校看成绩单，所以也不知道具体情况，但按我身边的人来看，大致也是这个情况），还有那么些个莫名其妙的人也过了德语，但是我们没过。平常德语考试我基本上都在我们班第三第四这样，我没有过，而那些平常基本上考 60 多分的人也就那么地过了。真是搞得人有点郁闷，水分嘛肯定是有，有的人还是滚滚长江都是水，这我们也不好说什么。这样分值大的考试，我成绩波动很厉害，怪也怪自己运气不好，听力没蒙对几个，呵呵。考试过了的人兴高采烈，个人状态里丝毫不掩饰自己的得意之情，与此同时，就有很多人很郁闷。

我们这栋楼里一起住的六个人，不用补考的只有一个。三个人挂了一科，两个人挂了两科。我们班扣掉大家都知道是"水"的那个，靠自己过的人是四个，其他班情况我不是很清楚，大致相同吧。不过，总的来说还是自己没考好，第三个学期没认真学习，按以前的成绩，我德语是在班上前三名的。

去远方
——父与子的跨国对话

和我玩得最好的那个苏州同学这次过了,当时真的是无比兴奋,因为他非常担心自己不过,后来也是有惊无险地过了,算是没白担惊受怕。这次等成绩等得许多同学焦头烂额啊,很多人一个周末饭也吃不下觉也睡不好,一旦考试不过,非但回国的时间缩短二十多天,而且还得花个100多欧去改签机票。另外一个和我玩得比较好的同学没过,他还是很认真学习的,平常成绩也还不错吧,这次知道自己没过,相当郁闷,买了一打啤酒跑到我们家,一群没过的人坐着喝酒,还觉得不爽,跑出去买了包烟,说今天要抽他人生的第一支烟。

我其实心情还好,不过怎么说呢,看他这样毕竟还是感觉很纠结。烟我也抽了。实话说,来德国我也学了抽烟,不过没有抽很多,一年大概抽了三包吧,每次感觉特别郁闷的时候,就跑去买包烟半夜三更跑到外面树林里去抽烟,基本也不过肺,因为容易咳嗽。不过一郁闷,就想抽烟,今天晚上算是抽得最多了的,抽了六七根吧,酒也喝了不少,真是学坏了。不过心情不好嘛,总要找点方式排解一下,这样我觉得比憋着要好受一些。

同学喝多了就在我床上睡了,我还算清醒。今天本来也不打算睡觉,干脆给家里写一封信,详细地讲讲我这一年以来的想法,算是年终总结吧。

你信里主要谈了心理问题,我就也来说说心理问题,毕竟这是我这一年来感触最深的一个方面。

都说留学生在外会体验到跨文化碰撞等等,我却没有明显地感觉到这一点,要说心理上的变化,更主要的还是体现在独立上。从生活方面来看,经过最初一两个月的适应,可以说我已基本上能打理清楚了,定期打扫房间卫生,整理东西,一切还算井井有条。在这次考试以前,也没有出现小时候丢三落四的情况,东西也还都能找得到。当然,这次考完试有点太如释重负了。要说,我也不是离巢那样的独立,可能我无法很精确地表达那是怎样的一种独立,大致上是一种别无选择只能去面对的感觉。

你知道我从小就有种障碍,那就是害怕与陌生人沟通。来了一年之后,这种根深蒂固的障碍不能说消失了,它依然深深地影响着我,经常别无选择,我只能用那种不会说几个词的德语试着去沟通。这时我就会想,回国以后我肯定不会害怕和陌生人说话了——毕竟在这里与陌生人用母语沟通根本是一种奢望,而可以用母语清楚地表达自己的要求的时候,我有什么理由不这样做呢?最后的考试,我知道我别无选择,必须去面对,没有人可以替我去面对,也没有其他的路可以走。不知道为什么,在高考的时候我完全没有这种感觉,或许我们在这里的生活太狭窄了,我能看到的可能性只有这一个。而在国内那样一个花花世界,总是有那么多的选择。

这也许可以说是我的成长,但是我觉得这也是我今年以来心理问题的根源所在。一向习惯于不把考试当回事的我,一旦把考试当回事,就变得很不自然。在国内面对考试的时候,我总是很放松,即使是高考倒计时的时候,我也依然很放松。也许有人会认为我有很强的承受力,实际上并不是这样,我只是比较善于卸除压力,把压力导向其他地方去,不让它影响到我。来到这里,我感觉我无法卸除这份考试压力,因为路只有一条,清清楚楚摆在那里,没有退路,于是我知道我必须去面对。但是,我并不知道如何正面处理考试压力。刚来德国的时候,可以说压力并不是很大,因为期末考试毕竟是很遥远的事情,而且印象中我们所拥有的并不是八个月,而是一年。所以,那时我可以以一个比较放松休闲且高效率的方式学习,正如我以前做的一样(当然,这样"放松"的学习方式毕竟会导致基本功不是很扎实,这么多年来我也习惯了基本功不扎实)。第一个学期成绩是很好的,德语基本上在百分之八十以上,英语考下来也没有低于及格线过。

但是,随着考试越来越近,压力越来越大,状态就不行了,还有每周两节的物理课,上一节心情就沉重一点,一有考试那就不是沉重可以概括的了,折腾几次以后我对物理那仅存的一点平常心也没有了。学习上越来越烦躁,越要到考试,压力越大,考试压力越大就越不想念书,摆了一本书坐在那里就是不想碰,而越是不念书心理压力就越大,这样恶性循环,到了第三个学期我根本就不想碰书本,课也不想上,看着电脑也不知道玩什么。英语我算是有信心,没怎么太担心;而想看德语的时候就会想到,德语不是最关键的,我最大的问题在物理上,我应该去看物理,而不是德语,而一看物理就又回到刚才的死结上,真是解也解不开,这么搞了一年都快搞出心理问题来了。

学习方面还有一个感受就是,高考之后太过放松了,一放放了五个月,再紧有点紧不起来了,而且不像在国内有高考前弥漫在空气中的那种紧张气氛,这里到处都飘着空虚无聊没事干的味道,只有少数几个人埋头苦读,但很可惜不在我身边。去年的学长都说德语白痴都会过,于是大家也就都没把德语当回事,所以嘛这回全栽在德语上。

去远方
——父与子的跨国对话

去年德语作弊相当厉害,我已经和你说过了,另外一方面我在想,他们也许考的不是 Zertifikat Deutsch(简称 ZD) B1？我不是很清楚具体的情况,我们的这个 ZD 考试实际上分成 6 档的：A1、A2、B1、B2、C1、C2,越往后难度越高。我们考的是 B1。也许他们看去年考得太容易,今年提高了难度？总之,我觉得奇怪。我们同样在没有基础的情况下学了一年的德语,如果是同样的考试,即使有水分,也不至于及格率相差这么多吧,去年将近百分之百,今年大约百分之四十。根据学长说的,去年的出勤率肯定不会比今年更高,有好些人是大量大量地翘课,差距这样大的成绩,我觉得是不太可能的。

另外,我想值得一提的就是感情问题。现在谈这个问题应该说可以比较坦然了,毕竟我们现在在欧洲这样一个环境里,谁也不会忌讳这样的话题。一个文科生到了这样的一个理科学校还真是不适应,我可以说从初中起就是在女生堆里混出来的,电话泡了不少你们也知道,聊得多的也都是女生。其实我也不知道这是为什么。有一次我和郝慧老师聊天的时候,郝慧突然就说,我想和你玩得好的肯定都是女生,那时我一想好像果然是这样,为什么呢？她也不说,我到目前为止也还没想明白。上了高中选了文科,在那样一个周围全是女生的文科班混了两年,现在突然到了这么个理工科学校还真的是不适应。首先,一天到晚看到的都是大老爷们,没见几个女的；其次,那些理科生追女生的方式也让我一下没缓过神来,基本上认识不到一个星期就表白,然后就在一起了,反正我觉得比较莫名其妙。然后呢,其他人就空虚啊,在这里的学生中几乎算是一个普遍现象了,空虚得都要发霉了。之前有人在网上分享了一篇文章叫《德国留学生情欲面面观》,引起无数同学的共鸣,如果你有兴趣的话可以上网搜一搜。一个人出门在外,本来就很孤独,而这种事情是最容易勾起孤独的感觉的。德国的夜无比地黑无比地安静,还冷冷的,这种时候就容易让人情绪低落。

关于宗教我也有了一些想法,人在无助和心灵无法平静的时候就会寻求神的帮助,考试前最焦虑的一段时间我就有很强的愿望去感受宗教,并不是说要求上帝保佑我考试通过之类,只是希望通过祈祷能让自己的心灵得到平静。我也发现这的确有效果,无助的时候这样想着,心里会踏实一些。毕竟感觉在背后还有着支持。怎么说呢,算是寻找一个心灵的寄托吧。也许我会信教吧？我也不是很确定,但是我想即使那样,我也不会去加入教会,我也说不清楚那种感觉,也许再过一段时间我可以比较容易表达这种感受。信仰往往是在最无助的人身上被建立的,因为他们别无选择。

　　现在看来暑假还是不回去的好,26 号补考完,9 月 21 号前要报到,砍头去尾大约剩下二十天,花个 500 欧往返一趟好像显得不是那么经济。不过,如果寒假回去的话差不多也就待那么长时间了。倒也的确想回去看看了,这么长时间了已经。暑假如果有时间,可能报个旅游团出去玩两三天,应该也不会太贵,这是后话了,以后再说吧。

　　这会已经快 5 点了,先说这么多吧,我去泡个澡奢侈一下。打算再放荡个一两天,等回国的同学都走了,就要开始准备补考了。

　　另外,我在网上买了一块表,卡西欧的,40 欧,和我原来那个表差不多价钱,算是自己买给自己做生日礼物吧。我也算是强迫症了,手上不戴着块表感觉浑身不舒服。

　　半夜三更地写信,一开始的时候还带着点酒意,可能写得比较混乱,大致看看就好,呵呵。

儿子
2009 年 8 月 11 日

去远方
——父与子的跨国对话

第45封信　学会做男人

出国留学,肯定会遇到各种各样的困难,没有困难才怪了。面对困难只有一个选择,就是战胜困难,绝对不能退缩、畏惧。不知道你有没有后悔了?知道你想家,知道你孤独,知道你生活上、学习上遇到麻烦,我们有时也觉得你一长大、一离家,就走得这么远、这么久,心里不是滋味,"慈母手中线,游子身上衣;临行密密缝,意恐迟迟归",这诗,你是从小就会背的。但是,我们从来没有后悔。既然是你的选择,既然是我们共同的选择,我们就只能义无反顾地朝前走。

儿子:

德语没过,这是意料中事,因为你事先对我们说了。读完你这封写于三更半夜的信,我没觉得特别沉重,倒觉得高兴。这封一气呵成的信是你二十岁的纪念,它标志着你确实已经长大成人了,这就是我感到欣慰的原因。

先说德语问题。德语没有过,这当然是让人不开心的。不过,既然已经成为事实,那就不是我们要忧虑的事了,就让它成为过去式吧。我们现在要反思的是:

第一,你们班的考题偏难。这不仅与去年比,与今年先考的同学比也是这样。但是,你想过没有,难有难的好处。那些抽到好考的题目先行过关的同学,这次对他们来说,有一定的侥幸成分,过关是过关了,但不可能每一次都这么轻松,以后要是碰到难题呢?那不是够呛?与其将来碰到难题,不如现在碰到。现在碰到了,应该会让你们刻骨铭心,引起足够的重视。德语是你们在德国学习、生活的通行证,是工具,一定要过关,非要过关不可,在这一点上没有什么讨价还价的余地,没有什么变通的可能。唯一的办法,就是加倍努力。

第二,虽然你的笔试不好,但如你所说,你口语相当好,某种意义上说,口语是更重要的。你知道,我们在国内学的都是哑巴外语。外语首先应该是交流的工具,具有极大的实用性,而绝对不单纯只是学问。

第三,你的根基在,你平时都在班上前三名,这次可能是由于状态不好,马失前蹄。

就像有些平时德语不好的同学却得以过关带有极大的偶然性一样,你的没有过关也只是一次偶然的失误。只要你平常基础好,迎头赶上绝对不是难事。但话又说回来,你的德语成绩如你所说,时常有波动的时候,波动就说明基本功不够扎实,波动就说明还需要加把劲,波动还说明有继续努力更进一步的极大空间。

第四,虽然考得难,没有过关,我们应该从难从严要求自己,这只能证明我们确实还有不足之处,借这次补考的机会,发飙一下,重新复习一遍,对你来说,倒是一个强化固有知识的机会。这应该看作是好事,是坏事变成了好事。我相信,经过复考,你肯定要强过原来在同一水平线上的同学。这十来天,你一定要进入"战备"状态,绝不能含含糊糊。好在你对德语的感觉比对物理要好多了。

第五,这是一个教训,有一定的警示意义。对有把握哪怕极有把握的东西,也不能掉以轻心。其实是有教训在先的,你们出国时那个英语最棒的同学,半期考时英语反而没过关,就是例子。这事只不过没有发生在你身上,所以感受没有这么深切。交通事故往往发生在最不容易出事故的地方和时候。一定要记住,一切都要认真对待。这也是德国人的行为方式。

第六,关于德语放水。这要有平常心,你也说了,你数学、物理也有这样的情况发生。对你们来说,头一年,德语、英语的成绩,要远比数学、物理重要。过得了初一过不了十五,跑得了和尚跑不了庙。这次放水成功,实际上是为以后积累了问题。明年以后,放水就没有那么容易了。总之,放水是预科学习期间的权宜之计。我就不相信,明年以后还可以这样。要时时记着,德国大学是宽进严出。这事也提醒我们,不积跬步,无以至千里。这以后,要抓紧点滴时间,尽快把物理和数学补上,不要寄希望于放水之类,不要心存侥幸。

第七,你说"考试过了的人兴高采烈,个人状态里丝毫不掩饰自己的得意之情",这是人之常情。对于考试考得好的同学,我们应该怀着真诚的祝福,就像你在教堂里碰到的教友一样。另一方面,你们没有考好的同学,会感觉他们有些得意忘形,事实上肯定也有得意忘形的人。这就提醒我们,当我们碰到类似事情的时候,比如,将来或许你得了第一名或别的什么,我们应该学会含蓄,不张狂,在其他类似考得不好的同学面前,应该抱有同情,照顾他们的情绪,节制自己的狂喜。中国古语"不卑不亢""喜怒不形于色",说的都是这个道理。"不以物喜,不以己悲",从容不迫,看花开花谢,云卷

去远方
——父与子的跨国对话

云舒:

从你的信中看,英语、数学、物理应该都过关了?具体的成绩怎么样?请告诉我们。这次还好是德语不过,要是物理不过,你要更郁闷的。这是老天爷看你是文科生,给你一个喘息的机会。

你昨天为什么不去看成绩呢?是不是因为没有过关,所以就不去?对一切都要有直面的勇气。敢于直面自己的失败,这才是强者。你现在搞清楚德语具体考了多少分了吗?笔试多少?口试多少?如搞清楚了,也告诉我们。

福建那几个同学的情况怎样?和你同房间的那个上海同学怎样?如知道,也顺便说说。不知道就算了,这无关紧要。

关于喝酒和抽烟。人遇到了挫折,难受了,几个同学聚在一起喝喝酒,偶尔也抽烟,这没什么了不起,这是再正常不过的事。人应该学会自我化解,喝酒、抽烟虽然不是最佳的办法,但应该承认有时是有效的办法。

国内知名作家汪曾祺曾经写过一篇散文,叫《多年父子成兄弟》,其中有一个细节,父亲抽烟,问已经成年的儿子:要吗?儿子要了一根。父亲还躬着身子为儿子点上了烟。说起来,我抽烟要比你早许多。我七八岁时,住在南公园我外婆家。我童年的小伙伴出于好奇,几个人窝在一隅,把干的丝瓜藤当烟抽,呛得够呛!十六七岁,我插队了,由于太累太苦,知青们自然就抽烟了。当时抽的都是劣质烟,什么"丰收""红霞",比较好的要算"飞马"和"前门"了。但是,我很快不用戒就不抽了,原因和你一样,一抽烟,喉咙就难受。

我们家族的身体素质是不适合抽烟的。我的爷爷,就是你的曾祖父,死于哮喘。我们家的人,比如我和你姑姑等,咳嗽起来都要折腾得比较久,我怀疑这与遗传有关。一定要关注家族的遗传。前些天,我写了一篇文章《"狗脾气"》,谈了性格遗传问题。鲁迅的祖父是清朝官僚,弟弟周作人是汉奸,鲁迅是人道主义作家,他们身份不一样,价值观不一样,但他们却都有一样的"狗脾气",发给你看看,反正你这一两天也没什么事。你从小喉咙就经常出毛病,整天"哦哼哦哼"的,鉴于家族遗传的劣根性,我希望你尽量不抽烟,少抽烟。

你们僧多粥少,男女比例不平衡,这实在也是没有办法的事。不过,新同学很快就要来了。另外,眼睛不一定要盯着中国人,我和妈妈说了,只要你们相好,将来你带一个黑人回来,我们也是很欢迎的。现在网络很发达,你可以在网络上认识一些朋友,如果用德语聊天,对你学习外语还大有裨益。不过,一切都要顺其自然。也不能因为苦闷了孤独了,就刻意去做什么,有时,需要等待。

男女关系,有三层内含。爱情,是精神和感情体验,属于美学和心理学范畴。欧美人很在意婚姻要有爱情,这一点,比中国人要严肃许多。他们很多同居了,甚至有了孩子了,但因为不能确定有没有爱情,还是不敢迈入婚姻的殿堂。法国前总统竞选人罗亚尔(女),与男友同居十多年,生了孩子,最终还是因为没有爱情,与伙伴分手了。英国查尔斯王子与现在的妻子卡米拉苦恋了多少年,虽然先娶的戴安娜要比她漂亮许多,最终查尔斯还是与戴安娜离婚并与有情人卡米拉结婚了。婚姻,这是一种社会关系,属于社会学范畴。我曾经对你说过,结婚了,要是有了孩子,不到万不得已,最好不要离婚,因为在这个最小的社会组织里,有一个需要呵护的生命。至于男女关系,那是生理学范畴的问题。这三者能和谐统一,即有爱有婚姻有性关系,那是天作之合,应该格外珍惜。然而,天公不作美,三者常常是分离的。所以,我年轻时曾有这样的话:有爱情的婚姻是幸福的,没有爱情的婚姻是痛苦的,没有婚姻的爱情是残酷的。供你参考。不过,爱情是流动的,可以生长,也可以消失。也没有那么危言耸听,没有爱情,有了亲情,一个家庭也能好好维护。每一个人、每一个家庭都是不一样的。另发一篇我的旧文章《裸泳·太阳浴·性与爱情》,这是我的欧行杂记之一,你要看看,不知道与你的欧洲印象有没有相似之处?

关于宗教,我已经说了很多了。你对宗教的体会非常到位了,我也赞成不一定要入教,只要有宗教情怀,只要有宗教文化,酒肉穿肠过,佛在心中留,亦无不可。不过,这一切也要顺其自然,要听从心灵的召唤。

出国留学,肯定会遇到各种各样的困难,没有困难才怪了。面对困难只有一个选择,就是战胜困难,绝对不能退缩、畏惧。不知道你有没有后悔了?知道你想家,知道你孤独,知道你生活上、学习上遇到麻烦,我们有时也觉得你一长大、一离家,就走得这

去远方
——父与子的跨国对话

么远、这么久,心里不是滋味,"慈母手中线,游子身上衣;临行密密缝,意恐迟迟归",这诗,你是从小就会背的。但是,我们从来没有后悔。既然是你的选择,既然是我们共同的选择,我们就只能义无反顾地朝前走。

试想,你如果留在国内,上云南大学读历史,云南倒是一个好地方,可读那历史,有什么意思呢?历史和中文一样,所有的人文知识,对有一定文化基础的人来说,都可以轻易通过自学获得。此外,国内的历史课,带有浓厚的意识形态色彩,多学无益。从目前情况看,历史专业出来的,至多也就是当中小学的老师。云南大学是西南联大所在地,那里蕴含着历史的光荣,但我们还是毅然地放弃了。

再看在国内上大学的一些人,他们头一年大约有半年时间被用来军训,第二年第三年有一些书可读,但同时要忙着谈恋爱等,第四年以实习和找工作的名义,基本上就没人管也没书可读了。我的朋友刘小敏,曾是《福建青年》的老总,她儿子在国内上了一年大学,她看了实在不像样,最近让他出国了。你知道,由于整个高中甚至整个中学时代的升学高压,国内大学生一进入了高校,不少是船到码头车到站,翻身解放了。我想,你与国内的同学有联系,对这一现状应该不陌生。

在国内,都是独生子女,有的人上大学,父母请假到他们大学所在地陪伴,像这样的同学,估计终生无法自立。

此外,上大学更是一种经历,到国外的经历与在国内的经历自然大不一样。这道理你懂,我就不多说了。二十世纪以来,中国很多精英分子有留德背景,如果我没有记错的话,辜鸿铭、蔡元培、陈寅恪、季羡林等,都有留德经历。

蔡元培是"北大之父",甚至也可以说是中国现代教育之父,是中国新文化运动的巨人之一。他是自费留德。他是做了充分准备并有明确目标的。1907年的初夏,已年近不惑的蔡元培随清政府驻德公使孙宝琦赴德,开始了他半工半读的留学生涯。这段经历十分艰苦,因为不是公费留学,他必须自筹经费以维持不菲的学习和生活费用。他在驻德使馆中兼职,每月可获银三十两;他还担任当时在德学习的唐绍仪侄子唐宝书、唐宝潮兄弟四人的家庭教师,为他们讲授国学,每月可得酬100马克;而他当时为商务印书馆编译教科书及学术专著所得到的每月100元收入,则全部用来维持国内妻子儿女的生活。蔡元培在德国的学习生活就是这样紧张而忙碌,难得有片刻的空闲。

蔡元培初到德国时住在柏林,主要补习德语,为考柏林大学做准备。后因柏林大学的入学手续严谨烦琐,他感到多有不便,遂于 1908 年 8 月改往莱比锡就读于莱比锡大学。关于这段经历,蔡元培曾自述:"我在柏林一年,每日若干时学习德语,若干时教国学,若干时为商务编书,若干时应酬同学,实苦应接不暇。德语进步甚缓,若长此因循,一无所得而归国,岂不可惜!适同学齐君宗颐持使馆介绍函向柏林大学报名,该大学非送验中学毕业证不可,遂改往莱比锡(Leipzig)进大学。"

你应该了解一些他们的情况,以先贤为榜样,时时激励自己。"天将降大任于斯人也,必先苦其心志,劳其筋骨,饿其体肤,空乏其身",孟子名言,你中学时代已经读过,其中道理,中学老师都已反复说过。

我记不起来谁说过,大意是,哪里是自由的,哪里就是他的家;哪里是专制的,哪里就是监狱。说起来,中国人也真是苦。我们有自己的祖国,可是,多少年了,世世代代的中国人,一直奔向欧洲,奔向美洲。我们为什么就不能像欧洲人一样平静地生活在自己的故土呢?附上一篇沙叶新的文章《腐败文化》,看了,你可以加深对中国的理解。中国这么大,就很少看见欧洲人来求学,来定居。又有多少海外学子,怀着一腔赤诚,要回国建设自己的国家,改造自己的国家。然而,看来这是一个极漫长的过程。如此想了,我能体会你们在异国他乡的落泊和孤寂。如果中国是德国,你也不要这样奔走千里万里了!

不过,也不尽然,美国是一个移民国家,除了土著,所有的美国人,都是来自异国他乡。美国人是英国绅士与非洲人的组合,所以,美国有了欧洲人的智慧又有了非洲人的野性和激情,有了牛仔文化,有了创造的冲动。我相信,经过留学的洗礼,作为中国人的你,多了欧洲精神,这一辈子应该是受用不尽的。

我说过好几回了,你第一次出远门就走得这么远、这么久,现在,快一年了,你已经有了心理疲劳,回来吧,回来好好休整一下。和你算的一样,你补考完有二十天的时间,二十天正是一个休假的时间范围。你要确定一下考试时间,一定要准确,然后就去订票,考完试的第二天就回家。返程票也订了,但要适当早一两天返程。因为你一路上要转机等,飞机有的时候会因为不可预测的问题推迟一天两天的,虽然这样的现象极少发生。这么远的路,一定要把可能的意外算计进去。我和妈妈都想你了,回来吧。

我们没有什么特别的节庆观念,你回来了,就是过节。这次回来,春节还可以再回

去远方
——父与子的跨国对话

来。不要太算计开销,你回到国内,日常开销比在国外省了,就有了一半的路费了。

你第一次回来,时间又这么短,我看就直飞福州吧。

昨晚我没来由地失眠,可能我们有遥感?上午收到你的信,我随手处理一些杂务,中午也睡不着,就一直给你写这封信,估计改过两遍,要到晚上10点了。你知道吗?今天是你爸我的农历生日。老汉今天开始五十岁了。我不会写诗,阳历生日那天,胡诌了这样一首打油诗《五十自娱》:

> 老汉今天五十岁,
> 五十过后不喝醉;
> 今天天气哈哈哈,
> 假装深沉假高贵。
>
> 老汉今天五十岁,
> 不泡小妞不约会;
> 王顾左右而言他,
> 心清气爽种玫瑰。

供你一笑。奶奶曾说,五十要过一下生日,把姑姑、叔叔等都叫回来,我说不要了;我自己也曾想叫三五个朋友来聚一聚,最后也放弃了。今天上午,我和妈妈一起吃了太平面,就是这样。

那天,母亲节,你对妈妈说了一句"母亲节快乐呵",我和妈妈都极为高兴。这也是你长大成人的标志之一——懂得问候大人了。但是,父亲节到了,你却没有只言片语。我很理解,就像我对我父亲,男人和男人之间,有的话是说不出来的,有的话是不必说的。

现在,这时,我终于把这封信写完,我要吃一点玉米片了。儿子,这就是爸爸五十岁的生日——我很开心可以这样走完我的上半辈子,我有一个让我骄傲的儿子可以和我对话,我有谈话对象。

第 45 封信　学会做男人

　　我告诉你这些,不是为了别的,是想告诉你,作为一个男人,作为一个父亲,上有老,下有小,还有单位一大摊子破事,他要承受很多很多。生活对你来说刚刚开始,你要学会做男人,做父亲。想到这些,想到未来,面对这一切,我想,你会报之淡淡的一笑的。

　　先这样,如果还想起什么,明天再给你写。

爸妈
2009 年 8 月 11 日晚

去远方
——父与子的跨国对话

儿子第 25 封来信　回国礼物·生日聚餐

爸妈：

  昨天研究了一下，觉得回国给老人送保健品最好，东西都很贵，保健品倒还相对便宜，而且德国的保健品也比较有名。附件里我发了一个文档是网友翻译的一些德国保健品，你们看看需要给老人带什么。我也给你们带几瓶吧。其他人我就都带巧克力了，本来亚琛的巧克力就很有名。

  生日是这样，有个同学 16 日生日，我就和他一起请了一帮人到科隆一个中餐馆吃了一顿，算是我也过了。本来是他请，150 多欧吧，后来我就算是和他一起过了，也出了 50 欧。科隆的中餐要比我们小镇的好吃很多，火锅不会比小肥羊的差，老板娘还是福清人，在德国福建人真的很少很少。

  我们福建人好像说生日不能提前过是吧？我问了下别的地方的人，他们没有这个忌讳，我也就不管了，不然显得我太封建了，呵呵。

  我们同楼的同学说，我 19 号生日的时候会做个蛋糕给我吃。

儿子
2009 年 8 月 17 日

第 46 封信 关于学习的三个问题

> 我们存在着客观的差距，这是事实，要承认这一现实，并勇敢面对这一现实，不承认、不面对，这一现实不会改变，在这样的客观事实面前，我们只能付出比别人更多的心血，加倍地努力。有什么办法呢？笨鸟先飞，多花时间，这才是唯一的解决办法。

儿子：

以下这些内容是 8 月 9 日写的，写好后，怕影响你备考的心情，所以没发出。现在发给你看看。在外求学一年，你也要多反思。今年的学习任务只会更重，难度也会加大，要以最好的状态投入新学年的学习中去。

昨天和你谈了关于别人的潇洒问题，今天接着再谈谈你在学习上的心理问题——就是说，不是纯粹的学习问题，而是影响你学习的心理问题。

学习学得进去的时候，读自己有兴趣的书的时候，是一种享受，是智慧的欣悦。如果读不进去，那就比较累了，在这样的情况下，假如时间又很紧，就会焦虑、烦躁。总之，做自己不爱做的事，是不会让自己感到愉快的。

话说回来，考前你焦虑、烦躁等等，这是因为你在意学习问题，如果根本不把学习当回事，就不会有这样的心理状态。面对现状，你觉得不是花一些时间就能解决问题，比如物理，这也不懂，那也不懂，要温书，从哪里下手呢？无从下手，考试时间一天天地临近，于是，你干脆就什么都不学了。这也不是你才有的现象，你也说了，很多同学都有这种焦虑、烦躁。我想，随着你们在德国待的时间越来越长，身经百考，这种状态会越来越少，感觉会越来越好。

好在现在考过了，从目前的状况看，似乎考得还可以。不管考得好不好，分析一下自己，思考一下学习问题，找出解决的办法，应该还是很有必要的。

你是聪明的，也很有灵性。但是，从小到大，你在求学方面似乎有以下三个问题。

去远方
——父与子的跨国对话

一是,读书要凭感觉,感觉好的时候,学习成绩突飞猛进;感觉不好的时候,往往平平。

读书确实是需要感觉的,就像我写文章,灵感来了,一气呵成,下笔成章;没有灵感时,虽然也可以写,但至少写得比较慢,笔下比较涩。但是,搞创作可以凭灵感,如果搞研究就不行了,有时候,为了一个小小问题,需要钻研、考据好些天。写文章,更多的时候也是苦的,我的朋友叶宁说:写作这活是不能干的,是喝自己的血。再有,我们办刊、编书,很多文章很臭,但还得细读,还要逐字逐句地修改,苦不堪言,有什么办法呢?这是工作的需要,也是生存的需要。道理是一样的,你读的书是一天比一天难,不能只凭感觉读书。感觉有好的时候,但不可能天天都好。感觉不好了就放松自己,这样功课落下越来越多,赶起来越来越难,对读书就越来越没有信心了。老师不会停下来等你,只有靠自己迎头赶上。

凭感觉,还表现在你对老师的选择上。对老师感觉好的,学习状态很好;不好的,就干脆不读书了。

这以前我说过了,小学时,碰到了那个不喜欢的数学老师,中学时你碰到了那个唠唠叨叨的物理老师,于是你的两门功课就落下了。过去的事过去了,以后怎么办呢?以后还会碰到类似的老师,你说的那个土耳其老师就有一点像。

碰到不爱的老师讲课就不听了,学习过不了关,损失的是自己。最终还是要过关的。怎么办呢?就像父母无法选择一样,一般说来,老师也是无法选择的。我是主张听不下去时也要硬着头皮听,听多少算多少,落下的部分,自己再想办法补上。

这就引出了你的第二个问题:读书做事的毅力不够。

从小到大,你有刻苦读书的时候,但应该说不是苦干型的学生。当然,那些天天抱着书本的书虫不足为法,你也瞧不上那些人。傻读和死读的人,多少有智商或情商问题,也成就不了什么大事业。我们不是探讨过中国科技大学少年班的那些尖子生吗?事实上,最后也多沦为一些庸常之辈,没有什么了不起。

你的问题是,有时候,学习碰到障碍,就把书本扔到一边了,然后,又要等到情绪稍好的时候,才能重新捧起书本。没有那种非要弄懂不可、咬定青山不放松的执着。你将要面对的现实是,整个求学过程,苦多乐少。有自己喜欢的课程,有自己爱读的篇章,但更多的时候是自己不爱读的;一个障碍排除了,立即就会有新的障碍,问题正排

第 46 封信　关于学习的三个问题

队等着你来解决。学习的过程就是克服困难的过程。有什么办法呢？正因为这样，古今中外才有那么多刻苦求学的故事、座右铭，古语"书山有路勤为径，学海无涯苦作舟"，正是求学状况的客观写照。

你的第三个问题是金口难开。

碰到学习问题，你一向不问老师和同学，都是自己硬啃。这客观上有好处，那就是培养了你很强的自学能力。但所有问题都有两面性，是双面刃：有的问题，自己硬啃，就是啃不下来；或者，即便啃下来了，也要花很多时间、很大的精力。如果你请教了老师或同学，那可能要简单很多，少走不少弯路。这和修理电脑是一样的，别的同学不会，可能要折腾很久才能搞懂，他们问你一下，不是马上就会了吗？你凡事不开口问，是不是还有面子问题呢？自己要多分析一下自己的心态，自己是怎么想的。

这次，你的物理和数学等，都请与你玩得要好的温州同学帮你补课。我和妈妈听了，都极为高兴。这不只是补课的问题，这还是你的一大突破，你愿意接受同学的帮助了，说明你在一个方面战胜了自己的心理障碍。这是一个了不起的成就！你看，同学给你补课了，人家也没有瞧不起你吧，这就像你帮人家修理电脑一样地正常。你看，补课果然是有一定效果的吧，你自己也说，要早一些补，效果会更好。你同学不是还夸奖你接受能力强吗？

其实，你高考前就接受了数学老师对你的补课，还有舅公帮你找的那个英语老师的补课，效果不也很好？现在回头看，要没有他们的补课，你高考时数学和英语不会有这样的成绩。你为什么会接受这两位老师的补课呢？很大程度上是因为这两个老师对你的胃口，所以你听得下来。

凭感觉读书、毅力不够和"金口难开"等，一般说来属于情商问题。你应该面对这些问题。学习问题不是感觉问题，必须看作一项工作，就像我要上班一样，你要读书；就像我要尽量把工作做好一样，你要尽量把书读好。莎士比亚说过：人啊，正视你自己吧！发现自己的弱点，比发现别人的弱点要难一些，克服起来也是一个过程。就像你说的，你发现自己在租房子的过程中参与太少，失去一次学会立足于德国社会的机会。你意识到这个问题了，以后就会自觉地面对这个问题，所谓"发现问题是解决问题的一半"是也。

你看看，我指出的这三点，是不是你存在的心理和非心理问题？问题有多严重？

去远方
——父与子的跨国对话

要多思考，碰到畏难情绪时，就要提醒自己，是不是性格弱点在作祟？如是，应该怎样战胜自己？我对你提起好几回了——自己是自己最大的敌人。

你的现状如此，应该怎么办呢？我想，无非就是把落下的功课给补上。从你的情况看，数学似乎要好一点，但也不能掉以轻心。物理比较差，不仅因为你是文科生，有两年没有读物理，还因为你讨厌屏东的那个物理老师，早些时候上课也不怎么听。本来，你物理是不应该这么差的，你读过《十万个为什么》，小时候还喜欢各种手工制作，还看过一些趣味物理之类的书，就因为老师教得不好，你就不听了，就一定程度地放弃了。这都是过去的事了，逝者不可追矣！正如那天 QQ 聊天所言，唯一靠得住的办法，就是重新来过，夯实基础。放假后，一有时间，就要把初中物理温习一遍，高中部分，一节课一节课、一步一个脚印地重新读。如果不解决这些问题，到了明年，形势会更严峻，我反复提醒你，你们的学长说过，头一年是最痛快的，第二年读书才叫苦。

我们存在着客观的差距，这是事实，要承认这一现实，并勇敢面对这一现实，不承认、不面对，这一现实不会改变，在这样的客观事实面前，我们只能付出比别人更多的心血，加倍地努力。有什么办法呢？笨鸟先飞，多花时间，这才是唯一的解决办法。鲁迅说，哪里有什么天才，我是把别人喝咖啡的时间都用到了工作上了。别人去玩了，不管是真潇洒还是假潇洒，那是别人的事，我们的目标是，尽快把物理和数学补上——咬定青山不放松，绝不放弃！

出国留学肯定是有特别的困难，没有困难才叫怪了！你出去以后，也有了一些小问题，但这些问题不都逐步被克服了吗？所以，我们应该以平常心面对困难，面对问题。我小时候，天天要背诵《毛主席语录》，今天还记得很多，有的还蛮有趣、蛮有道理的，伟大领袖毛主席教导我们说："我们的同志在困难的时候要看到成绩，要看到光明，要提高我们的勇气。"毛主席又说："什么叫工作？工作就是斗争，哪些地方有困难，有问题，需要我们去解决，我们是为了解决困难去工作、去斗争的，越是困难的地方，越是要去，这才是好同志。"毛主席还说："下定决心，不怕牺牲，排除万难，去争取胜利！"当年，这些语录还被谱成歌，所以我还能记得很清楚。好男儿志在四方，好男儿不怕万难。

第 46 封信　关于学习的三个问题

我们要有心理准备,接着还会有困难,有问题,甚至有更大的困难、更多的问题。有心理准备了,就会从容应对。先说这些。

爸妈
2009 年 9 月 24 日

去远方
——父与子的跨国对话

儿子第 26 封来信　新学期的情况

爸妈：

　　之前看到你的电话,但是我在学校已经不在我的座机区了,所以你打我的电话我也接不到,只能收到短信提示。今天已经是开学第三天了,之前办注册延签什么的一切还都算顺利,没有像需要补考的同学一样遇到这样那样的麻烦,下周一就可以去领我的新签证了。

　　上午虽然我们要坐火车去上课,但是也不需要很早起床,在小地方有个好处就是火车会按我们学校的上课时间专门增加班次,上午 7 点半起床坐 7 点 50 分的火车,到了火车站走到教室大约离上课还有十五分钟,还够去食堂喝杯咖啡。现在我们不像以前有固定的教室,不同的课在不同的教室上,一开始人生地不熟,老是在学校里迷路。现在由于多了很多专业课(其实也就是德国学生需要上的所有的课),所以德语课的数量被减少了,但是课时并没有减少,所以我们现在要上很令人郁闷的德语课,周一和周四的德语课上两个小时四十五分钟,周二的德语课上三个小时十五分钟,真的是会上吐血了,一节课太长时间了。最恐怖的是周二,上午一节数学课两个小时十五分钟,下午两节电子的课各一个半小时,还有一节三个小时十五分钟的德语课,一天上下来八个半小时的课,相当于国内十几节,真是累得半死。但是周三、周四的课就比较轻松。周四只有上午一节德语课,下午一节指导课是可以选择去不去的。周三一整天都是上电脑课,没有其他的课,上午一节,下午一周一节,下一周两节间隔着上(有一个课是两周上一次)。

　　这个电脑课有很多学长都和我抱怨过,甚至有学长说他已经差不多放弃了就等着我去教他了。去年的通过率大约只有百分之十,补考还没有这么多人通过。我觉得我对电脑比较熟悉,这个课应该可以拿下,今天听了第一节课感觉还可以,没什么太大的困难,当然第一节课嘛肯定只是概念介绍而已。今天老师还蛮自豪地介绍了一下我们城市里那个世界第二欧洲第一的超级计算机,叫蓝色基因来着。

  数学、物理课是大课,我们这一个项目的所有人都在一个大教室里上,一开始讲得很浅,听说第一个学期也不难,和我们去年难度差不多,不过下半个学期就要开始难了。电子工程的专业课目前也只是基础,和物理的内容实际上是重合的,就是把电学的内容单独拿出来上,具体的工程的内容也是要下个学期再上。

  关于选修课,我们第一年其实等于没有选修课,以后也不会有很多,因为我们学校是工科类的技术性大学,虽然本校开设设计和经济的课程,但是我们这个分校是纯工程的,没有什么选修课可以选,也没什么杂课可以旁听。我们唯一的选修课是德国的选举制度,而且是德语的,学校说,得要过了DSH2才能选,不然也听不懂,2个学分,不是很多(数学10个学分,物理8个,电脑10个,德语只有2个,但是德语是一定要过的)。

  说到德语,学校要求是在第三个学期前必须要通过DSH1,第二个学期期末就有考试,就目前的情况来看,学长们只有大约五分之一的人过了,通过率惨不忍睹。另外比较奇怪的是有好些学长在和我们一起上课,一个十七八个人的班都有两三个这样的学长,估计过去一共有二十个左右吧,我和他们还不熟悉,没问情况,不过由于德语没过的学长要更多,所以看来可能是第一年学分没修够要再读一次。

  现在基本上还在新鲜期,一节课的时间太长了,真是不习惯,其他的欧美国家好像一节课也没有这么长的吧,我不是很清楚。

  大概情况就是这样,先写这么多了。

儿子

2009 年 10 月 8 日

去远方
——父与子的跨国对话

第 47 封信　没有平坦的大道

不良情绪就像大自然的阴天一样,时不时就会有的,学会调节情绪才是最重要的。换言之,大晴天,我固然开心;下雨天,我能听雨,也一样开心。

从前,有一篇小说的题目就叫《没有工夫叹息》;"赶快做",这是鲁迅先生经常对自己说的。我们应该做到"没有工夫郁闷"——赶快做!

儿子:

8 日的信收到了。我们初步了解了你新学期的情况,总体上说,比那些补考的同学要顺利,这是好的开端。

德国的上课时间是太长了一些。学生听两三个钟头肯定感到累,这样推想,老师说起来就更累了。不知道这种情况是不是普遍的,如果是,我想,这可能与德国人整体的身体素质有关。他们身体好,精力相对充沛,耐力也强,所以形成了这样一种教育方式?中国的足球老是不行,有人就提出要从娃娃抓起,要从吃牛肉开始。我们既然到了德国,就只能入乡随俗,只能随着德国人的行为方式了,有什么办法呢?开头肯定会有些不习惯,但你们很年轻,极有可塑性,过一些日子就会习惯的。什么样的环境造就什么样的人。就像我们当年插队,后来特别能吃苦一样,如此特殊的训练,也不是没有好处,以后你们的综合素质会得到很大的提高的,工作起来会更有效率,更有耐性。

我首先要提醒的是,上课时间长,营养一定要跟上。早餐安排得怎么样?如果早餐没有安排好,肚子饿了,生理上就少了耐受力,客观上要影响学习的效果。所以,早餐一定要有牛奶、蛋、干果等等。你这个人比较懒,在这一点上一定要克服,不在爸妈身边,要照顾好自己,要对自己好一点,绝对不能不吃早餐。我对你说过,我在《参考消息》上看到一篇文章,说有一个中国人,在中国工作一两个钟头就感到累,后来到了美国,工作三四个钟头也不累,他认为是美国的脂肪和蛋白质帮了他的忙。

老师上课是用英语吧?是德国老师吗?讲课速度快不快?都能听得懂吗?老师

第47封信　没有平坦的大道

的素质怎么样？从你说的情况看,你们班上的同学也就是十七八个？有原来同班同学吗？有福建同学吗？新同学中有德国人吗？才开学几天,这些情况,可能你也还没全弄懂,有什么新鲜的,写信说说。

从你的信中看,数学、物理占的学分特别高,这我们要引起高度重视。因为你是文科生,数学、物理都不是你的强项,要明白自己的弱点,多下功夫。现在刚刚开学,可能比较容易。但是,去年就有过这样的情况,德国上课深入得比较快,进度比较快,一开始很容易,一下子就难了。要防患于未然,有时间了,要预习一下,把从国内带去的那些书搬出来研究研究。你回国时对你说了,骏骥有毛病,但他对付德语的态度,是值得我们效法的。我读中学的时候,有一个老师抄了一段顺口溜鼓励我,念起来蛮有趣的,我至今还记得:"困难是石头,信心是榔头,榔头打石头,困难就低头。"

关于电脑方面的问题,因为你有强烈的兴趣,而且从小就在电脑上折腾,我们相信不会有问题。尽管这样,也不能掉以轻心。我经常对你说,最不会出问题的地方和时候往往出了问题。比如,交通事故通常都是在最不容易出事故的地段出的。为什么呢？因为思想麻痹了。去年,你也算有了这方面间接和直接的体会,间接的,就是那个带队的英语最好的同学,结果英语考试却不过关;直接的,就是你一向都考得好的德语,却出了麻烦。这些,一定要引以为戒。马克思说过,"年轻人犯错误,上帝都会原谅他",但是,不能犯重复性质的错误。你也说过,所谓电脑精通,都是相对的,因为电脑技术更新换代往往让人应接不暇。此外,关于编程等,你还相对陌生。

德语是没有什么可说的了,再难也要闯过关。你要时时提醒自己,明年就是德语授课了,一定要有只争朝夕的紧迫感。如果在德国而不懂德语,是不是有点不可思议？不过,对你来说应该不成问题的,你的口语好,这要比掌握德语语法更紧迫、更重要。首先要听得懂,说得出,然后才是怎样说得漂亮、说得准确的问题。还是老话,急用先学。

刚刚开学,一切都是新鲜的,但从你的信中看,似乎已经有点郁闷。心态极为重要,要及时调整自己的不良情绪。你应该知道马克思——今天老是想起这个德国老头的话——的名言,"在科学上没有平坦的大道,只有不畏劳苦沿着陡峭山路攀登的人,才有希望达到光辉的顶点"。我们先不讲科学研究,也不讲"光辉的顶点",我们要时时刻刻提醒自己,在求学上没有平坦的大道。有了这种心理准备,就可以直面一切不顺

去远方
—— 父与子的跨国对话

利。不顺利是必然的，一切都顺利了，那才怪了。这样，才有可能比较快地走出不良情绪的怪圈。不良情绪就像大自然的阴天一样，时不时就会有的，学会调节情绪才是最重要的。换言之，大晴天，我固然开心；下雨天，我能听雨，也一样开心。

你要培养自己的意志力，要有对学习艰巨性和艰难生活的承受力，不能像有的独生子女那样脆弱。《西游记》中唐僧师徒西天取经，过一座山就要受一次难，但是，孙悟空是过一座山就要打一个妖。历尽万千磨难，百折不挠。你爹房向东也是历尽磨难的，可是，几十年过去了，我不改初衷，对自己所追求的无怨无悔。你要想，你是房向东的儿子，是不会被折服的，不会被打垮的。从前，有一篇小说的题目就叫《没有工夫叹息》；"赶快做"，这是鲁迅先生经常对自己说的。我们应该做到"没有工夫郁闷"——赶快做！

你说的书架买了吗？德国的夏令时改过来了吗？先写这些。调整好状态。愿你每天都有好状态，祝你每天都开心。

还要提醒你一下，要坚持写日记。我最近看季羡林的《留德十年》，他书中的很多内容，就是从日记中摘下来的。大学经历是最宝贵的，何况还是留学经历。随着岁月的流逝，很多事会淡忘，有了日记，稍一提醒，就会往事如昨，历历在目。

爸妈
2009 年 10 月 9 日

第 48 封信　自我设计

你是不是应该考虑一下,将要用几年的时间完成学业?学业完成以后是回国工作,还是留在德国或欧洲工作,或者去美国,或者去非洲?等等。什么时候成家是合适的?打算把家安在哪里?等等。这些问题不是一朝一夕就能想清楚的,要反复地想,有的要千百遍地想,有的想好了还不行,还会受种种外在条件的制约和外在因素的干扰。所以,应该早一些让这些问题进入你的视野,慢慢思考,这样,也许有助于你将来有相对理性的决定。

儿子:

这两天有空了,我就在思考德国大学宽进严出、毕业率比较低这件事。你在家的时候还说过,有的德国大学还设幼儿园,有的父母是把孩子寄在幼儿园,自己去读书。现在你班上,有不少学长和你们一起上学。这是德国教育的一道景观,一种客观状态。

怎么评估这一现象呢?我们应该怎么办呢?我觉得,这应该与我们家庭的状况和你的自我设计结合起来考虑。

是的,有不少人不过关,但是,是不是有更多的人过关了呢?尤其你们学校,似乎没有亚琛工大那么难。能过关一定要千方百计地争取过关,不能把很多人不过关,变成对自己的一种心理暗示,从而产生一种惰性。从去年的情况看,顺利过关比不过关要好,你也都看到了他们遇到的麻烦了。所以,你要立志,尽最大的气力争取门门过关。其实,人生就是由一道一道的关组成的,这一关过了,还有新的关。就是说,你的心理状态一定要积极。不能有太多被动的心理,更不能有惰性心理。你应该多想着那些过关的人,以此鞭策自己,千万不能这样想:那么多人不过关,我似乎也可以不过关。

此外,我们还不能与德国人比,不能与欧洲人比。他们是本国公民,他们国家为他们提供了一系列的保障,无后顾之忧,所以有更多的自由。他们有那么完善的社会保障机制,就是读到老,又有什么关系呢?

我们不一样,客观地说,我们家庭的经济状况处在中国的中间偏下。我们也可以

去远方
——父与子的跨国对话

说是穷留学。但是,这没有什么不光彩的。鲁迅留学,他母亲只给他8元钱(我不知道当时的8元相当于现在的多少),因为他的家庭败落了。蔡元培留学也是穷留学,这情况我说给你听了。你回来时也说,你现在的同学中,有花钱大手大脚的,估计家里很有钱;也有极为节俭的,可能状况还稍逊我们,你可能也是居中偏下。家庭的状况就是这样,家是不能选择的,就像我是我父母的孩子这一事实不能选择一样。

从目前的情况看,我们一年要准备10万元的人民币。

你知道,2007年我到了这家单位,官升了,钱少了。奶奶曾经颇为费解地问我:人家升官都涨工资,你怎么反而少了呢?这些不开心的事不说也罢。如果在人民社,我们家的经济状况要比现在好很多。好在前几年住房问题、装修问题都解决了,可能是我们姓房的缘故,有幸没有成为房奴,现在供你读书,就相当于他们供房,也还不是问题。

我反复对你说了,钱的事不用你操心,也不要放在心上。但是,你对家里的经济情况应该有所了解。和你说这些家务事,是因为你长大了,也是男子汉了,要为家里分忧,要逐步培养责任感,要有承受生活重压的勇气和能力。

现在,你学习这么忙,这么累,也不能要求你做什么。但是,你要意识到,抓紧点点滴滴的时间把学习搞好了,就是对家里的最大支持,就是为家里分忧。虽然我们也已经有了接受德国教育状态的心理准备,但是你想啊,你多读一年,我们就要多许多投入。如果你抓紧了,顺利过关了,比去打什么工都强。这道理是显而易见的。当学习上有了畏难情绪时,你应该想到我们家庭的现状,想到为家里分担,重新鼓起勇气,迎难而上。

此外,我们留学生,一次两次不过关或许问题不大,多了,会不会影响到签证?目前不得而知。你也应该找机会了解一下这方面的情况。

当然,如果实在不过关,只要你努力了,也不要有太大的心理压力,我们总是要将学习进行到底的,我们总是要将留学进行到底的,这是硬道理,没有什么可说的。

这就是我上面说的,要与我们家庭的实际情况结合起来考虑问题。

还有一个问题,那就是你的自我设计的问题。你今年已经二十岁了,过了生日,实际上已经开始二十一岁的历程了。从现在到三十岁,你是不是应该初步地想一想,进行一番自我设计?

第 48 封信　自我设计

　　从小到大,对你的选择,我们一般情况下不会反对,但会说一些提示性的倾向性的意见供你参考。现在你长大了,我们更不会横加干预。一切的最后决定权,都在你手上。

　　你是不是应该考虑一下,将要用几年的时间完成学业？学业完成以后是回国工作,还是留在德国或欧洲工作,或者去美国,或者去非洲？等等。什么时候成家是合适的？打算把家安在哪里？等等。也许你会说,这么早和你说这些没有意义。是的,可能说得太早了。我是这样考虑的,这些问题不是一朝一夕就能想清楚的,要反复地想,有的要千百遍地想,有的想好了还不行,还会受种种外在条件的制约和外在因素的干扰。所以,应该早一些让这些问题进入你的视野,慢慢思考,这样,也许有助于你将来有相对理性的决定。

　　我要说的是,三十而立,其实,从现在到三十五岁之间,你都可以折腾,而且要多折腾,就是说,要多经历、多见识、多历练,甚至多吃亏、多吃苦。但是,三十五岁以后,应该一切都相对稳定了,有了稳定的家、稳定的职业、稳定的收入,有自己追求的目标和相对稳定的事业。你读完书,估计就过了二十五六了,接着可能就要结婚生子等等。时间过得很快,随着年龄的增大,会过得越来越快！子在川上曰,逝者如斯夫！一万年太久,只争朝夕！你要多想想,你将来有兴趣做什么,要做什么,最适合做什么,做什么才相对开心,做什么相对容易成功……而所有的这些思考,都要与你现在的学习结合起来考虑。

　　你不像我,上有爷爷奶奶要操心；中有兄妹要牵挂；下有你,甚至还要牵挂卢禾、房子澄。作为父母,我们不会给你带来拖累,我们抚养你是我们的义务和责任,因为不是你要来这个世界的,是我们把你带到这个嘈杂的世界。我们不会指望回报,而且将来我们都有足够的退休金。所以,将来你基本上不要考虑以上的问题,也没有兄弟姐妹的问题。你的问题就是你自己的问题,如何在社会上立足,而后还要考虑如何发展,如何提高生活质量,如何提高生活的幸福程度。当然,如果能对社会有所贡献,真正做到主观为自己,客观为社会,那是更好的了。什么家庭中兴啊,光宗耀祖啊,我们没有这样的想法。我们对你的唯一期望,就是让你成为自立的人、有用的人、生活得相对幸福的人。

　　我们希望你出国,支持你出国,一是考虑让你扩大视野,成为真正的世界公民；二

去远方
——父与子的跨国对话

是考虑你的个性与中国的教育制度有冲突,换言之,你的个性不适合中国的教育制度,也可以说是中国的教育制度让你无法发挥优势;三是考虑到中国的生存环境问题,自然环境有问题,饮食环境有问题,社会环境有问题,社会保障有问题,还有中国人的素质问题……这些问题不会那么快得到解决的。不是说欧洲没有问题,只是那儿应该会相对好许多。你在欧洲已经生活了一年,在这一点上,你比我们更有发言权。

现在,你勇敢地走出了这一步,虽然又面临了许多新的问题,要吃很多意想不到的苦,你应该通过中西的对比进行权衡与取舍。定下来的东西,纵然是千辛万苦,也要义无反顾,勇往直前。

好了,太迟了,不多写了。明天我们休息。周末愉快!

爸妈
2009 年 10 月 10 日

第 49 封信 黄赌黑及其他

> 他们生活得单调、简单，所以西方人不得不有宗教生活，这种生活状态，客观上为宗教深入每一个人的生活提供了可能性。去教堂还是去饭店？中国人选择了饭店。从这一意义上说，中国人倒真是"唯物主义者"，而西方人则是"唯心主义者"。中国人过节了，都往家里跑，一家人围着吃喝，然后看电视；西方人则是往外跑，到公共场所狂欢。

儿子：

这个周末，我在家写了一篇关于有财的文章，发给你看看，有财就这样死了。有财在我们家生活了将近三年。

我另外写了一篇文章《哭笑问题》，是讲中西丧礼的不同，既有一定的知识性，也有我切身之感受，你看看，蛮有趣味的。其实，中国人也有在丧礼搞笑的先例，比如庄子妻死，庄子则鼓盆而歌。只是，这是文人一时率性，偶有所见，在中国的历史长河中早已被淡化得几无痕迹。对了，我忘了在哪里看的，魏晋时代，有一个高官最是喜欢驴子，他死了，皇帝带一群大臣到坟前吊唁，皇帝什么也不说，捏着鼻子，学着驴叫。这位大臣的坟前没有哀乐，只有一片驴叫声，也算搞笑。

去年，你说外出游玩是最开心的时候，这次去荷兰似乎比较平淡？听妈妈说，你和她电话聊天时说到荷兰的黄赌毒问题。荷兰这个国家，倒实在是陌生的。

我去德国的时候，在汉堡，导游也曾带我们去看橱窗女人，个个牛高马大，丑陋而又恐怖。导游说，汉堡是港口城市，她们多是俄罗斯和东欧女人，主要为远洋货轮的船员服务。前几天，我在凤凰网上还看到，说俄罗斯最是盛产美女，但似乎青春周期特别短暂，像昙花一样很快失去灿烂。俄罗斯女人是这样的，结婚前似乎都漂亮，一结了婚，不要多久，人人都像大水桶，所以，俄罗斯水泥地的厚度都要比中国多十厘米，他们怕承载不起这些女人啊。这可能有遗传基因问题，也可能有人种问题，搞不懂。

去远方
——父与子的跨国对话

德国人嫖不嫖娼呢？如果嫖，那应该也是极个别极个别的现象。在我印象中，日耳曼民族很强调人种的纯洁或纯粹。不论环境方面，还是内心世界，他们似乎都是有洁癖的。"二战"中，日本人经常有强奸的暴行，我看了很多"二战"电影、小说，就是看不到德国兵强奸女人的情节。当年，德国人是不和犹太人通婚的，不知道现在有没有与犹太人通婚的例子，我想，有肯定是会有的，但不会太多。德国人也很少与黑人通婚吧？最近，我看到希特勒的秘书写的一篇文章，说希特勒打算剿灭犹太人后，还要对黑人进行种族清洗。德国黑人多不多？肯定没有法国多。不过，德国占领法国以后，倒是与法国女人有过很多暧昧，以至于战后这些法国女人受到种种惩罚。估计德国现在也不那么纯粹了，也有中国人与德国人通婚的例子。我知道的就有两例：颜向红就嫁给了德国人，我朋友的女儿王路文也嫁给了德国人。唉，"国宝"流失严重啊！

至于赌博，那就更不是什么新鲜事了，美国、中国的澳门等地有赌城，作为社会主义国家的越南、朝鲜也有赌城，不过，越南和朝鲜的赌城都开在靠近中国的边界处，从某种意义上说，是专为中国赌客而设的。不少中国贪官去折腾，有的被抓了。中国明里没有赌城，暗里却不少。在我看来，中国人是极好赌的，你看麻将盛行，就是证明。我有时候想，单块的麻将就像是长城的砖，排成一排的麻将是万里长城，如果没有麻将，中国的那么多闲人、无聊的人干什么去？他们如果上街闹事，那将增加社会的动荡，将提高犯罪率。有了麻将，大赌小赌，乐不可支，消磨时光，人心思定。

至于大麻问题，我们是要特别提醒你的，千万不能沾染。有一种观念，说大麻也没什么，和香烟也差不多。这是一种误导。很多东西都是由浅入深的，有了开始就不可收拾。比如，较早的时候，说摇头丸之类没有什么，在歌舞厅等场所不少人食用，无非多一点激情，结果是不可收拾！后来，把本"没有什么"的摇头丸也列为毒品之一种。学校的教育，我们的提醒，影视作品的展示，你应该有一个清醒的认识：任何毒品都将让人走上不归路，走向深渊。这于你而言，在观念上是没有问题的。不要相信那些"没有什么"的蛊惑，不归路就是从"没有什么"开始的。

刚开学的时候，你说到学校很分散，有时甚至难以找到教室的事。我记得你还说过，亚琛的大学和城市融为一体，没有围墙。这可能是德国大学的一大特色。不知道德国的大部分大学是不是这样？平心而论，中国的大学有固定的地理区域，应该是好的。美国的大学大多也有固定的区域?

我看了一本关于德国人的书,终于弄清楚了缘由。德国大学之所以上课的地点相当"灵活",是因为早期的时候(德国十四世纪就有大学了),由于种种原因,大学里没有自己的教室,所以授课经常选在酒馆、教堂或修道院里进行。早期,德国大学的考试就是口试,博士也不例外。获得博士的礼仪相当隆重,首先是在大学附近游行,届时会有一些社会名流参加;还要大宴宾客,有的"博士宴"甚至会持续数日之久。我估计,这些都是"古时候"的事了,像我们范进中举一样。我难以想象,德国人怎么"大宴宾客"。话说回来,是不是因为没有教室,在酒吧等地凑合着讲课,这种历史的延续,导致了德国大学的没有围墙和教室的分散? 这也竟然成了一种传统?

昨晚在电视上看到慕尼黑啤酒节的画面,因为中途开看,不知道是资料画面还是新闻画面。应该是新闻画面? 好像啤酒节就在这时候。我看德国人扎堆在帐篷里,一人抓一大扎啤酒,在镜头前搞怪,也没有佐酒的菜。据说,这是上午,才刚刚开始,他们就已经十分兴奋了,到了晚上或第二天的凌晨,周遭的草地上,会横七竖八地躺着很多醉客,年年如此。"今宵酒醒何处,杨柳岸,晓风残月",醉卧花丛,这倒是一道风景!

看来,德国人的生活十分单调,这也算狂欢啊? 如果这也算狂欢,那中国的许多人是天天狂欢,醉生梦死。我的感受有二:一是,正是他们生活得单调、简单,所以西方人不得不有宗教生活,这种生活状态,客观上为宗教深入每一个人的生活提供了可能性。去教堂还是去饭店? 中国人选择了饭店。从这一意义上说,中国人倒真是"唯物主义者",而西方人则是"唯心主义者"。二是,中国人过节了,都往家里跑,一家人围着吃喝,然后看电视;西方人则是往外跑,到公共场所狂欢。先写这些。

爸妈
2009 年 11 月 8 日

去远方
——父与子的跨国对话

儿子第27封来信　性与大麻

　　文艺复兴的时候西方人就提出过，文艺复兴的核心是个性解放，而个性解放的第一步就是性解放。人不应该把希望寄托在未来和虔诚这一类空虚的东西上，而应该从自身的欲望出发，做一个"自私"的人，而不是张口闭口仁义道德。我想，这是西方人意识到了，欲望是无法被回避的，人应该直面自己的欲望并努力满足它。

爸妈：

　　这次去荷兰的确比较平淡，主要是因为天气不太好，一直下着湿湿冷冷的雨，而且晚上没有睡好，第二天又得起大早，我头有点痛，玩得不算开心，只能说是出去见见世面。

　　黄赌毒之类的东西，我觉得没什么好看，我还是比较喜欢看看自然风光和古典建筑什么的。学生会在结束的时候说，圣诞节可能会组织去瑞士玩，我想我是会去的，冬天去看看雪山应该是不错的，不过可能比较冷就是了。去瑞士的话可能比较贵，要过夜。

　　我觉得作为一个性开放的西方国家，德国是不会忌讳嫖娼这样的话题的。在西方观念中，任何事物都可以成为商品，性也不例外，有需求有供给自然有市场，有买家有卖家也没有什么理由不允许这样的交易发生。虽然在性方面德国人可能不如荷兰人那样开放，但是，想必德国人也不会将嫖娼视为一种耻辱，像我们这样一个平静的小镇，也有一家妓院，到了晚上明目张胆地开着粉红色的灯，只是，在这里，在周围一片漆黑的晚上，看起来显得不是那么自然。

　　据我所知，德国也有一些正规的性交易网站，人们可以像在淘宝上一样进行交易。

　　文艺复兴的时候西方人就提出过，文艺复兴的核心是个性解放，而个性解放的第一步就是性解放。人不应该把希望寄托在未来和虔诚这一类空虚的东西上，而应该从自身的欲望出发，做一个"自私"的人，而不是张口闭口仁义道德。我想，这是西方人意识到了,欲望是无法被回避的,人应该直面自己的欲望并努力满足它。

我们这里并没有条件买到大麻,即使有,恐怕我也不知道如何使用德语和别人说那些黑话,我也没有车可以开到荷兰去买大麻,所以你们大可不用担心。但是,大麻这个问题我还是想说一下。如果你看美国电影你就会发现,其中抽大麻的镜头多如牛毛,有一些这几年小有名气的低成本电影还直接为大麻叫好(如《洋葱电影》)。虽然大麻在美国是不合法的,但美国抽大麻的人比例肯定相当地高。我回来之后在维基百科里研究了一番,大麻的成瘾性似乎较烟草为低,许多大麻商人在大麻中掺入烟草——大麻不足以使人成瘾。

儿子
2009 年 11 月 13 日

去远方
——父与子的跨国对话

第50封信　用心去聆听，用生命去感受

你现在就浸淫在欧洲的大自然中，是要用心去聆听，用生命去感受，在自然中徜徉，沉浸在对宗教的沉思和对音乐的遐想中，你是有这样的素养和潜质的。打小，你看着科幻长大，我觉得不少科幻是通往宗教的，上帝就是一个外星人；你听了很多外国歌曲，也比较接近音乐。欧洲的大自然，是不是让你对宗教和音乐有了更多的感受呢？

儿子：

11月13日的信收到几天了。昨天我想在QQ上和你聊聊天，没看到你上线。给你打电话，却不通，估计你星期天有事，特地把手机关了？我在QQ上给你留言，今早也不见回复，我们很牵挂。这两天都好吗？在忙什么呢？

最近，我在网络上看到一篇文章，说当下的中国"城市欧洲化，农村非洲化"，我估计，此人大约没去过欧洲，我们现在的城市与"欧洲化"是风马牛不相及的，欧洲的城市是农村化，农村是城市化，这是极言欧洲自然环境的好、基础设施的好；我们的城市，到处是水泥的森林，而且建筑物都是千篇一律的，与欧洲完全不是一回事。上海就是水泥的森林，香港更过分，我在香港那天，正好下小雨，雨点甚至没有飘到地面，就被高楼接住了。至于"农村的非洲化"，那是有一点道理的。这次你回来，我本来要带你到我曾插队的王台走一趟，我原来待过的生产队，人都跑光了，最差的住到公社去，稍好一点的住到南平的郊区去，年轻人就跑到福州、厦门、广州、上海、北京……去。这样，就导致了城市扩大，农村荒芜，而不是像欧洲那样，城市和农村相对均衡地发展。

在欧洲，除了历史建筑以外，看的就是自然风光。可是，自然风光不单纯是"看"的，而是如何浸淫其间的问题。中国人出游，带着虚荣的眼光和脚，我看到了，我至此一游了，我有了吹牛的资本了，如此而已。有中国人总结说，"在中国看庙，在欧洲看堡"，这不无道理。看什么看多了，都会有审美疲劳。这次，你对荷兰的观感，是不是也

第50封信　用心去聆听,用生命去感受

带着审美的疲劳? 也带着自身没睡好的疲劳?

你现在就浸淫在欧洲的大自然中,是要用心去聆听,用生命去感受,在自然中徜徉,沉浸在对宗教的沉思和对音乐的遐想中,你是有这样的素养和潜质的。打小,你看着科幻长大,我觉得不少科幻是通往宗教的,上帝就是一个外星人;你听了很多外国歌曲,也比较接近音乐。欧洲的大自然,是不是让你对宗教和音乐有了更多的感受呢? 也许你现在还没有这样明确的感受,"好雨知时节,当春乃发生,随风潜入夜,润物细无声",以后回首,你会有被好雨滋润的感悟的。现代中国,就少有卢梭的《漫步遐想录》、梭罗的《瓦尔登湖》这样的作品,中国文学多是外在的,喧闹的,少有灵魂的,更少有宗教的。陶渊明也有出世之作,你课本中应该有《桃花源记》,那是因了官场的倾轧,他不得不逃离,虽在桃花源中,处江湖之远,处世外之境,还念其君,还念苍生,多少有点无奈,其心境的自由,自然达不到卢梭和梭罗的境界。

我在欧洲时间极短,走马观花,确实看到的也只是一个又一个的古堡,最出名的是拍《王子复仇记》的那个什么堡,也忘了。但有跑这趟与没跑这趟,还真是大不一样哩。跑了这一趟,我回来后读了不少关于欧洲的书,欧洲的人文和自然景观都在眼前迷蒙,虽然遥远,却也立体可感! 你在欧洲一年多了,我在你面前吹牛,是不是有点班门弄斧啊?

出去玩,有时候感到兴高采烈,有时候也一般,这也确实与人的心境有关系。早一两天如果没有睡好,玩起来可能也没有多大的劲。我如果和人吵架了,通常是因为前一天晚上没睡好。睡眠不好,影响情绪,这实际上是一个生理状况与精神状态的关系问题。此前,我对你说过,要多关注自己的身体情况,要多关注家族的遗传。身体健康,自然就精力充沛,牙齿痛了,会影响到人生观,如果患了癌症,可能会影响到世界观。最近又睡不好,这之前说过了,睡不好不仅影响情绪,也影响学习,是什么原因呢? 我估计主要是因为学习成绩不够理想,感到有心理负担,有压力,所以就睡不好? 再有一种可能是,晚上太晚睡了,作息时间给搞乱了? 另外,有没有环境问题? 比如,周遭是不是比较吵? 总之,你要找出原因。

睡眠问题一定要解决。可以这样调节,一是加强锻炼,你现在太不锻炼了,也是不行的,可以找一个地方溜溜冰啊! 你游泳还不错,可以去游泳啊! 也可以沿着小镇跑

229

去远方
——父与子的跨国对话

一圈啊！如果不想跑，疾步走也是可以的。总之，锻炼了，把自己搞累了，就一定好睡。此外，睡前洗个热水澡，听听音乐，喝一杯热牛奶，如果加一些蜜水更好，牛奶和蜜水都有安神的作用。还有一种办法，那是下策了，就是弄一些酒喝，喝得稍多一点就好睡了，只能多一点，不好更多了，不能喝醉了，喝醉了，第二天可就累了；此招也不好太经常用，经常这样，很容易形成依赖。

你到欧洲一年多，新鲜感没有了，学习生活单调，还没有融入德国社会，所以是会感到无聊的。我估计这是一个大家都会遇到的问题。你回来时说的，黄亚惠学校那个副院长的儿子，第二年不也变得很颓废了吗？可见这不是你一个人的问题，大约是留学生共同的问题，我以为，我们要以平常心对待这个问题，不断地自我调整，尽快恢复良好状态。

很多人找你修电脑，你成了维修工了，成了电脑保修员。初时，多做一些服务是应该的，长此以往确实也不行，我们不是到欧洲修电脑的。你目前采取回避的态度是对的。老修老修，谁受得了啊！这要搭上多少时间啊！

照理说，这些同学也应该自觉，总不能老是义务吧，时间就是金钱，我们如果都花在修电脑上，哪里有时间学习？而且，他们还要叫你去，而不是送过来，就更没道理了。你这个老好人，终于学会了拒绝，这是一个长进。生活中就是要这样，该拒绝的就得拒绝。

当然了，他们如果愿意出钱，哪怕便宜一点，只要有时间，也是可以考虑的。这不是见钱眼开，我们付出了劳动，当然要收取报酬，天经地义。这一点你已经过关了，我们很开心。

先这样，有空再聊。

爸妈
2009 年 11 月 15 日

第51封信　游泳和性苦闷

你现在每天上课,下了课就猫在电脑前,长此以往,不要讲身体搞坏了,人也懒散,可能精神上也萎靡不振、不思进取了。"老外"是有锻炼的传统的,你不是说了吗?他们一大把年纪了,还能游很长时间;在冰天雪地里,甚至可以穿着短裤。一个民族素质的高低,也不是凭空而言,而是由国民的综合素质组成。

如果国内没有牵挂,我们也希望你在外面能有一个相伴的人。结婚不结婚,是以后的事。在异国他乡,有一个互相帮助和鼓励的异性朋友,是正常的需要。西方人往往是谈了很久恋爱,或者同居了很久,确实是相濡以沫、相依为命的伴侣了,确实是谁也离不开谁了,才结婚。

儿子:

春节还是回来吧,想定的事立即去办,可以去订票了,你不是说了吗?早订可能会便宜一些。订票前,学校放假时间要先了解清楚,还要考虑到可能的补考因素,总之,凡事要想周全。你似乎说过,要大年初一或初二才能到家?这问题不大。从香港回来还是从上海回来,这要论证一番。能不能从香港回来,从上海出去?福州到上海的票可以另买,到时可以到南京、镇江、扬州、苏州等地玩玩。这只是我的建议,你自己把握吧。

一般的情况大概是这样的,刚出去半年左右,外面的生活很新鲜,接着就感觉到单调了,加上学习压力,自然会想家。大约还要过一些时候,才能相对习惯外面的生活?你现在还在过渡期。总之,9月底回来一趟,春节再回来也无妨,不要有心理压力。以后你习惯了,可能待的时间会长一点;或者你能赚到钱了,多回来几次也没有什么关系的;将来要是有了女朋友,想的可能是去欧洲旅游,叫你回来,还未必爱回来了,也未可知。去年春节没有在家里过,我们还盼着你回家过年哩。

前天电话中你说了去游泳的事,我回来说给妈妈听了,我们都很开心。你在外面,太多的时间猫在电脑前,锻炼太少了!游泳游得手发酸发痛,这是好的状态。运动了,

去远方
——父与子的跨国对话

不仅可以把体内的毒素排出体外,还能有一个好的心境。你打小就会游泳,德国的游泳池比国内干净,只1欧,费用也比国内便宜,一定要坚持锻炼,争取每周去一两次。有同学一起去固然很好,没人一起去,我们也可以自己一个人去。如果能养成习惯,就太好了。

你会的运动项目还是不少的。小时候,经常带你到文化宫蹦床,你一蹦就是老高,跳得一身是汗,不知道你是不是还记得。你的溜冰技术应该算是不错的吧?你在外面买了溜冰鞋,不少同学还效仿,也买了。有一阵子,你们不是经常溜冰吗?最近有没有溜呢?找一块可以溜的地方,就可以开始运动了。

我比较笨,除了打乒乓球以外,别的运动项目都不会,但我现在几乎每天坚持一定量的运动。比如中午走路去外婆家吃饭,来回就要一个小时。我还要做操,做一些家务活等。锻炼吧,把身体搞好;在锻炼的过程中,出了一身汗,心情格外地爽。星期天,就是刚才,我和妈妈一起到登云高尔夫球场疾步走了一圈,用去了一个小时多一些时间,出了汗,感到轻松愉快。

你想想看,你现在每天上课,下了课就猫在电脑前,长此以往,不要讲身体搞坏了,人也懒散,可能精神上也萎靡不振、不思进取了。

"老外"是有锻炼的传统的,你不是说了吗?他们一大把年纪了,还能游很长时间;在冰天雪地里,甚至可以穿着短裤。一个民族素质的高低,也不是凭空而言,而是由国民的综合素质组成。邓小平说过,中国足球要从娃娃抓起。实际上,就是从身体素质抓起,从打小吃牛肉、喝牛奶抓起。一个人一生的幸福程度,与身体状况也有很大的关系,一个病歪歪的人,能有什么太大的幸福可言!

......

我在网上看了一些留学生性苦闷的文章,颇有感慨。我想,你们这一代人,营养好,见多识广,早熟,你大概也会有这些问题。我们不知道你在国内有没有牵挂,所以也不好多说什么。我想,你应该有一些这方面的知识了,现在网络时代,年轻人什么都懂。如果国内没有牵挂,我们也希望你在外面能有一个相伴的人。结婚不结婚,是以后的事。在异国他乡,有一个互相帮助和鼓励的异性朋友,是正常的需要。现在网络很发达,你可以有所作为。找一个互相照应的女同学,不只局限在你们学校,也不只局限在中国人中,在北威州范围内,都是可以考虑的。

第51封信 游泳和性苦闷

这在观念上应该没有问题了。我似乎对你说过,西方人往往是谈了很久恋爱,或者同居了很久,确实是相濡以沫、相依为命的伴侣了,确实是谁也离不开谁了,才结婚。而一旦结婚,他们视家庭为神圣之地,不轻易离婚。这与我们想象的西方世界似乎有一定的距离。此前我曾对你提及,和萨科齐竞选争总统的罗亚尔,与她的男人同居了十几二十年,最后还是选择分手而不是步入婚姻的殿堂。

这些问题只能你自己思考和把握,别人似乎都帮不上什么忙。此外,这类事可以有所作为,但更重要的是顺其自然,要看缘分,不可强求。另外,一定要睁大你的眼睛,不要搞一个"管家婆",折腾得更累。

……

最近韩寒在国内很热,他已经从当年的文学少年变成热血青年了,不时有一些惊人言论出笼,估计他的博客点击量太大,当局也不轻易封杀他。好像美国的《时代》杂志还让他上了封面,说他是中国的"坏小子"。妈妈最近也常上韩寒的博客,说很好看,我什么时候也打算关注一下。你以前经常看韩寒,最近看了吗?附上一篇文章,有人说,韩寒是当代的鲁迅。

先写这些。过一两天再聊。

爸妈
2009 年 11 月 22 日

去远方
——父与子的跨国对话

儿子第 28 封来信　失眠

爸妈：

　　前几天就收到信了，一直没有回，因为不知道应该怎么写，本来也不敢告诉你们。今天晚上没有睡觉，心情很乱，还是都写出来和你们说说吧，也许会舒服一点。

　　都说出国三个月会遇到一个休克期，那时候我没有什么感觉，到了现在我才真正有这种感觉，心情很不好。最近晚上都睡不好觉，应该说到了睡觉的时间没有睡意，生活节奏乱七八糟，吃饭也没有规律，有时一天只吃了一顿饭，也不觉得饿，没有什么食欲。今天花了一个多小时吃饭，还烤了个比萨，可是吃了两口就不想吃了，还是扔掉了。

　　原来还打扫房间的，现在根本也不想管，乱就乱在那里，也不想拖地板。每天要花好几个小时才能睡着，睡醒了口干舌燥，喝很多水也没有用，于是心情就很不好。

　　生活完全没规律，想要今天早睡明天上午去上课，可是 11 点上床在床上辗转到四五点才睡着，醒来已经是下午了。坐在电脑前也不知道干吗，我觉得我从来没有像现在这样懒散。

　　最近很久不上 QQ，一是不知道你们问起的时候应该怎么说；二是我也不想上去和别人聊什么，以前一直保持联系的同学也有一个多月没联系了。

　　唉，我也不知道怎么会这样，也不知道怎么办。今天晚上躲在自己房间痛哭了一场。我不想再这么颓废了，但是我觉得我还是会这么颓废下去。

　　唉，真是心乱如麻，我想我该出去散散心了。明天我想我要一个人跑到科隆去逛逛，散散心，但是最近的天气已经很久不像刚来时那样天天阳光灿烂了，这几天风很大，夹着雨，伞都要吹翻，出去也不知道会怎样。我总想调整一下自己，但是总也调整不过来。我一直在自责，这让我很难受，我觉得再这么弄下去，我就要得强迫症了，总是告诉自己不应该这样，但是却又总是这样。唉，真不知道怎么办。明天还是去科隆大教堂看看吧,好长时间都不去了,对于刚来德国时的那种激情,我已经感觉很陌生了。

好了,先这样吧,我想抱怨也是不要太多的好。

儿子
2009 年 11 月 25 日

去远方
——父与子的跨国对话

第52封信 战胜失眠

很多事情,沟通一下,开导一番,就会好很多,不是有一句话说,"一个困难,有两个人分担,就只剩下半个困难"吗?千万不要闷在心里。

碰到困难的时候,一定要想着,爸爸妈妈时时刻刻就像在你身边一样关注着你,都在和你一起分担。一定要有信心啊!

儿子:

你的信并没有太出乎我们的意料,我就觉得你最近有些反常,肯定出了什么麻烦了。我还对妈妈说,会不会电脑丢了,不好意思对我们说啊?那天我已经在电话中这么问你了。

看了你这封信,虽然我们心情不爽,但还是舒了一口气,因为知道了到底怎么回事——其实也没有什么事——以后就要这样,把出现的问题,学习、生活上的困难及时与我们沟通。很多事情,沟通一下,开导一番,就会好很多,不是有一句话说,"一个困难,有两个人分担,就只剩下半个困难"吗?千万不要闷在心里。其实,你还有一个毛病,老不往家里打电话,有时候打打电话,和爸爸妈妈聊聊天,不也很好吗?你想想看,你出去以后,打过几次电话了?

你在德国读书,我也经常在研究德国,研究留学生,所以,从某种意义上说,你遇到的这些问题,都在我们意料之中,没有什么大不了的。不仅现在的留学生有这样那样的问题,老早以前的留学生也有类似的问题,《围城》中的方鸿渐不也遇到过麻烦吗?鲁迅在日本留学,也曾经因为学习跟不上而烦恼,这在《藤野先生》中都有记载。

你的主要问题可能还是心理问题。我以前说过,你读书有太多讲究,要靠感觉读书,感觉好了才读,感觉不好就读不进去。你想,月有阴晴圆缺,天也时雨时晴,人的感觉(或者说人的情绪、心境)也总有不好的时候,感觉不可能都是好的,如果感觉不好了,读书、工作就不好,那是不是客观上影响了学习和工作?

第 52 封信 战胜失眠

你基本上是属于轻松读书的那一类人,从小到大,有刻苦的时候,但与那些死读书的同学比,总体上还是轻松的。这说明你聪明,但现在问题出来了,你没有那种千方百计克服一切困难的毅力。感觉不好了,读不进去,就想逃避。一般说来,当学习、生活遇到困难,就要找出问题所在,重点突破。要一招一招地拿出办法来,比如,可以自己钻研、看书、看录像;可以向同学请教,去年考前同学给你辅导,不是蛮有效果的吗?还要多做作业,在做作业的过程中会碰到难题,把难题解决了,也就提高了一步,另外,多做作业,是对知识的巩固,可以加强记忆……办法有很多,也可以用你自己行之有效的办法。一个办法不行了,换一个办法。总之,面对困难,要迎难而上。碰到困难了,就不去上课,这只有一个结果:问题越积累越多,难度越来越大。你想,逃避了,会自然解决问题吗?这是不可能的啊!

你也知道不可能,你也知道困难会越来越大,于是,你想,跑这么远来读书,家里花了那么多钱,其状况是这样,你感到不安,不安变成了心理压力,越想压力越大,所以你感到焦躁,于是就影响了睡眠,睡觉睡不好了,心理上就更加焦躁,吃饭也不正常,伙食没办好,营养跟不上,精力不济,就更影响心情了……如此循环往复,就造成了目前这样的精神状态。我的分析不一定准确,你想想看有没有一点道理?

你可能把问题看得太严重了。你们 10 月 5 日才开学,开学之初,状态还是蛮好的,今天才 11 月 25 日,七除八扣,不就是一个月时间吗,在这段时间里有情绪波动,少上一些课,没有什么了不起嘛,有那么严重吗?况且,刚刚开始上的课,一般来说也深奥不到哪里去。此外,你目前遇到的问题,绝对不是你个人的问题,而是留学生普遍存在的问题,只不过有的人问题来得早一些,有的来得迟一些;有的表现得突出一些,有的没有那么强烈。去年,闽南那个女同学,不是就早于你们表现出了不适应了吗?不是还跑回国,甚至想不读了吗?后来,应该说是闯过了一道关了。她现在的情况还好吗?建阳那个徐副院长的儿子,不也遇到过你们现在这样的问题吗?你不是说了,很多学长也碰到这样的问题?再说了,那些去年没有考过关的同学,他们的压力可能比你还要大吧?虽然碰到了困难,但也不要把问题看得太严重。

你电话中说,不少东西别人认为很容易的,你却搞不太清楚,所以你感觉没有自信。你大可不必这样。一切知道的东西,都是很容易的;一切不知道的东西,因为不知道,似乎都是很难的。比如电脑,在你那里是小菜一碟,在不懂的人那里,就高深莫测。

去远方
——父与子的跨国对话

有什么办法呢？只有一个办法，那就是通过刻苦努力，让"不知道"变为"知道"。知道了，弄清楚了，你就会感觉，哦，原来是这么回事啊，也很简单嘛。但是，你如果感觉不好了，就不去钻研，你投入的时间不多，习题做得太少，你的学习方法不对，这些"不知道"的问题，就永远不会变为"知道"。这些道理你是都知道的，不用我多说。

从你的来信看，你已经有好些天没有睡好觉了。这倒是一个问题，这个问题要尽快解决，尽快恢复常态。

第一，你也不要把失眠看成太严重的问题。"今夜无眠"，人的一生当中，不论处在人生的哪一个阶段，总会有那么些天是注定要失眠的。世界上就没有不曾失眠的人。如果真有，那是植物人了。

第二，你失眠的根本原因，应该是我以上分析的心理压力问题。你现在首先要解除心理压力。我上面说了，オー个月，问题没有那么严重，不要太在意，没有什么了不起。你想，我们往坏的方面打算，无非是重新来过，多读一两年的书。学长也都有不过关的先例。不能人人过关，这是西方教育的特点之一。前些日子，我让你争取按时过关，是希望你抓紧时间学习，努力克服困难，但实际上，我们在心理上也已经做好了你在留学过程中碰到挫折的准备。你要这样想，很多人碰到和你一样的问题，我们无非多读一两年，没有什么的。放松心情。这是安然入睡的前提条件之一哦。

你说，"想到你们在我身上寄托了这么多希望"，你就想逃避。这可能是我们的问题了。我现在要对你说的是，不要为此增加任何压力。是的，我们对你是有希望的，希望你好。但是，我们的希望不是把自己未能实现的理想寄托在、强压在孩子身上的那种，那就太沉重了，也太自私了。具体地说，我们只是希望你是快乐的、健康的、精神上相对健全的、将来能够自食其力的，这就行了。儿子，努力了就行了，千万不要把我们的希望变成心理负担。

第三，要从生理上考虑问题。在外面，生活相对单调，你们又处在青春期，会不会有性苦闷？这也是我在思考的，上一封信中也隐约提到这个问题。性苦闷了，会不会有手淫？从生理学的角度看，这都是正常的。资料表明，青春期的男女都有过这类经历，而且不在少数。但是，手淫之类不能太频繁，这是很重要的。太频繁了，直接的结果就是失眠。如果真有这样的问题，要是在国内的话，吃一些六味地黄丸是挺好的；在国外，就要靠自己的节制了。这是我的猜测了，随便提提，你不要太当回事。

第四,要在饮食上干预。上回,我对你说过了,睡前洗热水澡,喝蜂蜜调的热牛奶。此外,超市有没有谷维素卖?如果有,买一瓶谷维素也是不错的。我疑心他们不叫谷维素。如果没有,你可以买维生素B族保健品吃,应该会有效果的。你带出去的复合维生素还有吗?如果还有,最近接连吃一周,肯定会起调节作用。

另外,你最近有一餐没一餐的,心情不好已经影响到胃蠕动了,就是说,在胃不那么充实的情况下,千万不要抽烟了,有没有抽烟呢?此时抽烟,就把所有的烟给吸收了,而烟是会让神经兴奋的,就更睡不好了。咖啡和茶也同此理,最好先不喝了。空腹喝茶,平常状态下,都会让人睡不着。咖啡先不喝了,茶要喝淡茶,但不能空腹喝。

第五,如果实在睡不着了,就干脆不睡,起床运动,或者看书,看录像。第二天照样该干什么干什么,如果白天睡觉,生物钟还会继续乱下去,就是说,要把自己搞疲劳了,第二天晚上也不要太早睡,把肚子吃饱一些,快到睡觉时间了,看看闲书,再睡。

如果还是不行,那只能吃一点安定了。可以向同学要,我想,同学中总会有人有的,只能吃半片。德国超市应该也会有吧?不到万不得已不要吃,安定会有依赖的。这次回来可以考虑带一些杏仁安神之类,中药的,不容易产生赖药性。

你不要把我说的这几条不当回事,这都是经验之谈,照着我说的试试看。

这次以后,生活一定要有规律。你读中学时,无论刮风下雨,从来没有早上不起床的,这是很好的习惯,一定要保持。现在在外面,没人叫你,惰性就上来了,这也是符合常理的事。你早上要几点起床呢?国内中午1点,你正好早上7点,7点应该要起床了吧?要不我以后每天中午1点给你打电话,催促你起来?试一阵子怎么样?

春节回来吧。这两三天就去订票吧,把这事给了了,不要把这事也老放在心里搅,多了烦恼。你看这样如何,春节假期的时间还不短,回来后,一是回家放松放松,调整一下情绪,缓解一下压力;二是和同学聚一聚,玩一玩,逛一逛;第三,我建议你在家好好读读物理和数学,把中文的课本内容先搞扎实了,这样,读起英文课本来,肯定会轻松许多。

有空时,建议你把我们去年的通信再看一遍,回顾一下去年的历程,应该是蛮有趣的,也会有所启发。碰到困难的时候,一定要想着,爸爸妈妈时时刻刻就像在你身边一样关注着你,都在和你一起分担。一定要有信心啊!

爸妈

2009年11月25日夜11时45分

第 53 封信　习惯养成与性格磨炼

要培养好的习惯，克服不良的习惯。但是，根据我的经验，这是说得容易，真要做好了，实在是难啊！

你一走就走到了欧洲，也开始独立生活，见识肯定要比我们这一代人开阔许多，只要假以时日，经过磨炼，肯定会成为更开放更潇洒的人。

儿子：

你最近都去游泳，这是我们最感高兴的事。你运动量太少了，一定要坚持游，如果有了不游泳就浑身不爽的感觉，那就好了，那就说明已经养成了好习惯。

今天想对你说说习惯问题，道理是很简单的：要培养好的习惯，克服不良的习惯。但是，根据我的经验，这是说得容易，真要做好了，实在是难啊！

我有一个感觉，人经常成为习惯的奴隶。自己习惯了，就不愿意改变。有个故事，说一个书生在屋里读书，一天，地塌下一块，他先是感到很不习惯，久而久之，走到塌陷处，会条件反射一般绕道而行；后来，家人把坑填平了，他反而不习惯了，这一天，怎么也读不下书。当然，过了一两天又好了。

你会不会记得，我从前用的是最古老的五笔输入法，有好几回电脑重装，装的也都是古董五笔。直到有一天，我五笔软盘坏了，可是我用习惯了那古董五笔，叫你想办法，但网上也下载不到我的古董版本了，你也无计可施，只能为我装了万能五笔。乍用时，也很不习惯，过了不多时，我才发现这万能五笔实在是好。这就叫不用不知道，一用真奇妙。我的朋友中，不少也被习惯自困，有的到现在为止还在用 Windows NT 的，不知道他们的日子怎么过。

这就告诉我们，不要被习惯左右，要不断地吸收新鲜的事物，才会不断地有长进。在这一点上，你是先知先觉者。你的电脑和电子设备等，不能说是最好的，但要比同龄人的先进，你在软件方面，应该说总是最先进的，做到了"与时俱进"。

第53封信 习惯养成与性格磨炼

可是,你在学习上也有被自己的习惯困围的时候。你上课听得进,就听进去了,听不进去怎么办? 第一,不问;第二,基本上拒绝补课。你的办法就是自己面对,自己抱着书啃。这一点也是"双面刃",有利有弊。利是,你养成了很好的自学的习惯,培养了较强的自学能力,这是很多同龄人所没有的,中考、高考,很多疑难问题都是你自己独立完成的。这客观上还为家里省了很多钱,你看你们有的同学,从小在补课中长大,很多都是"一对一",家长花了多少钱啊! 弊呢,有的问题本来不是那么复杂,向人请教一下,很快就可以得到解决的,你却要用很多时间,要走不少弯路。上学期,你向同学请教物理问题就是一个证明。敢于请教了,这说明你有很大的长进,可以开口了,应该说是解决了你的不少问题吧? 比如你修理电脑,不懂的人,电脑出了问题,他首先不知道从哪里下手,所以只能乱折腾,有的还把电脑折腾坏了。家里我现在用的这部电脑,之前老是跳出"22222222……",人民社的年轻人就曾经乱捣鼓过,也没有捣鼓出名堂,有的说是硬盘坏了,有的说是因为长久不用,受潮了。你回来一看,哦,是键盘问题,换一个键盘,这就好了。就是这么简单。其实,学习上的很多问题,就和处理电脑一样的道理,不懂就要问,敢问,这样可以节省很多时间。

事实上,敢问问题,敢于向人请教,还是你的性格磨炼问题。这一点,似乎不好怪你什么,主要是遗传基因在起作用。你和妈妈一样,凡事不爱问,是个闷葫芦。性格很大程度上是天生的,但是,又是可以通过磨炼得到改进的。你看看,我、姑姑、叔叔仨兄妹,我在社会上会相对活络一些,为什么呢? 因为我十二三岁就离开家了,读初一时就到学校当寄宿生,十六七岁就插队去了,就是说,我很快开始了独立生活,闯荡江湖,说一句吹牛的话,叫见多识广。现在好了,你一走就走到了欧洲,也开始独立生活,见识肯定要比我们这一代人开阔许多,只要假以时日,经过磨炼,肯定会成为更开放更潇洒的人。

因为习惯了自学,你甚至不爱看录像。看录像应该是自学的一个组成部分。现在教学,经常是放录像。前些日子我到杭州学习,也是看了很多录像。除了不能提问以外,一切都和真人讲课无异。另外,能上录像的,一般说来,都是百里挑一的好老师。你那物理课录像,我们花了不少钱买下不说,我先是用邮件发给你,因为文件大,花了很多时间;后来又复制到电脑里,也用了不少时间,你怎么就不愿意看呢? 懂得的,就当作复习一遍,也可以跳过去;不懂的,慢慢把它搞懂,总比听英语授课更容易懂吧。

去远方
——父与子的跨国时话

看录像实际上是一条捷径，也是属于自学的一种，你应该克服自己的老习惯，接受新东西。只要有利于学习，其他都是方法问题。事实上，你也已经这么做了，你不是下载了美国的什么教材吗？

看录像可能要花一些时间，但是，磨刀不误砍柴工，就像生产一样，大多的情况下，投入和产出是成正比的。虽然投入不一定就有产出，但不投入是绝对不会有产出的。种瓜得瓜，种豆得豆啊！

有空了，还是把物理录像看一看，把基础打扎实了，将来学习起来就不会累，也会更有信心。

上面说了，习惯养成问题，说起来容易，做起来难。我也有很多不好的习惯，比如，晚上太迟睡了，其实这对身体没有一点好处。从前，我有一座右铭"经常吃素，坚持走路，遇事少怒，劳逸适度"，经常提醒自己要这么做。最近，我有了"四千万"，即"千万要开心，千万要锻炼，千万不要吃太饱，千万要早睡"。现在，"吃太饱"的问题还没有解决，"早睡"已经基本上做到了，我现在是晚上十一二点睡觉，早上6点左右起床，早上起床做事，效果还特别好。当然，也有反复的时候。所以说，好习惯要慢慢养成。

爸妈
2009 年 12 月 2 日

第54封信 打工去!

你在国内的时候,我们经常谈起,美国总统的儿女,也常常去打工助学的。这在观念上也不成问题。打工,也是了解西方社会,让自己的口语尽快过关的一条必经之路,也是改善经济状况的一个渠道。

儿子:

12月2日的邮件收到了吗?回国机票订了吗?有什么问题吗?如果没有问题还是尽快把票订了。另外,去瑞典的事定了吗?圣诞节马上就要到了。我查了地图,瑞典就在丹麦对面,你们去瑞典,或许也会去丹麦逛逛?

BSK给我们发了一邮件,已经有好长时间了,我一直没有转给你。照理,他们更应该给你们发的,你没收到吗?他们的邮件,主要是谈打工问题的,你可以根据他们的要求,参考附件,尽快写一份简历给他们。他们的信如下:

尊敬的'08届亚琛学生及家长:你们好!

很高兴您通过了预科一年的学习,并且顺利地进入专业学习阶段。德国BSK国际教育机构也在关注着你们的学习与生活。

按照《德国BSK国际教育机构(BSK德国大学联盟)亚琛项目 – 中国学生赴德学习境外服务条例》的履行,第二年有需要勤工助学的学生请主动与BSK总部联系。

现附上德语版本的简历供你参考,简历写得越详细对找工作越有利,希望同学们认真对待。做好后可发至总部做好备案,学生对勤工助学的需求、具体职位、工作时间等都可以和总部直接联系。若有合适的工作岗位会提前和学生联系。

德国BSK国际教育机构所要处理的境外事项要面对多个国家众多的学生,所以在没有得到来自学生本人需要协调和协助的信息时,我们一般认为学生此时的

去远方
——父与子的跨国对话

情况属于正常。为此,驻华办公室特别提醒:学生在涉及本条例范围内的事务时要主动、及时地与我方联系,有需要协助和帮忙的事宜,我方一定照章办事。

同时附上《在德国应聘面试问题的应答与技巧》,希望能对你们有所帮助!

那么,今天就和你谈谈打工问题吧。

我曾经对你说过,我委托颜向红留心假期工作的事。我是这样想的,她在奥地利,如果在她先生的关照下,放假时到奥地利打一阵子工,把打工赚的钱用来在奥地利旅游,这不是也很有趣吗?后来她又给我回了一封信:

向东:

你好!

不好意思的应该是我。中国文化固然有许多糟粕,但朋友之间互相帮助的习惯,我以为是精华。老伊在中国时,得到许多中国朋友的帮助,他是喜欢这种文化的。费博士也经常感慨生错了地方,他就很喜欢中国人浓浓的人情味和生活方式。

西方人也不是毫无人情味,我们出门的时候,对门老太太总是帮忙照看我们的猫,下雪无处可去的时候,那猫就待在她家好几天。我们回来了,总是会给老太太送一些外地的特产作为礼物。情人节也给她送花。老伊是个热心人,经常帮房东女儿做文件减税、修电脑、安装系统,甚至帮忙装修地板,还帮她建了个木头的工具房,因为他会一些木工活。

只是由于体制的关系,在就业这类问题上,人们的权力和能力很有限,没有什么社会关系,托关系、说情这类事,无从下手。我在这里大半年,从来没见他请过客(兄弟姐妹除外),也从来没人请过他吃饭。

但是他很愿意帮忙,承诺一定留心关注,一有机会决不放过。

也许你儿子要做好思想准备,一开始不可能找到太理想的暑期工,BSK那么多学员,也不可能让所有人满意,不能把所有希望寄托在他们那里。

黄亚惠、胡瑞敏和陈钢当年都在中餐馆打工,陈钢还在斯图加特汽车厂干体力活,据他们说,中餐馆是每个留学生的必修课,而且收获颇丰。黄亚惠是公派第 54 封信　打工去！

的,有政府给的生活费,她学会了将土豆切得飞快;陈钢则学会了将盘子擦得铮亮;胡瑞敏通过中餐馆,学会了口语和对话,不仅支持了自己拿学位,而且还养活了丈夫、儿子(她丈夫是坚决不打工的,最后他也拿到了博士学位)。

另外,可以尝试在网络上找工作,有些中国人的社区网站某些信息可以参考,并发布自己的求职信息。奥地利有个欧拓社区 http://www.outuo.net/vbulletin/,可以看看,作为参考。

建议你和黄亚惠联系一下,听听她的意见。

我想,在国外和在国内一样,也许更重要的是,找工时,要先尝试各种可能性,一开始不可能太完美、太理想化。既然选择了出国,就要做好吃苦的准备。我一直对小肖的男友灌输这个观点,他说,他决定了,就义无反顾。

也许父母的感受和局外人不同,我说的这些也只是隔靴搔痒,站着说话不腰疼。不知能不能说到要害。我一定尽力。

向红

颜向红所言,已经是"过去式",到奥地利打工,看来是我一时的异想天开。她在奥地利,我就随便问问而已。不过,这封信中有一些有益的信息。中国人也帮助人,但只帮助亲朋好友,对不认识的,则往往是冷眼相待;此外,中国人为了亲朋好友,经常牺牲了原则,事实上,在很多时候和地方,中国人根本就没有原则,只有自己的利益。"老外"也帮助人,这是毫无疑义的,就像颜向红所描述的。但是,"老外"帮助需要帮助的人,并不在乎彼此是否认识。对了,我曾看到一则报道,汶川地震后,很多中国家长要去认养地震孤儿,可是,绝大多数家长是有条件的,那就是不要残疾。美国人认养了很多中国孩子,他们很多人的条件是,只要残疾的,因为残疾人是最需要帮助的。美国是认养最多孤儿,也是认养最多中国孤儿的国家。

至于向红提到的,做好吃苦的准备之类,我想,这对你应不成问题。从中学时军训等情况看,老师说你比其他同学更能吃苦。从向红提供的信息看,似乎中餐馆是必修课了。黄亚惠是公派留学生,但为了把她丈夫和女儿弄出去旅游,也一样去打工,这是我先前没有想到的。你在国内的时候,我们经常谈起,美国总统的儿女,也常常去打工助学的。这在观念上也不成问题。打工,也是了解西方社会,让自己的口语尽快过关

245

去远方
——父与子的跨国对话

的一条必经之路，也是改善经济状况的一个渠道。

不知道你的同学开始打工没有？你上次回国时，好像有几个同学去打工了？你现在要开始思考这一问题了。你们打工的身份搞下来了吗？春节出去后，应该找机会打一些工。我想，与其宅在电脑前，不如去找活干，这样，生活多了一些内容，也不会那么苦闷。"乏其体肤"，或许还可以睡一个好觉。中餐馆的老板曾经对你说过，如果要打工，可以找他。你可以试一试，给他打一个电话，或发一短信，问他看看，有没有活干。比如，周末放假两天，可以用一天到中餐馆打工。另外，你还可以在与周遭留学生有关的网站上，甚至在学校布告栏上发一小告示，可以上门修理电脑，上门费多少，修好多少，也可以说费用面议。去年一起来的同学，就像颜向红的邻居一样，开不了口，我们能帮助的也帮过了；新来的学生电脑肯定也会出问题，我们与他们不认识，就没必要客气了，对不对？而且，你是他们的学长，就更没必要客气了。

你现在的问题是，凡事开不了口，很拘谨。你想，有没有可能人家上门来请你打工的？三顾茅庐请小工？这种可能性很小很小嘛。迈出第一步是困难的，但一定要迈出第一步。你想，人家叫你修电脑，也都开得了口，也都不拘谨嘛。当然，都是同学，还有所不同。实际上，你已经开始了打工生涯，比如，你帮中餐馆老板修电脑，他免费请你吃饭，这就是一种交换，就是一种收获，等等。

我说过了，你的性格，有妈妈的遗传因子。妈妈就是什么事都开不了口。她还好嫁给我，很多事都是我出面给办了。不过，这些年在你爹的耳濡目染之下，已经有很大的长进，很多事都能出面处理了。女的拘谨，还问题不大，男子汉可不行喔。我也想最好一切不开口，叫一声芝麻开门就开门，宝葫芦中应有尽有，然而，不行啊，老弟！上有老，下有小，要生存啊！学会生存，这可不是一句口号，而是非常具体的需要经常面对的问题。

父母不会要求儿女要回报什么什么的，父母最期盼的就是儿女都能很好地生存，有出息，过得幸福。你一定要努力啊！

周末开心。

爸妈
2009年12月3日

儿子第 29 封来信　打工与考试

爸妈：

邮件和文章我都看了。里面说到德国学校要收学费的问题,好像现在是有这个趋势,前一段时间我们学校放了一天假,就是因为教授们要去亚琛参加游行抗议学校收学费,呵呵。

原本我是打算寒假去找找工作的,现在打算回去了,看来也是不行了。不过我原本也担心自己不好意思去找工作,去用德语沟通,原来我在国内这方面就比较薄弱,在这样一个语言不通的地方这个性格弱点就更加地被强化了。之前已经有同学去找过工作了,他们是通过中国的留学生网站找到的德国中介,实质上是德国中介雇了他们,每次有零活干就把他们叫去,每次不一样的,有的时候在流水线上装装东西,有的时候搬搬货物,有的时候只是在楼上楼下传传东西。还有一类就是去中餐馆打工的,当然去中餐馆待遇不是很好,但是毕竟语言上没有问题。

回国机票的事我这几天正在问,有一个情况要和你们说一下。开学的时候学校说过考试时间和报名时间,在学校发给我们的手册上也有些。考试是 2 月份的,我想还早,就没有留意报名时间,前几天听同学说 12 月 5 日就是报名截止时间了,我是过了才知道的,所以就没有报上名。我们楼里另外两个同学也是这样。所以,这次考试我就不能参加。不过,问题不是很大,像我去年说的那些学长,选择不参加考试直接回家过年也是没有什么问题的,因为学校的规定是这样,在毕业前一门科目有三次考试机会(即最多失败两次),一年有三个考试时间段,你可以选择在任何一个时间段报名任何一门科目。所以完全可以等下个阶段再考,准备时间也充裕点。我们楼里六个人只有一个人报名考试,因为三个人没有报上名,两个人去年的考试没有过,寒假要参加去年预科的补考,他们还没拿到学校的学生证,不算学校的正式学生,所以没有资格参加考试。那个人倒是四门全报了,不过根据群众的看法是,第一次考试 EDP(电子数据处

247

去远方
——父与子的跨国对话

理,也就是电脑课)先不要报,报了也过不了,因为去年第一次只有不到百分之十的人过了。

现在我要知道的问题就是德语考试是什么时间,知道了就可以订票了。现在老师也表示不知道时间,但是有些同学已经提前订了,因为这次的德语考试其实很山寨,只是在最后一堂课上在班级里考一下,只是语言学校对我们的考试,并不是很重要。

最近生活作息倒是很正常,晚上10—11点睡觉,第二天上午7点左右起来,只是还是没什么干劲,人懒懒散散的,信也不想去回,QQ上也都隐身,懒得和人家聊天,呵呵。

我已经报名圣诞节跟学生会去瑞士了,三天,180欧,包住包车,其他都不包,去玩玩心情应该会好点,现在整天窝在我的小阁楼里。

儿子
2009年12月8日

第55封信 学习与自制力

　　一切都要靠自觉,靠自制,靠自己努力,无论国内国外,大学都不可能像小学、中学那样,有老师管着,有家长盯着,一切都要靠自己。同样是上大学,有的人把自己塑造成能在社会上立足的并对社会有所贡献的人,有的人则一无所获。

　　每当你顺利时,我们都喜笑颜开;每当你垂头丧气时,我们就无比焦虑……爸妈一转眼就要老了,衷心地期盼你当立则立,成为一个能对自己负责的顶天立地的男子汉。

儿子:

　　圣诞节就要到了,外面节日的气氛应该比较浓了?圣诞节应该有十几天的假吧?我想趁着快过节的时候,趁你这次没有报名考试,这学期末只考德语,压力不是很大的时候,这些天要与你谈谈你不爱听的学习上的事,你不要烦啊!不仅不要烦,旅行路上还要多想想,想出办法,订出计划,奋发图强。

　　一、我的信你要认真看,多看一两遍。从电话聊天看,你最近心情还好,睡眠也正常一些了,这都让我们感到宽心。此前的信中我对你说,睡眠好了,心情也会好,你看是不是这样?出去后,我给你写了十几二十万字的信,每一封信都写得很认真,很辛苦的,这是我这一两年的最重要的写作。我想,要是你谈恋爱,我相信你的情人也不会给你写这么多信的。你是我们的骨肉,是至亲,可怜天下父母心!你要好好想想,要多想想,一定要保持好的状态啊!不要辜负了父母的苦心!我让你有空的时候,把我编辑好的去年的那捆信再读一遍,你读了吗?如果还没读,圣诞节期间有时间了,再看看。回头看看去年一年走过的路,应该是蛮有意思的。

　　二、机票的事要尽快落实。如果德语考试时间搞清楚了,应该早点订,早订会便宜,能省就省一些。如果不趁早订,机票贵了,那不值得。这样的事应该自己去做,不要依赖同学。所有的事都要亲力亲为,一关一关地过了。一件事,不论大事小事,没过关的时候,或有畏难情绪,亲历一回,过了关,都是寻常之事。这事赶快办了,办好了来

去远方
——父与子的跨国对话

信说一声。另外，想办的事，要办的事，就要立即就办，不要拖。假设你以后到大公司上班，或是自己创业，办事拖拖拉拉，那肯定不行的。效率，既是公司对员工的要求，也是一个人综合素质的体现。

三、不报名参加考试是对的，但也有教训要吸取。这回没有参加考试就算了，也未尝不是好事。我想，以你目前这样的学习状态，即使参加考试了，也未必能过关。拖一拖也好。这是德国教育与中国教育的不同之处，考试时间由学生自主选择，而且考试的次数也增加了，这确实是好的做法。

不过，这回也是有教训可吸取的：以后千万不能这样迷迷糊糊，把考试报名的时间都给忽略了。我们报不报名是一回事，这是你准备得充分不充分的问题；有没有关注报名的时间，这是生活态度严谨不严谨的问题。如果只有一次考试机会，麻烦不就大了吗？中考时，数学漏了夹页，也类似于这个问题。以后，新学期开始了，一定要把关节点的若干问题搞清楚，不能差不多就行了，不能迷迷糊糊。千万不要犯重复的错误。在德国，就更要学习德国人凡事认真的精神。千万要讲认真。不讲认真，会误事的。

我估计这也是出在嘴上的问题，因为语言没有过关，你便不爱问；去年考试成绩出来了，你也不爱问，是不是也属于这方面的问题？金口难开。你想，不经常交流，你的口语能进步吗？你再看你那些同学，不仅敢于问，还敢与老师交涉，让老师网开一面等，不论从语言学习的角度看，还是从你的性格磨炼看，你一定要敢于开口啊。越来越不问，越来越不开口，就会有逃避的惰性。这如何是好！

这次没有参加考试，但终究要过关的。正规的德国大学，不太可能像中国那样，收买老师，补考时蒙混过关。虽然没有参加考试，一定不能放松努力。假设三次都不过关，那麻烦不就大了吗？德国平时没有考试或很少考试，这就要求我们平常更要抓紧，考试太少，你对考试的情况摸不到底，而他们出的题目分值又比较大，那就意味着输不起。基础不扎实，就完全有可能过不了关。这些道理，你应该心中有数的。

下次考试时间是什么时候呢？有没有规定必须什么时间内要参加考试？过得了初一，过不了十五。从现在开始就要为考试做准备，力争顺利过关，这样会增加信心，如果第一次考试都不过，以后学习起来就更累了。一分付出，一分收获，没有付出，怎么会有收获呢？我们跑发行，跑了，不一定有结果，但不跑肯定没有结果，所以，出版社的发行部人员不管有结果没结果，都要在外面跑；道理是一样的，在学习上，付出了，因为学习方法等问题,可能未必有收获,但没有付出,是绝对不会有收获的。天上是绝对不会掉馅饼的。

四、你已经是成年人了,要培养自己的自制力。新学期有点懒散——你现在只是有点懒散,不能说是颓废——我们也不好多说什么。心理焦虑等问题,此前的信中都说了,就不重复。之所以会焦虑,说明你对学习问题还很当回事,只不过一时还找不到解决的办法。现在毕竟是正式进入了大学,一切都要靠自觉,靠自制,靠自己努力,无论国内国外,大学都不可能像小学、中学那样,有老师管着,有家长盯着,一切都要靠自己。同样是上大学,有的人把自己塑造成能在社会上立足的并对社会有所贡献的人,有的人则一无所获。

我的那个残疾人朋友林敬华的儿子,今年上了闽江大学,但据说那学校没什么书可读,他孩子经常逃学。林敬华很生气,质问学校,我们家长一年缴了1万多元的学费,学校怎么都不管？学校说,有的是安排社会实践课,有的是自习课。学校还说,都是大学生了,还要学校怎么管呢？国内的学校,尤其一些比较破烂的学校,学生要不自觉,那是什么也学不到的。国内的大学一般还能混得过去,国外的大学却不那么容易混。自控能力将是非常重要的。十八岁就已经成人,要对自己的一切行为负责。你要经常想想,我将来要做什么？我将要成为什么样的人？就是说,要结合自己的能力和兴趣,设定目标,不屈不挠地朝着目标努力。

在整个求学的过程中,会有这样那样的问题出现,总是要面对。这个问题解决了,新的问题又出来了,有什么办法呢！所以,我们打算以平常心面对。接受你出现的一切问题,接受一切结果。但是,你遇到问题固然可以有短时间的情绪低落,也只能是短时间的。要尽快调整好情绪,尽快拿出克服困难的办法。你没有拿出办法,没有投入相应的时间,困难不会自然而然地消失了。一个问题没有解决,累积多了,只能面对更多的问题、更大的困难,那就更没有信心了。有困难是正常的,但在困难面前只会情绪低落,没有应对措施,这从某种意义上说,是一种逃避行为。

大学作业少,或者说基本上没有作业,这是建立在大学生已经是成年人这一事实基础上。大学生应该是有自学能力的,也是有一定的自制能力的,如果因为没有作业,书连碰也不碰,也不交流学习情况,有时还不去上课,在这样的状态下,考试能考好吗？能天上掉下个林妹妹吗？这是可想而知的。

去远方
——父与子的跨国对话

大学课程很多要靠自己钻研,这考验一个人的自学能力。这本来是你的强项,你应该充分发挥。不要搞得自己的强项发挥不出来,自己的弱项又难以克服,那怎么办呢?

五、留学是为了接受更好的教育,别人在灯下做什么,我们不管,我们一定要管好自己。从你电话中介绍的情况看,似乎大家的学习热情都不那么高。这是可能的,因为人人都有过关的问题。但是,是不是所有的同学都消沉下去了呢?我相信,绝大部分的同学都在努力。我们不能把有的同学的消沉,当作自己也可以消沉的理由。你说过,从外面看同学的房间,灯都亮到很迟了,我们当然不知道其他同学在做什么,你们彼此间也很少交流,固然有不少同学在灯下打网游,也应该会有很多同学在刻苦读书吧?!你同一批出去的同学有一百多名,学业最终取得成功的,客观上应该是大多数,以此推断,就可以判定大多数同学是在读书。

鲁迅到东京留学的时候,就见了不少清朝留学生天天跳舞,在屋里煲牛肉吃,不去上课。扎在国人堆里,鲁迅叹息曰:要跳舞,要煲牛肉,在国内就可以,何必大老远跑到日本来呢?现在时代不同了,你们更多的时候可能是泡在网络上玩游戏什么的。道理是一样的,要玩游戏,在国内就可以玩了,何必跑到那么远去玩?当然,我也不是说不要玩游戏,适当的调节自然是要的,作为学生,完成学业,这是基本的要求。什么事没有困难呢?有困难,要自己去克服。好在你打小玩多了游戏,曾经沧海,见怪不怪,不太可能像某些人那样沉湎其间而不能自拔,这是你先前谈到过的,也是我们感到放心的地方。

六、现在不吃苦,以后的苦日子将是十分漫长的。古人说,"吃得苦中苦,方为人上人","人上人"就不要说了,我想,我们都没有做所谓"人上人"的思想。从小,我们就向你灌输要做普通劳动者的人生观。但是,如果不能吃苦,不能吃"苦中苦",是不容易修得正果的。

你在电话中说,你德语课都坚持去上了,这很好,德语是工具,是你在欧洲生活的"通行证",一定要过关。你回头看看,时间过得多快,去年一年,一眨眼就过去了;今年也快过了半年了,你们很快就要用德语上课了,一定要有紧迫感,时不我待啊!

其他课,特别是数学和物理,这是我们的薄弱环节,去年的考试勉强过关了,以后不可能再有这样的好事。怎么办呢?只能自己从头学起。你的中文教材都有了,你回来的时候,我就对你说过,把物理和数学重新读一遍,把一个一个的难题给解决了,这样,你才能和那些理科生处在同一水平线上,当课程深入时,才跟得上。要提前准备,防患于未然,不能到考试不过关时再跳脚、再折腾,那多累啊!那会带来一大堆的麻烦事。

你从小读书要凭感觉,感觉好了,就能读进去,感觉不好了,就烦,就不爱读。这种率性而为的读书办法,对付中小学的课程,或许勉强可以,对付越来越深的大学课程,恐怕不行。要完成大学学业,爱学的要学,不爱学的时候,不爱学的内容,硬着头皮也要学。

你现在碰到的问题,只是阶段性的问题,是成长过程中的问题。总之,你要尽快地调整好状态,积极进取。我们没有别的可特别操心的,最操心的就是你,就是你的学习。从小到大,一步一步走来,或顺利或挫折(总体上看是顺利的),也这么过来了。高考是一道坎,已经过了;现在的求学阶段,更是关键性的时期,大学能不能毕业,关系到你一生的前途啊!关系到你一生的幸福指数啊!希望你能体会父母的忧虑,希望你要有坚强的意志,希望你能战胜自己——人的最大敌人其实是自己。

每当你顺利时,我们都喜笑颜开;每当你垂头丧气时,我们就无比焦虑……爹妈一转眼就要老了,衷心地期盼你当立则立,成为一个能对自己负责的顶天立地的男子汉。

爸妈

2009 年 12 月 14 日

去远方
——父与子的跨国对话

第56封信　目标·压力·志气

　　人是要有目标的，人是要有一点精神的，没有目标，日子过得无精打采；有了目标，就会神采焕发。

　　人也是要有点压力的，都没有压力，仿佛日子过得舒舒服服，结果就会很脆弱，就没有承受力，生活就会把你压垮。

　　人是要有一点志气的，有志气，可以再造一个自己，可以时时鞭策自己；没有志气，对一切都无所谓，就很容易沉沦。

儿子：

　　机票贵就贵一些，你上次回来好像是500欧左右吧？也不在乎这一两千元钱了，把票订了吧。你同一座楼的同学都回来了，你一个人在那里也没有什么大意思；最近，你心理上感到疲劳，回来调整调整，精神状态应该会好许多。情况怎样，明天给我回复。

　　14日的邮件收到了吗？读了吗？接着昨天的话题，再谈谈学习的事。

　　人是要有目标的，人是要有一点精神的，没有目标，日子过得无精打采；有了目标，就会神采焕发。打小，我的兴趣在文学，但事实上当年我的文章是写得很臭的。就是说，我是属于那种有兴趣却没有相应才气的人。可是，我从来没有放弃我的目标，并为这目标而奋斗。插队的时候，干农活，早上五六点就出工了，晚上七八点才收工，吃不饱，穿不暖，累得死去活来，很多知青躺下就睡。然而，我点着蜡烛，在工具间坚持读书，有时边读边瞌睡，搓搓眼，或用冷水洗把脸，又继续努力。到七三一八工厂工作了，上了一天班，我每天晚上都读书、写作到半夜。当时，我的目标就是想发表作品。我把兴趣变成了一种生活方式、生活习惯，如果不读书、写作，那倒是一种痛苦。我就是因为写作，在工厂的时候由工人而转为干部；也是因为写作，后来调到了杂志社、出版社。

　　从二十世纪九十年代开始，写作就被边缘化了，大家都忙着赚钱。写作是一件辛

第 56 封信 目标·压力·志气

苦活,付出得很多,回报很少,我称之为"喝自己的血"。我的很多文友,有的忙着当官,有的下海经商,见我还在坚守,他们都不理解。没有回报、回报甚少的事,为什么还在做呢?

我要表达的意思是,人的一生,要有自己的目标,而这目标最好与自己的兴趣相吻合。有了目标,生活就有了激情,就不会无所事事,浑浑噩噩;如果确定了目标,就要坚忍不拔,排除万难,无怨无悔,去争取最后的胜利。在这一路上,你都会为自己取得的每一点进展而欣慰,不时地会有成就感。

人也是要有点压力的,都没有压力,仿佛日子过得舒舒服服,结果就会很脆弱,就没有承受力,生活就会把你压垮。罗曼·罗兰的著名小说《约翰·克利斯朵夫》中的安多纳德,父母双亡,她带着弟弟,肩头的压力不可谓不大,她自己还是一个少年啊!但她怀有一个信念,就是一定要把弟弟抚养成人。一个小女孩,她顶住了种种压力,终于把弟弟抚养成人,还上了大学。比如我,我也想过得轻松一些,想看看书,或到处玩玩,可是,一想着房家安先生还在读书,还不能独立,我就要求自己:赶快做!你是不是也应该有一点压力呢?是不是应该不时地想到,如何为父母分担、分忧呢?其实,你最大的分担,就是努力克服性格弱点,就是要抓紧时间,硬着头皮,百折不挠,将学习搞上去,把自己塑造成有用的人。

人是要有一点志气的,有志气,可以再造一个自己,可以时时鞭策自己;没有志气,对一切都无所谓,就很容易沉沦。说说我的往事吧,也可以说是我受到的一次小小的屈辱吧——

我在南平三中时,曾是"红人",用今天的话说是"牛人":我是年段团总支书记,学校宣传组组长。学校宣传栏和广播室的稿件,大多从我这里出笼。

1977年,是恢复高考的第一年,我也参加了考试,以数学9分的"优异"成绩,名落孙山李山×山之后。高考落榜,实是意料中事,我的中学时代,是学工、学农、学军、学《毛选》;音乐课是唱《毛主席语录歌》;没有考试,学习成绩是"民主评分",即每个小组议一议,谁应该优,谁应该良,谁应该及格。通常的情况是,你语文优,数学良,那我就相反。小小年纪,"文革"洗礼,但中国式的世故却能无师自通。老师一律不管,你们说优就优,良就良,没有一个不及格。如此,'77届的高中生,高考不落榜,那就怪了。

这个世界,如果无一怪事,也太寡味,也太无聊。我们南平三中,在芸芸"地才"之

去远方
——父与子的跨国对话

上,出了一个出类拔萃的"天才",那就是后来创建某网站、据说成为"亿万富翁"的王某。

我高中毕业时,王某初中毕业。他也是我们学校宣传组一员,与我相交甚好。这小子初中毕业,却斗胆报名参加了高考,结果居然以建阳地区第二名的优异成绩考取了哈尔滨工业大学。我可以证明的是,高考之前,他还在看浩然的长篇小说《艳阳天》。你说,这小子不是天才是什么?

要去插队了,那天,我到南平机床维修厂的王某家,与他告别。因为同在宣传组的缘故,我们不时在一起玩,我像他哥,他像我弟。他父母对我十分友善。正在我们乱扯一通之际,我们学校的革委会主任(当时还没改为校长)带着学校团委书记、王某的班主任和任课老师等,来王家贺喜,还煞有介事地打出一张像大字报一般大的大红"喜报"。他们喜形于色,仿佛王某的成绩是他们的勋章一般,轮流不吝以最甜美而不无夸张的言语,给王某戴上一顶一顶的桂冠。洒家好歹也是学生头啊,但这群家伙视若无物,连点个头、寒暄一句也没有!可见,"玩政治"就是不如"玩业务"啊!

敏感的我,自尊心受到极大的伤害。在王家的喜庆中,我悄悄退场。

回家路上,十六七岁的我,细细咀嚼着耻辱感和挫折感,有了一丝感伤,孤独也发了芽……

"什么鸟老师!"一时间,青春之火上蹿,我握紧了拳头,掌心汗津津的,"在我的成就和地位不比南平三中的校长、老师高以前,我绝不回南平三中了!"

我就是这样别过我的母校,带着少年意气、少年志气,带着不平,迈入了青春的门槛。

话回到你身上。如果在外折腾了两三年,留学失败,空手而归,花了钱、费了时间不说,回来碰到老师、同学、亲戚、朋友,怎么交代呢?那时已经二十二三岁了,很多同龄人已经大学毕业了。只能再去上大学。我们老早就探讨过,没有大学学历,没有这张通行证,在国内只能沦为一般的劳动力,为别人打工,一个月一两千元的收入。黄啸大学毕业了,给老板打了一阵子工,为人组装电脑,天天搬电脑,累得不行,最近不干了;他本来是很讨厌在体制内讨生活的,听说最近也想去考公务员。李雯即将毕业,工作一点着落也没有,准备考研,也不知道能不能考得上。卢禾毕业了,工作也没着落,在开网店,每天有一点微不足道的收入,但愿他能逐步好起来……这都是你周边人的

第 56 封信　目标·压力·志气

境况。我原来"七三八一"工厂的同事廖华的女儿，武汉大学研究生毕业，读法律的，照样找不到工作，前些日子还找我想办法，我能有什么办法呢？

假设留学失败，空手而回，李雯她爸当年就说，留学是烧钱的事，是西方国家为了赚中国人的钱才让你们到他们国家去的。持这样观点的人还真不少哩。还有的人认为，都是读书读不好的人，才不得已去留学的。到时，就会成为他们的谈资，面对他们的眼神、言论，会是什么滋味？

平常，我们怕你压力太大，没有对你说重话，昨天说了，这回，你没有报名参加考试，这也好，在你没有学习压力的情况下，把这些话对你说说，给你增加一些压力，希望你能振作精神，鼓起勇气，拿出青春的激情，与自己抗争，埋头苦读，把学习搞上去。

你现在也二十出头了。你喜欢电脑，但电脑也是很宽泛的概念，你喜欢电脑的什么呢？换一句话说，你知道自己的兴趣是什么吗？兴趣是最好的老师。不论学习还是工作，如果是自己感兴趣的，就会有不竭的动力。此前我对你说过，你要自我设计，三十岁左右要达到什么目标……你的目标是什么？你想过了吗？

我们不要讲远大目标，不要讲治国平天下之类，你将来想从事一份什么样的工作呢？你有没有为了谋取这份职业，为了能胜任这份职业而有所努力呢？虽说像许多人那样开一家小食店也是一种生活方式，但是，如果一个人累死累活还不能养家糊口，还要欠债，那生活的质量是很低的，生活的烦恼将是无边无际的。

人也是一个产品，上大学，是对这个产品的精加工，本来是"原材料"，加工之后，或许就成为有用于社会的一件有一定价值的"产品"了。就是说，无论如何，要把自己变成一个能自食其力、有用于社会的人。

怕你无聊，我不时给你发一些可读的文档，有兴趣的话最好看看。

给你打电话，老是没人接，今天没有带电话？也老不往家里打电话。QQ 上也找不着你，给你发的邮件有没有收到也不知道，这种状态是不是应该考虑有所改变？这么大了，应该能体谅大人的牵挂。

爸妈
2009 年 12 月 15 日

去远方
——父与子的跨国对话

第 57 封信　家常事

儿子：

　　查了一下电脑，我上一封信是去年 12 月 15 日写的。有一个多月时间没有给你写信了，最近忙得一塌糊涂。前年年底，我与河北人民出版社签了一本《鲁迅与胡适》的书稿合同，本来说好去年 9 月要交稿的，但实在无法交差了。接下这一订单时，觉得这本书不难写，写着写着，才发现难度相当大，我对鲁迅是熟悉的，但对胡适却相对陌生，胡适又实在是博大精深！如此，不得不用大量时间阅读胡适。初时，觉得吃力不讨好，后来，调整了一下自己的思路，把其看作强制学习的任务，你想啊，要不是为了这本书，我可能这一辈子对胡适都是一知半解的，这不是我了解中国另一个文化巨人的机会吗？这么一想就想通了，工作起来蛮愉快的。佛书上说，同样是吃饭，没想开时，难以下咽；想开了，成了一种享受。想开前是一个境界，想开后又是一个境界。书稿估计要二十万字，我现在已经过了十万字。与"河北人民"说好了，今年 3 月底交稿。看来，今年春节还要拼搏一场哩。

　　没有给你写信，还因为怕你烦了，老是听我絮叨，是不是有点烦啊？没有我的骚扰，有没有翻身解放的感觉啊？我想，你长大了，一切事情都应该自己去面对，多说无益。只有自己面对了，不论酸甜苦辣，都会牢记心间，有的甚至会刻骨铭心，这有助于长记性，而我说的，你很可能是左耳进而右耳出了——风过耳。

　　听妈妈说，你最近自己的生活安排得不错，我听了也蛮开心的。我们在外读书，不是一天两天，可以凑合着过。你这么一走，不知道你意识到没有，实际上是独立生活的开始，人生的路那么长，可不能都是凑合着过，要对自己好一点。怎么办呢？在你找到一个能干的老婆以前——还一定要能干的，如果找一个懒婆娘，还不行——还只能自力更生了。其实，搞吃的也不是那么难，现在有网络，上去研究研究，不就行了？无非油一点,盐一点,味精一点,水一点,要把搞吃的当作一种乐趣,那就好了。你在家时,会做意大利面等西餐,我还做不来西餐哩。你不也是凭着书本提示做的?不过,你做完以后,灶台是一片狼藉,似乎都是妈妈给你打扫战场。在外面,用的是集体厨房,应该不会这样吧?

其实,你只要会做五六种菜,也就解决生活问题了,比如,你经常吃比萨,太干了,煮一碗西红柿蛋汤,只要几分钟时间就解决问题了,不也很简单吗?第一,不能亏待自己;第二,生活要简单。

我还要唠叨的是,你的运动量太少了,整天宅在家里,现在年轻,短时间不会有问题,时间长了,身体素质就会下降,到了四十岁以后,就会有这个毛病那个毛病。从基因上看,我们家的人都比较早熟,早熟就意味着早衰。你现在也不可能会意识到强化身体锻炼的重要性,但我要经常提醒你,慢慢培养锻炼的意识。要把锻炼身体当作一种生活习惯。"老外"就是这样的,大多数人爱运动。我是被动锻炼的,因为身体不好,这些年很注意适当运动。我似乎对你说过,我有"五千万",即千万要开心,千万要锻炼,千万不要吃太饱,千万要早睡,千万要抓紧时间。开心了一天这么过,不开心也这么过,为什么要不开心呢?锻炼问题上面已经说了,不重复。你知道,我经常暴饮暴食,食欲很好,结果搞得如此肥嘟嘟的,一身是病,医生说,都是太胖所致。至于早睡,这是这一两年才开始养成的习惯。平时我喜欢夜深人静时写文章,结果经常熬夜,叶宁说我"这是喝自己的血"。最近,我晚上11点半即上床,大约12点就睡了,早上6点左右起床,稍做锻炼,开始读书、写作,感觉效果特好。至于抓紧时间,那是必然的,你看吧,又要锻炼,又要早睡,不抓紧时间,怎么能完成既定计划呢?

最近,澳大利亚的一些私立学校不时破产关门了,中国留学生遇到了一些麻烦。不过,最后澳政府都帮助转学了,也算解决了问题。中国教育部公布了一批西方国家学校的情况,就是说,名单上有的,都是比较好的比较安全的学校。我查了一下德国,摆在第一的就是你们的学校,还介绍说是国立的。我们就没有这方面的问题了。教育部网站上还介绍说,你们学校有机械工程(传统德国机械与偏重能源、环保的机械)、电子工程、应用化学工程、生物工程、应用物理工程、经济管理等专业,这些专业涵盖的均

去远方
——父与子的跨国对话

是国际上最热门且是德国在世界上最领先的行业，有职业发展前景。看来，正如你先前所言，你们学校还是不错的。

最近姨奶奶为她母亲去世从澳大利亚赶回来。她和妈妈聊天，说园园夫妻在澳大利亚干得还不错。姨奶奶他们家把在中国的房子卖了，让园园在外面买房子。澳大利亚地大，他们的房子也很大，加盖了一些，租给中国留学生，房租钱就够付房贷了。他们还开了一家洗洁公司，收入尚可。你记得吗？阿园在国内的时候，太过深刻，不吭不哈的，现在活泼多了。姨奶奶说，他们夫妻都很勤劳，一早就出去工作了。不过，也有不习惯。阿园老公的弟弟辞去了公务员的职务，也出去了，他说外面太静了，没有地方吃喝玩乐，还后悔出去哩。

我曾经让你了解一下德国二手公寓房的情况，你有没有打探打探？应该关注一下才好。德国的房子比国内还便宜，他们是把房子当作一种全民福利。听说也有房价上扬的时候，但这样的情况一出现，联邦政府就会被选民声讨。总之，不管怎么样，你了解一下总是好的。如果有什么情况，对我们说说。我们是不是也可以像阿园他们那样，把福兴楼卖了，到德国买一小的二手房？不一定的，试试看吧。你要了解的第一个问题是：留学生可以在德国买房吗？先看看法律层面有没有问题。

这几天，山海大厦楼下有人赠送鼠标垫，我要了一块，上面却写着这些广告：

> 迈克电脑上门维修
> 只要您一个电话，其余的我们来做
> 特惠：家庭包年99元，单位158元
> 优惠装机、网络布线、智能化系统工程
> ·台式维护40元、笔记本维护50元
> ·笔记本硬件维修300元、数据恢复300元
> ·耗材配件送货20元，配件费另算
> ·小区、家庭防盗报警安装
> ·监控、可视对讲维修更换

第 57 封信　家常事

维护电话:××××××××;QQ 号码:×××××××××

我觉得蛮有意思的,不知道对你有没有参考价值? 你是不是也可以根据你们的具体情况,将以上文字增删后也挂在相关的网上? 凡事总要试试才好。

前几天,中央台报道,现在网上购物只占购物总量的百分之六左右,随着网络的普及、相应服务的跟进和完善,十年之内,网上购物的占比将会提高到百分之七十。这样看来,网络购物是大有潜力,大有发展前景的,我们应该强烈关注。你在国内的时候,我就对你说过,要留心一下这方面的最新资讯。你有没有留心呢?

卢禾在家专心致志办网店,听说一个月有千把元的收入。卢禾什么都卖。他说,还有"老外"要买福州的鱼丸和肉燕。他吃的东西卖得比较多。大多是外地的福州人,要买福州的土特产。有一个人竟然让他寄了一箱福建老酒,好玩吧? 这也是一个思路。只要坚持做下去,我看多少总会有收获的。

卢禾有空时,还卖变魔术的玩具。最近学生要放假了,他的魔术又要变起来了。

昨晚我回家,爷爷、奶奶都问你春节会不会回来,我说可能不回来了。他们说,叫你回来吧,还说路费他们出一半。我说,这怎么可能呢? 可能妈妈在电话里对你说了,你如果想回来还是回来吧,有一个半月的时间。不一定要正月初一到家,你可以了解一下,比如初五、初六,或者更迟一些。说不定那时的机票便宜得不得了。打听一下吧。什么情况,回头说说。

如果不回来,要把寒假生活安排好,毕竟时间那么长,应该有所作为。第一可以考虑随团去旅游;第二可以考虑去打工,去中餐馆也行,算是一种经历;第三要抓紧时间读一些书。

BSK 的表格发出了吗? 我问陈钢,他们还没收到。这件事尽快办一下。如果发了,他们没收到,那就再发一遍。他们有义务为我们服务服务。什么情况,告诉我一下。

最近,我有一个感受,在家工作比在单位工作效率要高许多。除了家里安静以外,还因为家里没有网络。在办公室做事,做一会儿,感觉无聊了,就跑到网上逛逛,逛的

去远方
——父与子的跨国对话

时间有时长有时短，这很容易分散注意力。这对我们有一点启发，就是工作、读书的时候，最好不要上网。如有可能，你读书时应该把电脑关了。上网有上网的时间，读书有读书的时间。估计你一时半会做不到，但我想到了，还是说说，算是提醒吧。

想到的就是以上这些。今天上午没有上班，整个上午时间就是写了这封信。我的信你要认真看一看，有的还要多想想，要不，我不是白写了？这是只写给你一个人看的文字，没地方要稿费的，你要不认真看，我就要叫你付稿费了。

刚刚在QQ上看到你写的"最近总做噩梦"几个字，联想到你对妈妈说的，又睡不好了，嘴巴苦不苦？如果嘴巴苦，那就是上火了。"香港脚"有没有发作？如有，估计是湿毒重了。天气这么冷，关在暖气房里，有可能上火，如果天气潮湿，还可能转化成湿毒，要考虑吃清火栀麦片。还有湿毒清吗？如有，可搭配着吃两粒。另外，要少抽烟，最好不抽烟，多喝水，多吃青菜。晚上睡觉，最好开一点窗。自己多保重吧。

爸妈
2010年1月25日上午

第 58 封信 春节回来吗？

儿子：

如果你想回来就回来，要不想回来也没关系，可以考虑花三五百欧到欧洲一两个国家旅游，最好找一个伴一起去。你在家里的时候，我就对你说过，如果不回家，也要抓紧到欧洲各地走走。你自己定吧。要去旅游，也要提前计划，提前订票。

你同一座楼的同学有不回家的吗？

你就要去瑞士了，出去之前最好研究一下要去的地方，这样先有知识的准备，会玩得更加开心。

如果不回来，你们几个有没有合计一下打算怎么过年？这是你第二次在外过年，应该会比去年习惯一些吧？过年要快快乐乐的，住在一栋楼里的人就像一家人一样，是不是要安排一下年夜饭？

超市里有猪心卖吗？如有，可以买一些。你爱吃猪心。我以前不爱吃，最近外婆煮猪心，吃了，才觉得好吃，猪心的肉特别有弹性，很脆，好吃。你要煮猪心，切薄一点，油先烧热了，放进去炒一会儿，加一点水，快熟时加糖和酱油即可。先这样。我肚子饿了，今天很冷，回家吃饭。

对了，学生会有没有安排活动呢？

这个学期你给家里写的信少了，这些天是不是应该好好梳理一下思路，把这个学期有趣的事、学习的收获，以及遇到的困难等，写一相当于"总结"一类的东西，发给我们看看？要善于回头看，善于总结和反思，善于审视过去的日子和自己的内心世界，忘了哪一位哲人说过：未经审视的生活，那是没有意义的生活。

这些日子写日记吗？应该坚持写日记啊！

前些天，颜向红和她先生回国，我没有和她见上面，她匆匆回南平去了。她送妈妈一瓶香水，大约是对你帮助她寄药的表示吧。这是一个细节，意思是，你帮了我，我也

去远方
——父与子的跨国对话

回报了你，大家两不欠。是不是可以这样解读？她不是上海人，但上海人都这样。比如，我帮助上海人出了一本书，我第一次到上海时，他肯定要请我吃一餐饭，算是还我的人情，也算是对我表示感谢；但我第二次去时，就混不到饭吃了。这样把人情世故弄得清楚一些，也好。

爸妈
2010年1月28日

儿子QQ留言：

　　猪心没有卖啊，基本上没有内脏卖。同一座楼里如果算上我的话有三个人不回去，一半吧，应该很多人都会选择一年只回去一次，两次也没必要。机票我再问问吧，如果订不到价钱合适的票的话，还是不回去的好。房多。

第 59 封信 春节过得好吗？

儿子：

下面是年前给你写的信，写好了，没有发出，说的都是老生常谈，怕你烦，就不发了。刚才重看一遍，又想，既然写好了，还是发给你吧。你看看，我说得在理的，要往心里去。

今年春节，阴雨绵绵，我们除了去一趟奶奶家，参加一次朋友聚会外，都窝在家里。妈妈看电视，我写东西，过得安安静静、平平淡淡的。

前天在电视里看到科隆狂欢节的画面，才知道狂欢节要折腾三个月，最近才进入尾声。原来我一直以为狂欢节就是那么一两天的事，真是孤陋寡闻。那天的场面是非常热闹的，上了颜色的面粉乱抛，撒得路人蓬头垢面、灰头土脸的。你和你的同学们有没有去狂欢一把呢？

这会儿，我在四楼书房给你写信，杰克、贝贝、旺旺都窝在我脚边。最有趣的是，大阳台上有数十只鸟儿在叽叽喳喳地聊天。我们家不用养鸟，鸟儿自行光顾，有一只还站在我窗前，对我叽咕几句哩。

你知道我们的大阳台上为什么有这么多鸟吗？麻雀是来吃桂花的，桂花树上斑斑点点，都是鸟屎。除了吃桂花，鸟儿也吃狗食。早些时候，狗会赶鸟，有一回，也不知哪一只狗干的（估计是贝贝），还逮着了一只鸟，咬死了。我们家的狗还逮过老鼠哩，这真叫狗抓耗子，多管闲事。现在好了，鸟与狗混熟了，狗见怪不怪，反正他们饭也吃不完，就随鸟儿吃去。我们家大阳台俨然是小鸟的食堂。

我记得哪一本书里写的，冬天来临，欧洲的老头老太会在树林里撒很多粮食，就是为了鸟儿好过冬。我们养狗、种花，无意间还兼济了鸟儿，也算善举。

春节过得还好吧？想家吗？爷爷奶奶都说，你明年春节一定要回来。已经有两个春节在异国他乡过了。先写这些。

爸妈
2010 年 2 月 18 日

去远方
——父与子的跨国对话

第60封信　元宵节

> 按照医学规范,健康不仅体现在生理上,也体现在心理上。你要去掉这些心理的压力,人就会轻松,就会潇洒。心态放松是极为重要的!儿子,要放松,再放松!

儿子:

今天是正月十五,过了今天,年就过完了。我们晚上到奶奶家过节。过节也平淡,无非吃一餐就是了,吃火锅。

从昨天的电话聊天看,你知道研究自己了,注意力不集中,睡觉睡不好,在考虑心理的原因的同时,也要考虑生理的原因。按照医学规范,健康不仅体现在生理上,也体现在心理上。你有了自我分析的意识,这说明你更加成熟了。

我们先从生理上看问题。从你提供的材料看,维生素 B6 等缺乏,似乎与注意力不集中有一定的关系。我们这个家族的许多毛病,可能与维生素 B 类缺乏有一定的关联。比如脂溢性脱发,就和缺乏维生素 B2 和 B6 等有关系。我有一个发现,我如果吃了 B2,我的头发就不那么油腻了。头发油腻将影响头发的生长。奶奶患糖尿病,有植物神经痛的表现,要不断地吃维生素 B 类,比如维乐生。你现在这么年轻,如果有这方面的问题,估计也不会太严重。但是,补充维生素 B 类是必要的。可以去买你说的什么药片吃吃,但最根本的是饮食疗法,不要有药物依赖。我查了有关资料,土豆含有丰富的 B 族维生素及大量的优质纤维素,还含有微量元素、蛋白质、脂肪和优质淀粉等营养元素,还可以起到润肠通便的作用。你现在青菜吃得少,可以考虑主食多吃土豆。你们那边不是有很多鸡肉吗?可以把鸡肉煮熟了,再放进土豆,加糖,加酱油,即鸡肉红烧土豆,也可以牛肉红烧土豆。肉不好熟,都要先煮一阵子才好,土豆才不会烂糊糊的。

除了饮食和适当的维生素 B 类调理外,体育锻炼是非常重要的。体育锻炼对大脑、神经系统的工作有很大的改善作用。它能使脑细胞获得充足的能量和氧气供应,提高神经工作的强度、效率和耐久性,另外也能使大脑的兴奋和抑制过程合理交替,避免神经系统过度紧张,帮助消除疲劳,使思维更加敏捷。这点对于脑力工作者来说,更加具有积极意义。在长时间用脑之后,适当进行一定强度、一定时间的体育锻炼,能起到事半功倍的作用,不仅不会影响到正常的工作、学习,反而能防止注意力不集中、反应迟钝等不良现象产生,并且为下阶段的工作、学习提供更为充沛的精神和充足的能量,从而提高工作、学习的效率。

你现在宅在屋中,几无锻炼,这肯定是不行的,一定要设法逐步纠正。你周边的环境是可以的,在屋内待久了,应该出门吸吸新鲜空气,快走、慢跑,都是可以的,如果能做做操,那就更好了。找一块可以溜冰的地方,去溜溜冰。一定要养成锻炼的习惯,学会照顾好自己的身体。我现在每天都有一个钟头以上的锻炼。

再谈谈心理问题。你有心理问题,这我们也有责任,给你的压力大了一点。你可能经常这样想,家里省吃俭用,东借西凑,供你出国留学,而你学习上不去,感到内疚和不安。因为这样,有时寝食不安。吃不好睡不好,精力分散,因而注意力就更不容易集中。你很焦虑,从心理影响到了生理,因为生理问题又加重了心理负担。这些道理你都懂,你也曾经自我分析过。这里,我要说的是,我们既然迈出了留学这一步,就不要管别的什么困难。只能义无反顾,勇往直前。我们家固然钱少,但供你读书是不成问题的。就像别人供房一样,我们没有供房的问题,就供你读书。

再者,也是由于经济上的压力,你可能觉得学习过不了关,拖的时间长了,给家里增加负担。也不要这么想。我电话中对你说了,我也已经很认真地研究了德国的教育,我们多读一两年或者再长一点时间,这似乎是难以避免的,我们也已经做好了打算。没有什么大不了的嘛,无非多读一阵子。大学生活是一生中最美好的记忆,在学校多待几年,会给未来的生活留下一笔宝贵的财富。

你要去掉这些心理的压力,人就会轻松,就会潇洒。黄鹤楼管委会曾经让郭沫若为黄鹤楼题字。郭沫若觉得这是四大名楼之一,一定要写好,他在心理很有压力的状态下,反反复复地写,就是不满意。他把好几幅字都装进信封,让对方挑选,还对自己摇头,对自己表示不满。末了,他随意地在信封上写了"黄鹤楼管委会收",后来,人们发现,他在信封上写的这几个字是最好的,于是,就从信封上取了"黄鹤楼"三个字。这说明了什么?郭沫若在有压力的状态下,不能自由发挥,写的字都很拘谨,连自己都不满意;写信封时,他很放松,不经意间,竟然写出了好字。所以,心态放松是极为重要的!儿子,要放松,再放松!

以下是我查到的一些资料,供你参考:

在正常情况下,注意力使我们的心理活动朝向某一事物,有选择地接受某些信息,而抑制其他活动和其他信息,并集中全部的心理能量用于所指向的事物。因而,良好的注意力会提高我们工作与学习的效率。注意力障碍,主要表现为无法将心理活动指向某一具体事物,或无法将全部精力集中到这一事物上来,同时无法抑制对无关事物的注意。造成这种情况的原因比较复杂,许多较严重的心理障碍都可以引起注意力障碍。而对于学生来说,主要是学习负担重,心理压力过大,而造成高度的紧张和焦虑,从而导致了注意力无法集中的障碍。另外,睡眠不足,大脑得不到充分休息,也可能出现注意力涣散的情况。

因此,当你因注意力无法集中而影响学习,倍感苦恼时,不妨采用以下方法来矫治:

1. 养成良好的睡眠习惯。一些同学因学习负担重,因此,一到晚上便贪黑熬夜,有的同学甚至在宿舍打电筒读书,学到深夜;有的同学不能按时睡眠,在宿舍和同学闲聊等等。结果早晨不能按时起床,即便勉强起来,头脑也是昏沉沉的,一整天都打不起精神,有的甚至在课堂上伏桌睡觉。作为学生,主要的学习任务要在白天完成,白天无精打采,必然效率低下。所以,如果你是"夜猫子"型的,奉劝你学学"百灵鸟",按时睡觉按时起床,养足精神,提高白天的学习效率。

2. 学会自我减压。高中学生的学习任务本来就很重,老师、家长的期望,又给同学们心理上加上一道负担;一些同学自己对成绩、考试等看得很重,无异于自己给自己加压,必然不堪重负,变得疲倦、紧张和烦躁,心理上难得片刻宁静。因此,我们要学会自我减压,别把成绩的好坏看得太重。一分耕耘,一分收获,只要我们平日努力了,付出了,必然会有好的回报,又何必让忧虑占据心头,去自寻烦恼呢?

3. 做些放松训练。舒适地坐在椅子上或躺在床上,然后向身体的各部位传递休息的信息。先从左脚开始,使脚部肌肉绷紧,然后松弛,同时暗示它休息,随后命令脚脖子、小腿、膝盖、大腿,一直到躯干部休息,之后,再从右脚到躯干,然后从左右手放松到躯干。这时,再从躯干开始到颈部、头部、脸部全部放松。这种放松训练的技术,需要反复练习才能较好地掌握,而一旦你掌握了这种技术,会使你在短短的几分钟内,达到轻松、平静的状态。

4. 做些集中注意力的训练。

我国年轻的数学家杨乐、张广厚,小时候都曾采用快速做习题的办法,严格训练自己集中注意力。这里给你介绍一种在心理学中用来锻炼注意力的小游戏。在一张有25个小方格的表中,将1—25的数字打乱顺序,填写在里面,然后以最快的速度从1数到25,要边读边指出,同时计时。

研究表明:7—8岁儿童按顺序寻找每张图表上的数字的时间是30—50秒,平均40—42秒;正常成年人看一张图表的时间是25—30秒,有些人可以缩短到十几秒。你可以自己多制作几张这样的训练表,每天训练一遍,相信你的注意力水平一定会逐步提高。

以上诸条,请你考虑。第3条和第4条有一些可操作性,你是不是试试看?

经验证明,人们对活动的目的、意义理解得越深刻,对活动的重要性认识得越明确,对有关事物的注意程度就越高,保持注意的时间也就越长。认识你自己,明确你的目标。

保持良好的注意力,是大脑进行感知、记忆、思维等认识活动的基本条件。在我们的学习过程中,注意力是打开我们心灵的门户,而且是唯一的门户。门开得越大,我们学到的东西就越多。而一旦注意力涣散了或无法集中,心灵的门户就关闭了,一切有用的知识信息都无法进入。正因为如此,法国生物学家乔治·居维叶说:"天才,首先是注意力。"

你有什么心事,都会对爸爸妈妈说,这是很好的,一定要这样。儿子,你虽然在很远很远,但我们时时刻刻都牵挂着你,我们就在你的身边。现在已经5点多了,窗外鞭炮声声,我要回奶奶家过节了,要不,他们要打电话催了。

这几天,我痛风又发作,脚痛如割。人生多苦,你一定要爱惜身体啊,要尽快把身体调整到好的状态。

节日快乐,天天快乐!

爸妈
2010年2月28日元宵节

去远方
——父与子的跨国对话

儿子第30封来信　新学期的新情况

　　有点刚来德国时候的感觉,学习还是比较有干劲的,人也没那么懒了,心情也比较舒畅,起码没有想翘课的冲动。

爸妈:

　　明天有一节数学一节物理课,但是学校通知取消了,周五就剩下午一节德语课,开学第一周也算过去了。写封信给你们说说情况。

　　开学第一天就不是太顺利,周一上午第一节是电子课,但是本学期的第一节并不上课,而是实验课的安全事项介绍,课程表上是写这个课必须参加,因为要进行分组。比较不幸的是我没有去,因为放假久了,即使早起,也要到八九点,很久没有7点钟起床了,闹钟响我根本就没有反应。一起床看到已经8点半了,吓得我半死,火车是8点37分的,去赶也来不及了。赶紧发短信问同学,同学说由于我没来,教授已经在预先分组的名单上把我画掉了,这下郁闷得我够呛,不知道怎么办才好。算了,先不管了,还是先去上11点的数学课。实验课是必上的,还一节都不能缺,教授说过了,实验课过关,并且拿到他的签名,考试才有可能过;实验不过,你考试分数再高,也不能通过考试。还是得去找一下教授,说一下这个事情。

　　上完数学课,在食堂碰到了一个同学,聊天时说了我的情况,还问他教授的办公室在哪里。他说,正好第一节电子课的时候教授给了一个联系方式和接待时间,我就拿来看了一下,发现教授星期一还没有接待时间,得星期二去找。比较郁闷的是,星期二上午我本来没课,还得特地跑来一趟。我想,既然这样,干脆回去先给教授发一邮件,约个时间。在国外不预约直接跑去找人,好像是不太礼貌的。

　　下午上完德语课回家,给教授写了封邮件,说我放假生物钟还没调过来,没起得来,所以没去上课,错过了今天的分组,我想重新去注册一下,能不能在明天你的开放时间去找你一下。没想到教授五分钟之内就回复了,说你明天不要直接来找我了,明天上午 8 点半有给德国学生的实验介绍课,你可以明天上午 8 点半来,这是最后机会了。

本来我还想着能睡到 10 点钟去学校找教授(接待时间是 11 点到下午 1 点),这下没戏了,还得起个大早。到了教室门口果然发现全是德国学生,我一个中国学生跑进去真是很尴尬。正好这时候教授也来了,我就上去打了个招呼,说我就是昨天给他写邮件的那个人。教授还算脾气好,没把我骂一顿,说你现在也进去听这个课,然后要签一个文件(就是如果不按指导操作器械导致的意外伤害学校不负责任的文件),完了你来找我分一下组,希望你能听得懂,因为这是全德语的。

于是我就傻乎乎地进去听了,不出所料,基本上听不懂……教授和德国学生讲德语的速度是要比和我们讲的快上许多的,我迷迷糊糊听了两个小时,啥也没听懂。最后,教授让我自己挑一个还有空位的组,我就挑了一个有认识的同学的组。后来想想,这也算因祸得福吧,因为我对这个实验比较心虚,以前上课嘛听不懂也就算了,实验可是真刀真枪地上,不懂就只能瞎折腾,很尴尬的。原来教授给我分的组是和另外两个德国人在一起的,这就比较郁闷了,不方便沟通不说,还丢脸。

这里说一下这个实验的分组,教授安排了国际学生的班和德国学生的班一起做实验,一共分成 20 个组,每个组都是三个人,一两个德国学生加上一两个中国学生,算是我们来以后第一次和德国学生近距离接触吧。虽说以前数学、物理的理论课是在一起上的,但一是德国学生数量不多(选英语授课的德国学生不是很多),二是都坐在下面听课,加上语言不通,基本没什么交流。现在和德语授课的德国学生一起做实验,交流应该会比较多。不过电子实验两个星期一次,一整个学期才八次实验,每个实验都得有比较令人郁闷的实验报告。

这事情就这样算是解决了,还有一个计算机实验课(上机课)的分组和物理实验课的分组,都比较顺利,没什么说的。

计算机课开始学 C 语言了,这个是比较通用的编程语言,现在大多数的程序都是用这个编的,功能很强大,上个学期我们学的是 Groov,这个东西呢是一个新兴的编程语言 Java(主要是编些手机程序之类)的一个分支,可以说是比较冷门的,我也兴趣不大,学这个基本上是为了给学 C 语言做预备的。说实话,上学期电脑课我翘了很多,这方面还是缺了不少。电脑课老师居然主动要求我们带电脑去上课,方便随时记录和

去远方
——父与子的跨国对话

编译程序。其实德国学生带电脑去上课很普遍，中国学生嘛不知道是什么原因，从来没见有人带过。只是我觉得要是大家都带电脑去上课，那肯定是满堂的敲键盘声……

周四上午上了这个学期多出来的一节新课，直译叫数字技术，不知道是上什么的，去上了才发现，是我很感兴趣的内容，第一节课讲的是计算机的发展史，包括计算机的基本单位和概念，还有硬件的发展。教授蛮年轻的，不像其他的都是老头子，还带了一些实物来展示，我也算看到了一些以前只能在计算机杂志上看看图片的老古董。后来问了下学长，说这个课其实比较难，但考试比较简单，容易过（今天教授也是这么说的）。我感觉下面上的应该是计算机的逻辑结构一类的东西。

晚上又去游了一次泳，不过可能以后没有机会去了，因为周四下午有电子实习，要到6点钟才下课，游泳6点半开始，恐怕不吃饭也来不及了。

这个学期的情况大致就是这样，到目前为止我精神状态算是很好的，有点刚来德国时候的感觉，学习还是比较有干劲的，人也没那么懒了，心情也比较舒畅，起码没有想翘课的冲动。

另外，德国的学期和中国的学期不太一样，由于寒假放得长，暑假放得早，所以夏季学期实际上比冬季学期要短。考试和上课的情况我已经大致摸清楚了，我们最后一堂课是7月2日的，然后是考试时间，大学的各种课程有两个考试时间段：7月份一次，9月份一次；德语的dsh考试有四个时间段，6月、7月、8月、9月各一次。我和其他同学的打算基本一致，就是7月初回去，9月再回来考试，然后开学。这样有个问题，就是回去要是玩太疯了，可能就都忘光了。不过我觉得我数学、物理这样，回去找个家教补一补，效果可能要更好一点。

另外呢，我想去配个电脑，我现在的这个笔记本是当台式机用的，线插了一大堆，带到学校去不方便。要是能买个台式机，笔记本我就打算专门背到学校用了。学校的电脑课都有一个原则，就是授课的时候尽量不使用商业软件，有免费软件都会使用免费软件进行讲解，而老师自己是在Linux（一个操作系统）下操作的，我也打算装一个，只是装双系统太不方便，我就打算笔记本拿来装这个（这个也比Windows快），台式机装Windows。由于已经有了全部的外设和硬盘，我算下来现在配个还过得去的机子，大概只要350欧左右。

噢,还有,我们家的六个人报了个荷兰一日游,4月份去玩一趟,30欧。
大致情况就是这样,先写这么多了。

儿子
2010年3月26日

去远方
——父与子的跨国对话

第61封信　太认真与太含糊及其他

　　一切都有一个度。德国人的中规中矩与严谨、认真等固然是好的,但走到极端,像斯特凡做中国菜,那也太恐怖了。

　　与德国人极端地规矩相反,中国人是极端地含含糊糊。身体长了异物,"老外"是一刀切进去,讲的是精确;中医则是调理,比较含糊。钢琴每一个键就是一个音符,二胡是差不多就行了,完全凭感觉。

　　你现在是从一切马马虎虎、含含糊糊的国度,走到凡事一丝不苟近于死板的国度,要细心比较,参悟利弊,择善而从。

儿子:

　　本来上个周末在家给你写信,为了赶书稿,最终没空。

　　看了你的信,大致的情况也了解了,你又有了初到德国时的感觉,有了学习的动力,我们听了很开心,也比较放心了。你一年一年长大,越来越独立,我们可操心的事应该是一年一年地减少了。

　　我对你说过,我买了一本厚厚的书《旅德追忆——二十世纪几代中国留德学者回忆录》,还是商务印书馆出版的。可惜太忙,只偶尔翻看一两段。建议你以后把这书带去,好好看看。从我目前读到的一些内容看,实在是蛮有趣的。

　　有一篇叫《语言伙伴》,作者刁其玉是二十世纪九十年代末的中国留学生,文章写得比较散,但内容还是很丰富的。

　　刁其玉说,他曾看到这样一幅漫画,一群盗匪把车停在银行门前,然后进去抢劫。银行大厅内你死我活的格斗在激烈地进行。一个警察先是观望,实在看不下去了,才走到盗匪面前说:"先生,你的车停错位置了,请交10马克罚款。"他之所以对大厅内的事件不管不问,仅仅因为他是交通警察。刁评论道:"用这幅漫画来描写德国人也许有些过分,但不能说离题万里。日耳曼是一个伟大的民族,他们勤劳、严谨,有极强的敬业精神,但也以冷漠和不关心别人闻名。"刁文后面谈的是他与"语言伙伴"的学习问题,这个例子与他文章后面的内容无大关系,也没有说出德国人是如何冷漠的。把一件事放大了,显得很可笑,这就是漫画。

这漫画虽然夸张,却也不是全无道理。这让我想起我对你说过的关于德国人的两件事。一个是红绿灯的故事。半夜,下着倾盆大雨,一个德国年轻人带着他的老父亲去看急症,可是,因为红灯亮着,他们老不过街。等了很久,还是红灯,儿子急了,想闯过去,还被他父亲斥责。这红灯老是亮着,他们实在忍无可忍了,才发现是机器出了故障。我还对你说过一个"老外"对中国人、美国人和德国人的观感(好像是柏杨的书中记载的),比如丢了一枚针,中国人是算了算了,不要了,不就一根针吗?美国人是找了磁铁,在地上摆弄一阵,很快把针给吸到了。德国人呢,则是拿着尺子,在地上画一个框,仔细查看这个框,看看有没有针,哦,没有;再画第二个框,再查看……直到找到针为止。

我的想法倒与刁其玉略有不同,我以为,德国人的这些德行,不是什么冷漠不冷漠的问题,而是极端地中规中矩。银行被抢,但这个警察是管交通的,就不能逾越去管不是他职责范围内的事;红灯不能闯就是不能闯,不管这灯是好还是坏。这方面,德国人似乎是少了一根筋,用中国话说,就叫榆木脑袋不开窍,虽然后来那警察也上前干预了,但他干预的理由是盗匪的车停错了位置——他还是坚守自己的职责。虽然那对父子最后也过了永远亮着的红灯,那一定是在付出了沉重的代价之后。

我以为,这两件事很可以解释"二战"中德国军人何以如此奋不顾身地为法西斯卖命的原因了,正是德国人的这种绝对的中规中矩,在规矩面前的绝对服从,使得一个伟大的民族变成了希特勒的杀人工具。

哪怕有了"一战""二战"的经历,世人也没有怀疑德国民族的伟大。伟大的民族犯下了可怕的历史罪恶。可见,优秀的民族性格,在特定的条件下也可能造成不可挽回的历史灾难。

在刁文中,还说了他的"语言伙伴"斯特凡向他学做中国菜的故事。斯特凡吃了中国菜,感到味道好,也想学着做。周末,他带着笔记本来到刁处,第一道菜是学做蘑菇炖豆腐。斯特凡竟然要刁回答这样的问题:豆腐要切多长?多宽?多高?豆腐和蘑菇的搭配比例,盐、味精、酱油等调料的克数。刁说:"一丝不苟的精神在他身上体现得淋漓尽致,他的一系列要求倒使我十分为难。"是很为难,如果豆腐要用尺子量,这还让不

去远方
——父与子的跨国对话

让人活？如此辛苦做菜，不吃也罢。

斯特凡的厨房里有一个流沙计时器，他用它计时煮鸡蛋。他的做法是先把水烧开，用煮蛋器在鸡蛋的大头打一小洞，再将鸡蛋放入开水中，转动流沙计时器，五分钟后取出鸡蛋放入凉水中。刁建议他采用中国式煮蛋法，即把鸡蛋直接放入凉水中，待水烧开后马上关掉电源，水凉了鸡蛋也就熟了。斯特凡试了几次才接受了中国式煮蛋法。

一切都有一个度。德国人的中规中矩与严谨、认真等固然是好的，但走到极端，像斯特凡做中国菜，那也太恐怖了。斯特凡的较真，也可以作为上面提到的警察与盗匪、父子傻等红灯二事的补充。当然，德国人也晓得变通了，斯特凡不是接受了刁的煮蛋术了吗？

与德国人极端地规矩相反，中国人是极端地含含糊糊。身体长了异物，"老外"是一刀切进去，讲的是精确；中医则是调理，比较含糊。钢琴每一个键就是一个音符，二胡是差不多就行了，完全凭感觉。胡适有一篇著名的幽默文章，题目叫《差不多先生传》，很有趣的，我复制在这里，你看看：

你知道中国最有名的人是谁？

提起此人，人人皆晓，处处闻名。他姓差，名不多，是各省各县各村人氏。你一定见过他，一定听过别人谈起他。差不多先生的名字天天挂在大家的口头，因为他是中国全国人的代表。

差不多先生的相貌和你和我都差不多。他有一双眼睛，但看得不很清楚；有两只耳朵，但听得不很分明；有鼻子和嘴，但他对于气味和口味都不很讲究。他的脑子也不小，但他的记性却不很精明，他的思想也不很细密。

他常常说："凡事只要差不多，就好了。何必太精明呢？"

他小的时候，他妈叫他去买红糖，他买了白糖回来。他妈骂他，他摇摇头说："红糖白糖不是差不多吗？"

他在学堂的时候，先生问他："直隶省的西边是哪一省？"

他说是陕西。先生说："错了。是山西，不是陕西。"他说："陕西同山西，不是差不多吗？"

后来他在一个钱铺里做伙计;他也会写,也会算,只是总不会精细。十字常常写成千字,千字常常写成十字。掌柜的生气了,常常骂他。他只是笑嘻嘻地赔小心道:"千字比十字只多一小撇,不是差不多吗?"

有一天,他为了一件要紧的事,要搭火车到上海去。他从从容容地走到火车站,迟了两分钟,火车已开走了。他白瞪着眼,望着远远的火车上的煤烟,摇摇头道:"只好明天再走了,今天走同明天走,也还差不多。可是火车公司未免太认真了。八点三十分开,同八点三十二分开,不是差不多吗?"他一面说,一面慢慢地走回家,心里总不明白为什么火车不肯等他两分钟。

有一天,他忽然得了急病,赶快叫家人去请东街的汪医生。那家人急急忙忙地跑去,一时寻不着东街的汪大夫,却把西街牛医王大夫请来了。差不多先生病在床上,知道寻错了人;但病急了,身上痛苦,心里焦急,等不得了,心里想道:"好在王大夫同汪大夫也差不多,让他试试看罢。"于是这位牛医王大夫走近床前,用医牛的法子给差不多先生治病。不上一点钟,差不多先生就一命呜呼了。

差不多先生差不多要死的时候,一口气断断续续地说道:"活人同死人也差……差……差不多……凡事只要……差……差……不多……就……好了……何……何……必……太……太认真呢?"他说完了这句话,方才绝气了。

他死后,大家都很称赞差不多先生样样事情看得破,想得通;大家都说他一生不肯认真,不肯算账,不肯计较,真是一位有德行的人。于是大家给他取个死后的法号,叫他做圆通大师。

他的名誉越传越远,越久越大。无数无数的人都学他的榜样。于是人人都成了一个差不多先生。——然而中国从此就成为一个懒人国了。

差不多先生,因为凡事只要求差不多,把自己的命都送了。可他死后,大家居然都称他样样事情看得破,想得通,说他一生不肯认真,不肯算账,不肯计较,真是一位有德行的人,还送他一个法号"圆通大师"。如果人人都成了差不多先生,中国就成了懒人国。

胡适曾系统地学习西方近代科学知识与方法,这使他眼光敏锐,胆大心细,具有一丝不苟的求实精神,因此他写这篇讽刺小品,嘲讽那些处事不认真的人,一方面针砭国人敷衍苟且的态度,一方面也可见其弘扬科学精神的用心。鲁迅也曾经说过:"中国四

277

去远方
——父与子的跨国对话

万万的民众害着一种毛病。病源就是那个马马虎虎,就是那随它怎么都行的不认真态度。"(语出日本人内山完造所作之《鲁迅先生》一文)正可说明本文的立意。我印象中,你们课本或课外阅读的书收有这篇文章,你应该读过吧?其中的道理已经说得很明白了,我就不多说什么了。

你现在是从一切马马虎虎、含含糊糊的国度,走到凡事一丝不苟近于死板的国度,要细心比较,参悟利弊,择善而从。

凡事不要走极端,做事需要中规中矩,需要认真,但不能像德国人这样,甚至于拿出尺子量豆腐;凡事要有弹性,懂变通——变则通——但不能一切都含含糊糊,差不多就行了。该规矩的规矩,该变通的变通。以我的经验看,做学问,读书,要规矩,要认真,世界上怕就怕"认真"二字,我们一定要讲认真;做人则要变通,兵来将挡,水来土掩,对不同的人要有不同的策略、手法,所谓对人说人话,对鬼说鬼话,与中国人打交道,应有中国策略,与德国人往来应照德国规矩。另外,每个人有每个人的秉性,不好求全责备,有时应该如郑板桥所说:难得糊涂。

对了,这篇文章还提到,德国人很爱卫生,平时猫、犬在公共场所的"不文明"举止,都会遭到人们的冷眼或指责。但是,到了啤酒节,德国人肚子里的啤酒转化为水的速度是惊人的,他们来不及找厕所,随地尿尿,国家 ZDF 电视台的记者对此来了"大曝光",可是,这些人在啤酒节时的不文明似乎也被大众容忍了,换来的是观众善意的哄笑。这也说明,一切以时间、地点为转移,德国人也不是绝对一成不变的,这就好像一个女人穿着内衣在大街上招摇,那是不可思议的事,但到 T 台上,却是再正常不过的了。

这封信写太长了,关于这篇文章中提到的"语言伙伴"问题下次再谈吧。

下面谈谈你信中提到的一些问题。

这回,你算是独立处理了一件麻烦事。生活会教育人,生活对人的磨炼是最立竿见影也最刻骨铭心的。我经常想,我对你说这么多,其实用处也不大,可能是左耳朵进,右耳朵又出去了。你迟到了,只能自己找教授解决问题,别无选择。平时,你是懒得和人打交道的,不到万不得已,少爷您是金口难开的。这下好了,出了问题了,不开也得开。这不,问题就解决了。生活就是这么简单。我相信,有了这样的经历,以后碰到类似问题,那都是小儿科了,可以做到处变不惊。这是我想说的第一点。

第二点，你睡过头了就说睡过头了，这是诚实的态度，是好的。一般情况下，碰到类似问题，中国人习惯于编造一个比较堂皇的交代得过去的理由——这是雕虫小技，似乎只适合用来对付刁民。

第三点，坏事有时也可以变成好事，德国老师把你编进了有德国同学的小组，到德国这么久，终于近距离碰到德国"鬼子"了，这是好事。如果三个都是中国人，不言而喻，不好；如果有两个德国人，不很好；你们三个人当中有一个德国人，这是最好的，这是因为，如果实在不懂了，可以和另一个中国人交流。平时，一定要抓住机会和这个德国同学交流，多向他请教。这是你学习语言的很好的机会，如果能成为朋友，那是再好不过的了。另外，你们两个中国人，他一个德国人，你们一定要兼顾他的感受，不能把人家冷落了。你想想，假如这个小组就你一个中国人，两个德国人天天交头接耳，把你冷落一边，我们会有什么样的感受？不是滋味是肯定的。这个德国同学不会是女的吧？要是女的就更好了。

实验之类一向是你感兴趣的，八次实验课，过关应没有问题。我不知道你们是做什么样的实验，既然老师叫你们签那个注意操作安全的文件，就肯定存在着可能的意外伤害问题。一定要注意安全，不懂的，要先搞清楚了再操作。

第三，关于时间观念问题。这次又迟到了，而且是新学期上课第一天就迟到了，以后不要再发生这样的事了。你说过，他们的公共汽车也有到达的时间，守时不仅是良好的习惯问题，甚至也是一个素质问题。

早上起不来，同住的同学也不叫你一声？以后碰到这样重要的时间点，应该叫"家"里人叫一下。不过，你现在已经把手机闹钟连接到电脑上，应该不会再发生铃声没听到的事了。

这些日子，你的生物钟已经调整得相对好了，睡得好，心情也好，对学习也好，一定要保持良好的习惯。夏天眼看就要到了，早上应该早起。先从尽量不要迟到做起，要逐步做到不迟到。

另外，从你信上看，实验课似乎是用德语上？是德语上课还是英语上课？如果用德语上课，听得懂吗？

新买了电脑，用得还顺手？这电脑速度肯定比笔记本要快了吧？休息时间玩玩是

去远方
—— 父与子的跨国对话

可以的,有了好电脑,不要沉迷于游戏。可能这是多余的话,你说过,因为从小都在玩,你玩游戏的兴趣已经不那么大了。我附给你的文章《留德三道坎》中说到自律问题,其中有一段话有关电脑游戏:"在德国留学很累,困难重重,挫折可能会很多,很多时候很寂寞,还好现在我有老婆。此外诱惑不少,最多的就是当代精神鸦片——网络,如果你每天上网不干正事的时间超过一小时,而且无法克制,恭喜,你有网瘾了,若超过四小时,你就彻底虚拟化了。"似乎有点危言耸听,但你还是要逐步学会自律,要有所克制。

你现在开始带笔记本上课,这是应该的。我现在开会上课都带笔记本,何况你们?你说了,外国学生都是带着笔记本上课的。电脑时代带笔记本上课是再正常不过的事情,不带,倒是让人奇怪的。中国人的性格比较拘谨,此前你们同学都不带,我猜测,大概不少同学想带,但谁都不想第一个带,仿佛谁先带了,这个人就太过与众不同了。不知道你们是不是这么想的?对了,你的笔记本带到学校可以无线上网吗?

7月回国的事谋划得怎么样了?回国机票什么时候买呢?现在可以预订了吗?来回的时间要从容一些,不要搞得太紧张。考试时间、开学时间一定要弄得明明白白,千万不要含含糊糊。

附上我在网上找来的几篇文摘,这些文章,我都认真读过,认为对你有助益的,才发给你。你知道,下载的文本,在版式等方面都比较乱,我还认真整理成规范的文本,是花了不少精力的。也有一些文章是比较有趣的,供你消遣用。《留德三道坎》应该认真读一读,从这篇文章中也可以看出,头一年学习碰到困难是非常普遍的事,没有碰到困难才怪了。此人关于学习德语的一些经验,对你有没有启发?文章还介绍了一些在德国的生活经验,你有没有到俄罗斯人的店里吃过饭?不多说了,反正你看看吧。此文提供的那些留学生网站的网址,你也可以上去逛逛。还有,那个女孩给默克尔写信,默克尔居然给她回了亲笔信,也算有趣。据说,默克尔在北京时,不要陪同人员,自己跑到大街上与老妇女瞎聊。

爸妈
2010年4月3日

第62封信 期盼你也有"语言伙伴"

  我们是多么希望你也有一个两个"语言伙伴"啊！当然，这也像谈恋爱一样，要看缘分，是可遇不可求的。那个文西磊倒是马大哈，他直接冲进中国留学生的房间，直截了当地公布自己的意图，就是要找一个教中文的老师。他是豪爽的。

儿子：

  昨天在家给你写信写到半夜，有的事还没说完，一看写了五千多字了，怕你看了不耐烦，我也困了，就打住了。
  今天接着写。
  还是再说说刁其玉那篇《语言伙伴》。刁是到德国中部著名的哥廷根大学读书的。刚到德国时，话说得结结巴巴，字看得不清不楚，他说，"在这种文化背景、生活方式、思维方法完全不同的环境中学习，有不寒而栗之感"。然而，刁运气好，他刚住下不久，就来了一位不速之客，说是要找一个中国人。这位德国人为什么要找一个中国人呢？原来他想找一位中文老师。刁想，这是"一件可以接受的事。我教他中文，他教我德语，岂不两全其美"。这位德国人要付钱给刁，刁拒绝了。刁为他取了一个中文名字叫"文西磊"，就这样，义务为这个德国人做了四年的老师。
  刁其玉介绍了文西磊学中文的情况："我们以小学语文课本为教材，每次先由我逐字逐句带读课文，他做课堂录音。第二次由他复述课文，再纠正发音，然后共同讨论课文内容。他学得很认真，以至于一开口别人就知道他的老师是山东人。"他们上课时总是要交流的，在教文西磊的过程中，他在不经意间也学到了不少德语。
  文西磊是自己送上门的。刁其玉的另一个"语言伙伴"则是学校帮助的结果。在哥廷根就读的外国留学生有两千多人，"留学生管理处深知这些来自不同国度、不同背景的求学者刚开始很难适应这里的冷漠环境，故特向全校学生发出呼吁，鼓励德国学生选择各国来的留学生，与之交朋友结为'语言伙伴'，使双方互利。校方还专门设置

去远方
——父与子的跨国对话

了办公室登记,很有些像我国的婚姻介绍所"。于是,刁又有了一个"语言伙伴",那就是昨天的信中提到的斯特凡。斯特凡很负责地帮刁学德语,还带他去哥廷根大教堂听祈祷等,总之,积极为刁创造语言环境。他们还经常一起争论问题,又是英语,又是德语,还加上肢体语言。后来,文西磊和斯特凡都成了刁其玉的好朋友。刁获得博士学位时,两位"语言伙伴"都到现场向他表示祝贺;刁回国后,他们还有通信往来。

你们学校有多少外国留学生呢?没有类似帮助留学生的举措?不管有没有,你也应该留心才是。对了,和你一个实习小组的那个德国人与你们有交流吗?

有一细节也蛮有趣的,刁写道:"后来,我偶然对实验室的老板说起有一个德国学生跟我学汉语这件事,这位五十岁的博士随口问我每月收多少学费,我做了一个动作说没有,他感到不可理解。他认为应该按照德国歌德学院的标准收费。他说,只有在非常困难的情况下才能接受别人的帮助。文西磊有能力付报酬,我不收学费是对他极大的不尊重。"就是说,你为别人付出了劳动,他有能力支付报酬,你却不收,这是对他的不尊重。作者写到,"作为回报,文西磊经常带我游览德国风光"。这有点像那个德国老头开车带你们去荷兰购物,算是变相地对你帮他修电脑进行回报。

作者还写到你们科隆的狂欢节,"一年一度的科隆狂欢节,他要我带一个中国小孩,他也从朋友那里借来一个小男孩。在狂欢节上,文西磊让两个孩子高喊'Ka na wa!',真灵,'牛、鬼、蛇、神'们纷纷走过来,大把大把地把巧克力装进两个孩子的口袋里,有的还抱住孩子亲吻。不到半天,两个孩子的口袋便装满了。面对收获,大家乐坏了"。这段话让我想起你去年说的,你也有了一大袋的糖果,这叫天上下糖果了。小孩还能"借"?小孩在狂欢节上特别受欢迎?

摘这些文字,你也知道我的意思,我们是多么希望你也有一个两个"语言伙伴"啊!当然,这也像谈恋爱一样,要看缘分,是可遇不可求的。那个文西磊倒是马大哈,他直接冲进中国留学生的房间,直截了当地公布自己的意图,就是要找一个教中文的老师。他是豪爽的。

以上文字是4月6日写的,因为没空修改,拖到今天才发出去。儿子,周末愉快!要记得给家里打电话喔。附上几篇文章,你要看看。

爸妈
2010年4月9日

儿子第31封来信　又领教了德国人的认真

在他身上我算是见识了一回所谓德国人的认真,感觉有点不太好接受。其实现在德国人的价值观已经不像从前了,特别是年轻人,"严谨"这个词可能不再广泛地适用于德国人,但是认真和一丝不苟还是适用的。年轻一代还是受美国式价值观影响比较多,这种价值观影响了全球的青少年,这里也不例外。

爸妈:

这两天还算比较忙,也因为比较懒,一直没有写回信,想起来也挺长一段时间没有给家里写信了。我想可能是日复一日单调的生活让我没什么热情,也就没什么感想好写。其实你们问起我最近怎么样,我想来想去也就只有一句话,和前一段没什么两样。不过,生活本来也就是不那么丰富多彩的吧。

这个学期多了三门实验课(上个学期只有一门),实验本身还好,但是要求写报告,这就比较让人头大了,毕竟是全英文,而且对我来说,还有好些烦人的数据要处理。之前我一直不太愿意去面对计算,一看到一堆数据就头大,被这么逼一下也是不得不去接触了,没做之前感觉很难很难,做过之后其实也就那样。不过,说实话,很多实验我都不是非常清楚原理,晕晕乎乎地就做,反正实验步骤摆在那里,数据没错,回家套进公式就好了,具体这原理是啥,我还是有点迷迷糊糊的。

那天打电话和你们说过了物理那个老头,今天详细说一下。之前总说德国人认真,在这个老头身上可是得到了最好的反映,我觉得他的这个认真是有点过了,认真得让人感觉他是不是小时候受过什么虐待。而且其他教授也没那么认真,在要求不那么精确的地方也不会要求你做到非常精确。比如另外一个女教授,就比较宽松,实验要求使用蒸馏水,但是她说用自来水就行了,以你们实验的精度这点细微的差别测不出来的。可那个老头不一样,凡事斤斤计较,已经到了苛刻的程度了,可以说是吹毛求疵、鸡蛋里挑骨头了。每次实验之前他会来问问题,这是强迫我们事先要预习教案,这

去远方
——父与子的跨国对话

也没什么。只是他问的问题，即使是仔细准备过的理科生，也答不上来，而且很多时候他的答案还和我们在网上找到的答案不一样，和他的答案不一样他就开始骂你，唠唠叨叨讲半天，说你没有事先准备，我很不满意，你得去图书馆待上两小时，把这问题搞清楚了再回来接着做你的实验。有个同学上次就被他搞火了，直接就说，我是事先准备了的，只是我的答案不合你的心意而已，你凭什么说我没准备？结果那老头也没说话，就走掉了。真是不知道他小时候受过什么虐待，不管怎么样他都会说你的答案是错的，有时候已经显得比较滑稽了。比如上次做光学实验，他问一个同学，目镜中看到的光线应该是什么样子的。同学就按着形状画了一根线给他，他说不对！光线怎么能是黑色的呢？你见过黑色的光吗？于是同学很无奈，只好把周围都涂黑，中间留出一个光线的轮廓来。对实验报告他也是吹毛求疵，比如因为写得行距过大，不美观，退回来；因为错别字，退回来；因为涂改太多，退回来，等等。

在他身上我算是见识了一回所谓德国人的认真，感觉有点不太好接受。其实现在德国人的价值观已经不像从前了，特别是年轻人，"严谨"这个词可能不再广泛地适用于德国人，但是认真和一丝不苟还是适用的。年轻一代还是受美国式价值观影响比较多，这种价值观影响了全球的青少年，这里也不例外。

最近身体也还比较正常，只是春天到了，外面遍地都是花，满天飘花粉，我鼻子多少有点不舒服，这两天好像有点过敏的症状了，不过应该也还好，周末在家待两天，大约就没什么问题了。

儿子
2010 年 5 月 21 日

第63封信　抽烟与排解苦闷

人总有苦闷的时候,而且各种苦闷不是排除了就没事了,一个苦闷排除了,过一些日子又有新的苦闷冒出来了。人生就是不断地战胜困难、化解苦闷的过程。就是说,这是我们经常要面对的问题。既然是经常要面对的,是不是要考虑一套适合自己的排解苦闷的办法?不可否认,抽烟是一个办法,但有没有其他更好的办法呢?

儿子:

关于抽烟问题,以前对你说过了,现在还得再说说。

我小的时候也抽烟,上小学时,几个孩子为了装酷,把干丝瓜藤点了当烟抽,咳嗽不已,大家还笑作一团。也许觉得丝瓜藤不够过瘾吧,后来竟抽起了"飞马"和"大前门"。不久,被大人发现了,臭骂一通,但我们也是闹着玩,不抽就不抽了。

插队时,是我抽烟比较多的时候。主要是因为干活累,乡下生活格外无聊。我的很多同学就是在那时期学会了抽烟,至今没有戒掉,不少要成为终生的烟民了。

我很快就不抽了。这倒不是我刻意要戒烟,而确实是我们家族的体质让我不能抽烟。和你一样,我经常干咳,喉咙有黏糊糊的感觉,烟抽稍多一点,便格外难受。我对你说过,我的祖父是得哮喘病死的。据说,得哮喘病的人都有过敏性体质。我经常对你说,遗传是非常强大的力量,有时是不可抗拒的。还有,你的外祖父,就是妈妈的爸爸,当你出生两个月的时候就去世了,他患的是胃癌。所以,从家族病史看,你最好不要抽烟了。

你也说了,你抽烟感觉嗓子不舒服,喉咙本来就有毛病,趁现在还没有上瘾,尽快戒了。

抽烟的害处很多,全世界都在禁烟,我们不应该在这种时候成为新的烟民。抽烟的害处不是立竿见影的,但天长日久,到以后年纪大了、老了,悔之晚矣。

去远方
——父与子的跨国对话

当然了,说不抽,也不是说立即就一支也不抽了,而是要有自觉的意识,逐步克服。偶尔玩一两支也是可以理解的。我现在喝了酒,他们有时让我玩一两支,也是有的。一切事情都有一个过程。不要太强制自己,太强制反而效果不好。心中有数就行,慢慢地戒了。

上面说了,我读小学时就装酷,就抽烟了,也不见得就成为所谓"坏孩子"。你与吴华容他们聊天,把抽烟与"坏孩子"挂钩,没有那么严重。这是很平常的一件事,在这一点上不要自责心太重。如果抽烟就是坏孩子,那天下的好孩子也不多了,况且,你现在已经不是孩子,又处在异国他乡这一特殊的环境。

人总有苦闷的时候,而且各种苦闷不是排除了就没事了,一个苦闷排除了,过一些日子又有新的苦闷冒出来了。人生就是不断地战胜困难、化解苦闷的过程。就是说,这是我们经常要面对的问题。既然是经常要面对的,是不是要考虑一套适合自己的排解苦闷的办法?不可否认,抽烟是一个办法,但有没有其他更好的办法呢?

我的生活是单调的,一生就是爱读书、写作。年轻时,我苦闷了,就到书店逛逛,买几本自己喜欢的书,心情就好多了;有时候,身上没有一分钱,到书店逛了一圈,心情也会好起来。我往往把自己的烦恼用笔写下来,或者记在日记中,在写作的过程中,就梳理了思路,写完了,心情也就平和了,就像你给我们写信一样。再有,我会召集三五个朋友聊聊天,有时聊与我的烦恼无关的内容,分散注意力;有时干脆就聊我的烦恼,请大家帮助分析一番……

你不是很爱听音乐吗?感到烦闷了,听听音乐多好!而且,最好到室外,边散步边听音乐,不要老窝在家里;可以到网上下载一些片子看看啊;可以看看网络小说啊;可以找一两个网友聊聊天啊;也可以找周边的同学或学长谈谈心啊;还可以去跑步、游泳、锻炼身体啊;可以骑着自行车到二三十里外的地方瞎逛啊;可以上教堂找人倾诉啊,不是还有华人教会吗……

你到网上购买一些电子商品,这与我到书店买书一样,也是化解郁闷的办法之一。钱花就花了,也不是什么大钱,没有什么可自责的。女人不开心的时候就疯狂购物,大约也同此理吧。总而言之,你要拿出种种办法化解郁闷,而不是一味地抽烟。古人云,"抽刀断水水更流,举杯销愁愁更愁",烟可不是好东西,你的体质也不适宜抽烟,这样就越抽越郁闷,一肚子都是烟雾,只会让原有的郁闷燃烧——"借烟烧愁愁更愁"了——你要三思。你要开心啊!

爸妈
2010 年 6 月 23 日

去远方
——父与子的跨国时话

第64封信 战胜自己

每一个人多少都有心理障碍，不是这方面有障碍，就是那方面有障碍，有的人用直白的方式表现，有的人用曲折的方式表现；有的是显性的，有的是隐性的。就像人吃五谷生百病一样，没有心理障碍的人可能是没有的。所以，有这样那样的心理障碍是一种正常的现象。

人的一生其实就是自己与自己斗争的过程。当你被你的负面情绪完全俘虏时，你也就坠入了痛苦的深渊。当你为争权夺利而辗转反侧、为一己之利而耿耿于怀、为年轻气盛而目空一切、为别人的恭维而飘忽迷失、为一时的失利而嗟叹悔恨、为失去的情感而垂头丧气……的时候，确实需要拿出很大的勇气来战胜自己，你要使出浑身解数，不停地安慰自己、开导自己、调整自己、鼓励自己，这时是很需要自己来拉自己一把的，因为只有自己才是自己的救世主，也只有自己才能拯救自己。

什么叫百炼成钢？就是要不断地战胜自己，尤其是战胜自己的性格弱点——钢铁就是这样炼成的。

儿子：

这些天，我们不时回想起你小时候的一些细节，有的事，可能你自己都已经忘记了，我们反复玩味后，觉得有必要对你说说。

我们不担心你的学习，因为你是聪明的，稍加努力，就会迎头赶上。我们最担心的是你的性格问题。

记得吗？上小学时，你捡了10元钱，又回到原地，扔了——此前，我们都认为这是你诚实的表现，也反映了你不愿意接受老师表扬的心态。现在再琢磨，这里面有没有某种怕麻烦的因素？有没有担心受表扬时太引人注目的因素？

几年前，爸爸酒醉在家门口跌破了头，血流满面，我的同事帮助把我抬到医院。当时你也不小了，照理应该随着他们一起去医院，可是你却没去，虽然你很快给妈妈打了电话。你现在回想一下，当时你心里是怎么想的？有没有一点觉得不好意思随着别人一起去的念头？我想，我的同事们如果不知道你从小有脸皮薄这样的心理障碍的话，肯定会在心里嘀咕：向东的这个孩子不懂事。你说呢？

上超市购物，我们结账时，你还要跑远远的，似乎在我们面前有点害怕与营业员打交道——这是为什么呢？我们出钱的是上帝呀，你为什么要跑远远的？

家里有爸爸的朋友、奶奶的朋友来，叫你下来吃饭，你一般情况下不下来，不愿意面对或者不愿意和客人打招呼，都要我们把饭送到三楼。当然，出国前那次朋友聚会，你的表现是最潇洒的了。

你回国，要和同学结伴而行，是不是也有底气不足的因素在里面？有没有害怕万一路上出麻烦一个人难以应付的考虑？

……

虽然我的猜测与事实有距离，你对自己的这些现象最好进行一下客观的自我分析。正视自己，扪心自问，不要为自己开脱，找出自己真实的动因，想想看，这些念头是怎么来的，是因为害怕与人接触，还是害怕丢面子，抑或是别的什么原因。

米兰·昆德拉的小说《生命中不能承受之轻》用在你身上倒是合适的，无事起风波，在你心里起风波，因为心理障碍，很"轻"的东西却让你有很"重"的感觉，心理问题，这就是你生命中的不能承受之"轻"。

所谓的"轻"与"重"都是相对的，问题没有解决时，再"轻"的也是"重"；问题解决了，再"重"的也是"轻"。一个男人，成熟到一定的时候，你就能举重若轻了。

以上所提诸事，都是脸皮太薄造成的，都是因为害怕丢面子。

我记得，你先前未必完全是这样，你有非常潇洒的时候。在出版大院里，你与那些孩子玩作一团，在中学时，你不是蛮活跃的吗？还参加演讲比赛。另外，出国前，你只身一人到建阳学习。在厦门，第一次面对"老外"，不也应付自如？"老外"还对你说，希望在德国见到你。你应该经常想到自己的这些潇洒之处。像这样的场面都见过了、经历过了，其他那些，不是小儿科吗？

你曾经说过，你的同学中，有的人十分泼辣，看见"老外"就冲上去对话，套近乎，目的是为了学外语（京沪有很多学生到"外语角"找"老外"对话）；你的那个什么同学，不是还认识了带你们去荷兰的那个退休老人吗？还有的同学，去年学期结束前，居然会找老师要求改分数、更改考试时间等，还有的同学单独跑回来又单独出去……这并不说明他们有多优秀,只是说明他们顾虑较少,思虑没有那么繁杂,在人际交往方面比较自然。

人和人是不好比的,有时是不能比的。我们自己就是自己,无论我自己怎样,我都积极地接受自己。这下面我还会谈到。但是,为了克服自己的性格弱点,应该把生活中别人这些可值得我们仿效的事,像放电影一样不时地回放一下,当作对自己的提醒,当作积极的心理暗示,增加克服自身心理障碍的勇气。

碰到困难时,自己心里的坎过不去,你选择了逃避。问题是显而易见的,现在的问题是怎么面对、怎么战胜自身的心理障碍。

每一个人多少都有心理障碍,不是这方面有障碍,就是那方面有障碍,有的人用直白的方式表现,有的人用曲折的方式表现;有的是显性的,有的是隐性的。就像人吃五谷生百病一样,没有心理障碍的人可能是没有的。所以,有这样那样的心理障碍是一种正常的现象。

从目前情况看,你的性格大多时候偏内向。这也并非完全不好的性格。无论是内向型的人还是外向型的人,都有其性格的优势和劣势。没有绝对好也没有绝对不好的性格,问题是怎么接受自己的性格并积极地有所自我完善。首先你要接受、认可你的这种性格,并且要知道内向性格不等于不善于交际。其次学会善于发挥自己性格中的优势,善于降低性格中的不足。

内向性格等于不良性格,这是许多人的看法,似乎已成了"定论"。确实,内向者不善言谈与交际,常常处于一种孤独寂寞的状态之中。但是,人的社会属性又使其希望被他人接纳、肯定、尊重、赞赏,渴望着人与人之间的沟通与交融。因此,内向的人表面看上去很拘谨、很闭锁,其心里却渴望开放。于是,内向者常处于一种矛盾的痛苦之中。

其实,就内向性格本身而言,它应算是既有优点,也有缺点,当属中性之列。然而,不少内向性格者都十分讨厌他们的内向性格,讨厌自己孤僻不合群,当众不敢表现,胆小怕事,好像自己一切的麻烦都要缘于内向的性格。殊不知,内向性格只是一个表象,在其背后掩盖的实质是他们缺乏自信、没有勇气、不善沟通与交流、脸皮太薄等等问题,而内向性格只是这些问题的外化形式,其核心是自卑。所以,只有因缺乏自信而导致的内向性格者,才会对自己的内向性格持否定态度。换句话说,他们对自己内向性格的否定,实质上是对自我的否定。

  正是由于搞不清上述因果关系,许多具有自我否定感的内向性格者,把自己的问题全部归咎于内向性格,并试图与此来死死较劲。他们硬逼自己在大众场合频频表现自己,硬着头皮与各类人交往,让自己表现得特别能侃会说。然而这一切实际上还是贯彻着与以前相同的、自我否定的"路线"。有个小伙子,性格内向,因为怕别人认为他内向而看不起他,所以就故意显得很外向。别人一起说什么时,很多话题其实他一点儿也不懂,但他却装得十分在行的样子,与别人大侃特侃。然而这样做的结果,除了让他感到特别累且仍没有融合于群体之中以外,并没有让他感到有任何收获感、自豪感。可见,内向者的问题许多时候恰恰就来自他们对内向和自我的否定,这使他们越想克服内向反而就更加内向、更加自卑,其原因乃在于他们犯了"路线方向"的错误。

  相反,如果内向者能首先接纳自己的性格,明确自己的人生优势,在平稳踏实的心态下积极努力,找准自己的人生方向,不断提高自己的实力,充实丰富自己的生活,那么你将渐渐地不再在意自己内向与否,因为你已对自己有了真正的自信,包括对自己的性格。那时你会自然亲切地与人交往,潇洒自如地表现自我。何必还要对"内向"一事耿耿于怀呢?思路一转换,内向者便可发现许多内向的优点,比如内向者可以更冷静地观察与思考,善于体察他人的心事,没有太多的应酬反而使他们更有时间学习,较少受流行观念的影响而具有较高的创造性,朋友不太多但较为牢固,等等。乌龟虽慢,但它能比兔子更多地知道一路上的情况。而许多看似缺点的东西,如果换一个角度,换一个场合来审视,往往能成为优点。

  在听诊器发明以前,医生要听诊内脏的声音,必须把耳朵贴到患者的胸部。法国一位年轻男医生拉埃里克,因生性腼腆,性格内向,特别不好意思把脸埋于女患者的胸部听诊,遂自己发明了用竹筒子来听诊,后经不断改进,才成为今天广泛使用的听诊器。所以,内向性格并不能阻碍我们成功——假若我们不认为它是一种阻碍的话。事实上,许多成功者,许多名人,他们正是性格内向,但他们绝不是自我否定的内向者。当然,对于许多内向者身上的性格弱点,特别是缺乏勇气这一点,应是必须加以克服的,但克服的前提仍是悦纳自己。唯有此,你对你的行动和努力才能有信心、有耐心。在这样的心态下,你去交往,你去表现,才会有意义和有效果。

去远方
——父与子的跨国对话

有个做护士的女孩性格内向,她一直对此深恶痛绝。每当亲朋好友提及她的内向时,她都觉得是一种羞耻。因此她总想把自己的内向性格克服了,比如在生人面前大胆地说话,在同事面前口若悬河地大侃一番。然而这番努力却总没见成效,她依然十分内向。后来,她领悟到自己的问题实际上并不在于内向,而在于不能悦纳自我。明白了这一点后,她对自己有了一个新的认识。她对自己说:"我这个人真诚实在,朋友虽然少,但她们都是我最知心的。我性格虽然比较内向,但从不揭别人的伤疤,不去损伤别人的自尊心,想象力丰富,感情细腻,极富同情心……"如此一"挖掘",她自己忽然意识到自己还有这么多优点。悦纳自我后,这个女孩的精神风貌焕然一新。她不再在意自己的性格是否内向,与人交谈、交往越来越大方自如。有一次,她与他人在谈论自己的性格时,非常自豪地说:"我就属于内向的性格,但我并不觉得内向有什么不好。"别人听后惊讶地说:"你是内向的人吗?我们怎么没看出来?"对此,这个女孩感叹道:"好奇怪,承认自己内向了,别人却不认为你内向了。"

性格内向一点,与人交往有一点障碍,这都说不上是什么严重的问题,甚至还有其两面性,不要嫌弃自己,相反,应该悦纳自己,高兴地接受自己的一切。我想,这是自信的源泉之一。你是有一点内向,但是,你的内心世界丰富无比,你的思辨能力是很多同龄人所望尘莫及的,你的思想深度也不是那些场面上所谓潇洒的年轻人所可比,你记得吧?你读初中的时候,十一中的谢健山老师就说,你的思想深度甚至超过了大学低年级的学生。我内向,我可能不爱说话,但我没有必要不自信,我冷冷地看着可笑的一切,脸上可能还保持着高傲的微笑。

在我到少儿社工作之前,也就是说,在你还没出生的时候,效东叔叔约我写了一本小册子《为人处世50法》。今天看来,这是一本很可笑的"励志读物",但是,为了帮助疏导你的心理困惑,我突然想起了书中的一段,标题是《不要害怕显露自己的"龅牙"》,摘在下面:

> 所谓自我宽容,就是对自己这个既真且朴、不加粉饰的自我形象的真诚接受,它意味着有这样的自知之明:我就是这么一个人,我无须在人们面前乔装打扮,我容得下自己的一切,包括我的缺点。
>
> 有些人巧装门面,借此来掩盖自己的愚蠢或贫困,遮瞒自己的口讷或无才,粉

饰自己的空虚和懦弱……实际上,这是对自己的不宽容……

不会嫌弃自己的人,对别人的褒贬好恶也比较淡然;而自我嫌弃心理特别重的人,对他人也就非憎必爱,爱憎分明了。

自我嫌弃,想遮丑,往往事与愿违,反而露丑。在美国新泽西州的一个夜总会上,有一个电车车长的女儿,她想成为一个歌唱家,可是她的脸长得并不好看。她的嘴很大,还有龅牙。在第一次公开演唱的时候,她一直想把上嘴唇拉下来盖住她的牙齿。她想要表演得"很美",结果事与愿违,大出洋相。

她的一个听众,认为她很有天分。"我跟你说,"他很坦率地说,"我一直在看你的表演,我知道你想掩盖的是什么,你觉得你的牙长得很难看。"这个女孩非常地窘。可是,那个男的继续说:"这是何苦呢?难道长了龅牙就罪大恶极吗?不要想去遮掩,张开你的嘴,观众看到你不在乎的样子,他们就会喜欢你的。再说,"他很犀利地说,"那些你想遮起来的牙齿,说不定还会给你带来好运呢。"

她接受了他的忠告,从那时候开始,不再去注意她的牙齿,只想着她的观众。她张大嘴巴,热情而高兴地唱着,终于,她成为当时电影界和广播界的一流红星。其他的喜剧演员还希望能学她的样子呢!

我有一个好友,出身寒微,小时候受过很多苦,在结交女友时,每当对方问起家世,他总是支支吾吾,神情犹疑不定,给人一种缺乏自信的感觉。而现在的姑娘,最需要的就是爱人的自信。因此,他总是谈不了几天就"拜拜"了。后来,我对他说,你为什么要和自己的家世过不去呢?你瞒得了初一,但瞒不了十五呀。她如果瞧不起你的家世,倒说明她是浅薄之人,还不值得你爱哩!他接受了我的忠告,在与女友的交往中,不再感到自己卑微,而有个姑娘则认为他出身下层,受过苦,和这样的人生活有一种厚实感和安全感,他们终于结成了伉俪。他成功了。为什么成功?就在于摆脱了自我嫌弃而学会了自我宽容。

自我宽容的实质就是自信,反之,自我嫌弃,则是对自己的怀疑。羡慕就是无知,模仿就是自杀。无论怎样,我们应该保持本色。一个人想要集他人所有的优点于一身,是愚蠢而荒谬的。有高山必有深谷,一方面的长处就意味着另一方面的短处。"金无足赤",此话适用于评价别人,也适用于评价自己。如果你不能成为山顶的一株松树,就做一丛小树生长在山谷中;如果你不能成为一丛灌木,就做

去远方
——父与子的跨国对话

一片小草，让大地增添一缕欢娱……

"春好秋亦妙，夏天不失其美，冬天得其造化"——人们若能如此通达地看待事物，看待自己，那么，一定心平气和，心中充满幸福，同时，也能给他人以愉悦。

以上所说，归纳起来，第一，我们应该承认自己有心理障碍；第二，这种心理障碍很大程度上来自自己的内向性格；第三，应该积极地看待自己的内向性格，不要嫌弃自己从而产生不自信的情绪，而应该积极地接纳自己，哪怕是自己的"龅牙"，这是克服心理障碍所必需的积极心态——你的内向蕴含着巨大的丰富性，不是那些一般外向的混混所可比的，当你克服了自身的心理障碍时，那些因为性格外向目前稍得优势者，将望尘莫及。

你信不信？我小时候，也像你一样，不能积极地投入群体环境中，做每一件事情，都有很多思虑，顾及别人怎么说，生怕自己丢面子，我心理障碍的严重程度要大大超过你。说几件让你感受一下吧：

我从来就没有成功上过幼儿园。先是住在南公园的我外婆家，曾经被送到幼儿园，但连幼儿园的厕所都不敢去，有一次，实在憋得不行，屎拉在裤子上，哭着跑回来，后来就不去了。过了一年吧，我母亲又把我和你姑姑同时送进她工厂的幼儿园，我和你姑姑抱头大哭，哭了两三天，最终老师给送回来了。你比我强多了，打小就上了娃娃班，娃娃班上还有一个打小就追随你的粉丝——老魏。

我上南平七三一八工厂子弟小学时，有一次，给当时的《红小兵》（就是后来的《小火炬》）投稿。有一天，老师在班上说："房向东，《红小兵》给你来信了，拿去吧。"当时，我们班上每人订一本《红小兵》，同学们一听，"哇"一声，全把头转向我，各种怪异的目光都有。我简直无地自容，极想钻到地里去。那信当然不敢看了，只能塞在口袋里。那天下课，仿佛所有的同学都盯着我。我不敢从学校正门回家，从后门绕道，转过一个山坡才到家。回到家，打开那封信，编辑什么也没写，就是把我写的儿歌给退了回来。

体育是我比较差的项目。当时体育考试，有跳木马这一课，上课时，我老是跳不过去。后来，我半夜起来，自己到操场锻炼，一下就跳过去了。但是，到了考试时，旁边围着一群同学看，我又跳不过去了。这是为什么呢？因为我太在乎边上同学的观感，而不是集中注意力去实现眼前的跳跃。我与其说失败在我的能力上，不如说是失败在心理障碍上。

  我上中学时,是寄宿生。当年,我每周的零花钱是5角(那时一个月的伙食费也就10至13元)。可是,我来回坐公共汽车,就得花去3角4分钱。我已经开始爱买书,为了买书,经常走路回家。当时,从南平市区到七三一八工厂的路只有一条,我走在路上,怕坐公共汽车回去的同学看见,怕他们笑话我穷,都是从铁路上走回去的,火车来时,就在边上站一站,让火车呼啸而过。铁路是和公路并行的,当有公共汽车开来时,我就要躲到可躲之处,像小偷一样。今天想来,这有什么呀?我爱走路回家,哪怕我穷,与别人有什么相干?话说回来,谁又在乎你走路不走路?后来,有与我要好的同学知道我经常走路回家,还陪着我一起走哩,一路上我们有说有笑。只可惜,那同学不是女的,而是那个学习委员——老夫子一样的刘建敏。

  所有这些心理障碍,都是莫名其妙的东西,都是没有问题的问题,都是"生命中不能承受之轻"。

  我不断地克服自己的性格弱点、心理障碍。1975年,全校开批判大会,老师让我代表年段上台发言,面对全校师生,我脚在发抖,发完言下来,背上衣服全汗湿了——说实在的,那次是怕极了。有了第一次,过了关,哈哈,不就是念发言稿吗?小儿科,小菜一碟!1977年我去插队前,代表南平三中,在全市欢送知青的大会上发言,我打着赤脚,噔噔噔地跑上台,叽里呱啦地乱叫,赢来了台下一片掌声,可谓大出风头。

  什么叫百炼成钢?就是要不断地战胜自己,尤其是战胜自己的性格弱点——钢铁就是这样炼成的。

  说起来,我的命运的最大转折,还与"战胜自己"这一命题大有关联。1984年,我写了一篇杂文,题目就叫《战胜自己》,你想啊,这在二十多年前,还是一个多么新鲜的命题啊!此文在《福建青年》发表,竟然还得了杂文比赛一等奖。当时,《福建青年》的副总黄鲲对我印象深刻,1985年他到《生活·创造》当总编,就把我从工厂调来了。

  应该勇于而且是不断地战胜自己啊,机会只属于能不断战胜自己的人!

  当年,我的很多比我优秀的同学,现在都被我远远地抛在身后。当年很会读书的学习委员等等,现在比我平庸得多!我们班的不少外向的交际花、聪明人,早已下岗,有的已经当外婆了……人生的路很长,不要为一时的挫折而不能自拔,不要把危机看得太过严重。二十世纪九十年代有一部电视连续剧《上海一家人》,是我爱看的,其中

去远方
——父与子的跨国对话

的主题歌是韦唯唱的,我也爱哼几句:"要生存,先把泪擦干;走过去,前面是层天;埋我痴情,终非我所愿;一曲《行路难》,难在上海滩……""走过去,前面是层天",说得多好啊!你有兴趣的话,可以到网上看看这部电视剧。

战胜自己是极为重要的,这是因为——人最大的敌人是自己。

对于战场上的敌人,你可以用武力解决;对于身边的"异己",你可以唇枪舌剑,也可以退避三舍。别人再怎么伤害你,也只是一时,或是某件事,比如,去年你说到衡骏的那些破事。但是,我们自己性格上的弱点,往往从小到大,都会在我们身上顽强地表现出来,影响我们的心境,影响我们的学习和工作,甚至影响我们的生存状态,常常会让人感到"束手无策",使自己陷于无谓和深深的痛苦当中而难以自拔!真正能危害到自己的是自己本身,而自己如不能善于自我管理,抵制诱惑,克服困难,摒弃不良习惯,那就会让自己陷入深渊。

你的性格问题,你已经强烈意识到了。你想改变现状,你要改变现状,那么,从哪里下手呢?我看你最好调整一下自己的心态。首先,对自己和生活都要有信心。你不是能力问题,更不是智力问题,是性格问题,是心理障碍问题。你最大的敌人是自己,更具体地说,是自己心头的魔影,是心魔。当然,还有意志素质问题。要直面自己的心魔,要迎着困难上,碰到问题时,不是想着逃避,而是用种种办法克服。逃得了初一,逃不了十五啊!逃避一时,逃避不了永远啊!你的路只能你自己走。你的心魔,只能靠你自己去降服。关于逃避和意志问题,我此前已经说很多了,明天还要专门对你谈这一问题,现在就不多说了。

人的一生其实就是自己与自己斗争的过程。当你被你的负面情绪完全俘虏时,你也就坠入了痛苦的深渊。当你为争权夺利而辗转反侧、为一己之利而耿耿于怀、为年轻气盛而目空一切、为别人的恭维而飘忽迷失、为一时的失利而嗟叹悔恨、为失去的情感而垂头丧气……的时候,确实需要拿出很大的勇气来战胜自己,你要使出浑身解数,不停地安慰自己、开导自己、调整自己、鼓励自己,这时是很需要自己来拉自己一把的,因为只有自己才是自己的救世主,也只有自己才能拯救自己。

一个人心死了,即使肌体再健全,也不会向前奔跑。一个人没有积极的心态,即使条件再具备,潜能再丰厚,也没有成功的可能性。

第64封信 战胜自己

人才被埋没其实有两种情况：一种是社会埋没，另一种是自我埋没。

社会埋没人才，比较引人注目。有人痛惜，有人不平，有人呐喊。人才的自我埋没却变得无声无息的，连被埋没者本身都不易觉察。一个人要警觉社会对人才的埋没，更要警觉人才的自我埋没。当一个人被外界击倒时，他可能还会站起来，东山再起；当他被自己击倒，心中根本没有希望时，他就真的会一蹶不振，一事无成了。

正如"你是自己最大的敌人"一样，你也可以成为自己最好的朋友。当你了解到世间唯一能左右你成败的人，就是你自己，那么，你就能"化敌为友"，做自己最好的朋友。当你能接纳自己，心灵变得成熟起来，你就会欣喜地发现你已经成为自己最好的朋友了。

目前这种状况一定要改变，而且不能等，从此时此刻开始，就要着手改变，一万年太久，只争朝夕！当你开始行动时，你就会了解到真正支持你迈向成功之路的人，正是你自己。

这封信写得太长了，不知道你有没有耐心看。今天一整天，我都在修改这封信，希望把要说的问题说得完整一些，准确一些。你看完之后，要多思考，要消化，争取抽空再看一遍两遍。

明天在家，还有些话要对你说，要继续写信。好，先这样。爸爸相信你能过了一坎又一坎，不断地战胜自己！

爸妈
2010年6月26日

去远方
——父与子的跨国对话

儿子第32封来信 "一切都在秩序中吗?"

在德国人看来,在秩序中的就是好的,所以德国人做事情井井有条。当然这样也使德国人墨守成规,办事情手续烦琐,应变能力不足,不过德国人喜欢这样的生活方式。

我现在把房间收拾得很整洁,把每一个东西都放到一个特定的位置,自己看起来舒服了很多,心情也好了很多。

以前呢,我做事情一直是比较随性的,想做什么就做什么,而现在我已经开始渐渐体会到德国人的这种文化了,把一切都安排停当,心里就会感到很踏实。

爸妈:

上一封邮件我收到并看过了,开学也一个星期了,就把开学以来的想法整理一下再写一封邮件吧。这周也就不打电话了。

上次写邮件是周二,周三上午是计算机的理论课,下午实验课,实验课我上个学期已经参加过了,这个学期就没必要去了。也算轻松一点,只有一节课,没啥好说的。

星期四上电子课,第一次英语、德语混合着上,刚开学,人总是来很多,教室坐得满满的。虽然和德国人一个班,基本上都是中国人扎堆,德国人扎堆,没什么交流。这也不奇怪,彼此还不认识。教授是先用德语讲一遍课,再用英语讲一遍。德语听起来完全是天书,难怪去第三学期上课的人都呱呱叫,说上课完全就是在梦游。想来也是,英语对教授来说毕竟也是外语,说起来肯定慢,德语就是母语了,说起来噼里啪啦完全超出我的理解速度。对比之下,德语课的德语是再轻松不过了。

顺带提一下,和我们一起住的那个女的有一个同学,是大学上了两年然后申请到德国来的。他在大学学了两年德语,而他爸以前在德国读研究生,就带他到德国念了初中,所以他德语很好(许文婧应该也是这样的情况吧——就是福州大学的那个女的)。刚来要去找房子住,就先暂住我们家,也就认识了。他是去亚琛工大念的,结果他说现在去听课完全就是听天书,DSH1根本不够用,起码要DSH3才能完全听明白。

298

我们这里 DSH 的要求是 1，但即使是这样，还有很多很多的学长没有过。所以后面的课就是天书一样。一起住的几个人他们都上第三学期了，我和他们聊了一下，说现在那课实在是太变态了。所以，我觉得选择留级还是比较正确的，先把基础补上来，不然后面的课根本就不可能听懂。而据他们说，他们的课里也有很多上一届留下来的学长。

星期五上德语和数学，语言课嘛反正就是那样，看文章做题讲题，和国内也差不多，主要区别就是老师提问和你回答问题，用的都是德语。

数学课这次有了一个大教室了，基本上很认真地听完了数学课，笔记抄了不少。

总的来说第一周过得算是不错，最近应该说我的状态非常之好，和刚到德国那段时间差不多了。我相信能够坚持下去的话，考试一定不会成问题的。只是我现在还没有百分之百地投入学习当中，所以就现在的基础来说，应该还是比较吃力的。去年过得非常糟糕，你们也给我许多建议，我自己也思考很多，总结了一些问题，这个学期一开学，就把理论付诸行动了，目前为止效果还不错。

首先是日常生活，第一年两个人住一个房间，碍于面子，也会整理整理（虽然房间实际上也还是比较乱的）。独自住了以后，生活就随便多了。桌子和床上总是堆满了乱七八糟的东西，睡觉时就把床上的乱七八糟的东西搬到凳子上，起床了再丢到床上。乱糟糟的房间反映出的是乱糟糟的情绪，也使这种情绪进一步强化。桌子上堆得乱七八糟，要用的时候也懒得整理，就随随便便地把东西推到一边，弄出一块地方来，经常手一碰就有东西掉到地上，或是有时要找个东西，明明记得就在手边，但就是找不到，就感觉很烦躁。仔细想想，平常烦躁不想念书，睡觉睡不着，也许都和这有关。我现在把房间收拾得很整洁，把每一个东西都放到一个特定的位置，自己看起来舒服了很多，心情也好了很多。

这里顺带讲点文化问题。德国人经常挂在嘴边的一句话是"Ist alles in Ordnung?"，就是问你"还好吗？"，这是意译，如果直译的话，就是"一切都在秩序中吗？"。这一句简单的问候语很能体现德国人的性格。在德国人看来，在秩序中的就是好的，所以德国人做事情井井有条。当然这样也使德国人墨守成规，办事情手续烦琐，应变能力不足，不过德国人喜欢这样的生活方式。

之前看过的一篇文章谈到这个问题，说是中世纪的时候，因为地理位置的关系，德

去远方
——父与子的跨国对话

国常常成为主战场,而后又迟迟没有统一,因此,德国人缺乏安全感。一切都井井有条的社会能给他们安全感,所以他们并不在乎随之而来的烦琐。

以前呢,我做事情一直是比较随性的,想做什么就做什么,而现在我已经开始渐渐体会到德国人的这种文化了,把一切都安排停当,心里就会感到很踏实。

而这种对秩序的爱好也不仅仅属于德国人,我非常喜欢的一家美国公司也拥有这种传统,那就是苹果公司。说到这个领域,你们可能不是太熟悉。这是我最热衷的领域,你们也就听听吧。与德国文化相比,美国的文化更多元,所以美国人给人的印象自然是很多种多样的,而不同的公司也体现了美国人的不同性格。现在苹果如日中天,市值超过微软,直逼五百强第一,风头强劲得不行。但是,十几年前苹果却由曾经的辉煌走向破产,苹果的这段发家史可以说是科技界最著名的肥皂剧。你们应该没听过,我也不多说了,简单地说就是,微软打败了苹果,用"开放"打败了"封闭",而十几年后苹果重新战胜了微软,靠的却是同样"封闭"的 iPhone(苹果手机)。

作为科技界的两大巨头,苹果和微软经常被人放在一起做比较,微软的 Windows 取得了巨大成功,靠的是开放的硬件平台和开放的系统构架,简单地说,你可以自由地向配件厂商买配件,然后把它们装成一台电脑,或者向任意一个厂家买一台组装好的电脑,选择权都在你。你也可以随意地在 Windows 下开发和运行各种软件,受到的限制很小。而苹果是全封闭的系统,你要使用苹果电脑,就得买苹果生产的配件,配置没有太多选择,只能用苹果提供给你的。你(曾经)只能用苹果的操作系统。你只能在有限的条件下运行和开发你的程序。这些限制可能让一些人感到不舒服,但这实际上体现了苹果让一切都井井有条的一种理念。

以前我像大多数人一样,是 Windows 用户,但是,用了苹果的东西之后,我就被吸引住了,不是被华丽的界面,而是被一种从系统底层设计就能感觉出来的有序感所吸引。Windows 非常开放,但是这也带来了许多问题,无穷无尽的漏洞和补丁,无穷无尽的病毒,没完没了的崩溃、卡机,以及各种稀奇古怪的问题。而一切都在控制中的苹果系统不存在这些问题(不过,感觉在娱乐方面似乎控制得有些过于严格了)。

我现在把自己的台式机装成了苹果系统,虽然不是苹果电脑,可能有这样那样的问题(我已经基本上不用 Windows 了),感觉很多软件设计得很巧妙,也很漂亮,能吸引我去使用,会想去记账和写日记,也是因为有很棒的软件。

儿子第32封来信 "一切都在秩序中吗？"

还有就是，爸爸总让我把要做的事情都记下来，然后一件一件去办，提高效率也免得忘记事情。我对这个也比较感兴趣，有专门的软件处理这些问题的，叫"生产力"，以前我对这些软件的使用一直停留在表面阶段，想到什么事情记下来，但记了几天总觉得没什么事情好记的，于是也就不再去记了。最近用了一款比较专业且复杂的软件，让我渐渐对这类软件的意义有了深入的理解。通过这些软件不应该只是简单地把事情记下来，想到的时候瞟一眼而已，而是应该把一件事情细化到具体每个步骤，给每个步骤安排一个时间，然后按部就班地完成。如果只是记录一个笼统的事件，比如学德语，往往在要做的时候感觉无从下手，因为这个面太宽了，做起来无所适从，就这里看一眼那里看几行，很没有效率。这个软件还有一些很巧妙的结构，我就不和你们细说了。

感觉我现在的生活是很数字化了，这个时代没有电脑真是寸步难行。电脑和iPad的信息都是随时保持同步的，随时查询、记录都很方便，像学校现在这种混乱的课表，如果用纸笔记录想必是要麻烦死了。

乱七八糟讲了这么一堆，似乎有点扯远了，你们应该也不是很了解这个领域的东西，我就随便讲讲，你们随便看看就好。我想说的其实就是，我现在开始渐渐懂得管理自己的生活，学会计划一些事情，这和以前的我应该说是有很大不同。不过也有可能这只是我一时的热情，还不能太乐观。

这封信断断续续，分了几次写，刚开始写的时候还是开学的第一个星期。到了现在——第二个星期——我就明显感觉热情不如一开始了。不过这也是正常的，人在刚开始的时候总是状态最好的，不过现在我也认识到了这一点，所以我会试着保持下去。过了一年无比混乱的生活，我自己是深感烦恼，每天睡不好实在是不太舒服的一件事。现在每天晚上12点能按时睡觉，第二天天亮了就能醒来，应该说在这点上我还是感觉很幸福的。

现在每天去学校，课虽然还是比较无聊比较不想听，但是渐渐地感觉有点找回自己，上完课在食堂排队吃饭，吃完几个人坐在地上晒晒太阳，抽两根烟，感觉人生是不是就该这样呢？这里实在是比较宜人，天总是很蓝，微风吹着也很舒服，虽然有点冷，图书馆前一大片草地赏心悦目。静静地处在这样的环境中，我好像就不再会去想那些烦恼的事了。

301

去远方
——父与子的跨国对话

回头想想，今年状态比较好，很可能是因为压力小了，我还没有学会正面地面对压力。当压力很大的时候我就会选择逃避，这就是去年的我。现在我知道我把一年的课分成两年来上了，我有许多的时间，我知道下面的课将会是什么样子，也知道我有了一次重来的机会，这些都让我感到很安心。以前想到那些我心里没底的科目，就睡不好觉，就不想去想，于是我就整天打游戏，因为打游戏的时候注意力高度集中，不会去想这些事情。

可能我并不是很适合高压力，如果我能按我自己的步调走，有时间供自己计划，我就会觉得舒适和自信很多。

现在每天也锻炼身体，做俯卧撑，有时候也出去跑步。我仔细想了，去年为什么上课总是犯困，困到几乎无法控制的地步，吃的应该没问题（我在国内的时候也犯困），想来想去就是缺乏锻炼的原因了，现在每天保持一定的运动量，早睡早起，明显就不容易困了，看来还是很有效果的。

还有，关于德国人问题，你说德国人比较严谨，应该不会犯这样的错误。我想这样说其实是将德国人扁平化了，德意志民族固然具有他们民族的性格，但是这个民族中的每一个人也还都是不一样的。他们也像中国人一样，不同人的价值观和行为方式有着巨大差异。而且德国作为一个西方国家，文化和血缘都更加多元化（虽然德国人一直说德国人比较排外，不愿意和外国人通婚，但这只是相对于其他西方国家而言罢了，中华民族的血统纯正性显然是德意志民族所无法比拟的），而现代的德国人也面临价值观的剧变，关于这种剧变，有一个专门的词叫"Wertewandel"，指的就是当代德国人已经渐渐抛弃德国传统价值观的现象。不过这些都扯远了。我想说的就是，在国外待了两年，早就已经知道，国外不是天堂，外国人也不是那么神圣的，无论在世界的哪个角落，人最基本的人性都是一样的。外国人也有各种各样奇怪的偏见和习惯，每个人都是不一样的，这里有工程师，也有整天闲逛混饭吃的；有和蔼可亲的老太太，也有面目可憎的糟老头；有热心帮助你的人，也有一毛不拔抠门得要死的人。他们有更好的制度、传统。这样的制度和传统可以将社会保持在一个比较良好的方向上，但是这样也不能认为，构成了好的社会的就都是好的人。

德国人的办事效率，可能是所有到德国来的中国学生最早感觉到的。以前总听说德国人严谨认真,办事效率高。严谨认真倒是没错,可是办事效率高可就一点影子也看不到。办张电话卡,等半个月;办个网络,等两个月。各种烦琐的合同,寄过来要你签,签完再寄回去,然后再有表格过来。还不时听同学说,联系老师办个什么事情,就没下文了。

  不过这我倒是没遇到的。在这里沟通倒是高度电子化,有什么事情发一个邮件,很快就能有回复。问事情什么的也都很方便。也许那些事情没办好的同学是有自己的原因,因为无论如何德国人守时这点还是错不了的(上课迟到的永远是国际学生,不只是中国学生),而他们习惯把一切都记在日历上,把每一件事情都安排一个时间段,要与某人见面必须先预约。这是我现在正在学习的。不过顺带提一句,有时候这显得有些过于迂腐了,之前看的一篇文章,根据德国人的传统,如果要登门拜访,符合礼貌的做法是至少提前半个月预约,到达时间精确到分钟。一个电话打过去说明天要去见你,往往是不礼貌的,而没有事先约好,直接上门拜访八成都会被拒之门外。之前看过一个漫画就是讽刺德国人的,甲想和乙约在某天见面,乙翻开自己的约会本(德国人这个本本都是随身带的)说,对不起那天我没时间,因为我计划在那天什么也不做。这其实可能是欧洲的传统,据我所知,英国那些老绅士,规矩远远比这个多。

  杂七杂八说了这么多,差不多就先写到这里吧。由于分了几次写,可能条理比较乱,也有可能有些东西写重复了,反正也是私人信件,就随便点吧。先这样。

儿子
2010 年 10 月 14 日

第65封信 坚持，一切需要坚持

做每一件事都要有恒心，种瓜得瓜，种豆得豆，长期坚持，必有好处。这一点，我是深信不疑的。

希望你要坚持好的习惯，要在自己熟悉的、感兴趣的领域不断探索，熟能生巧，久而久之，肯定会开花结果的。

一切成就都是长期不懈努力的结果。没有长期的付出，就不会有收获。

儿子：

你十几日写就的长信收到有一些日子了。最近，忙得焦头烂额，趁今天周末，赶紧给你写回信。

你这封信，我和妈妈都看了两三遍，写得真好。不仅文字干净，更重要的是思路清晰，心情平和，思想有一定的深度。

下面是我读信时的一些杂感，你看看，有没有值得稍加注意的地方。

新学期有了新的状态，有了好的开头，渐趋佳境了，这是很让我们欣慰的。只要你好了，我们的一切感觉也都会好；你感觉不好，虽然我们知道一切需要一个过程，但总会牵肠挂肚。所以，你一定要努力保持好的状态。

你现在已经有比较好的心理素质，知道好的状态可能会有反复。有这样明确的意识，应该更有益于好习惯的养成。事先有这样的心理准备，即便是反复了，也能坦然、理性面对。有反复也算正常，人又不是机器，怎么可能天天都是良好的状态？另外，习惯的养成是一个过程。对自己的要求也不要太高，太高了，实现不了，反而不容易坚持。慢慢来吧，相信你会更好更有效地管理好自己，安排好自己，照顾好自己。

月有阴晴圆缺，心情有好有坏，状态或好或稍不那么好，这都是正常的。我似乎对你说过，人的心情是周期性的，据说月圆的时候，因为地球引力还是海潮的什么原因，人的情绪比较不稳定，犯罪率就会有所提高。这是自然对人的影响。天气非常闷热的时候,是不是也会影响人的情绪?

还有生理问题对人的影响。我有一个切身的体验,血脂高的时候脾气不好,睡眠不好,如果及时吃药了,至少睡眠状况会得到一定的改善。

人要了解外在因素和内在因素对自身状态的影响。有了对外在和自身状态的理性了解,有了这样的自觉意识,有益于有效的自我调控。

问题的关键不在于心情是好是坏,也不在于状态是好是坏——时好时坏有时是难以避免的——而在于尽量更多的时候保持良好的状态;更为重要的,在于要有自我控制和自我调节的能力,不能让恶劣的心情和糟糕的状态长久地困扰着我们,要有自我把握、自我解脱的能力,就如你说,要管理好自己。

开头好,这是难能可贵的;坚持下去,争取长久地好,这就要有稳定的良好的心态和持之以恒的毅力了。我读书的时候,有一段毛泽东的话是大家耳熟能详的:一个人做一点好事并不难,难的是一辈子做好事,不做坏事。我把这话套过来,一个人坚持几天也不难,难的是坚持到底,绝不松懈。"样板戏"《沙家浜》中有一台词,也经常影响着我:胜利就在最后坚持一下的努力之中。总之,这学期有了好的开头,这是难得的,也是值得珍惜的,好习惯一定要坚持下来,甚至变成生命中的惯性动作。

你现在把房间整理得井井有条,这就是必须要坚持的。这里,我要自我吹捧一番。你看我有那么多书,我基本上知道每一本书在哪里。我电脑中有那么多文档,也基本上能找到文档。要管理好这么多东西,最重要的是要进行分类。以三楼书房为例,三楼主要藏有外国文学。如此,一需要外国文学作品,就往三楼去就是了。同时,书柜上各层次也有区分。我的分法也许与别人不一样,但我心中有数。第一、二层是英国文学;和英国文学靠在一起的是美国文学,因为美国是英国的儿子,所谓英美英美,两家肯定要搞在一起。以色列是亚洲国家,我关于以色列的书不多,考虑到它是美国"抚养"大的,我就把那不多的几本书摆在美国的边上。至于英国这一层,也按作家的时间先后,从莎士比亚到狄更斯……按时序给排下来。你再看我买了很多塑料的办公抽屉,家里从病历到药品,从书稿合同到你历年的成绩单,都各归其所,想要了,基本上都能立马找到。鲁迅也是这样,或者说,我这一套是向鲁迅学来的。鲁迅的藏书非常之多。1926年,他南下厦门,这些书当然不能带走,他做学问时不时想起这些书,有的在厦大图书馆找不到,他就写信向北京要,让他们寄。当时替鲁迅照顾北京的家的是鲁

去远方
——父与子的跨国对话

迅的小同乡许羡苏,鲁迅写信给她,说哪本书在哪一个书柜的第几层,第几排,第几本,基本不错。读书人对自己书的位置的了解,就像一个部队首长对自己战士所处方位的了解,一定要了然于胸的。

总之,这是自我训练和自我管理的一种,一定要持之以恒,变成一种生活的习惯。

从要坚持好的习惯,我又想到了另外一个相近的问题,那就是做每一件事都要有恒心,种瓜得瓜,种豆得豆,长期坚持,必有好处。这一点,我是深信不疑的。

我们家可以说是生活在社会的底层,你的爷爷、奶奶,年轻时都是农民,后来进城了,当了工人。用今天的话说,你爹我是第一代农民工的子弟了。中国有一句名言:三代之前,都是农民。意思是要大家关注农民和农民工的命运,给他们更多支持,让他们在更公平公正的社会环境中生活。事实何尝不是如此呢?那些革命家庭出身的子弟,他们的父母参加革命时也都是农民,严格地说,也都是农民的子弟。

话说远了,打住。因为生活在底层,我见多了下层人的挣扎,也见多了他们的奋斗。

我说两例吧。

一是傅某。傅是农民的儿子,但他在农村属于比较聪明的一类人,上了高中。毕业后,他返乡在大队工程队工作,先是负责保管工具,由于他好学,学会了简单的绘图等。总之,在工程队中,他是出类拔萃的,不要干苦力活,属于"吃软工"一类。后来,人民公社解散,大队工程队自然也散伙了。他跳出来承包了大队工程队。他接到的第一单生意,就是修福州东站到登云水库上面的山尾村那条路。也可以说这是他淘到的"第一桶金"吧。他没想到修路这么赚钱,路面的水泥铺得稍薄一点,就进了大把的钱;挖的土方,也只是估个大概。路修好了,接着又给大队盖学校。可是,都做好以后,大队却没钱给他,或是钱给得不够。这样,大队就用一块地对抵。他用这块地盖了两栋宿舍楼。当时,正好福建机械学校迁到郊外,学校急需宿舍,他就把这两栋楼卖给了机械学校。如此,他摇身一变,就成了最早的房地产商了。现在有多少资产,天知道。

傅某为什么会成功呢?我认为,就在于他坚持在一个他熟悉的行业不断地折腾。他是从看工具、绘图做起,每一个环节都烂熟于胸,所以他懂得从哪一个环节偷工减料,懂得让对方用土地抵工钱等。一直干这一行,他成精了。

第 65 封信　坚持，一切需要坚持

一是我们西河里邻居。那个人叫什么名字都不知道了，好像姓官。他们家前三代都是捡破烂的。他的父辈捡了破布，洗干净了来卖给工厂，工厂用来擦机床；后来，他改为收购旧衣服，用途一样；再后来，他就不到处收购了，而是总收购，成了捡废品的小头目，大家收购的旧衣服集中卖给他，他把衣服统一卖给工厂。到了二十世纪八十年代中期，工厂工人已经不怎么穿工作服了，工人们就把崭新的工作服卖给他，他把工作服收齐了，再卖给工厂劳保科，劳保科收齐了，把工作服发给职工，职工再把衣服卖给他……如此循环往复，工作服基本不变，倒来倒去，他赚钱了。后来，他开了一家鼓山针织厂，听说发大财了。

他和傅某一样，都是在自己熟悉的行业反复捣鼓，一直坚持，终于找到了窍门。

马克思说，一个人，从乞丐到暴发户，可能只要一夜之间；但从乞丐到贵族，需要一百年。在这一百年的进化历程中，又有多少暴发户再次成为乞丐，甚至是阶下囚呢？

说这么多，就是希望你要坚持好的习惯，要在自己熟悉的、感兴趣的领域不断探索，熟能生巧，久而久之，肯定会开花结果的。

一切成就都是长期不懈努力的结果。没有长期的付出，就不会有收获。

你信中说，过了一年无比混乱的生活，自己是深感烦恼。每天睡不好实在是不太舒服的一件事。我对你说过，好的睡眠是保证新一天高效工作的关键之所在。长期失眠，不仅影响人生观，甚至影响世界观。得抑郁症的人都是睡眠不好的，如果好，就不抑郁了。睡眠不好，生活就乱，学习工作没有效率，学习搞不好，心情灰暗，反过来又影响了睡眠。这道理我反复讲了，你也心中有数。

现在，你每天晚上 12 点能按时睡觉，第二天天亮了就能醒来，这是好习惯。好习惯到头来会回报你的，会让你感觉生活还是多么美好的。

其实，幸福有时是很具体的，睡不好觉时有了好睡眠，就会感到生活竟是这么美好；尿急得不得了，找不到厕所，正在跳脚时，厕所现身了，就会感到如释重负，快乐无比……

记日记等，不仅仅是软件问题，软件好，只是工具好，这值得肯定，关键是要把这当作生活的习惯。你现在也二十出头了，应该努力为自己的生活留下记录，为将来留下

去远方
——父与子的跨国对话

有意义的纪念。生活是需要审视的,经过审视的日子是生活,未经审视的日子叫活着。如何审视自己的生活?写日记就是一个好的审视办法。

你信中说,这个学期上课都做笔记,这很好。做笔记的重要性就不用多说了,我想,这在上小学时老师就应该强调过的。问题是,一般小学、中学阶段,都不太容易引起高度关注,估计笔记都是时做时不做。我曾经也是这样。后来,我参加各种学术会议,年纪愈大了,愈像一个小学生,倒都是认真地做笔记。我觉得做笔记是强化记忆,也为日后复习提供根据。现在,事情多了,时间久了,总有一些东西会忘记,或是记得不那么精确,重新查找笔记,就像再见故人一样,一切历历在目。这个习惯一定要养成并坚持下去,将终身受益。

这封信中提到那个同学,在国内读了两年大学,学的还是德语,到国外却听不懂。我以为,这是中国教育的失败,中国是"考试外语""哑巴外语"。

语言这东西,本来就是工具。比如父母教孩子学语言,不就是说话吗?哪里有那么复杂?比如一个外地人学福州话,不也就是一句一句地学吗?有谁抱着一本书学福州话的?你现在身在国外,一定要珍惜学习语言的特殊环境。能懂两门外语,这也是立于不败之地的本钱。

关于苹果产品,几年前领教过。出版社买电脑,只有美编买苹果产品,当时一台苹果电脑是4万块钱。其他人不是联想就是戴尔。如此看来,苹果产品应该是质量特别讲究,属于精英一类;而其他的,则是大众化的东西。作为使用的物品,在经济条件许可的前提下,宁可贵一些,也要好一些。比如装修房子,我买的水龙头等都是最好的,装了好长日子了,不容易损坏,客观上也减少了很多麻烦。可能这与电脑不好类比。总之,追求高品质的物品,宁可少一点,也要好一点。从长远看,可能更为节约。比如美国的高速公路,品质很高,艾森豪威尔时期修建的,到现在还好好的;不像中国的高速公路,才通车,就这里地陷,那里桥断。据说中国高速公路的问题还因为超载太厉害,不完全是建设问题。

你说,微软曾经用"开放"打败了苹果的"封闭",而十几年后苹果重新战胜了微软,靠的却是同样"封闭"的iPhone(苹果手机)。苹果超过微软,我理解,应该说是用规矩打败了弹性。西方人有坚持,苹果坚持了这么久,要是中国人就不行了,不可能有这么大的耐性。中国人是最为急功近利的,拼命追求利润、利益的最大化。

不过,我以为,微软和苹果各有追求,一个是大众化的,一个是精英化的,他们都能坚持、坚守。凡是能坚持到底的东西,应该多少都会得到回报吧?怕就怕左右摇摆,一会儿走大众的路,一会儿走精英的路,哪边好了,往哪边靠,最后必然失去自我,是自我的终结。

还有,中国人崇尚中庸,可能的思路通常是,两边都来一下,有微软的灵活,有苹果的规矩,号称两边的好处都学来,可是,结果经常是两边的好处都没有学来,倒是有可能学到了两边的坏处。

美国是移民社会,这决定了它的价值多元化。中国人在唐人街建立的实际上是一个微型的中国社会;以色列人、古巴人、墨西哥人等等,在美国都有自己的社区。苹果老板的价值观与德国人较近,他会不会有德国文化的背景呢?

当然,也未必有德国文化背景,为什么一定要有呢?为什么德国有的美国就不能有呢?你信中关于把"德国人扁平化了"的见解很有独特性,是的,每一个个体都是独立的存在,每一个个人都是独立的世界,不能用一个大概念来替代所有的小概念;一个大筐,里面装的肯定是各色货物;世上没有两片一样的树叶,何况人?我们不能用一把尺子来量所有的人。看来,我儿子今年确实更加成熟了。

你这封信并不像你说的那样,写得比较乱。思路还是十分清晰的。自觉不自觉的,在写作方法上有一特色,那就是对比,最明显的是苹果和微软的对比,还有,今年的状态与去年的状态的对比……对比是一个好办法,很多看不清楚的问题,通过对比就一目了然了。白之所以白,只有与黑摆在一起,才能更显其白。研究问题,写论文,经常需要对比,在对比中得出结论,才是最有说服力的。写信如此,写论文、搞演讲,都应该考虑适当采用对比的办法。

妈妈说,你与她聊电话时说,你打算去打工了。这是一件大好事,说明你能走出去了。走出去比打工本身更重要。融入社会,学会生存,男儿当自强;面对人海,气宇轩

去远方
　　——父与子的跨国对话

昂,我心多豪迈。不过,我看一周只能去一天,任何时候都不要忘了,我们是去读书的,学习压力还是很大的,孰重孰轻,一定要心中有数。另外,做什么工作呢?如果定下来,望告诉我们一声。要是与机器打交道,一定要注意安全。

　　信写了一天,六千余字,就此打住。

爸妈
2010 年 10 月 23 日

儿子第 33 封来信 打工与黎巴嫩人

爸妈：

信我草草看了一遍,有空再看看。今天先简单回一点。

昨天给妈妈打电话说了不少,想必她可能没有讲得很清楚。我以前就一直有打工的意愿,不过,找工作、在哪里工作,都是麻烦事,再加上还有一些手续要办,就一直拖下来了。这次正好有一个同学在电脑厂打工,说他们那里缺四个人,问我要不要去。我正求之不得呢,肯定要去的。明天要去亚琛一趟,签一下合同什么的,我还不是很确定是不是能签下来,也不知道时间是不是和我的课冲突。不管怎么说,电脑厂的工据说是比较好的,仅次于我们学校食堂的工(食堂其实更累,但是就在学校,不用大老远地跑)。

会让留学生去干的都是些体力活,所以与国内相反,在这里找工作男生要有优势一点。一般最常见的是饼干厂和巧克力厂,负责成品装袋什么的,去的同学都说,回来看到饼干都恶心,一天八个小时就持续做一样的动作,机械劳动不用大脑,所以反而感觉累。还有就是些给集装箱装货什么的纯体力劳动。相比之下,电脑厂的工比较好,体力劳动强度不是很大,也需要动一点脑子,不会觉得太枯燥。

我现在急着想去打工,主要是苹果前几天新出了一款笔记本,我很想买。现在不像以前天天宅在家里,每天去上课经常有课间一两个小时的时间无所事事,所以觉得一个笔记本还是很有帮助的。只是苹果的东西太贵,要 1000 欧。我想,如果能找到工作的话,就去分期付款买,还两年的话,月供 50 欧吧,按我们这里的打工收入,一个月只要干一天就能赚够这个月供,虽然两年期算起来要差不多 100 欧的利息,如果有收入的话也不是不能接受,就是打两天工的钱。

我现在每个星期三没课,可以去打工(星期三是实验课,去年我已经上过了),如果电脑厂要我的话,早上得很早去,干到下午 5 点半。一周估计只能打一天工,也许能挤

去远方
——父与子的跨国对话

出第二天来，不过，那样的话可能要多缺点课。电脑厂倒是没有夜班的工，夜班就是晚上10点上到第二天上午6点，好些同学去打这种工的，工资要高一些，一天70欧左右。

还有就是不知道妈妈是否和你说了，最近我认识了几个"老外"，是黎巴嫩人吧。以前如果没有心理准备，突然要和"老外"说话，我就会很紧张。最近发现，好像如果我一直想着要和"老外"说话，比如说事先约好了要去见教授，或者打电话联系什么事，我就会很紧张。在街上碰到"老外"，没啥心理准备的时候，我反倒不紧张了，聊起来英语混着德语，乱说一通。两个"老外"都是黎巴嫩人，一个是班上的，一个是在我们这开出租的，都是他们来借烟认识的。开出租的那个"老外"比较有意思，他说他还知道凤姐，还知道"妇炎洁，洗洗更健康"……不知道是哪个调皮的同学教给他的，哈哈。聊了几次天，发现我的口语并不像想象中的那样差，特别是英语，我觉得已经可以很流利地沟通了，只是德语的词汇量还太少，总是一个东西半天想不起来德语怎么说。不过这种情况非母语的人都会出现的，甚至是英语非常流利的教授，讲着讲着也会插进去几个德语词，意识到以后停下来想半天，英语怎么说的来着？

学习的情况其实还是比较严峻的，前几天上电子课，教授就说了，按往年的经验，第一学年，中国学生和德国学生的成绩是差不多的，中国学生还略好一点。到了第二个学年，灾难就发生了，中国学生的通过率瞬间跌到了非常可怜的地步。现在学德语的状态应该还是不错的，学理科似乎潜意识有点排斥心理，总是无法集中，不过我相信我会克服的。

今晚还要写作业，先写到这里。

儿子
2010年10月25日

又：今天去了电脑厂，说下个星期四、五去培训一下就开始上班了，是修笔记本，拆了看什么有毛病就换什么。两个月内要达到每天修7台的水平，不然就不要你了。超过7台每台有7欧的奖金。时间还不错，上午9点上到下午5点半，不过我们还是得6

点 50 分就要出门。工资差不多 8 欧一个小时,退税的话每小时应该是 1 欧多,回头攒多了一起去退。

儿子
2010 年 10 月 27 日

去远方
——父与子的跨国对话

第66封信 打工与上好社会大学

上大学,不只是读书,如果只是读书,似乎可以不上大学,在现有条件下,我们在家就可以读书了。大学把来自五湖四海的年轻人集中在一起,同学和同学之间的互动,这也是一种大学,可能是更重要的大学。我们在同学身上学到的,也许不会比在学校学到的少。上大学,还为接触社会提供了广大的空间。高尔基写了《我的大学》,他上的就是社会大学。当然了,像高尔基那样,只上社会大学肯定是不行的。总之,你在上好学校这所大学的同时,也要上好社会这所大学。

儿子:

周三周四,上了两天的班了吧,一切都好吗?有空把情况对我们说说。

我最近忙得不亦乐乎,也没太多时间给你写信。这个学期,你的状态从总体上看很好,我们也没有什么太多的话要说了。

这份工作,是你融入德国社会迈出的第一步。万事开头难。有了这第一步,以后的路就好走了,也就好办了。此后,我们都应该这样,一步一步,扎扎实实地走好。

早上那么早出去,晚上八九点才回来,一天班上下来,肯定是很累的。一个星期少了两天读书和休息的时间,这意味着学习压力同时增加了。你对妈妈说,你最近也很忙了。这样也许不是坏事。压力大一点,忙一些,效率就会更高。以下几点,算是唠叨吧,再提醒你一下:

一是早餐一定要吃,要吃好,特别是去上班了,要干一天的活,不吃好早餐怎么行呢?早餐是一天体力和精力的保证。

二是上班回来,搞一下个人卫生,要抓紧时间休息,第二天或是要继续上班,或是要上课哩。最近晚上都能按时休息吧?

三是要把工作做好,要学习德国人工作认真的态度,精益求精。这是培养自己的职业精神,也是一种职业素质。宁可慢一些,也一定要做得好一点。这次找的工作,对你来说,应该没有太大的技术方面的压力,甚至可以说是轻车熟路,这会提高你的工作热情和积极性。当然了,做久了,你可能也会感到单调,感到烦,此前你帮人修电脑不是偶尔也感到烦吗?当有这样的情绪出现时,你要想到,这是谋生的需要,有钱赚与义务劳动毕竟要不一样;与到饼干厂工作的同学比,不是要有趣多了吗?

四是要注意观察工厂的管理,比如领导你们的那个德国人是怎么管理的?在某件具体事情上,我们会不会处理得比他更好?水往低处流,人往高处走。我们总是要不断地改进自己,不断地改变自己的生存状态,提高生活的幸福程度的,而这一切改变的前提,就是自己综合素质的提高。平时点点滴滴的积累,就是提高自己的一条必经之途。总之,我们要做这方面的有心人。

上大学,不只是读书,如果只是读书,似乎可以不上大学,在现有条件下,我们在家就可以读书了。大学把来自五湖四海的年轻人集中在一起,同学和同学之间的互动,这也是一种大学,可能是更重要的大学。我们在同学身上学到的,也许不会比在学校学到的少。上大学,还为接触社会提供了广大的空间。高尔基写了《我的大学》,他上的就是社会大学。当然了,像高尔基那样,只上社会大学肯定是不行的。总之,你在上好学校这所大学的同时,也要上好社会这所大学。

上回你信中说,最近认识了好几个黎巴嫩等国的朋友。这也是很让我们开心的。世界越来越小,越来越地球村,假设将来各大洲都有你的朋友,这是一件多么有趣的事!到那时,见识肯定不一样,胸襟绝对更开阔,房多的朋友遍天下。朋友将是你一生受用不尽的财富。

时间更紧了,周六周日好好睡睡觉,安排好生活,搞好卫生,也要锻炼,然后要把落下的功课给补上。学习的方法,无非是事先研读,带着研读后归纳出来的问题听课,这样听起课来目标更明确,也就不累了;再有就是把没有上的课通过自学给补上。估计你周末要挤出一天时间读书、做作业了。

一早起来给你写信,这会儿要上班了。儿子,这些日子你状态好,我们也很开心。先写到这里。多保重,照顾好自己。

爸妈
2010 年 11 月 12 日

去远方
——父与子的跨国对话

第 67 封信 孩子是父母一生致命的牵挂啊

  因为我强烈感觉到生命的短暂，所以我对你没有太多的要求，只希望你能过得快乐，只希望你尽量过得有意义。生活中会有很多很多的困难，爸爸希望你有直面困难的勇气，有百折不挠的韧性。生活的烦恼是无边无际的，有什么办法呢？没有办法，只能不屈不挠，收拾心情，尽快地奋然前行。

  爸爸要实现梦想，晚年的梦想，就看你有没有出息了。你如果有出息，安家立业了，有自己的生活，有自己爱的人，爸爸也才能在自己的梦想之境优哉游哉地安享不多的幸福时光。将来，你有了孩子，你就会慢慢体会到，孩子是父母一生致命的牵挂啊！

儿子：

  我明天一早去台湾，参加书展，要去十一天。回来两天后，又要到北京参加图书博览会，既然去了北京，要拜会一些老朋友，探讨明年的选题，估计也要待十来天。这次出门没有带电脑，无法在 QQ 上给你留言，另外，今年似乎还没给你写一封信哩，所以我要赶着写这封信。

  到海峡社以来，是我一生中最为繁忙的时候，每天一早就上班，到了办公室，如果没有及时沏茶，有时一上午就忙得喝不上茶了，有时连上厕所的时间都没有。为什么会这么忙呢？海峡社是不大不小的单位，但是福建省内唯一的一家文艺出版社，方方面面来找的人比较多，每天一个一个地接谈。海峡社还要与各级宣传部、文联、作协、教育局等机构打交道。就内部而言，有与印刷厂的业务问题，有购买纸张的问题，有办公室等人事行政问题，有各个编辑部的选题问题，有教辅问题，有财务和审计问题，有党支部的问题，有工青妇的问题，有离退休老人的问题，有主业之外业务发展问题，有与书店及个体书商打交道问题，甚至还有员工子女的上学问题……总之，上面有考核指标，下面等着发工资奖金，实在是苦不堪言、苦不堪言！

  而且，三天两头有应酬，酒肉穿肠过，就是没有时间锻炼。在《开放潮》的时候，每天还有一个小时左右的步行时间,到了海峡社,锻炼的时间也被剥夺了。长此以往,身体肯定一天一天地坏下去。爸爸年过半百了,这几年的工作摧残也不知道能不能扛得过去。如果扛不过去,大约退休前后,也是老死之时吧!生死有命,寿限在天,不好强求。

中国出版也是官僚机构,至少是官办机构。当官实在不好。一个"老外"说,中国人没有宗教信仰,如果硬说有信仰的话,那就是信仰权力。你在这个位置上,看似风光,年轻人见到你,就会侧身一边,谦恭地说:"社长好!"好什么好,我丧失了自我,自己想做的事没法做,时时刻刻周旋于无聊之间。

最重要的是,出版是夕阳产业。在无比强大、铺天盖地的网络面前,纸质出版的消亡只是时间问题。当然,会留下一些,以后的书,我估计将绝对地精品化、艺术品化,会有一些发烧友收藏。但是,这样的出版界是绝对养不活这么多的出版从业人员的。

一些东西诞生了,一些东西消亡了,这是自然规律。曾几何时,电报代表了最先进的科学发明,现在有了手机短信,谁还会去打电报?就是最优秀的企业家,估计也经营不了电报局。离我们不远的柯达胶卷、富士胶卷,有了数码相机,不是已经基本上退出历史舞台了吗?有了大桥,摆渡人自然下岗。这类例子不胜枚举啊!我想,传统出版也是夕阳产业,虽然还没有电报业那么惨,但它的消亡也只是时间问题。现在,我就被安排到这样艰难的岗位上。我将自己称为"托起夕阳的人"。托起夕阳,这是不是比与风车作战更不可理喻?是不是有一点精卫填海一样的悲壮?

我到海峡社不久,就写过一篇文章,题目叫《托起夕阳的人》,一个网友给我留言:"艰难方显英雄本色。"我自然不是什么英雄,但是,"艰难方显男人本色"应是实在话。每当我特别困难的时候,我就会想起这句话。真应该感谢这个网友。我常常提醒自己,不艰难,要我干什么? 一个人的一生,估计总会有一段无比艰难的时光,总会有的。与其叹息,不如直面;与其苦恼,不如奋斗。

爸爸一生,从不稍有懈怠,总是不断地努力再努力,抗争再抗争,也可以说是挣扎再挣扎……就这样,不知不觉,老之将至。人生实在有诸多无奈,人生不如意十有八九啊!回头看,我像你这么大年龄时的往事历历在目,就像昨天一样。时间过得实在快啊!你有没有这样的感觉,2000年的世纪之交,就像昨天一样。

现在,我已经决定了,无论如何只能干到五十五岁,最多干到五十六岁,我一定要提前退休,一定要为自己留下一些有意义的时光,一定要善待自己。我真的有一个梦

去远方
——父与子的跨国对话

想，将来，我退休时，到江南一带，不一定是大城市，应该是小城市，绍兴啊，宁波啊，江阴啊，扬州啊……是小城市，人口不多，还是小城市的郊区，租一农民的房子，有院子，上下两层，墙是青砖的，院子的围墙是鹅卵石砌成的，有小池塘，十几二十平米吧，养一些鱼，有一块小菜地，种若干菜，有狗，有花，有鸡鸭……最重要的，有书，有电脑，干一点农活，读一点书，码一些文字。最后，像马克思那样，死在藤椅上，一个人静悄悄地工作着读书着死去。是的，不一定要拥有这样的房子，只要租到这样的房子。

因为我强烈感觉到生命的短暂，所以我对你没有太多的要求，只希望你能过得快乐，只希望你尽量过得有意义。生活中会有很多很多的困难，爸爸希望你有直面困难的勇气，有百折不挠的韧性。生活的烦恼是无边无际的，有什么办法呢？没有办法，只能不屈不挠，收拾心情，尽快地奋然前行。

爸爸要实现梦想，晚年的梦想，就看你有没有出息了。你如果有出息，安家立业了，有自己的生活，有自己爱的人，爸爸也才能在自己的梦想之境优哉游哉地安享不多的幸福时光。将来，你有了孩子，你就会慢慢体会到，孩子是父母一生致命的牵挂啊！

不过，你也不要有什么压力，我这也只是说说而已。我相信我儿子肯定会有出息，肯定不会辜负爸爸不高的期望。我见多了现在的孩子，我们单位最小的员工也只比你大一岁，是1988年生的，但是，不论大小，他们可能考试考得比你好，但比你更优秀的实在不多。

好了，马上2点了，修改好这封信，估计要到3点了，夜已深沉，明天的路还长，爸爸要休息了。你要安排好自己，驾驭好自己，照顾好自己，最重要的，要让自己快乐。

我开通了国际漫游，你可以给我打电话。

爸爸
2011年8月17日

因为父母太忙，也因为孩子长大了，此后，我们多是电话联系。孩子像奋飞的鸟，在自由的天空翱翔……

孩子啊，无论你走多远，都走不出爹妈的视野啊！天下所有的孩子，都是爹妈一生致命的牵挂啊！

附录一：儿子小时候的故事

一、取名记

（一）

我身上还有未脱尽的孩子气，自己的孩子就要诞生了。老实说，一切都没有准备，是诚惶诚恐，且喜且惊。怎样为人父为人母，没有想过，孩子要来了，于是就来了。

初为人父，送给孩子的第一件礼物应该是什么呢？

对朋友，我最爱送的是书，这对婴儿自然不行；其次，我爱送酒，如此，更是荒唐。于是，我想到了既是父母的责任也是礼物的便是为孩子取名。

取名也不易。我翻遍辞典苦熬数夜，也无满意的字。日记中，我还发表"高见"说："前几年，'一字诗'引起沸沸扬扬的议论，我这也是'一字诗'的创作呀。可见，创作是字愈少愈见其难了。"有一天，正在冥思苦想，冷不防，本人居住的陋室上掉下一大块脱裂的灰，正正好好砸在我的脑袋上，哎哟，疼也！就像苹果砸在牛顿的头上，牛顿发现了万有引力一样，我"发现"了儿子的名字，这几乎是神的暗示：我儿就取名"房多"，小名"多多"。

正是因了住房少，我与妻结婚，才挤在这间破烂的黑暗的小仓库中。住房问题于国于家从来都是一大要事。房多者，房子多多也。酸一点说，即如杜诗所云，"安得广厦千万间，大庇天下寒士俱欢颜"。住房要多，知识要多，朋友要多，感情要多，见识要多……多多，多多，多多益善。

凡事求"多"，多了还要再多，即意味着永不满足。道德学问，更是如斯。有多多欲求，有多多不满，有多多向上之精神，是初为人父者对儿女的厚望。

写到以上，我念给大腹便便的妻子听，妻逗趣说："今年是蛇年呀，取名为'多'，那不是老蛇多多吗？这多可怕！"我先是一愣，继而自圆其说道："蛇毒贵如黄金，一样宜多不宜少。蛇多，可发家致富；钱多，有何不好？"小夫妻开怀大笑。

此为父亲的礼物，当然，也被母亲认可，赠给将来的房多先生或小姐。

319

去远方
——父与子的跨国对话

（二）

以上文字写于1989年1月。事先准备好的名字终于在1989年8月19日"赠送"给了房多先生，是的，本人生了一个"先生"。

"房多"就这么上了户口。

随后的日子，我感觉"房多"有一点文人习气在里面，有点酸，不够大众化。名字还是俗一点好，与凡夫俗子的身份相吻合。我发现，像我这样所谓的知识分子给孩子取的名字多是这一套路。比如，姓方的叫"方舟"，姓姚的叫"姚远"，姓郝的叫"郝运"，姓程的叫"程霞"，诸如此类，不一而足。此外，我有一个直觉，男人应该起一个三个字的名字，两个字一般更适合于女人，比如"叶丹"，她的情人就可以称她"丹丹"。男人应该连姓带名三个字呼来唤去，铿锵有力。但是，房多就房多了，也没有想着要改。

有一次，开会无聊，与一个老女人聊起儿子。天南地北，乱扯一通，竟说起了给孩子取名的事。这个女人上自天文地理，下至鸡毛蒜皮，无所不通。她问我儿子叫什么名字，我如此这般地对她说了。她说，名字是最为重要的，有了好名字，就有了好前途；没有好名字，就得一生吃苦受穷。她还介绍了伟大人物名字的笔画如何之好。为人父母，我也想让儿子伟大一下，于是，请她算算我儿子的名字。她闭着眼，用右手的食指在左掌心指指画画，突然睁眼，惊诧道："不对啊！"我说："怎么了？"她十分肯定地说："你儿子名字的笔画不对，将来会活得比较累的！"

竟有这样的事！儿子的事无小事，儿子的事都是天大的事。我立即极为谦恭地请教，甚至希望她根据生辰八字等等，替我儿子取一个好名字。她满脸城府："取名嘛，还是父母来取。不过，我可以告诉你，你应该为儿子取多少笔画的名字。"我唯唯诺诺，立刻谢过。仿佛有她这么一点拨，我儿子已经有了锦绣前程。

不多久，她终于算出了最适合我儿子名字的笔画。

于是，根据笔画的要求，我冥思苦想，再次寻找适合我儿子的名字。不过，这时已经经过八十年代的洗礼，是九十年代了，我的心境也发生了极大的变化。这一回取名不能"酸"了，要俗一点，大众化一些。我的朋友有叫"海曙"和"斯夫"的，结果就和我有了一段距离，由朋友淡化了成了熟人；而那些"华弟""金贵"之类的朋友，似乎天生的世俗化，玩起来特别亲切，由朋友几乎变成了亲戚，逢年过节，红白大事，都有走动。就是名人吧,也有"张爱玲"这样的名字。鲁迅给儿子取名为"海婴",意思是在上海生的小孩,也简单,也大众化。

儿子的新名字终于诞生了——"房家安",他上小学时用的就是这名字。

有一则广告是这么说的:房子加上温馨的爱情就是家。有房才有家,有家要平安,这是第一层意思;另一层意思是,我房家要平安;第三层意思就是这名字的俗气了。俗气也是一种光辉,在它的烛照下,也许会让那些把头发染成金黄色的洋妞黯然失色,感觉到自己的头上长满了荒唐,个性已经开始枯黄,从而对我儿子产生了钦慕,滋长了爱情,这该多好!

如此,就把名字定下来了,妻儿也喜欢。

有一回开会——又是开会——甚是无聊,我假装在记笔记,实际上是在本子上反复写"房家安"这三个字。忽然,眼前一亮,我在这三个字中发现了一层新的意思:"家"的宝盖头下是"豕",即猪;"安"的宝盖头下有"女"。"猪"是吃的,在现代社会代表经济。房子有了,要有猪,还要有女人,如此才是一个完整的家嘛。那天,会议的沉闷都被我的"新发现"驱散了,我很开心。

当然,"房多"这个名字还是要的,就留着家用吧。

我儿子的班主任告诉我,她班上就我儿子的名字最土,土得掉渣,问我,都什么年代了,你怎么会取一个这样的名字!她说,有一次吃午饭,任课老师在一起聊天,数学老师说:"房家安是农民工的儿子?"

政治老师说:"不会吧,农民工的儿子怎么进得了一附小呢?"

数学老师说:"比如,农民工去卖卤猪肉,发了小财,用钱进来的?"

政治老师觉得有理:"难说……"

(三)

儿子高中毕业前,有一个和我同龄的中年女人到我办公室坐。那时候,我"官运"正"亨通"。她也像给我儿子取名字的那个老女人一样,对"姓名学"深有研究。不过,她不是"笔画学派",而是"生肖学派"。她说:"你这几年,两年就官升一级,全在于你这名字起得好啊!"

我房向东这名字是不错的。很多人以为我是"文革"时改的,以示对毛泽东的效

321

忠。事实上不是这样的,我一生下来就有了这名字(虽然另有一个小名),我名字的意思是:向阳人家春常在。

我问:"好在哪里?"

她说:"你看吧,你属鼠,你的名字中有树,老鼠而能上树,上树之鼠,不得了啊,你还会上的!"

我百思不得其解,我的名字中哪里有树啊?于是,向她请教。

她说:"名字要用繁体字来看。你的'東'字,当中暗含木,对吧?上树的老鼠,不得了啊!"她又重复了一遍"不得了"之高论。

我打趣说:"在下鼠目寸光,贼眉鼠眼,只在阴沟里乱窜,没见过有上树的老鼠,也许是被猫追得无处可逃了,才往树上蹿?"

她先是一愣,俄尔,正色道:"怎么没有上树的老鼠?你是松鼠!不得了,你'東'字这棵树,还是松树!你这个人有松树一样的品格,百折不回,终是要上的!"

大热天喝了冰镇啤酒,非常爽,用福州话说,就叫爽到"透脚",我哈哈大笑。

不知怎么绕,又扯上了我儿子的名字,这下,我笑不起来了,这毕竟是一个严肃的话题,我一脸庄容。

她先是分析了"房多",很快,用十分肯定的语气说:"不好,不好。"

我知道"房多"不好,以为她也是从笔画的角度论述问题。没想到,她却另辟蹊径,用了"拆字法"。她说:"你看'多'字,是'夕'字组成,夕阳西下,不好,真是不好。"

我皱眉了,心里嘀咕,有理啊!

又分析了"房家安",很快,她用不容置疑的口气说:"不好,还是不好。"她的学问非常深奥,除了"拆字法",还结合生肖看问题。她阐述道:"你看啊,你儿子属蛇,老蛇应该在水中,可是,这名字里没有水。老蛇最好在山上,山上的老蛇毒啊,老蛇越毒越厉害啊!男人也要毒,无毒不丈夫嘛。可是,这名字中没有山。你要给你儿子改名字啊,改有山的。"停顿了一会儿,她又有一个新发现:"你再看啊,'家安',老蛇在家里,会有什么出息!宝盖头,就是家,两个宝盖头,你儿子长大家外有家,会成为花花公子的!"她要求我一定要改名字,说:"给儿子万贯家产,不如给一个好名字。"

天哪,这名字还真是不好!我怪前面那个老女人只知其一,不知其二。可见,取名字有多难啊!

我又犯难了。儿子高中就要毕业了,我想在他高中毕业前把名字给改了,这是最后一改了!根据要求,我费尽脑筋在辞典中找靠"山",同时,我想,孩子用"房家安"久矣,这回改名字,最好改与之同音至少是近音的。然而,同音与近音的也难找。最头疼的是,妻子不以为然,还遭到儿子本人的反对。没辙了,这是命,我儿子怕是难免"家外有家"了。

　　这成了我的一块心病。正在愁绪难解之际,我想起了我的朋友民俗学家完颜绍元先生,他写过几本民俗、风水、算命之类的书,应该说是这方面的专家了。想起他,我如捡到一根救命稻草。虽然他远在上海,我还是专门打电话向他咨询。结果,他是这么疏导我的:你为你儿子取的两个名字都很好,都可以用。取"房多"时,你还年轻,有以天下为己任的情怀,与杜诗结合起来考量,有入世有为的积极向上的倾向;取"房家安"时,你已成熟,有了更多的人间情怀,有了更多的人生温情……至于你的两个朋友对这两个名字的分析,完全是一知半解。她说"多"字是"夕"的组合,所以不好,可中国文化中还有负负得正之说,这里有两个"夕",夕阳西下又西下,正是红日喷薄欲出时,正与这名字的积极入世相吻合,这是多好的名字啊!再说"家安",你的这个朋友缺少中国文字的知识,就照她说的,老蛇要在山中,宝盖头在中国古文字中就有"山"的内涵,岂不正好?所以,这两个名字都是好的,一个用作小名,一个是正式的名字,都不要改了。

　　这么一说,在下茅塞顿开,烟消云散,复归原有,快哉!

　　有时,我在酒桌上与人说起"房家安"的"家外有家"之事,有酒友很是兴奋:"家外有家好啊,家中红旗不倒,家外彩旗飘飘,那多快活啊!"我便说:"不要乱讲。不要乱讲。"酒友们先愣后笑:"喝酒喝酒!"于是,尽一夜之欢。

　　(四)

　　自从诞生了"房多",中国开始了住房改革,房地产市场应运而生,新楼盘如雨后春笋一样拔地而起,房多房多,真是房子多多也,真是呈朝日初升之蓬勃气象,这是为父的我最感自豪的。然而,房子虽多,房价奇高,这是姓房的敝人最感不安的,在此,我要代表房多先生以及所有房姓宗亲,向全国购房被宰者致以深切的歉意——对不起了!

(首段写于1989年,其余的写于1996年前后)

323

去远方
——父与子的跨国对话

二、"花花世界"

屋如其主。房间的摆设很可以看出主人的喜好与性格。我向来好静,颜色喜素。然而,儿子将要面世之时,我的家成了名副其实的"花花世界"——屋未必如其主了。

我是一个颇单调的人,除了读书还是读书。本来,在我的卧室兼书房里摆了几个书柜。书柜上挂一名家横幅"积学储宝";此外,案前贴有一张我崇拜的思想家的油画,这位思想家深沉、阴郁,脸上甚至还有几分痛苦。整个房间沉浸在深刻的灰色之中。妻曾指着这位思想家的头像抗议说:"像张遗像!"我坚持了我的"信仰",妻也只好随我了。

自妻怀孕后,看着妻一天高似一天的大山,我似乎想起了丈夫的责任。于是,搬出一本《孕妇必读》,像研究萨特一样刻苦钻研。《必读》告诉我,必须有一间清新的居室,孕妇应该欣赏各种美丽的风光,端详许多漂亮的人像。总之,应该有一个足以让妻愉悦的环境。唉,思想家先生,你太深沉了,只好委屈你到我的抽屉里休息休息啦。于是,我在房间里贴上椰子树下海南金色的沙滩、北国纷纷扬扬的瑞雪、香山的红叶,还搬来了日本的富士山……妻回来了,喜形于色,大加赞赏,发给我奖金——一个颤动人心的吻。

过了两天,妻说,可否来一点人像?

这有何不可呢?我立即去买了许多挂历,让妻挑几张好的。那几张,都是青年男女的浪漫图,都是灿烂的欢笑,都是人生幸福瞬间的凝固。哦,我的整个房间都在微笑。

我还真的习惯了这眼花缭乱的花花世界。这时,我真感受到了我的自私了,我为什么只有到妻怀孕时,才意识到妻需要明媚的阳光,需要五彩的世界呢?

是的,仅仅贴在墙上是不够的,我应该常常陪着妻到公园散步,到我们曾经恋爱过的于山密匝匝的杂树丛中,到长乐度假村……

是的,我应该让我的房多一睁开眼睛就看到欢乐的美丽的世界。古人说,"生于忧患,死于安乐",为什么不能生于安乐呢?即便真的是忧患了,也应该乐观地去生活,也应该有一颗幸福的心——我的未出生的房多,我为你祝福!

(写于1989年春天)

附录一：儿子小时候的故事

三、犹疑着诞生

官方称,中国已经有十一亿人口！其实,何止十一亿,我西河里家的邻居,那对哑巴父母,生了五个儿女,只有最小的那个儿子报了户口,就是说,在官方的统计数字上,他们只有一个孩子,唉,一个！八亿农民中,如此这般的,又有多少呢？有几亿？

人世间,最可宝贵的就是人,然而,由于人的泛滥成灾,比蚂蚁还要密密匝匝,人,又成了最不值钱的动物。

他人是自己的坟墓。下班时,见到的,是人挨着人,芸芸众生永远被笼罩在满是灰尘的雾中。人脸,是灰黄暗黄的。生癌,似乎像患了感冒一样见怪不怪。贫穷,欺诈,争斗;愚昧,狂妄,专制……如此,叫人怎么能不仇恨他人呢？我们的生存环境是多么恶劣。有一篇小说写了,有一个死人,苦于坟墓的沉闷等,打开墓门,他要吸一吸人间新鲜的空气,可是,人间的空气竟是含毒的;他想喝一口人间的清水,人间的清水竟是如此恶浊！他摇摇头,叹口气,还是坟墓好,于是,他又回到了坟墓。当生存的硬环境和软环境都被毒化时,是的,他人是自己的坟墓。

想到这,多多,我们亲爱的孩子,父亲顿时觉得这名字隐含着某种困厄。也许,伴随你一生的,将是多多的烦恼,甚至不幸！先知先觉者,都是极为审慎地对待生命这一重大问题的。胡适是要"断子绝孙"的,鲁迅本也不想要孩子的,但或是偶失注意,或是别的什么原因,他们都有了子嗣。把生命带到这样一个世界来,真是对生命的不尊重,真有残忍的一面！一想到这,我就有一种无以排遣的罪恶感。可以预料,往后,随着日子一天一天地过去,这种罪恶感也会一天一天地沉重,直至压弯了我的腰,直至我死去——死去了,留下这生命在受苦,这是我们的罪过。

多多,将来,我们想爱你,但怕你脆弱,成不了一个有狼性的人;我们又想不爱你,又怕你孤独,成了没有人性的困兽……你有一颗爱心有什么用？你注定生活在爱的荒漠。你没有一颗爱心又怎么办？无爱的人生无异于猪狗一样,只是活了一个过程。

我们为什么要有一个孩子呢？我们为什么要有你呢？如果我们是为你着想,也许就没有你的存在了,你的痛苦和幸福都幻化在伟大的冥冥之中。孩子,你的存在既是爸爸和妈妈情感的结晶,又是我们脆弱和自私的结果——至少在于我,我首先似乎是

325

去远方
——父与子的跨国对话

因为所有的人都这么过,我为了我的安宁,我不得不这么过。我们还需要所谓的天伦之乐,我们盼望着你用童心的纯洁来烛照我们心灵的浑浊。我已经把童心泯灭在度数不断升高的酒杯中。因此,我自私地等待着你的赐予。

不久前,我到一个朋友家,她抱着她的孩子对我说:"这是我最珍贵的作品,这才是自己生命的真正延续(我们想的首先是自己生命的延续)。在孩子面前,一切作品都仅仅是纸上的文字了。"扬扬得意,舐犊之心可感。然而,孩子们成了长辈的作品,首先还是长辈的。孩子成了长辈的私有财产,这正是长辈的罪过啊!

亲爱的多多,真的,爸爸是为了一份孝心,也就是为了讨我的爸爸妈妈的开心,才让你来到这乱哄哄的世上的。倘不是这样,我想,我是有可能,也可以说服你开通而柔顺的妈妈的。老一辈与我们缺乏对话的基础。"改革"要从我开始。鲁迅说,自己肩住了黑暗的闸门,因袭着历史的重担,放他们到宽阔光明的地方去,此后幸福地度日,合理地做人。多多,我的朋友,这时我真的有肩起黑暗闸门的悲壮感了。然而,这一切并不能减轻我的心理重负——倘若你将来不要孩子,那绝对是你的事,用不着以生产一个生命作为自己尽孝的礼品。

多多,当你十六岁的时候,我要把你这只小鸟放到森林中去,给你自由。哪怕你承受不了这个自由,我们也要拱手相赠,送你新鲜的空气,送你阳光。

(写于1989年)

四、儿子和麻雀

我常常这样想,一个幸福的人肯定是健康的人。我身体好的时候精力充沛,精力充沛时对生活充满了信心。相反,生了小病,心情难免灰暗,如果牙齿剧痛,在病发期内甚至可能动摇人生观。

因而,初为人父的我,觉得时下第一重要的就是努力给孩子一个好的身体。"全世界婴儿的共同食品"力多精、助长奶粉之类自然是少不了的,各色水果也是必需的。此外,无论是冬天还是夏天,我和妻坚持天天为儿子洗澡,洗了澡做婴儿体操。久而久之,成了习惯,倘不洗澡不做操,儿子像失恋了一样,辗转反侧,睡不安稳。儿子吃了力多精,真是力多了,在床上手舞足蹈,擂得床板"咚咚"响。孩子洗澡做操,真是鲜嫩可人。那刚出浴时红彤彤的双腿,那婴儿特有的奶香,让人油然而生怜爱之情,让人感到生活虽然艰难却还是有着无穷的快乐。

吃力多精也罢,洗澡也罢,做操也罢,我们再尽心,孩子也总是要生病的。刚满两个月的时候,儿子得了喘肺,住进了儿童医院。一进去便是挂瓶,当针插进他细小的血管时,母亲流泪了。才两个月的婴儿啊,就要身受如此皮肉之苦!儿子,要是能够代替,爸爸和妈妈愿意为你承受一百次、一千次!

病中的儿子可怜兮兮。哪里难受?哪里痛?他所能表达的只有哭,那哭声也是有气无力的。孩子是无助的。

我抱着孩子,"哦哦,哦哦……"地哄着,走着。我发现,当我走楼梯时,儿子是最为安静的,也最容易入睡。于是,每每儿子哭了,我就抱着他在住院部的楼梯上上上下下地走着,一走就是一两个小时。累计起来,我相当于爬上几层高楼,只有天晓得。

孩子出院了,爹娘都苗条了许多。

几个月后,儿子又病了,咳嗽,痰多。还好,看得及时,否则,又要住院——这是医生说的。

医生说,孩子两次生病都与季节转换有关,都与空气欠佳有关。孩子还小,现在街上环境不佳,不要抱到人多的地方。家中应该种一些花木,这样可以净化空气。医生还说,最好试一试偏方——麻雀炖冰糖,可以止咳消痰。

我家的环境是最让我感到安慰的。庭院前有很大的空间可以种很多的花花草草。有一株桂花树,还有一株芒果,院子里有好多麻雀。每天清晨,它们准时来叽叽喳喳地聊天,在树上淘里淘气地嬉戏。哦,麻雀,那时不时"叽叽,叽叽"的声音,在我的耳朵里要比眼下一些歌星的歌声不知美上多少倍了!它是自然的声音,它给我亲切、宁静和愉悦。小鸟啊,你们像一个个勤快的小姑娘,每天清晨以你们甜脆的歌声把我从梦中唤醒。小鸟,我的朝夕相处的朋友!

然而,我却要对不起朋友了。我借了一支气枪,靠着窗口,瞄准麻雀。我要对它们下毒手啦!

儿子是我的朋友,小鸟也是我的朋友。现在,我要射杀我的小朋友去治我的另一位朋友的病。这太残忍了!

好几次,我就要扣动扳机,然而,于心不忍!

去远方
——父与子的跨国对话

我们的城市,现在能够看到几只小鸟呢?没有小鸟,天空是多么单调。小鸟是城市的色彩,是城市的灵气,城市在呼唤小鸟。

我终于没有射杀我的朋友。

后来,医生又告诉我,海蜇皮炖冰糖也是可以的。于是,我如法炮制了。医生也许是善解人意的,他解了我的两难之苦。

我们的城市如果种了更多的树,那一定会赢得更多的小鸟。有树木和小鸟才会有绿色的未来。我的朋友林红林的儿子林涵宇被评为"全国十佳儿童",不仅品德好,智力佳,且身体棒。他在介绍育儿的经验时对我说,当时他的宿舍在疗养院,树木成林,鸟语花香,空气里洋溢着醉人的绿意,这是他儿子身体棒的一个重要原因。我想,每一株树、每一只鸟都是我们的朋友。如果有这么一天,我们的城市真正绿树成荫,繁花似锦,江河清澈,小鸟欢歌,那我们的孩子肯定会有更愉快的心情、更健康的身体。如此,我们的祖国也一定会有更美好的未来。

仅有助长奶粉是不够的,还要有助长的树、助长的鸟、助长的小溪流水,总之,要有助长的大自然。

(写于1990年)

五、"孝顺"

妻子说,真快,儿子多多已经周岁了。我夸张地戏谑道:是快,一转眼就可以娶媳妇啦。

当爹做娘的都晓得,孩子在头一年里,大人实在忙累得够呛,真可以说没有吃一餐像模像样的饭,没有睡一晚有始有终的觉。忙累归忙累,当我下班回来,多多兴高采烈地叫我一声"爸——"时,我就觉得一切劳累烟消云散,心里甜滋滋的。

一周岁的孩子,很会模仿,渐渐好玩了。我们起先教他学做"再见"的动作,但他学走样了,手掌不是向前招摆,而是朝里拍打。我上班了,说再见,他就打自己的头;客人走了,说再见,他也打自己的头。这样多拍多打,头长得又圆又大,被人称为"傻瓜头"。

多多被蚊子咬了,咬处很快红肿了。据说,用大人的口水涂,马上可以消肿。我们如法炮制了。有一天,他把自己的手指头往嘴里乱抠一通,然后在我脸上这点一下那点一下,其神情,像老科学家搞实验一样认真。这是怎么啦?哦,对啦,这家伙是学大人样,在我没有被蚊子叮的脸上乱涂口水了。

最近,多多学走路了。不会走路的时候,特别喜欢走,不让你扶,非得下地不可。这样,你只好弓着背,扶着他,和他同行了。腰弯得酸酸的,这才体会到"俯首甘为孺子牛"的真意了。

记得鲁迅先生说过,在对待下一代的问题上,旧道德与新道德的区别是孩子本位还是老人本位。我当然推行孩子本位。孩子将来孝顺不孝顺老人,那是孩子的事。为父的我,先要"孝顺"儿子。孝者,养也,给孩子物质保证,造就一副好身子,有好身体才会有充沛的精力,才会有乐观的处世态度,这是父母给下一代的最好礼物。顺者,顺其自然也,顺应孩子的天性。只要性之所近,他或想拖板车,或想当干部,全是他的事。

孩子应该是自由的。

(写于1991年)

六、"第一反抗期"

儿子已近两岁,个性渐渐形成。据民间说法,两眼间的鼻端生有青筋者,脾气是很坏的,所谓"青筋横着鼻,一生坏脾气"。多多正是这样坏脾气的儿子。我细看他的鼻端,有两条青筋交叉着,他的鼻子是黄土高坡,而这两条青筋则是黄土高坡上蔚蓝色的河了。

多多喜欢看蚂蚁搬家,蹲在地上,一看便是几十分钟,嘴里或数着"一二三四五",或哼着"排排坐,吃果果"。有时他用"英语"和蚂蚁念叨些知心话,为父的我却听不懂了。玩得太久了,太阳也移过来,我怕他晒坏了,请他起驾回府,他不干,大哭。我想,不能万事由他,就将其强行抱回。他泪眼汪汪,神情可怜兮兮。我哄他:"不哭不哭,多多不哭啊……"他大声地哭着说:"要哭要哭,多多就要哭!"我无奈,依旧笑着说:"好,多多要哭,你好好哭,你慢慢哭啊……"咦,奇迹出现了,他破涕为笑:"多多不哭不哭,就不哭!"说罢,挣脱我,下地"干活"了。

多多天天洗澡,水热,每每不肯坐下浸入水中,强行按下,肯定哭得昏天黑地,涕泪横流。站着洗,又怕着凉。这可如何是好?真真急煞爹娘。这天,我灵机一动,想起他

去远方
——父与子的跨国对话

玩蚂蚁时哭与不哭的逆反,于是故技重演。我说:"多多,今天洗澡不坐下去,我们站着洗,好不好?"你不让他坐,他就偏要坐下。洗罢,还恋恋不舍,不肯起来哩。

我读了一本育儿的书,书中说,两岁左右的孩子都是这样,你叫他左,他就要右,这是人生的第一反抗期(人生的第二反抗期是十六岁左右的青春期),这是自然意识的萌芽。我想,在这一时期你要他这样干,他偏要那样干,这于两岁孩子来说,便是一种创造了。我们一定要十分珍惜孩子的"创造",否则,滥施高压,可能扭曲个性,影响他的一生哩。

然而,即便在"反抗期"内,也不能一切放任自由,一个毫无约束的人,踏进社会是承受不了社会的约束的,那一定很脆弱。我以为,要给孩子几条"铁的纪律",比如,饭前洗手,不可以对老人无礼,等等。遇到这方面的违纪行为,无论怎样"反抗",也决不心软,坚决予以"镇压"。

(写于1992年)

七、鹦鹉学舌

两岁的儿子常常冷不丁冒出惊人之语,让人惊诧不已。有时我很费解,很多话,似乎尚未教他,他怎么就无师自通了呢?

一天,儿子又把我的书搬到地上,然后,乐哈哈地对我说:"爸爸,多多把爸爸的书搞得乱七八糟!"这"乱七八糟"是从哪里学来的?瞧他说"乱七八糟"时的得意扬扬,肯定是把"乱七八糟"当成干了一件了不起的大事了。我哭笑不得地骂了一句:"又捣蛋!"他却睁大眼睛说:"多多冰箱里有鸡蛋。"说罢,硬拉着我去冰箱取蛋,煮蛋,他果真又吃了一个蛋。

前些日子,我父亲胆结石住院开刀。手术后三天,我抱儿子到医院探望。护士见他逗人,随口问道:"小朋友,你叫什么名字?"他一丝不苟,神情严肃地回答:"我叫——房多先生!"搞得护士和病人开怀大笑,当爷爷的当然笑得更开心了。可是,这么一笑呀,肚前伤口抽动,疼痛不已,父亲捂着伤口"哎哟哎哟"直哼哼,老人虽然皱着眉头,笑意仍漾在脸上,不肯消退。

这是看电视学来的。此后,我叫他房多,他不肯承认,都要补充一句"我是房多先生"。我称儿子为先生,儿子却直呼本人大名了。一天,内人叫:"向东,你来一下。"房多也学舌:"向东,你来一下。"说罢,他亦觉得很新鲜,"咯咯咯"笑着扑进母亲怀里。有此先例,便不肯改嘴了,总叫我"向东"。儿子叫我"向东"时,特别开心,与我最是亲热。我母亲说,孩子直呼大名,没大没小,长大以后不懂礼貌,奈何?我也曾想纠正他,又想,在儿子心目中,"爸爸"是与生俱来的,是严肃的;"向东"是他后天学来的,是风趣的,何必扫了他的兴,强行纠正呢?

人说,每天的太阳都是不一样的。两岁的孩子就像太阳,天天有变化。看儿子日日长大,日新月异,为儿子所累的父母,只觉得为儿子付出太少太少,而儿子给我们的幸福,那是最纯美的幸福。

当我写到这里的时候,正在看电视的房多突然又口出惊人之语,给我们以最动心的祝福——当电视播"伊法达与君共发达"的广告时,儿子学着电视镜头里的场景,一边牵着我的手一边牵着他母亲的手说:

"爸爸妈妈共发达。"

(写于1992年)

八、捉弄

一天,儿子既严肃又认真地对我说:"爸,我长大了要当大学生!"俨然一个胸怀大志的好小伙,我听了自然笑逐颜开,又亲又吻。哈,刚刚上娃娃班,就立志要当大学生了,将来定成大器,了不得!

我每每把儿子的大志说给朋友听,朋友也替我高兴,和我一样开心。儿子是我的希望,而希望有了"大学生"这一实在的内容,显得更加实诚。

然而,这一可信的希望,却像一只气球,很快被儿子玩破了。

儿子的娃娃班是在幼儿园的四楼,大班则在二楼。那天我去接儿子,走到二楼的时候,儿子说:"爸,到大学生班上玩一玩嘛,去吴垠哥哥班上玩一玩嘛!"

什么,去大学生班上玩一玩?吴垠是我朋友的儿子,和我儿子同在一个幼儿园,读大班,儿子很喜欢和他玩。可这和大学生有什么关系?我让儿子说清楚。

他说:"这也不懂!读小班的小朋友是小学生,读中班的小朋友是中学生,读大班

去远方
——父与子的跨国对话

的小朋友是大学生。吴垠哥哥读大班,我们去找大学生玩。"

天哪,原来如此,他将来要上大班,要当的竟是读大班的"大学生"!我深深地吸一口气,顿感被儿子"捉弄"了。

可回头想想也是,刚刚念娃娃班的小孩,怎会懂得大学生的完整概念?与其说是儿子捉弄我,不如说是我自己太想入非非,近乎荒唐。

儿子捉弄过我,我也捉弄过儿子。事情是这样的:孩子夏天睡觉起来或者出外回家,应该喝一点开水。然而开水无味,他不喝。他从电视中知道了矿泉水,说矿泉水味道好,我就买一瓶给他喝,问有什么味道,他用电视广告的话答道:"味道好极了!"我心中暗笑,胡扯,什么味道也没有。于是,我将计就计,极大地满足了他要喝矿泉水的愿望——我用矿泉水的瓶子装冷开水,他总是二话不说地将其喝了。

诸如此类父子互相"捉弄"的乐事,我还可以举出一大串哩。

(写于1994年)

九、儿子逼着爹娘老

儿子多多三岁。前一阵子,我到北京学习两个月,儿子问妻子:"我很久没有见到爸爸了,爸爸会不会老了?"邻居听了,反问他:"你爸爸去多久了?"他扳着手指一数,然后一本正经地说:"好久了,三年了。"这个年龄的孩子,搞不清时间的概念。

现在的孩子,从懂事起,就接受电视的熏陶。多多第一爱动画片,其次是广告,再次是体育比赛和武打片。我独不懂,那些恋爱片,儿子何以也看得津津有味?有一回,他神秘兮兮地咬着妻的耳朵说:"妈,我不是和你说话,我是和你谈恋爱。"说罢,自己先"咯咯咯"地笑个不停,妻子直摇头。我说,干脆什么时候去抱一个童养媳得了。

一天,多多从娃娃班回来对我说:"爸,冬冬打我了,老师罚他站在一边。"过几天,他又说:"爸,冬冬又打我了。"诸如此类,说了三五回。我考虑以后,对儿子说:"冬冬再打你,你也打他。"儿子很慎重地点点头。第二天,他就来报告"战况"了:"爸爸,冬冬打我,我回他天马流星拳,嗨嗨!他就被打跑了。"儿子边说边表演动作给我看。我笑笑,没说什么。没想到,这一发而不可收。过几天,儿子又说:"爸爸,冬冬打了兰兰,兰兰哭了,我冲过去,踢了冬冬。"又过了几天,儿子又说冬冬打了园园,他又挥起天马流星拳。我问他："老师没有让你罚站?"他说："没有。"说罢,在家里又兴奋地乱舞乱跳一阵,我能说什么呢?我只能说,娃娃班的都是好朋友,不能打人。

儿子老是要买玩具,这是很难办的。有一段时间,他每到一家儿童用品商店,就必定要买一件东西,否则,就不走,就哭。这时,我内心是十分矛盾的,问题倒不在于买玩具,买玩具绝对没有错。然而,不是还有一个适度满足孩子需求的原则吗?如果想买什么就买什么,一切都顺顺当当,这样成长起来的孩子,将是十分脆弱的,将来他的人生之旅将是艰难的。

不能完全满足他。

马卡连柯十分痛切地说过:"人们常说,我是母亲,我是父亲,一切都让给孩子,为他牺牲一切,甚至牺牲自己的幸福。"据说,这就是父母所能送给孩子的最可怕的礼物了。这种可怕的礼物,可以这样打比方:如果日后你的孩子被毒死了,就是因为你给他喝了一剂足量的"个人幸福的药"。

再有,就是对孩子实行"专政"——打孩子的问题了。人说,打在孩子的身上,疼在娘的心头。有一回,我的妻打孩子,自己都打哭了。我和妻多次商定,再也不打儿子,还把织毛线针之类的"专政工具"统统处理掉了。可是,当他坐在地上玩脏东西,叫他起来,不起来,甚至还要躺下去,要不要打?要打,狠狠地打了。他说不起来就是不起来,让人气不气?急不急?又如,早晨不穿衣服,躺在被窝外受冻,叫他穿衣服,他反倒发脾气,打你。要不要打?要打。有一次,把裤子都脱了打,一条条红红的印子留在孩子的屁股上。我打了三五下,就悄悄地朝自己的手上打了两三下,我是为了试一试到底打得有多疼,哎呀,真是够疼的了,你说我的心能不疼吗?

每次打完,我都难受了很久。还自以为是一个读书人哩,打起孩子来,怎么就这样狠呢?不打了,不打了。记得许广平说过,鲁迅也打儿子的,那只是将报纸卷起来打两下而已。可我,却用了织毛线针,打出了一条一条的红印子。我想起了自己小时候被父亲打的情景,想起了小时候心中闪过的"等长大了我要报仇"这样的念头……

一天辛苦工作,多想与孩子亲近、嬉戏。然而,太近了,太亲了,太慈了,他就不怕你了,就无所顾忌了,这往往是走向纵容和溺爱。那么远一点吧,板着脸,严肃认真,那也有问题,会不会缺少父爱呢?他的童年会不会太寂寞呢?

孔子曰:唯女子与小人难养也,近则不恭远则怨。如何不远不近?实在难以把握。

去远方
——父与子的跨国对话

我常常是一个无奈的父亲。

(写于1994年)

十、第二童年

每每回顾往事,常感诸事不遂人意,便作如是想,倘若能重新来一次,一定能更好地做人、做事。事后诸葛亮,吃的是后悔药,于事无补。生命只有一次,今天只有一次,一切都不能重新来过,奈何?只能硬着头皮走未来的路了。但愿二三十年后回顾今日,少一点后悔。

不过,当爹以后,尤其儿子两岁以后,我发现人生中有一件事可以重新来过,这就是童年,可以重温童年。

不是有人说过不愿意长大吗?不是有人说过真希望永远是一个孩子吗?人吃五谷必定长膘长骨,天要下雨娘要嫁人个头要长高,此乃放之四海而皆准的普遍真理。不过,心灵于躯体之中,不畏寒暑,自娱自乐。小躯体中藏有一颗童心,大躯体或老躯体中,也可藏有一颗童心。躯体难免衰朽,赤子之心可以不变。所以,不在乎人长大与否,而在于是否有一颗童心。

我发现自己还有一颗童心,乃出于对儿子的深爱。我们可以剥夺自己的一切,就是不能剥夺属于儿子的时间。星期天是属于儿子的。这天,儿子往往要睡懒觉。8点起床,穿衣吃饭,听听音乐,也就到了9点许。这是中央电视台固定的儿童节目时间。于是,我和儿子并排坐下,看"天天童话",看小天使的欢歌笑语,看搭积木,玩游戏……渐渐地,我也进入了孩子的世界,俨然自己也成了孩子了。儿童节目中的不少童话,比如"小雪人""流星草",令我终生难忘。看罢节目,10点钟了,我和孩子一起上儿童乐园,一起坐上了小火车。儿子还要坐在我前面哩,他要坐火车头。那火车,飞速滑下时,真像飞机着陆。还有飞机,还有越野过山车,还有碰碰车,等等,这一切,都是我童年时所不曾享受的。真的,我又当了一回孩子。

儿子现在有的,许许多多是我童年时连想也不敢想的。比如,他的电子手枪、冲锋枪、机关枪等等,各类枪支不下十支。而我小时候,玩的是自己用田泥捏的手枪、自己用木头钉的冲锋枪。今非昔比,鸟枪换了大炮。然而我想,孩子有了这一切,不等于就有了幸福。他们现在有的,是我们过去所没有的;我们过去有的,也是他们现在所没有的。

什么是他们所没有的呢？比如,他们有玩具,却是现成的,没有制作玩具的困难与成功以后的欣喜。我曾有过这样的对比,有一回,我和儿子一起放风筝,风筝是从五一广场买来的,是一只塑料的鹰。可是,儿子玩一会儿就扫兴了,线断了,风筝落在一棵树上,他一无痛惜之情,一切平平淡淡地结束了。后来,我陪他做了一只风筝,无非是竹架上贴了两张红纸,不好看,飞得也不高。然而,风筝放飞的时候他激动不已,兴高采烈,蹦蹦跳跳,又喊又叫。一会儿,风筝栽到了树上,他急哭了,非得逼着我用竹竿将其拨下来不可。那夜,梦里他还在喊着"风筝,风筝……"。虽然忙,虽然家中有那许多好枪,我想,哪一天,我还真应该陪着孩子做一做泥土的和木头的枪哩,还有其他许多许多。

现在的孩子最缺少的是自然,是泥土的芬芳,是十里稻香,是小溪流水,是月亮、白云和太阳……星期天,我最喜欢带孩子到乡下的姑妈家玩。现在,也只有乡下的路边才抓得到蜻蜓,只有乡下的溪里才有小鱼,只有乡下的屋檐下才有燕子筑巢……我带着儿子重温我儿时的梦。哦,童年的一切真恍若昨日！虽然乡下脏,有跳蚤,可是,儿子还舍不得回来哩。回来了,还念叨着要再去哩。月圆的时候,我和孩子一起欣赏那一轮明晃晃的月亮。不一会儿,飘来了一朵云,儿子说:"爸爸,这朵云是从我们家的天上飘来的,是吗？"我说是的。我问儿子,想不想上天把月亮摘下来？月亮又冰又甜,像雪糕冰棒一样。儿子不无遗憾地说:"可是,我没有翅膀呀……"我不说什么了,只觉得心中产生从未有过的宁静。

丰子恺说过,他真不愿意他的孩子长大,因为长大了,就没有了儿童的纯真。我也希望孩子慢一点长,长大了,不仅没了童年的年纪,我也没了重温童年的时刻,去享受那第二次童年,那多遗憾啊！此时我又想,假如我以后当了爷爷,会不会有第三次童年呢？

我想会有的。愿童心永久伴我。

(写于1994年)

十一、养兔记

工作以后,我全无了饲养小动物的雅兴。朋友曾送我两只波斯猫,因为忙不过来,

335

去远方
——父与子的跨国对话

都忍痛割爱,转送了友人。

添了孩子以后,照理说应是更忙了,可前些时候,我却自找苦吃,忙上添乱,居然养了四只小白兔。

是这样的,儿子特别喜欢各种小动物,小鸟啦,小猫啦,等等,见了无不兴高采烈。甚至瞧见老鼠,也足以让他兴奋一阵子,也不知道这与我是属鼠的有没有关系。我看了几篇教育专家的文章,说喜欢小动物是孩子的天性,也是孩子与自然接近的一个渠道。既是这样,也应该让孩子的童年有饲养小动物的经历。有一阵子,我心中一直琢磨着要买什么样的小动物才好。

孩子一岁的时候,我母亲患了糖尿病。糖尿病病人的饮食是很讲究的,甜不得,咸不得,油不得,即便饭吃多了也不行。得了糖尿病,至少在饮食方面,少了很多享受,是一种折磨人的"苦命病"。母亲一生操劳,到老了,却苦病缠身,这是最让儿女感到不安的。为了母亲的饮食能尽量多样化,我买了一本《中国药膳学》,翻找食谱。翻着翻着,翻出了"兔肉炖枸杞"这一药膳方。据称,治糖尿病效果很好。

逛菜市场,总没有兔肉卖。有一回,我偶尔在花鸟市场上见到了小白兔。我很高兴,一口气买下四只。我想,这既可供儿子游戏,又可为母亲治病,两全其美。

不承想,小兔子看着可爱,却是难养。兔子最不讲卫生,兔尿又臭又臊,非得天天打扫兔窝不可。假如一天不搞卫生,兔子把窝全尿湿了,连兔毛也折腾得湿漉漉的,像被浓茶泼过似的。

骑"兔"难下,只能继续养了。养了一段日子,有了一些感情,每每外出,也会想到兔子。它们吃了没有呢?有没有吃好呢?多了小动物,就多了一份牵挂。

不过,付出了总也有回报。我牵挂兔子,兔子也对我有了感情。当我推门进了兔窝时,四只兔子立即人立起来。兔子后腿长,前脚短。它们拍着两手,仿佛对我表示欢迎,可爱煞人。不过,兔子也很有私心,我一丢下菜叶,它们就把我冷落一边,自顾自津津有味地吃菜去了。唉,我又怎么好与它们一般见识呢?

当官的与百姓同乐,天下太平;我儿子与小兔子同乐,则家中安宁。多多耍脾气时,我就把小白兔放到大阳台上,请他去见小兔子,他立即破涕为笑。多多与兔子追逐、嬉戏,儿子欢喜,兔子欢喜,老子也欢喜。

多多也与小白兔有了交情。抱他上市场,看到各色青菜,他首先想到的是他的兔子朋友,不停地说:"小白兔,吃菜。小白兔,吃菜。"多多学会的第一首儿歌便是:"小白兔,白又白,两只耳朵竖起来,爱吃萝卜爱吃菜……"

至于母亲,每当上菜市场买菜时,她也喜滋滋地捡回了许多花菜叶子,天天如此。

兔子可以让我为母亲尽一点孝心,对孩子尽一些爱心。我天天为它们操劳,自娱自乐,是对一天辛苦的很好调节。

前天中午,当把兔子放出来放风时,我发现最小的那只小白兔耷拉着耳朵,缩成一团,在太阳下瑟瑟发抖。它是不是生病了? 我蹲在它旁边,陪它足足晒了十分钟的太阳。后来,我扫了兔窝,把它们抓了进去,给菜吃。最小的那只也吃菜,我想不会有什么问题了。晚上9点多,我还打手电去瞧了一回,它们姐弟挤在一起,互相温暖着。大约没事吧,我就睡觉去了。

可是,第二天上午,最小的小白兔却死了。它僵卧在地上,半闭半睁着眼睛,原来红光发亮的双眼,变成一片灰白,仿佛迷蒙着幽怨。另外三只小兔围着它,神色凄苦,不住地舔着它身上的毛,舔着舔着,不停地舔着。我推门进去时,它们没有像往常一样人立起来。

我太粗心了,我太缺少养兔的经验了。

小白兔死了,我的孝心和爱心都受到了伤害。我用大信封把它装了进去,在我家的芒果树下挖了一个深坑,用黑土将其掩埋了。

此后,小白兔将渗入泥土,融入树根,肥树。此后,芒果树长得怎样,真是"一枝一叶总关情"了——芒果树将牵挂着我的心。

(写于1995年)

十二、种蜡笔

儿子已经五岁,与儿子对话是一种享受。

一天,幼儿园的老师安排孩子回去种一盆黄豆,并观察了解它的生长情况。我给儿子一个小花盆,和他一起将种子栽下。儿子问:"爸,黄豆长大以后,会生出什么来呢?"

我说:"黄豆长大了就会长黄豆。"

去远方
——父与子的跨国对话

儿子眨眨眼,不无调皮地说:"那把我手上的蜡笔种下去,也会长出蜡笔吗?"我不置可否,说:"那你试试看吧。"

于是,他真的把蜡笔插下。

过了几天,黄豆发芽了,蜡笔自然依旧。我告诉儿子,黄豆是有生命的,而蜡笔是机器生产的。有生命的东西才会发芽。他仿佛懂了,说:"我知道。"

十三、橘子的味道

儿子吃橘子,橘子甜,他吃得津津有味。吃完一个,还要再吃。他边剥皮边问:"太好吃了,爸,橘子怎么这么甜呀?"

我说:"橘子生来就是甜的,就像苦瓜生来就是苦的一样。"

儿子反驳道:"不对呀,有的橘子很酸。"

为什么有的橘子甜,有的橘子酸,这是一个复杂的有关物种的问题,我也搞不懂。即使我懂,说给他听,他又能理解吗? 我不吭气了。

可是,儿子却缠住我不放:"爸,为什么有的橘子甜,有的橘子酸呢?"

我只好应付道:"比如,有的孩子爱哭,有的孩子爱笑,都是小朋友,不一样的。"

显然,儿子对我的回答不甚满意,他发表高见:"我看,甜的橘子是浇了糖水,所以长得甜;酸的橘子是浇了醋,所以长得酸。"我听了,开怀大笑。

儿子的这些联想真够奇特的,也充满了幽默感——这种幽默感不是刻意表现出来的,而是与生俱来,为儿童所特有的。

(写于1995年)

十四、直呼其名

在下是二十世纪九十年代刚刚从期刊界迈入专业性更强的图书出版界的,在出版大院,实在是无名之辈。我的出名,还是因了犬子的高音"广播"。

那时,他还在读小学,下午下课时间是4点多。到了我办公室楼下,他就高声大喊:"房向东,房向东!"

大家都在埋头看稿,听了我儿子直呼我的大名,都来神了,一起探出头看他。

我笑着问:"什么事?"

他虎头虎脑地说:"我要吃冰棒,把钱扔下来。"

于是,我把钱扔下去了。

"吃冰棒"是吆喝我的最经常的理由。

同事问:"你儿子都是直呼其名,叫你房向东吗?"

我不置可否地笑笑。

回家,我问儿子:"你平时都叫我爸爸,为什么到了大院里却叫我名字呢?"

他怪笑道:"我如果叫爸爸,别人的爸爸会不会都探出头来?"

我笑了:"事实正好相反,你叫我房向东,我的同事都探出头来看你了。"

兄弟出版社的不少人都没有听说过我的名字,但很多人在传说,有一个读小学的孩子在大院直呼他父亲的名字。后来,因为工作关系,有的人认识我了,常常这样说:"哦,你就是房向东,你儿子在大院里大叫你的时候,我就记住了这个名字!"有一个姓董的老先生每碰到我,就学着我儿子的腔调喊:"房向东,出来!"我们彼此哈哈大笑——这是老董对我最亲切的问候。

我的朋友廖华曾对我谈起她的父亲。她小时候,父亲在孩子面前从来都是一脸庄容,俨然一个严父。她看到,她父亲经常抱邻居的孩子嬉戏,把他们高高举起,笑得十分灿烂。她很不解,父亲为什么对自己的孩子就这么严肃,而对别人家的孩子却那么随和?长大后,廖华知道了,父亲要保持传统父亲的形象。是的,传统的父亲一定要很像父亲。我父亲与廖华的父亲,在这一点上也相差不远。小时候,我要做了坏事,还要罚跪。直呼父亲大人的大名,借我一个胆,也不敢。

当然,也有不一样的父亲。汪曾祺写过《多年父子成兄弟》,文中,他问儿子:"要不要抽烟?"儿子点头,他即递过烟,并为儿子点上。这一细节,就像朱自清的《背影》中的父亲的背影一样,成了永远烙印在我心灵上的细节。

我想,如果我儿子抽烟了,我也会为他点烟的。

(写于2005年)

339

十五、傻子

这里,不是"革命的傻子"这个意义上的傻子,说的是我的傻儿子。儿子傻,是让为父的我最为劳心费神的事。

儿子读小学二年级的时候,老师布置一个作文题,题目是《记做一件家务事》,老师要求写自己的亲身经历。

儿子伤透了脑筋,叽咕道:"怎么写呢?怎么写呢?……"

我启发他说:"想想看,你平时做了什么家务事?有什么事是特别有趣的?"

他说:"我没有做家务事。"

我说:"怎么没有呀,你不是帮妈妈拖过地板吗?"

他用双手做拖地板状:"那不就是拖呀拖呀,有什么好写的?"

我说:"你能帮妈妈做事了,都没有什么感想?比如说,妈妈蛮辛苦的……"

儿子说:"写这个有什么意思呀?"

他领会不到其中的意义,我只好往别的方面引导:"你再想想看,你还做过什么家务?"

他说:"不就拿牛奶嘛。"

我说:"对呀,拿牛奶也可以写呀。"

他努着嘴说:"拿牛奶不就是跑去拿一下就跑回来了?有什么好写的?"

我说:"比如,你在拿牛奶的路上,看到了什么?"

他说:"看到有人做操。"

我问:"还有呢?"

他说:"没了。"

儿子不接受老爸的启发,认为他做的家务事都不值得写。他独自搔首,我也无奈,让他自己去烦恼并自己解决问题吧。

烦恼了一会儿,儿子还颇晓得自我解脱,逮一本《儿童漫画》看了起来。看着看着,他傻乎乎地哈哈大笑。有什么这么好笑的?我把他的杂志拿来看,也不禁笑了起来。原来,是一组漫画,内容是:一个母亲让儿子把一袋苹果送到奶奶家,同时,要他把一袋垃圾带下去扔了,结果这孩子把苹果扔了,却把垃圾送到了奶奶家……

我说:"咦,这很有趣呀,这小朋友不是也在做一件家务事吗?他不是和你一样也是马大哈吗?你就把这件事写下来,不就是一篇很好的作文了吗?"

儿子正色道:"这怎么行?这又不是我做的家务事。老师说了,要自己做的事才行。"

我苦口婆心地告诉他,作文应该在真实的基础上有所虚构,要不然,以后肯定写不好文章。我还对他说了鲁迅说的话,什么头在山东,脚在福州,拼凑起来的云云。可是,他就是认死理,坚持要写自己做的家务事。后来,他这篇作文怎么写,当爹的我也不晓得了。

一天,他不高兴地对我抱怨说,是我让他的填空题又丢了一分。我问怎么了,他说,有一道题"□□的河水",他填了"白白"二字,结果被老师扣了分,标准的答案应该是"清清的河水"。

哦,原来这样!

有一次,我俩坐飞机,从飞机上往下看,有一条河,像白带一样,儿子问那是什么,我随口说:"白带一样的河流。"于是,他就填了"白白的河水"。

我对他说,这一分虽然丢了,但这不说明什么,没有关系的。河水为什么只能是"清清"的?如果受了污染,为什么就不能是"黑黑"的?此外,有的河水还是"绿绿"的、"黄黄"的。从天上看下来,河像一条白带,当然也可以是白白的。

可是,他还是老大不高兴,努着嘴,认为老师说的总是对的。

这是小学的事了。刚刚上初中一年级时,又发生了这样一件事:一天,放学路上,他捡到了十元钱。他先是想,钱要交给老师;走了十来米,觉得交给老师忒麻烦,老师如果在班上表扬,也是很不好意思的事。他说,他没有闪过占为己有的念头,因为那是与学校教育和家庭教育不一致的。于是,他往回走,把这十元钱又扔在了老地方。当他对我说了这件事时,我忍俊不禁,扔也就扔了,为什么还要扔在老地方呢?这死心眼的傻儿子!

有一回和老师聊天,我把这事对班主任说了,班主任也觉得很有趣。在课上,她问同学们如果捡到十元钱应该怎么办,绝大部分同学都说要交给老师,也有的同学说,捡就捡了呗,不就是十元钱吗?老师问有没有第三种答案,同学们都摇头。老师说,我们班上的同学就有第三种做法。于是,她不点名地把我儿子的作为对同学们说了,全班同学哄堂大笑。有的同学不相信,认为只有傻瓜才会这么做。

我的儿子就是这样一个傻儿子。我从来不怀疑他的诚实,最担心的是他的死心眼。社会是多么凶险!我常常对妻子说,儿子太死心眼,这种性情的人在社会上难混。人固然需要诚实,是不是也要有弹性、会转弯?但愿生活会教育他。不过,我又想,人还是傻一点好,也许,他的这种秉性是他一生中最宝贵的财富?却也难说。如果是这样,但愿他永远保持自己的天性。

该怎么办呢?该对他说什么呢?我默然。一切的一切就看他的造化了。

十六、儿子与狗

我养狗有十几年的历史了,大概是儿子读小学三年级的时候开始养的吧?此前,我对狗虽无恶感,应该说也无好感,插队时,甚至还吃过狗肉。有了孩子,一切以孩子的喜好为喜好,他要养狗,我和妻子一发而不可收,就成了"狗奴才"。

孩子去上学,妻子每天送他到家门口,总要叮嘱一句:"骑车慢点,路上要小心啊!"十几年如一日,就是上了高二高三了,也还是这样。读小学期间,儿子回来时,如果母亲在家,他也总要说一句:"妈,我回来了!"

后来有了狗,大约孩子也上了初中了吧,我们当年甚至都没有感觉,他放学时不是说:"妈,我回来了!"而是一开门就叫狗娃:"杰克杰克……"或是:"旺旺旺旺……"杰克或旺旺就会蹿上前,一只狗抱他的一条大腿,尾巴摇得像胜利者挥舞的大旗一样。儿子把书包扔在地板上,一手拥一只狗,把狗脸贴在左腮右颊,很亲热了一阵子,然后才各自安定下来。

11月1日,儿子离家出走,要到德国学习道德。我和妻子自然要送他到机场,爷爷奶奶也要去送,还有姑姑,此外,童年的小伙伴、表哥卢禾甚至从江西专程回来送他。毕竟,从来没有走这么远的路;毕竟,刚刚成年;毕竟,这一去要一年两年才能回来,而且去的还是那么陌生的国度……上车前,儿子一如往常,面带淡笑。

我说:"儿子,怎么样,我们开路吧!"

儿子说:"好,我上去一下。"

附录一:儿子小时候的故事

他上去干什么?原来,他到屋顶阳台,与我们家的五只狗一一告别。五只狗中,儿子最喜欢杰克了,他抱着杰克不停地说:"杰克杰克,我走了……"

告别了狗,儿子面有庄容,出发了。

在长乐机场,一家人照了几张相。我父亲、母亲、妹妹、外甥也分别与儿子留影。爷爷奶奶抱着儿子的头,可以说是"交头接耳",也不知说了些什么。

儿子就要进候机室了。我和妻子都保持着微笑,希望儿子一路上带着信心,带着快乐,带着父母的微笑和祝福。

有一个母亲,与儿子相拥,抱着儿子泣不成声,拍着儿子的肩膀,一个劲地喃喃:"儿子儿子……"

儿子进了候机室,身影从我们眼前消失了。我们还等在机场,等他办好了行李,上了飞机了,才走。看那将要与我儿子一起到德国的那对母子的相拥,我心里实在有一股说不出来的滋味。什么滋味?真说不出。我独自在候机大厅漫步。我的脑子里闪过孩子小时候,遇到了什么委屈事,我总是叫他过来:"别哭了,来,爸爸抱抱。"读小学的时候,大多抱在手上;上初中了,抱在胸前,拍着他的背。此时,我想不起来,我是从什么时候没有抱孩子了?哦,大概是他发育以后吧。那时,他对父亲有一种"反抗",对我的态度总是淡淡的,表情素素的,有什么话,宁愿对他母亲说。

那天,我也多么想拥着孩子,像他小时候那样,像那个母亲那样,拍着他的肩膀,祝福他一路平安啊!可是,我难以想象,如何拥着比我高大的儿子?儿子走后,我曾经和妻子开玩笑说:"儿子没有和我们告别,只和狗告别,人不如狗哦。"其实,我们心里都明白,孩子长大了,这是他特有的表达方式,杰克等陪伴着他,从童年、少年,跨进了青春的门槛,他与狗的告别,就是与我们、与我们家的告别啊!

就像我和妻子一样,儿子面带微笑,背着一袋行囊,行囊里装满他的信念和信心,以及少年豪情,消失在我们的视野,开始了他人生的漫漫长途。

儿子,你在远方,你要走的路好远好远……

(写于 2008 年 12 月 19 日)

去远方
——父与子的跨国对话

十七、含泪的笑

又是一年,从1999年12月31日进入2000年1月1日,仿佛就是昨天的事,真是白驹过隙,逝者如斯夫!

下班前,妻子来电话,问我今晚回不回家吃饭。我说还要在办公室做事,10点多回去,只要剩一点青菜我吃就行了。妻子说:每天不见你的人影。是这样的,她早晨上班比我早,我起床时她已经走了;晚上我回去时,她已经睡了。

此时,电脑正在反复播放《搭错车》,我在办公室吃着方便面,歌曲那无比悠远的悲怆,让我鼻子发酸。为了儿子,为了儿子能有一个自由的天空和美好的未来,下班后,我在电脑前敲着文字,一字一字地敲出稿费,叶宁说:这是喝自己的血。是啊,这么辛苦地赚钱,眼前方便面的寡味,让我伤感得要流泪。喝自己的血?对了,刚才,贺雄飞打电话,说我的新著《喝自己的血——一个"思想高僧"的性灵小品》已经亮相首都书市,他兴奋地说:"这是一本很好的书!"是的,这是我思想趋于成熟的日子,留下的斑斑印痕,我当然知道是好书。哦,我那还未谋面的宝贝,我的又一个亲爱的孩子,我那发自灵魂深处的呐喊……已经在北京面世!孩子,你在北京好吗?你在远方没有被冷落吧?想着这些,我真的流下了泪,泪水滴到了眼前的方便面中——可是,我突然发现,自己是带着微笑流泪。为了这本新著,也为了孩子,我又替远在德国的他,筹到一万两万的钱了。

也许真的老了,最近多次流泪。

记得此前一次,是收到孩子的录取通知书时。躺在办公室的沙发上午休,我无数次地看着这来自远方的通知书,开心地大大咧咧地笑,用拳头不时捶打沙发背,直敲得"噗噗"响,心里嘀咕道:终于有了今天,终于有了今天……正笑着,不知不觉,竟淌下了一行一行的清泪。擦一把泪,用纸巾擤一下鼻子,对自己说:见鬼了,高兴的事,你林什么妹妹呀,真是操蛋!

今晚,有友人、同学邀吃,我回绝了。在2008年的最后几个小时,我要像鲁迅说的那样——"赶快做"。此时,为迎接新年,很多很多的人在快乐着;一样的,我也快乐着,又得了这样一篇文章,也算辞旧,也算迎新。

背像针刺一样痛,眼睛发麻。时间过得飞快,老之将至,黄泉路近。我想起《约翰·克利斯朵夫》中的姐姐安多纳德,当失去父母的她把唯一的弟弟抚养成人后,她感到自己完成了人生的终极目的,很快生病,并死去。我想,如果有一天,我的孩子真正自立了,我会不会像安多纳德那样,骤然枯萎?难说。我再一次想起吴锋女儿对他说的话,女儿只希望他对自己好一点点。是的,我也要对自己好一点,好一点点。9点撤退吧,去刮痧,刮去一身的晦气、病毒,好走明年的路。

窗外爆竹声声。你好,亲爱的新年,你从来没有像今晚这样,让我感到如此贴心,我含着泪对你——对你微笑。

(写于 2008 年 12 月 31 日)

十八、我的盛大节日

儿子明天就要到家了。妻子到南京去接他,随他一路玩回来。

昨天中午,冒着酷暑,到花鸟市场买了两株喜阴的绿树,昨晚,把树移栽到花盆中。

今早5点半起床,先做了二楼卫生。下午做三楼卫生。晚上到超市买儿子爱吃的东西,猪心、桂花鱼、肉脯、啤酒、苏打水,还有水果……

明早做一楼、屋顶和狗窝的卫生,然后,给五只狗洗澡,杰克先生、笨笨先生、努比先生,还有豆豆女士和贝贝小姐——给异性洗澡可真不好意思,可是……妻子不在家,我只能勉力为之了。

明天要买一束花,放餐桌上,写上几个字:欢迎回家!

想去年儿子头一次回国,我泡茶时总要给他倒一杯,说:"老爷,请用茶。"儿子嘿嘿傻笑一下。接下来,总这么叫他了:"老爷,吃饭了。"

想儿子小时候,放学回家,在大院楼下大叫:"房向东,出来!"于是,我探出了头,他做暗号,要吃冰棒,让我把钱扔下去。单位老先生老董很费解,问我:"你儿子都是叫你名字?"我嘿嘿傻笑一下。

"慈母手中线,游子身上衣……"千丝万缕,万千牵挂,千万里,千万里,游子回来了!

这是我的盛大节日。老汉真开心啊!

(写于 2010 年 7 月 23 日)

十九、忠告

儿子,我想给你几条忠告:

——认识你自己。要有自知之明,既知道自己的缺点,又知道自己的长处;既知道自己的家族遗传,也知道自己的生理特点;既要分析自己的心理状态,也要弄清自己的性格弱点;看你的儿子,就是回眸你的童年,看你的父亲,就可预知你的未来……总之,这一生你能做成什么,这是要时时思考、尽早搞清楚的问题。审视自己,解剖自己,人不是容易被打垮的,打垮自己的往往是自己。

——做事业要有不屈不挠的精神,几十年如一日,坚持把一件事情做好。一直做,就会有收获。要做事业就要追求卓越,成为有成就的科学家、哲学家、文学家……否则,就做普通人,就过日子,就要有实在的本领,比如有理发的手艺,诸如此类,靠此养身。平平凡凡也是福。这是鲁迅对孩子的人生忠告之一,他说:"孩子长大,倘无才能,可寻点小事情过活,万不可去做空头文学家或美术家。"

——自私不等于损人利己,自私既不是美德,也不是恶行,自私就是自私,它是人人都有的一种客观存在。不要相信人是无私的,越是号称无私的人,可能越是特别自私;人人都有自己的欲求,物质方面的需要多了,精神方面的需要就少了,反之亦然。这方面的无私,只能证明他这方面的需要少一些,他的欲求在另一方面……要像尊重自己的私心一样尊重他人的私心。把私心深藏到看不见的人是最可怕的人。

——不要相信别人的承诺,这也是鲁迅的临终忠告之一。他说:"别人应许给你的事物,不可当真。"不要相信别人会平白无故地给你什么,你接受了什么,最终总是要付出的。自己对别人要有用,有用于别人,有用于社会,是自己生存于世间的最大保障,是自己的最大安全。他之所以对你有所承诺,就因为你对他有用处。他一旦发现你对他是无用的,自然也就放弃了承诺。反之,你若是有用于他人,有用于社会,你是强有力的,你是独立的,那么,别人的承诺又有什么意义呢?

(写于1995年)

附录二：欧美纪行

欧洲城市：自然的，艺术的，历史的

到了欧洲，我不知道是建筑镶嵌在大自然中呢，还是大自然被浓缩到了建筑中；我搞不清楚自己是走在大街上呢，还是正徜徉于艺术的长廊；我不晓得自己是走在现时代呢，还是穿过时光隧道，走进了历史。人在欧洲，感觉真如在大自然母亲的怀抱，恍若置身在艺术的海洋，似乎在与光荣的历史默默地相注视！

我们先是抵达伦敦。

从机场到市区的路不远。车子在奔驰，我贪婪地瞧着窗外。公路两旁，什么样的树木都有，可以说是杂树丛生。这些树木郁郁葱葱，自由自在地生长着，风吹过，它们仿佛在向我们点头致意。树的杂，让我想起刚进伦敦机场时的情景。这伦敦机场，拥挤着各种各样的人，有白人、黑人、黄种人，还有不白不黑不黄的印度人。这真是一个国际化的场所，仿佛正举办各人种的展示会。他们的公路两边，那也是树的品种的展示会了。不像我们中国，机场的路边，还有许多别的地方，树也一律，或者几排白杨树，或者几排榕树，或者几排芒果树，让人想起全副武装的士兵。我们的树整齐划一，但不免留下了人工斧迹，也单调。伦敦公路两旁的杂树，实在反映了自然的本性，既随意又丰富多彩。

进了市区，我立即从这古老、陈旧的城市，看到了满目的生机。这里天高地阔，旷远恬静。伦敦的房子都不高，我所见到的，最高的也不过是四五层吧。市民住的，大多是一座一座二楼青砖房——在欧洲期间，我绝对没有看到一座贴了瓷砖的房子——这些青砖房给人素雅的感觉。虽然是青砖房，但做工却极为考究，这主要体现在突出的窗框和门框。他们的窗不像我们的这样，要安装防盗网，所以有美化的天然条件。窗框一般都是白色的，多有一个小雕塑。门框上也有小雕塑。这小雕塑是青砖房子的"眼"，如果没有这个"眼"，这房子肯定就平板无味了，有了这"眼"，就有了艺术感，多了几分高贵，来神了。如果只是小雕塑，只是白色窗边，伦敦的房子还显得黯淡，最可宝贵的是，他们几乎每家每户都在窗台上种着鲜花，这鲜花在向路人微笑，表示伦敦市民的盛情。我在想，伦敦的青砖小楼如果没有了这些鲜花，那绝对百分之百地黯然失

去远方
——父与子的跨国对话

色！不仅伦敦，在丹麦也一样，他们认为，用鲜花装饰阳台和窗户，是每一个家庭必做的事。此外，两层小屋前，都圈着四五平方米的地方，也种着花草。我的感觉是，鲜花似乎就是伦敦建筑的一个组成部分。他们之所以选择青砖楼，大约就是为了突出鲜花的妩媚？也未可知。这些鲜花，包围了城市，就好像大自然包围着城市。

一路上，我在想，建筑其实也有品格，比如我们中国人，比较内向，讲究内在美，所以就把鲜花都藏在屋内而把垃圾扔到了屋外。中国人有谁会花了钱，种了花，却摆在窗台供路人观赏呢？中国人可以把刚刚完工的小区外墙敲打得满目疮痍，从而让我们的城市显得格外有沧桑感。

关于窗台上的花，我想起了一篇小说，记不清是谁写的了——当年，城市被纳粹炸成废墟，小说中的"我"走过废墟，只见在一座破烂房子的窗台上放着一盆怒放的鲜花，"我"顿时热泪盈眶，因为，在如此艰难的环境中，人们还不忘在窗前放一盆花，可见他们是多么热爱生活啊！热爱生活的人是不会被征服的。废墟窗台上的花是希望之花啊！

城市有再好的建筑，如果没有鸟，也会变得毫无生气，变得没有灵气。在欧洲，我们经常可以看到用几根未经加工的纯自然的白桦树干搭成的三脚架鸟窝。据说，冬天的时候，鸟窝里会有不少谷物。这都是人们自觉自愿的行为。这是人类对鸟类的爱心的体现。欧洲的街头，有很多鸽子。这些鸽子胆子特别大，不怕人，你就在它们旁边，它们也不飞走。你就是一把将鸽子抓住，它也不惊慌，甚至还会笑着与你说几句英语。女画家赵蘅在《拾回的欧洲画页》中写了伦敦的鸽子是怎样"纠缠"她的："如潮的鸽子已向我扑来。白的灰的带花纹带斑点的，拼命要啄我手心里的麦子，它们太贪了呀，将扑棱的翅膀扇到我脸上，尖尖的喙戳得我生疼……"欧洲的街头，就是这样一幅图画。在海德公园，不仅有鸽子，还有天鹅，还有鸳鸯，以及许多我说不出名字的鸟。有资料显示，伦敦周围有三百五十多种鸟。最特别的是，这些不同类型的鸟在一起聊得很开心，它们围成一团，也许在开第一百六十次鸟代表大会的预备会？我在海德公园走着，有一只松鼠故意从我的脚面冲过去，然后在我前面五六米的地方停下来调皮地微笑着。它吱吱叫，我不懂英语，不知道它说什么。哦，对了，我属鼠，也许它代表欧洲的鼠，向我这个同类表示欢迎吧。

丹麦和瑞典之间修了一座跨海大桥，叫丹瑞大桥。在这座跨海大桥的当中有一小岛,有点像福州解放大桥当中的江心岛。要修跨海大桥,自然要从小岛上跨过,这样会减少难度,减少投资。可是,岛上住着很多海鸟,为此,丹麦的老百姓不同意了,你建桥,占了海鸟的家,那它们不是要沦为难民吗？于是,老百姓游行,反对建跨海大桥。政府是纳税人养的政府,老百姓一游行,政府就得改变既定方针。于是,丹麦政府只好在附近先修一座浮岛,还得种上树,还要有水,先把海鸟安顿好了,这才修桥。有这样怕人民的政府,难怪他们的鸟不怕人！难怪他们的城市是如此地与大自然融为一体！

　　欧洲的房子虽然旧了,但很有整体感,这种整体感形成了独特的风格,看过去很协调,很有艺术感,不像我们这样杂乱。中国的建筑往往只顾这座房子自身,而不论自身存在的环境。常常在很破旧的房子边来一座很现代化的建筑。比如,在一座古庙边,兀然崛起了几十层的洋楼,好比老和尚旁边站着一位衣不蔽体的俏女郎,这既让和尚局促不安,也让女郎大煞风景。欧洲的房子是旧,却旧得有味道,旧成了艺术品,旧成了古典。伦敦的"狄更斯酒馆"坐落在当年的贫民区,是狄更斯在世时经常去的地方。有一回,失火了,把这木头房子烧得焦黑。估计火很快被扑灭了吧,火灾后只进行了小维修,房子还是照原样保存了下来。狄更斯死后,这房子成了狄更斯纪念场所之一。酒馆还开着,生意很好。"狄更斯酒馆",就是被火烧过的黑乎乎的酒馆。有趣的是,酒馆周围新盖的房子也必须与"狄更斯酒馆"的风格相一致。因此,旁边一座新盖的房子也只能黑乎乎的,仿佛也被烟熏了一样。"狄更斯酒馆"融进了狄更斯的艺术之中,这与其说是一家酒馆,不如说是一件城市建筑的艺术品。

　　欧洲的建筑是这样的,我不做也就罢了,要做,就要做最好的、最精致的。伦敦街头的电线杆,都有上百年的历史了,这哪里是电线杆,简直就是铜的工艺品。伦敦的电话亭有上百年的历史,一直以来其风格不变,成了一个标志性的东西。这电话亭红色的框内镶的是玻璃。玻璃镶的电话亭,如果在中国,有一百个,大约也会被敲碎一百零一个。可他们的,就是那样完好无损。他们的城市设施,不仅展示着他们的精致,更展示着他们精致后面的文明。

　　既体现了欧洲建筑艺术感又体现了其历史感的,当数他们的城市雕塑了。和我同行的一位朋友说,看了如此伟大的雕塑,真想跪下来啊！是的,我们都想在人类的伟大创造力面前俯首折腰！

　　据我观察,欧洲雕塑最多的内容一是剑,二是书,三是翅膀。剑代表力量,书代表

去远方
——父与子的跨国对话

科学和智慧,翅膀代表想象力。人们常说,天使都有翅膀。到了欧洲,我看到并不是天使才有翅膀,他们的军人也有翅膀。欧洲不少雕塑,手提着剑的军人也长了翅膀。从这些城市雕塑长出的翅膀,我感觉到了人类的理想,这翅膀是理想的翅膀,是理想的象征。

欧洲不少大楼的壁柱,是一伟岸健美的大力士,仿佛整座大楼的重量都压在他的身上,极有力度,让人切实感受到了男人的责任和压力。

欧洲雕塑还有许多狮子,这些狮子多是神色冷峻,酷酷的。老虎和狮子都是独来独往的,从这些狮子身上,我似乎感受到了欧洲的孤独!当然,这些狮子除了体现欧洲的孤独外,似乎还体现了欧洲的凶悍。伦敦特拉法加广场上那几只巨大的铜狮,是英国人战胜拿破仑的纪念,因为这些狮子都是用拿破仑的大炮铸成的。

欧洲的每一头狮子都是不一样的,都是艺术品。中国也是有很多狮子的国家。我们摆在商店门口的狮子多呆头呆脑,千篇一律,这家和那家并无大的区别,有时甚至让人疑心是用机器批量生产出来的。我们的狮子首先是带功利目的的,是对付鬼神的,是为了避邪,没有什么艺术性可言。

欧洲的城市雕塑多是自己国家的英雄人物、文化人物,几乎没有帝王的雕塑,更没有神的雕塑了。比如,有贝多芬的,有歌德的,有安徒生以及他笔下的美人鱼的,等等。这些伟大人物的雕塑是他们国家历史的一个组成部分,是他们民族凝固的音乐。这些雕塑向人们表明,西方是人的历史而不是神的历史。东方往往是神的历史而不是人的历史。从印度到尼泊尔,到处都是宗教雕塑。中国的雕塑,也多是菩萨。便是人吧,也变成了神。不仅孔子、关公成了被香火供着的神,在成都的杜甫草堂,诗圣的雕塑前也香火缭绕。

哦,欧洲的城市,是与大自然最为接近的城市,是艺术的城市,还是充满着历史沧桑感的城市!

裸泳·太阳浴·性与爱情

欧洲镶嵌在大自然中,所以它的外在基调应是绿色的。如果要用色彩来描述它的内在品质的话,我感觉是桃红色。再说白一点,就是因了他们对性持自然的态度,让人

附录二:欧美纪行

感到性无所不在。

在网上,我们不难看到这样的照片,上百上千的欧洲女性全裸体游行,也有全裸体的男人和全裸体的女人一起游行。不论是德国的宾馆还是英国的饭店,一打开电视,首先来挑逗旅客的就是"黄片"的"精彩片断",播放了二三十秒钟吧,你看不看?要看,就得摁按钮,就得交钱!我们几个人没有太多的欧元,当然看不了。随手抓过宾馆的杂志,映入眼帘的是全裸体的年轻母亲和光着身子的孩子在海边戏水,旁边站着三五个也是一丝不挂的男女,在开心地看她们母女打水仗。在伦敦的大街上,我们还看到有的女郎穿的裤头低到不能再低的程度,然后露出不少在我们看来应该属于"国家机密"的那部分。英国人见了,视若无睹;我们几个见了,也只敢瞟一眼,如果瞟了两眼,我们就感到害羞了——也假装视若无睹。

那本以母女海边戏水为封面的杂志我真想带回来,但不晓得宾馆让不让带,终于没有带成。现在回想,那母女的神情极为灿烂、奔放,而旁观者的眼神也十分单纯、自然——"思无邪"。他们看的,或者说他们兴之所至的,完全是母女之间的亲情游戏,而绝不是裸体以及由裸体所联想到的性。这让我想起了许广平说过的话,鲁迅夫妇在洗浴的时候,是不禁止海婴走出走进的。许广平说:"实体的观察,实物的研究,遇到疑问,随时解答,见惯了双亲,他就对一切人体都了解,没有什么惊奇了。"对于孩子的性教育,在鲁迅和许广平看来,这是极平凡的事,绝对没有神秘性。在北欧,过去许多孩子出生在桑拿室,童年时代是与父母一起洗桑拿的,他们对人体并不感到神秘和陌生,而是亲切与自然。这种做法对性的健康成长的影响在英国蔼理士所著、潘光旦先生翻译的《性心理学》中得到了肯定:"至于裸体的认识也以及早取得为宜。假如一个儿童在童年发育的时期里,始终没有见过异性儿童的裸体形态,是可以引起一种病态的好奇心理的;一旦忽然见到异性成年人的裸体形态,有时候精神上可以造成一个很痛苦的打击。总之,两性的儿童从小能认识彼此的裸体形态,是很好的一件事。"可见,鲁迅夫妇的观点与他们多有相似之处哩。鲁迅和许广平是不是有点"欧化"?我觉得,与其说是"欧化",不如说是人性化和自然化。

在丹麦,导游曾带我们到与瑞典隔海相望的丹瑞大桥附近的沙滩游玩。据说那沙滩很出名,很多丹麦人到那消闲。我看了,觉得也平常得很——沙滩上的沙是和中国一样的沙。沙滩的右边是丹麦连接瑞典的丹瑞大桥,左边竖着一排白色的风力发电

去远方
——父与子的跨国对话

机。海鸥和厦门的海鸥一样,在款款地飞。虽是靠着公路,是近海,海水却湛蓝。沙滩上有年轻人在打排球,有人在晒太阳,如此而已。导游之所以带我们到这里来,说是在风力发电机那一边,有一裸体游泳场,让我们见识见识(导游是中国留学生,仿佛以为我们都没有看过异性的身体,似乎我们都好色,也未可知)。丹麦人认为身体与性并不神秘,裸体是美而不是羞耻。我们之所以要去看看,一是我们只能听导游的;二是这是国内所没有的,算是一种风俗,当然应该看看。就这样,我们随着导游在沙滩上走着,走向异国的裸体浴场。当我们远远地可以看见那些赤条条的男女时,有人停步不前了,说:"唉,这有什么好看的呢?又不是没结婚的人。回吧回吧。"我开了句玩笑说:"没结婚的人去看了,那是要买票的。"难道这是专门给没结婚的人看的吗?不过,我们全都驻足不前了。虽然都是结过婚的人,我们中国人还是不习惯看这样"刺激"的场面。也许,我们潜意识里有某种邪念,心中有某种不自然的东西,所以才会在自然面前举步维艰?我们向后走了。

离开海滩时,我想起了鲁迅,但我没有对同行者说。鲁迅平时常谈到中国留学生跑到日本的男女共浴场所,往往不敢跑出水面,给日本女人见笑的故事,作为没有习惯训练所致的资料。这也正是对中国一些士大夫阶级的绅士,满口道学,而偶尔见到异性极普遍的用物也会遐想不已的讽刺。鲁迅认为,这是一种变态心理。这种心理的矫正,必须从孩子时代开始。所以,他才会让海婴从小就了解异性的躯体。

鲁迅是很有洞察力的。导游告诉我,他先前带过的团队中有不少在异性的躯体面前止步的人,回到屋里,他们想看"黄片"却不敢,一是怕被同行者耻笑,二怕花钱。因此,当同房的旅伴睡熟后,他半夜爬起来,反复看那"黄片"的二三十秒提示性片头,总算过把瘾了。明的不敢,只能暗里欣赏。这算不算鲁迅所说的,是一种变态心理呢?

据说欧洲阳光比较少,特别是伦敦,不少日子都是雾蒙蒙的。我在文章的开头说了,欧洲的基调是绿色的。走在欧洲,仿佛走在绿草地上。欧洲人有一个嗜好,就是爱躺在草地上晒太阳,他们将其称为"太阳浴"。我们在柏林的那天,导游特别安排我们去看晒太阳的人们。这导游也是中国留学生,神秘兮兮地说:"他们男男女女都是一丝不挂晒太阳。"也好,看就看呗,大约这回可以走到五十米才停滞不前吧。我们先是跑了一个公园,没见到这样的场面(不会是见中国人来了,他们就跑了吧),又到了另一个公园,倒是有几个男女躺在那晒太阳,男的穿着裤衩,女的也穿,还戴胸罩,总而言之,没有那么"刺激"。我想,导游大约考虑我们工作太忙、太累,应该放松放松,到了欧洲,为我们安排的就是参观这类带"裸"的"自然景观"?

回到房间,我感到有点扫兴。导游给我们弄来了当地的华人报纸。我随手翻着,却翻出了当天的一条社会新闻,还配有插图。内容是,一个中国男人到公园里偷看并偷拍德国女人"太阳浴"的场面。当时,有七八个少女正光着身子晒太阳。结果,这个偷拍者被发现了,她们也不生气,把他"抓"来,剥光了衣服,也一丝不挂地晒太阳。插图也可爱,中国男人被困在当中,旁边裸体少女躺成了一个圆圈。

在裸体游泳场一百米外驻足,却半夜起来看"黄片"提示,不敢直面人体美,却悄悄地躲在暗处偷拍,这就是某些中国人的嘴脸——终于假装成了有风度的正人君子!我以为,也不好深责具体的中国人,可值得反思的是我们这方面的教育。罗素说:"回避绝对自然的东西就意味着加强,并且是以最病态的形式加强对它的兴趣,因为愿望的力量同禁令的严厉程度成正比。"茨威格也说过:"所有被掩盖起来的不让人看的秘密总是唤起一种不健康的好奇心,一种病态的遐想。"这也许能够解释为什么欧洲在我面前呈现了桃红色,而这桃红色却那么自然;这同时也可以解释,中国某些人的脸上为什么那么庄严肃穆而内心深处却这么卑微猥琐。

由人体,自然地要谈起性了。丹麦等北欧人的性观念是相当开放的。一些北欧的青年人,从十四五岁起就有了性体验。在夏季,去农场摘草莓时,农场主在晚饭后送来一笸箩避孕套,十几岁的小姑娘会大大方方地上前去拿一个。欧洲的家长认为,当孩子进入青春期时,他们有了骚动。有了骚动,就应该让他们去体验。经过一段不平静以后,又开始平静下来,去安心学习、工作。那时,他们表现得更加成熟。他们在心灵成熟与身体成熟以后,开始了稳健的下一步。丹麦人在结婚生子之前,往往会有好几个情人,他们认为这样做是聪明而理智的,有助于找到最佳伴侣。他们之间的这种关系通常是比较稳固的,并非单纯的性关系,有可能是建立真正家庭的前奏。

因为有这样的观念,在欧洲,未婚同居的现象极为普遍。德国有三百万个未婚同居的家庭。其他各个国家这类数字都不低。导游说,一般大学生都有了恋爱对象,一有了对象也大多便同居。个别还没有恋爱对象的,到了周末,如果有自己中意的异性,他们会商量好一起过周末——同居。过了周末,又你忙你的我过我的,各行其便。绝对没有中国人这样的观念:我和你同居了,我就是你的人了;我和你同居了,你就非得娶我不可。

我们听了这样一个有趣的故事：

老师让学生读一篇小文章。一个姑娘 A 爱上了河对岸的小伙子 B，当姑娘要到河对岸时，她去请求另一个男人 C 帮助，这个 C 说，这不是我的事，我不管。于是 A 又去找 D，D 说，你和我睡一夜，我才送你过河。A 为了见 B，和 D 睡了。A 姑娘到了河对岸，去找 B。B 说，你已经和 D 睡过了，我不能和你结婚。这时另一个男人 E 过来对 A 姑娘说，他不要你，但我和你结婚。

老师让同学们给故事里的每个人打分。芬兰人给姑娘 A 打的分最高，而两名中国男同学给 A 的分很低。当老师组织大家讨论时，芬兰同学讲述了他们的观点：A 为了追求爱情，不惜牺牲自己，这是一种献身理想的追求。中国来的男同学却不以为然，他们给 E 的分最高，认为 E 更高尚。芬兰同学问，E 想与 A 结婚，问题是 E 爱不爱 A？A 爱不爱 E？

这个故事是关于性和爱的。A 姑娘为了爱可以牺牲性，用性来回报 D 先生。E 先生也不在乎 A 姑娘的"不洁"，要和她结婚。当然，这个故事还包含着更复杂的内涵，这不是我要深究的。我只想对同居问题谈谈我的看法。张洁曾针对美国的同居现象说过一段话："……没有爱情的随便同居，更是倒退到和动物没有什么区别的地步。"(《在那绿草地上》)先前，我是赞同张洁的观点的。听了欧洲青年对性的态度，我觉得张洁的话有点太夸张了。什么是爱情？每个人对爱情的理解都不一样，李双双的"先结婚后恋爱"与林黛玉的暗恋、苦恋却结不成婚，其爱情的内涵是不可同日而语的。爱情还是变化、流动的感情，没有感情的夫妻，到老了却有了亲情，鲁迅小说《伤逝》中的涓生和子君以爱情始却以分手终。欧洲的这些青年男女同居，不说互相喜欢，至少是不互相讨厌吧。这不互相讨厌而同居，是不是也可以理解为万千爱情之一种？至于动物性问题，细细想来，人就是动物，无非要在动物前面加上"高级"二字。动物要吃，人也要吃；动物要性交，人也要性交。人有动物性，这似乎并不是什么可耻的事。其实，动物也有"人性"，它们也会夫妻相爱，也会疼爱孩子，有的动物甚至会帮人的忙，会理解人的感情，等等。古人云，饮食男女，人之常情。性欲的满足和食欲的满足都是动物的一种基本需求。恩格斯在《共产主义原理》一文中说，在共产主义制度下，"两性间的关系将成为仅仅和当事人有关而社会无须干涉的私事"。到那时，男女互相的满足只能建立在平等、互相需要的基础上，一切因了外力、因了交换而产生的两性之间的性行为，都和恩格斯所言风马牛不相及。

如果仅仅把两性关系看作当事人的事，如果从平等和互相需要出发，仿佛欧洲的年轻人在性观念上更接近未来社会？

"金筷子"

那天，我们先是去了格林尼治天文台，回来的路上，弯到一家叫"金筷子"的中餐馆吃午饭。

一路上，我们都是在中餐馆用饭，都是五菜一汤。这是导游安排的结果。虽然人在欧洲，仿佛依然吃在福建。中餐馆的老板大多和我们在国内见到的餐馆老板并无二样，脸上油腻，身子肥肥的。我们还碰到一个福建长乐的老乡，为了表示对我们的欢迎，他不加菜，却加了若干"黄段子"，逗得我们喷饭。

"金筷子"的老板是一个女老板，三十五六岁模样，齐耳短发，头发柔柔的，仿佛有点黄；脸不大，眼睛却特别大，那眼睛弥漫着伦敦的雾，有点儿迷惘，有点儿忧伤，有点儿像国内很出名的那张"希望工程"宣传画中那个渴求读书的女孩的大眼睛。她穿着黑长裙、白汗衫，素素的。和平常用餐没有什么两样，她先是为我们上了茶，接着上饭上菜了。

边吃饭边聊天。三句话不离本行，我们聊起了写《哈利·波特》的英国女作家 J. K. 罗琳。这时，女老板凑过来问了："你们几个，是什么团呀？"我们告诉她，是出版方面的。她"哦"了一声，分别为我们面前的小碗盛了汤，说："罗琳先前也常到这里吃饭。她本来也没有什么钱，为了带好小孩，动了给孩子写故事的念头，一写就成功，现在名声大了。"我说："她也常到这儿来吃饭？"她肯定地点了点头。她似乎对我们是搞出版的来了兴致，话稍多了几句，淡淡地说："我是在人民文学出版社的大院里长大……"我说："那你父母在出版社工作？"她依然用平和的语调说："我的继父在人民文学出版社当美编。他叫李某某。"我说："是他呀，还是一个名人。人民文学出版社的很多书都是他设计的。常买人文版图书的人，肯定知道李先生。"这似乎有点出乎她的意料："是吗？他还这么有名呀！"很显然，她还真不知道李先生的名气。这时，我仔细瞧了她一

去远方
——父与子的跨国对话

眼,她说不上漂亮,然而有一种气质在,是那种有一定文化层次的未婚大龄女性所特有的气质,有点冷,有点无奈,仿佛还有点渴求。

这时,突然响起了中华人民共和国的国歌声。我们几个全都抬起了头,先是对视一眼,接着就寻找声音发自何处。在伦敦,还能听到我们的国歌?!原来,是从女老板的口袋里发出的声音——是她的手机响了。她的手机铃声设置为我们的国歌声!

她到一旁接电话了。

在国内,每天看《新闻联播》,每天听这支歌,可是,从来没有像今天这样具有如此特殊的震撼力。这音乐,强烈地撞击着我的心灵。一时间,我们几个都沉默不语了。哦,国歌,"金筷子"餐馆里从手机中发出的这么柔弱的声音,却那么的强有力!

接完电话,她过来又为我们每人加了一小碗汤。我问:"你的手机中怎么会有国歌声呢?"她说:"想家。特地灌进去的。"

我们似乎也没有太多的话说。不知道别人在想什么,我在心中品味着她的"想家"二字。我还品味着"金筷子"这个店名,筷子,是中国才有的,"筷子"却是"金"的!中国的筷子,在她心中有多大的分量啊!

过了会儿,我问:"最近有没有回到国内看看?"她说:"在伦敦的时候想着北京,回到北京又想着伦敦……去年春节回北京了。我什么人也没见,在宾馆住了三天,这三天都打着车在街上转……"她的声音很低。听她的声调,我被她的伤感所感染。"……后来,就到日本办事了。"

她说了,她想家。北京,是她长大的地方,有同学,有亲人,至少,有熟人,她却谁也没有见。她有一个继父,她母亲还在吗?她与母亲说不上话?或者母亲待她不好,所以她出国了?也许,她的爱遗失在北京的某个公园,遗失在依然款款而流的水中?无家可归?还是有家不想回?她在北京转了三天,她在寻找感觉还是寻找梦?哦,我实在理不出头绪。萍水相逢,我们也不好多问什么。总之,我觉得她瘦弱的身躯里装了很多心事,很多理不清的情感。

接着,我们又无话可说了。还是她打破了沉默:"我给你们加一道菜吧。"我们谁也没说客气话。一会儿,她送来了一盘青菜。后来,在回国的飞机上,我的脑子在"过电影",这还真是我们欧行路上唯一的一次加菜,虽然只是一盘青菜。

我们走了。女老板把我们送到门外,神情恋恋的,又把我们送到了停车场。起风了。我们要上车了,请她回去。她说:"一路上要多小心啊,过马路要小心啊。英国的方向盘在右边,和国内的不一样,过马路要先往右边看,不是像国内那样先朝左边看啊!"她的语气,像母亲送孩子上学,像妻子送爱人远行……她是一个多么善感的人啊,她的心中怀有多少的善意啊。我们点着头,却什么也没说。我们用眼神和笑容向她告别。我们上车了。这时,她的手机又响了,她右手接着电话,左手上举着,晃动着,目送着我们远去,远去……

所有的中国人都远去了,只有她留在这伦敦的风中。这时,我真切地感受到了,她那手机里发出的国歌声,有那么点儿,忧伤……

我甚至不知道她的名字。她远在异国他乡,她是孤独的。愿她手机中的音乐陪伴她走过一天又一天,愿她平平安安。

将右掌贴在左胸前

在广州办签证的时候,领事馆门口维持秩序的工作人员,右手臂上一律缝着美国国旗。签证大厅内,从屋顶上垂下一面大大的星条旗,仿佛一片云罩在你的头上。还没有踏上美国的土地,就让人感到美国国旗的无所不在。这调动起了我积淀在头脑深处、平时不很在意的记忆:美国官员,西装上一律别着国旗;我们先前别的是领袖像章——就像朝鲜人民别着金日成或他的儿子金正日的像章一样——现在是什么也不别了。当国歌奏响时,美国人将右手掌贴在左胸前,双眼凝视国旗,神情比在上帝面前还要虔诚。中国人也升国旗,奏国歌,就是在电视中,我们也不难看到,中国的官员以及像官员一样的人们,在国歌声中仍在木木地思考着治国安邦之策;在日常生活中,你奏你的国歌,我走我的路,这大约不是什么新鲜事吧!

到了美国,我强烈地感受到了美国国旗的压迫,我仿佛是掉进了星条旗的海洋。

下飞机时,一个扫地的黑人,穿一件蓝色衣服,右手袖管上也缝着一面国旗。公务员右手臂缝国旗也就罢了,扫地的也要缝国旗,这未免有点夸张!机场出口处与广州领事馆一样,从屋顶上垂下大大的国旗。

一路上,我观察着美国国旗。美国国旗的旗杆特别粗、特别高,国旗特别大——这一点,是很值得我们仿效的——美国风大,国旗一律迎风招展。

去远方
——父与子的跨国对话

在迪士尼乐园,我们见到这样一幕:一对行色匆匆的青年男女,刚看到星条旗之歌伴奏下的降旗仪式,马上驻足伫立,仰望国旗,并将右掌置于左胸前。导游说,这样的事在美国并不鲜见,而是日常生活的一种。在进行体育比赛时,比如参加美式橄榄球赛,按照美国人的传统,会奏国歌。国歌响时,所有人都会站起来表示敬意,把右手放在心脏部位,大家一起唱国歌。导游说:"我观看比赛,不管听了多少次国歌,每次都很激动、感动。我觉得国歌的音乐和歌词,表达了所有美国人对国家的感情。"

美国儿童上幼儿园第一件事就学画美国国旗。我记得我上幼儿园时的第一课是"毛主席万岁",第二课是"中国共产党万岁"……许多中小学校,每天都有升国旗、奏国歌的仪式。热爱国旗是学生爱国教育的一个重要组成部分,每天的课程是以唱国歌和对国旗宣誓尽忠开始的。学校在举行升旗仪式时,学生把手放在胸前,神情虔诚,庄严地念道:"我效忠于国旗和美利坚合众国。"

美国有很多爱国节日:阵亡将士纪念日、退伍军人节、美国独立纪念日、国旗制定纪念日等。每逢节日、庆典或集会,家家户户、四面八方,包括汽车上都要悬挂国旗。在国家庆典里,人人都背诵"我爱这个国家,保卫这个国家"的誓词;在国旗纪念日里,人人都背诵忠于国旗的誓言:"我宣誓忠诚于美利坚合众国国旗和国旗所代表的共和国……"甚至民间的感恩节、圣诞节,不仅是人们欢聚热闹的机会,也是激发爱国热情的好时机。

美国人根据自己的主体价值观孕育出强烈的爱国热情。他们认为自己是国家的主人,任何政党或政府都是变换的暂存的,只有美国能够长久存在,用中国话可以这么套,这就是"铁打的国家流水的政府"。中华工商联合出版社 2004 年 7 月出版了《中国这边,美国那边:81 个话题透视中美差异》一书,作者之一的方大为[1]对美国人的爱国精神,有这样一段表述:"美国的爱国主义是独特的。因为美国的爱国主义确实是爱国,而不一定意味着爱政府、爱领导、爱政党。你爱的是一个国家,这个国家在现任政府没有成立时已经存在了。这个国家代表的是一些永恒的政治价值观点。在美国,爱国主义并不意味你要赞同总统说的每一句话,它意味着在你不同意他的看法时,你不

---

[1] 方大为,现供职于美国国务院经济政策办公室,为负责东亚和太平洋事务的官员。此前任美国驻华大使馆外交官。

但有权利,而且有责任、有义务说出自己的观点,来改善美国。在这一点上,爱国主义是很独特的。国家不等于政府、政党或某一个人。"

导游说,在美国,你可以骂总统,不会有人以为你骂了总统,就是骂总统所属的政党,就是不爱国。但是,你不可以骂美国,你骂美国,很多美国人就跟你急,就跟你理论。这种说法,我在美国期间,还真得到了印证。我们同行的有一位新华书店的老总,对美国的安检措施很不满,在饭桌上,他说:"一次'9·11'袭击,就把美国人搞成这样,老是让我脱皮带,看来美国真是纸老虎。"中餐馆的一个服务生听了可不高兴了,与他理论:"你凭这个就说美国是纸老虎吗?这是保护人民,也是保护你的措施。"他气呼呼地说,"我看你们才是纸老虎!"从他所处的境况看,我估计他也许还没有加入美国籍。

在这种美国特有的爱国意识支配下,在美国的土地上呈现出一道奇特的景观,那就是近乎滥用的国旗。无论是议会大厦、司法行政机关,还是学校、公司、宾馆、商场,几乎没有不挂国旗的。一些快餐店、加油站、市民或农场主的门前或屋顶上也张挂着国旗。航天器、警车、私人游艇、货车尾部、遮雨篷等上面都不乏国旗图案。

美国的商业活动也离不开爱国精神的渲染。在待价而沽的小指甲刀、礼帽、内裤、胸罩、T恤、雨伞、旅游鞋、开心果、杏仁等的包装上也飘扬着星条旗;就连儿童电子游戏机里,都有组合星条旗等类似的软件。美国一些公司用爱国精神作为广告主题打动人心,赢得市场。雪佛莱汽车公司的广告不提及汽车任何的优点和性能,而是反复强调伟大的美国、勤劳的美国人民,不停地向观众展示美国国旗,以慢镜头描绘美国人民的工作、生活情况,从加州到纽约,全美三十多处景致清晰可辨,不时插进雪佛莱汽车的图像。这种宣传,既激发了美国人的爱国热情,又吸引了一大批雪佛莱汽车的购买者。

美国人甚至把国旗插上了墓地。经过墓地,我看到墓地上有很多鲜花和国旗。在中国,任何一块墓地,都是看不到国旗的。我觉得奇怪,问导游,墓地上怎么也插国旗呢?导游说:"这大多是军人的墓地。"我又问:"一般人的墓地可以插国旗吗?"导游说:"国旗可以制成短裤和胸罩,还有什么不可以呢?事实上,墓地上插国旗的,很多就是一般的老百姓。"爱国爱到了墓地上,爱国情感,可谓至死不渝。

由墓地上插国旗,我想生发开去,说几句题外话。中国人的墓地上,不要说国旗,就是鲜花,也不多见。活着的人在墓地上给先人烧阴币,烧房子、电视、小车……人们为死者捎去的都是实的物欲的满足。中国的墓地上多的是石头狮子等避邪的东西。

去远方
——父与子的跨国对话

人们在墓前乞求的,也无非是保佑升官发财、阖家平安之类的。对比之下,国旗代表着内在精神,鲜花代表着美好祝福,全都是"虚"的形而上的东西。由此,我更加理解了中国式的"唯物主义"和美国式的"唯心主义"。

在危机出现时,特别是在战争期间,爱国精神更加崛起。导游告诉我们,在美国历史上,有两次掀起了爱国的高潮。但是,高潮都是在国人的心底,都是默默地行进着。一次离我们比较远了,那就是日本偷袭珍珠港的时候,美国的青年纷纷报名参军,他们奔赴世界的各个角落,为了自由而亡命天涯。第二次就是"9·11"事件发生后。美国没有像有的国家那样,遇到大事,总要举行大规模的示威游行。美国国民的反应极为冷静。只有一个变化是巨大的,也是静悄悄的,没有任何人、任何团体出面组织:很多很多的老百姓自觉自愿地在房子外面悬挂国旗。一时间,国旗脱销。中国连夜为美国赶制国旗,一批又一批地运往美国。据说,中国的相关企业发了国旗财。导游说,他到美国20年,从来没有像"9·11"事件以后这样,几乎家家户户挂国旗。

"9·11"事件后的美国,被国旗湮没了。

国旗是无声的,我们不是都可以体会到无声的力量吗?由此,我想到了萨达姆倒台前的喧嚣。是不是越喧嚣、越张狂的,越没有力量、越脆弱呢?

导游还谈到下半旗。他说,在美国,仿佛经常下半旗。比如,阵亡将士纪念日,就要全国下半旗。还有什么什么日子,我一时没有记住。但他说的一件具体的事,我却是记住了:有一个青年患了癌症,到了晚期,他要跑遍全国,为癌症基金会募捐。我岳父死于癌症,临死前几天,痛得额上沁满冷汗,不时要求医生为其注射杜冷丁。由此我知道,癌症晚期,病人是非常痛苦的!但是,这个美国青年坚持长跑,全体国民为他助阵,被他感动。他一直跑到生命的终点。他的坚强意志和献身精神是美国精神的体现。虽然只是一个普通人,但他去世时,美国就为他下了半旗。

美国国旗,是美国人民的旗帜,而不像有的国家,只有总统死了,才下半旗。那样的国旗不是人民的旗帜,只是"总统旗",是表示最高职务的旗帜。以职务高低来衡量是否下半旗,下也罢,不下也罢,与人民有什么关系呢?在风中抖抖索索的,不就是一块布吗?

旗帜能不能代表人民,或者说是不是人民的旗帜,这要看这个国家是人民本位还是"皇权"至上。美国最珍惜的是人的生命,几乎把所有在独立战争、南北战争、"一战"、"二战"、朝鲜战争、越南战争直到海湾战争中死亡官兵的名单,刻在各个地方的大理石或纪念碑上。例如"二战"的死亡官兵名单就全部刻在夏威夷的纪念碑上,以示对他们永志不忘。在美国,为了拯救一个大兵的生命,甚至牺牲了好几个军人的生命。战争结束数十年了,美国还不断地不遗余力地在海外旧战场上搜寻美国士兵的尸骨。

在美国的不少地方,比如,在林肯纪念堂附近,我看见美国国旗下面挂着一小面黑色的旗帜,我拍了下来,黑旗当中有图案,但我看不清楚。我问导游,为什么国旗下面挂一面黑旗呢?他说,这是援助俘虏组织的旗帜。援助俘虏组织认为,俘虏也是为国家而战,也是英雄。我们可以帮助你。这样的观念,实际上是为美国全民所接受。在美国的观念中,在战场上你打不下去了,就可以成为俘虏。生命是最珍贵的,战争中,也要珍惜自己,不能背叛生命。

有的国家则相反,俘虏要是回来,往往被枪毙;就是不被枪毙,当了俘虏的,伴随着他的,将是一生的苦难。

我还要补充说明一个观念:内战无英雄。这是南北战争结束时,林肯总统提出的一个著名观点。他认为,南北方的士兵都是为他们心目中的国家而战,因而,南北将士的尸骨一起被埋进阵亡将士公墓,一起被后人追悼,被怀念。林肯还对被遣散的南方士兵说,你们可以带着武器回家,因为一路上也许还会有各种各样的危险。战后,南方的将军还竞选当上了州长等等。中国则是成王败寇。

立国两百多年,美国的国旗不变(只是加入美国联邦的实体多了,星条旗上的星也增加了)。先前中国的"国旗",很大程度上是"政府旗"。一个朝代一面国旗,有的甚至是一个统治集团一面国旗。清朝是龙旗。袁世凯用五色旗。蒋介石政府则是青天白日旗……这些"国旗",不是人民的旗帜,而是政府的旗帜。

历史上,英国也有罪恶政府,但是,英国的国旗不变。我们更难想象,在美国,民主党上台要变一面国旗,共和党上台再变一面国旗。"二战"以后,美国改造日本,使其成为现代意义上的民主国家,但是,美国也没有让日本改变国旗。

绝大多数的美国人认为,他们的国家是一个伟大、强盛、民主、自由的国家,是世界上最好的国家,当一个美国公民比当任何一个国家的公民都好。做一个美国公民是幸福的,是值得骄傲和自豪的。美国的阿波斯特托莱德应用研究中心,在对十八个国家进行的一项研究中,得出这样的明显结论:同日本人与西欧人相比,美国人最愿意为他们的国家而战斗,对民族认同最感自豪。

关于美国国旗,我向导游提了以下几个问题。

把国旗制成内裤和胸罩等,这是不是有点不严肃?是不是有点亵渎了国旗的尊严?他说:"不能这样理解。美国人比较喜欢用贴近身体这种方式表达对国旗的情感,美国人认为,这样格外贴身,格外亲切,这说明,这面国旗所代表的国家,是他们自己的国家,而不是别的什么利益集团的国家。"我想,与其只是让国旗高高飘扬,高到让人民够不着的程度,倒不如把国旗制成短裤。

我又问,美国怎么会允许烧国旗呢?导游说:"最高法院认为言论自由应该包含这一点,即用烧国旗这种行为表达你的意愿和自由。但有些保守的政治家认为公民不应该有这个权利。在实际生活中,外国人烧美国国旗的事经常发生,但从不见美国人烧外国的国旗,也基本上没看到美国人烧美国国旗。"据我所知,世界上很多国家是不允许烧国旗的,在英国,如果谁烧国旗,会被判刑。

记不清谁说过这样一句话:爱国,不是一种主义,而是一种情感。我觉得,这句大白话点破了一个观念的误区。什么是"主义"呢?《现代汉语词典》是这样表述的:"对客观世界、社会生活以及学术问题等所持有的系统的理论和主张。"马克思的学说可以说是一种主义,但爱国不是学说问题,也不是学术问题,这是一种情感问题。一般说来,情感是自然生成的,"主义"可以宣传、灌输,情感至多只能培养。美国正是有这些对人、对人的生命的体恤,所以,让所有的美国人把祖国看成是自己安身立命的家,把祖国看成自己贴身的胸罩和内衣。

祖国是他们的日常生活,祖国在他们的血液中和灵魂里。

(写于 2006 年 2 月 24 日)

美国的忏悔文化

在纽约教堂的正对面,有一尊巨大的哥白尼铜像:哥白尼肩着沉甸甸的地球,弓着背,仰着头,睁着明亮的大眼睛,逼视着教堂。换一个视角,教堂的大门一开,就要直面哥白尼青铜一样生冷的眼光。这铜像给我似曾相识的感觉,像"文革"中《收租院》的一尊泥塑,一个农民,也是这样躬着身,睁着愤怒的眼睛,瞪着地主老财。不同的是,农民背着的是一大麻袋的粮食。导游说,这铜像是教会铸的,因为教会反对日心说,错了,所以铸这铜像,向哥白尼忏悔——此后的千秋万代,教会要天天面对自己的过失!

基督教有原罪情绪和忏悔意识。基督教认为人都是有罪的,"犯了错误"怎么办?忏悔!这可以说是基督教最聪明的地方。天主教教皇约翰·保罗二世,一生致力于促进不同宗教之间的宽容、和解。他为意大利天文学家伽利略公案平反并向他道歉;为天主教所有的历史错误,向全世界公开忏悔,请求上帝原谅天主教在过去两千多年所犯的所有罪行。同时,他也代表天主教,原谅了所有曾经迫害过天主教徒的人。

美国虽然在宗教上呈多元化,但应该说受基督教的影响相对要大。在白宫,有总统教堂;总统就职,要将手按在《圣经》上宣誓;在美国众多的节日中,还有一个"忏悔日"……也许因为这种宗教情结,美国人比较勇于直面自己的历史和现状。

在美国,带有忏悔色彩的纪念物触目皆是。

我们还是先说说埃利斯岛吧。它位于纽约市曼哈顿炮台西南部,距曼哈顿只有15公里,离自由女神像仅300米远。从1892年到1954年,这里是美国的主要移民检查站。在随后的六十二年中,有一千五百万新来的人通过埃利斯岛进入美国。

想要进入美国,面对着移民局的官员,必须在两分钟内回答三十来个问题,例如:"你要去什么地方?""身上带了多少钱?"接着经过智商测验和健康检查,幸运的人们便到"分离门"外接受洗礼,然后坐上轮船向美国本土驶去,从而拥有了梦寐以求的美国国籍。

埃利斯岛绝对不欢迎传染病患者、同性恋、妓女、无政府主义者、骗子……事实上,有百分之二的人最终不能到达目的地。即使身体没有一点毛病,谁也不能乐观地断言厄运不会落到自己的头上。大约有两百万人被拒绝入境,走投无路而自杀的,不在少数。因此,埃利斯岛曾一度被人们称为"眼泪岛"。

埃利斯岛原来不叫埃利斯岛,它本是一个小女孩的名字。这个小女孩来到岛上后,接受检查时被发现头上长满虱子,于是,被强制理了光头,并且不能马上进入美国,而要留在岛上继续接受观察,看看有没有别的传染病。埃利斯不堪忍受屈辱,跳海自杀。这事引起美国社会强烈震撼,人们开始反思和检讨美国的移民政策,随后做出了许多尊重移民、有益于移民的新规定。为了纪念这位跳海自杀的小女孩,同时,也为

去远方
——父与子的跨国对话

了向与埃利斯有一样命运的受难者忏悔,人们把这座岛取名为"埃利斯岛"。

美国一半以上居民的前辈,是从埃利斯岛登上美洲大陆的。

今天,埃利斯岛成了一座移民博物馆。博物馆经过八年的修建,耗资1.56亿美元,在1990年6月正式对公众开放。它的有声资料中心汇集了埃利斯岛移民未亡人中珍贵的资料。白发苍苍的老人,用他们那苍老的声音,叙述了不堪回首的如烟往事。博物馆的墙上密密麻麻地挂着本世纪从这里入境者的照片,他们个个显得疲惫不堪,神色惊慌,永远保持着漂泊者的孤独神情。埃利斯岛和它的博物馆,记录了美国的一段历史,记录了历史演进过程中种种应当忏悔的罪过。

埃利斯岛上,有一尊巨大的黑奴铜像。黑奴们脚上戴着铁链,有的互相搀扶着,有的抱着小孩,他们饥寒交迫,骨瘦如柴……这尊铜像真实地再现了黑人作为奴隶被贩卖到北美时的悲惨境遇。黑奴神色之凄苦,也像《收租院》中的农民。从某种意义上说,这也是美国人民对这段不光彩的血泪历史的忏悔。

据《参考消息》2006年1月5日报道,最近由纽约历史学会主办的一个名为"纽约的奴隶制"的展览却再次提醒人们:奴隶制当时几乎遍及所有欧洲移民最初定居的北美十三个州,奴隶对纽约的早期发展起了至关重要的作用,而他们的生活状况并不比南方种植园的同伴们好到哪儿去。

这是迄今有关纽约奴隶制的规模最大的展览,它通过实物、图片和多媒体设备,向人们展示了许多过去不为人知但却触目惊心的事实。史料表明,纽约曾经在两百多年中一直是美国奴隶制的大本营。当时大约百分之四十一的纽约家庭拥有黑奴,每五个纽约人当中就有一个是黑奴,纽约当时拥有黑奴的数量仅次于南卡罗来纳州的查尔斯顿。人们在纽约所买的大多数商品,从奶酪、烟草、布匹,到甜酒、糖、奶油,都是由奴隶生产的,并且往往是用奴隶贩子的船运到纽约的。研究非洲奴隶史的著名学者艾拉·伯林指出,在近三百年的时间里,奴隶制渗透到纽约生活的各个角落。

许多纽约人表示应当为非洲奴隶们修建一座永久性纪念馆。这一建议已经得到纽约有关当局的认可,修建纪念馆的筹备工作已经开始。据悉,这项工程将于明年完工。

展示白人的罪恶,就包含着对历史、对黑人的忏悔。

美国已经在华盛顿建成了"国家印第安人博物馆"。博物馆内一样展示了美国的历史罪恶。为了向印第安人表示忏悔，美国出台了很多保护印第安人的措施。比如，印第安人在升学方面得到特殊的关照，从事商业活动全部免税，印第安人领地不受美国法律约束……

珍珠港事件后，美国人同仇敌忾，认为对日本人怎么报复都是应该的，当即把美籍日裔统统关进集中营，就是最后投了两颗原子弹，也认为是日本人罪有应得。然而，几十年后，美国人却为此反思并向美籍日裔道歉并赔偿。

在此之前，还曾经有过"Enola Gay"事件。

在华盛顿的宇航博物馆内，曾经长期展示着一架有名的飞机。这是一架B29轰炸机，名字叫作"Enola Gay"。它之所以有名并且被展出，是因为它曾经向日本广岛投下人类第一颗原子弹。关于广岛原子弹，不少中国人认为是一件好事，为南京大屠杀报了仇嘛。可是，在1995年前后，美国国内却为这架飞机的展出发生了很大的争议，反对者认为，这样一件杀人武器的展出，是对人类生命尊严的严重亵渎，是在炫耀对人类生命的剥夺，当代美国文化不能容忍这种炫耀。差不多在同一时期，美国的一张纪念邮票选用了这架飞机做图案，也引起了很大的争议。宇航博物馆的主办者史密斯基金会受到很大的（来自美国人的而不是日本人的）舆论压力，终于取消了这件展品。

不仅对人、对历史事件，对大自然，美国人也是充满了忏悔精神。关于这一点，我要提一下旅鸽的消亡。旅鸽这个可爱的小生灵与普通的鸽子非常相似，不过它的后背是灰色的，似乎还有些发蓝，而胸前的颜色又是鲜红色的。所以，它看上去是那么的绚丽多姿。与一般鸽子不一样的地方还有，它的叫声高昂响亮。仅仅一百多年前，北美大陆还生活着大约五十亿只旅鸽，鸽群迁徙时，遮天蔽日，达数日之久，声势蔚为壮观。但由于旅鸽肉味鲜美，它的命运也因此而改变，人们想尽各种方法屠杀旅鸽，枪杀、炮轰、火烧、网捕……频频将其变成餐桌上的佳肴，而毫不顾及旅鸽的数量在急剧减少。最为痛心的是，有的人为了取乐而猎杀旅鸽，一个射击俱乐部一周就射杀五万只，有人一天便射杀五百只。这种杀戮过程一直持续了半个世纪。最后一只野生的旅鸽1900年在美国俄亥俄州的派克镇被击落。此后，一些动物园饲养着少数旅鸽。但是，由于失去自由的天空，它们很快便走向了灭亡。

旅鸽的灭绝如此迅速，令人难以置信。除了令人发指的杀戮，人们滥伐森林使旅鸽丧失了它们的筑巢条件，盲目引入动物导致鸟病疫情的流行，等等，使旅鸽的生存环

去远方
——父与子的跨国对话

境日益恶化,都是旅鸽短期内惨遭灭绝的原因。为了让后人记住这个教训,美国人满怀忏悔地为旅鸽立起纪念碑,上书——

"旅鸽,因为人类的贪婪和自私而灭绝。"

我还想说一说美国在伊拉克的"虐囚案"。如果理性健全,我们不得不承认这一现实:率先揭露这一罪行的是美国媒体。虐囚一经曝光,在美国激起强烈而广泛的愤怒和羞愧。从政要到国会,从媒体到公众,从宗教界到知识界,从军方到其他各界……谴责声浪遍及全美国,令人"恶心""震惊""发指"等,是出自美国人口中的最频繁的词语。无论伊拉克局势的前景多么令人担忧,也无论布什或拉姆斯菲尔德如何为此焦虑,更无论他们是否真心希望曝光,但作为自由国家的政要,他们都必须接受置疑、批评,甚至不怀好意的诋毁,也必须向受虐战俘和伊拉克人民认错!于是,总统、副总统、国务卿、国防部长、将军们接连道歉,司法对有关责任者的追究也迅速启动。也就是说,无论以任何借口,美国都不允许践踏人权的恶行畅通无阻,即便是战争中的国家利益和军队荣誉也不行。之所以有这样的结果,除了制度保障以外,我以为,与美国人固有的忏悔意识大有关联。

两百多年前,前人对黑人或印第安人犯下罪行,这与当代人有太大的关系吗?如果有关系,那我们也要为张献忠屠川忏悔?这或许太遥远了。这里,我只想提醒人们这样一个现实:在"文革"等政治运动中,数以百万计的人被批斗、被整,其中不少人受尽种种侮辱,人的尊严尽失,甚至一些人含冤谢世;更有数以千万计的人参与了批斗、整人的运动。但是,现在不少参与这些运动的人谈起这些事情时,却往往缺乏应有的忏悔意识,只是将责任归为时代的错误或是领袖的错误。轻轻的一句"时代错了,所以我们也跟着错了",而将自己所应承担的、属于个人的责任几乎推卸得一干二净。

吴忠民先生的文章《忏悔与感恩:中国人的双重缺失》一文,对忏悔的意义表述得十分完整而深刻,引用于此,作为结语:

> 忏悔是一种美德。忏悔是一种善良,忏悔意味着自己能够将心比心,深深感悟到由于自己的过错而给他人带来的伤害;忏悔体现了一种责任心,是自己对自己行为的负责,而不是麻木不仁;忏悔是一种勇气,表明自己能够直面自己的过错,而不是胆怯地予以回避;忏悔是一种尊严,忏悔意味着不愿背着心理负担而偷

生;忏悔是一种独立的反思能力,意味着能够对自己的所作所为进行理性的分析。(《中国老年》2004 年第 2 期)

忏悔是一种尊严。它体现了一个人、一个民族理性的成熟和道德的诚实,体现了人和国家的责任感。有朝一日,当中国人进入这样的精神状态,中国人才真正捍卫了个人尊严和国家尊严。

(写于 2006 年 3 月 1 日)

傻瓜群居之地

人在旅途,大家闲聊。同行的一位仁兄说起这么一件事:二十世纪九十年代初,有美国留学生在北京某大学读书,中国学生觉得美国学生太过规矩,比较容易犯傻。有人搞了一个恶作剧,把宿舍楼的两个电话亭一边写上"男用",另一边写上"女用"。美国男生以为这是中国特有的规定,果真在"男用"电话前排队,"女用"电话空着,他们却不涉足,绅士至极,却也傻帽到了家。这事逗得大家哈哈大笑。

笑罢,另一位仁兄也说了美国人的另一件傻事。有一回,几个中国年轻人与一个美国小伙子聊天。聊到不开心处,一个中国人用"国骂"骂美国人:"我×你妈!"旁边几个中国人听了哈哈大笑。美国人不明白,刚刚还争得面红耳赤,怎么突然这么开心呀?他问中国人:"他说了什么?"中国人告诉他,不好说,翻译不过来。美国人傻乎乎地说:"你把意思直译过来,总可以吧?"无奈,中国人只好直译说:"他说,他要和你妈妈做爱。"美国傻瓜没有生气,只是费解地说:"想和我妈做爱,要对我妈说去呀,这有什么可笑的?"

美国人犯傻的事是很多的,墨西哥《纪事报》2006 年 2 月 4 日有一篇文章《美国怪事何其多》,其中有这么一段话:

> 只有在美国,人们将豪华汽车停在家门外,而车库里堆满了不值钱的破烂;
>
> 只有在美国,人们在点一个双层加奶酪汉堡和一大包炸薯条的同时,再点一杯无糖可乐;
>
> 只有在美国,政客们会动用上千万美元来调查一名官员挪用几万元给自己的

去远方
——父与子的跨国对话

情妇的贪污案件……

这位不知名的作者先生,仿佛在责怪美国怪事多,实际上却在吹捧美国——准确地说,是在夸奖美国人的傻。关于这一点,我还可以补充一条:在美国电影《拯救大兵瑞恩》中,为了拯救一个美国士兵的生命,牺牲了好几个人。

《参考消息》曾转发埃菲社2006年2月6日的一篇电文,大意是,美国有一名十八岁的青年向犹他州警方报案,称有盗贼闯入他家,并偷走了一大包毒品。

颇感吃惊的警察请这个青年到警察局指认盗贼以及那些"失而复得"的毒品,不料他很快就赶到了警察局。在做完笔录后,这名年轻人即因藏匿毒品和涉嫌贩卖麻醉品而遭拘捕。

据说,小偷打破窗户进入了这名青年的住所,偷走了一包重约170克的大麻。最终,窃贼与受害者均受到上述两项指控,当然,前者还多了盗窃的罪名。

这个青年,虽是洋人,身上却有中国古风,这不能不让我想起"掩耳盗铃"的故事,虽然一个是盗,一个是被盗,但一样是傻帽。

中国人是极为聪明的,在聪明的中国人眼里,美国就是一个傻瓜群居之地。

我小时候,就听同学对我说,在8分邮票上轻抹糨糊,对方收到信后,把邮票泡到水中,洗去糨糊,也就洗去了印迹,这张邮票还可以再用。到了美国,发现这个传统依然被继承,甚至有"发扬光大"之势,试举一例:有华人在美国打投币电话,用线把硬币绑牢(有的用透明胶把线粘在硬币上),打完电话,再把钱拉上来,哈哈,白打了一回,好爽!

中国是盗版之国,我们的电脑软件大部分是盗版的。美国人抗议了,中国便收罗一些盗版盘,让压路机压一压,或者用火烧一烧,叫宣传部宣传宣传,傻帽到家的美国人立即信以为真。这阵风过了,依然故我。中国人靠小聪明占了小便宜,自以为得计,实际上是扼杀了民族的创新能力。为什么呢?盗版的直接结果是,发明创造者得不到应有的鼓励,那谁还去发明创造呢?裘伯君开发"金山",盗版多多,只好鸣金收兵,再也不干了。此外,这损害的是国家的信誉度,一个信誉度不高的国家,在国际市场上是很难做生意的。

中国人聪明的"业绩"还有很多很多,中国人爱面子,这里就不多说了。

为毒品被盗而报案,当事者是一般意义上的坏人,但他们的性情中有某些"傻"的成分。因为"傻",他们是有药可救的,上帝会指引他们,在监狱里,他们还能看到光明。相反,那些用线吊钱的"聪明"人,他们可能永远也不会进监狱,可是,因为内心十分阴暗,他的前途也将非常黯淡。虽然走在光明的大道上,但他们的归宿将是无尽的深渊。我深信。

(写于 2006 年 2 月 10 日)

"狗国"

在飞往美国的途中,我想,我要瞧瞧踏上美国的土地时,第一眼看到的是什么。

一出机舱,还在机场的过道上,扑入眼帘的就是一幅关于狗的广告画,几只可爱的小狗在草地上嬉戏。没走几步,又是一幅广告画,一只狗和一个孩子一起睡觉,狗的头枕在小孩的脚上。从他们甜美的睡相看,孩子和狗都在做着关于外星人的梦。

来接我们的师傅,他的驾驶室的右边,趴着一只我不知道是什么品种的狗。狗带着好奇心友善地看着我们,也许因为语言障碍,它沉默着。

我意识到,我进入了"狗国"了。

狗在美国的待遇和地位是十分优越的,狗是很多美国人的家庭成员。有人说,美国人是把狗当作人来看待的。在世贸中心的废墟上,消防队员怜惜地为搜救狗包扎因连续扒挖而受伤的爪子,这幕情景出现在荧屏上时,不少人为之感动。作为人类的朋友,狗确实当之无愧。

在纽约,看到一家专门卖狗图书的书店,如此"专业化"的书店也能生存,可见美国人的生活离不开狗。既然有专门卖狗图书的书店,不言而喻,肯定有更多诸如卖狗食、狗衣之类的狗用品商店了。我在这家书店的门口照了一张相。

如果狗也分成"三个世界"的话,从总体上看,美国狗也是生活在"第一世界"当中。在狗的享受方面,美国人想出的花样非常之多。假如他们的狗行为不正常,主人就带它去看狗心理医生;到了狗的生日,便带它到狗餐馆吃一顿庆生宴;天太冷,就替狗穿起衣服,戴上帽子;带狗旅行,很多大城市都有狗旅馆,其价钱从 3 至 20 美元不等;要是狗身上有味道,有洒到狗身上的香水;万一狗不幸死掉,可以把尸体送到狗的殡仪馆,

去远方
—— 父与子的跨国对话

像埋葬亲人一样,礼仪非常隆重……

我一路观察,发现美国狗与中国狗不一样。中国人大多养北京狗、小鹿狗、吉娃娃,总之是小狗。这会不会与人口太多、空间太小有关?这会不会与中国人喜欢听话的人有关(小品种的狗相对而言比较温顺,较多奴性)?我不得而知。美国狗与德国狗也不一样。德国人爱养大狗,军犬。德国的帅哥理着光头,穿皮衣皮裤皮靴,牵着凶恶的大狗招摇过市,就像希特勒的党卫军,让人有恐怖感。美国人多是养中型狗,没有中国的那么小,没有德国的那么大。我在路上看到的都是这样不大不小的狗。其中是何道理,我也不得而知。

翻翻当地的中文报纸,与狗有关的故事俯拾即是。

新泽西一位太太向她的朋友抱怨说:"我丈夫每晚吻过我的狗以后才上床睡觉,但他却从不吻我。"还有一位太太因丈夫不愿与她生孩子而与丈夫离了婚。她丈夫对她解释说:"因为我要让我的两只狗享受最好的生活,所以我生不起孩子。同时,我们一生孩子,狗便会嫉妒。"

当然,爱狗并不限于男人。有一位太太养了一只狼狗,并和狗同床睡觉。她把全部感情放在狗身上。丈夫忍无可忍,用棍子把狗打死。结果他太太到法庭控告他虐待动物。这位可怜的丈夫既被罚款,又失去了太太。真是倒霉透了!

美国的狗身心健康,美国的养狗人却很需要心理医生的帮助。

因为美国人爱狗,所以他们处处替狗着想。美国有无数爱护动物、反对虐待动物的组织,来保护狗及其他动物。在中国,为狗打官司的事还比较少见。人的官司都未必理得清楚,更遑论狗呢!在美国,狗官司司空见惯,有的甚至一直打到了最高法院。

闻名全美的狗官司有两件:一是 1870 年的"老鼓"案。一是 1980 年 4 月的"母狗怀孕"案。前者颇具悲剧色彩,后者则是一出喜剧。

"老鼓"案发生在吴伦斯堡,当时有位波登先生养了一只名叫"老鼓"的猎犬。有一夜,"老鼓"跑到邻居杭斯贝先生的后院中,不幸被杭斯贝先生射杀。二位先生本是好朋友,但为了"老鼓"事件,硬是将官司由地方法院一直打到最高法院。在最高法院,参议员弗斯特代表波登先生,向法庭上的陪审团宣读了那篇千古难得的奇文《狗的礼赞》——

各位陪审官,在这个世界上,一个人的好友可能和他作对,变成敌人。他用慈爱所培养起来的儿女,也可能变得忤逆不孝。那些我们最感密切、最亲近的人,那些我们用全部幸福和名誉信托的人,都可能会舍忠心而成叛逆。一个人所拥有的金钱可能会失去,很可能在最需要时它却插翅飞走。一个人的声誉可能牺牲在考虑欠周的一瞬间。那些惯会在我们成功时屈膝奉承我们的人,很可能就是当失败的阴云笼罩在我们头上时,掷第一块阴毒之石的人。在这个自私的世界上,一个人唯一毫不自私的朋友,唯一不舍弃他的朋友,唯一不背义负恩的朋友,就是他的狗。

各位陪审官,不论主人是穷困还是腾达,健康还是患病,它都会守在主人的身旁。只要能靠近主人,就算地面冷硬,寒风吹袭,大雪狂飘,它会全不在意地躺在主人身边。纵使主人没食物喂它,它仍会舐主人的手,和主人手上因抵抗这个冷酷的世界而受的创伤。纵然它主人是乞丐,它也像守护王子一样守着他。当所有朋友都掉头他去,它却坚定不移。当主人财富消失,声誉扫地时,它对主人的爱仍如空中运行不息的太阳一样,永恒不变。假如因命运的作弄,它的主人在世界上变成一个无家可归的流浪者,这只忠诚的狗只要求陪伴主人,和主人共同应付危险,对抗敌人,此外毫无奢求。当万物的结局来临,死亡夺取了主人的生命,他的尸体被埋葬在冰冷的泥土下时——纵然所有的亲友都各奔前程——而这只高贵的狗却会独守墓旁。它仰首于两足之间,眼睛里虽然充满悲伤,但却机警地守住墓地,忠心耿耿,直到死亡。

陪审团深受感动,宣判波登先生胜诉,由对方赔偿500美元(当时的500美元可能相当于目前的5000美元)定案。"老鼓"安息了。弗斯特的演讲词成了全世界爱狗人的经典,万人争诵。这件案子也成了世界闻名的法律案件。当地人为"老鼓"建了一座纪念碑,碑上刻着《狗的礼赞》。此碑成了美国最有名的纪念碑之一。

《狗的礼赞》对狗的评价,在生活中很容易找到旁证。这让我想起了美国埃诺莉·阿特金森的纪实小说《义犬博比》。小说叙述的是一百多年前发生在爱丁堡的一个真实故事。博比是一只可爱的小斯凯梗犬,跟随主人——贫困潦倒、心地善良的老约克,

去远方
——父与子的跨国对话

流落在爱丁堡。1858年老约克贫病交加,惨死在一家肮脏黑暗的小客店里。博比一直将主人的尸体护送到格雷弗里亚斯教堂墓地安葬。从此,博比一直为主人守墓十四年。其间,这只无家无主的小狗经历了人类难以想象的种种磨难:一个农夫将它骗到数十英里外的彭特兰丘陵,它九死一生逃回爱丁堡;它跟随驻军误入爱丁堡城堡,连夜冒着大雾从城堡险崖上跳下来,摔伤了腿,竟以惊人的毅力爬回教堂墓地主人的墓上;高贵的贵族夫人、好心的小姑娘、善良的饭馆老板、条件优越的城堡驻军都想收养它,它不为富贵安逸所动,甘愿忍饥挨饿为主人守墓,无论酷暑严寒、风雪雷雨,每夜必卧在主人的墓上,从不肯离开一步,一直到1872年老死为止。博比惊天动地的义举感动了从贵族到贫民千千万万的爱丁堡人,博比也因其对主人无私的爱心与忠诚而名扬英伦三岛。博比死后,人们破例将它安葬在格雷弗里亚斯教堂墓地,让它继续陪伴主人,墓碑上刻着:"愿它的忠诚与献身精神成为我们大家的楷模。"一百多年来,到格雷弗里亚斯教堂凭吊博比及其主人的墓地者每天络绎不绝。人们还在爱丁堡街头为博比塑了一尊铜像,永志纪念。

在日本,也有类似的故事。一只秋田狗每天在车站等候它已经死去的主人,这么一等,就等了整整七年!日本为这只狗拍了一部电影。人们还在东京涩谷车站为它铸了铜像。

这两尊铜像,都是狗的品性的丰碑。

"母狗怀孕"案发生在席克海兹城。该城的一位赛门先生控告西邻的公狗越东界而搂其处子,使他的母狗怀孕,一胎生下十六只小犬。他要求对方赔偿医药费和遮羞费。法官说他只看到两狗谈情,没有做爱,所以证据不足;纵然邻居的狗真是祸首,这也是出于两厢情愿,可算是"好事",不能算强奸,所以法官宣判赛门的邻居无罪。

中国不是狗国。狗在中国是很下贱的东西,"走狗""狗腿子""狗奴才""狗眼看人低""痛打落水狗""狼心狗肺""狗仗人势""跟狗一样"等等,在生活中,我们对这些极端蔑视狗的语言耳熟能详。可是,随着西风东渐,狗仿佛要成为中国人的图腾了,因为狗会叫"旺旺"二字(实际上应是"汪汪"),和"88(发发)"一样,大约会给烧香也只是为了发财的中国人,带来无尽的企望了。

如果狗不会说"旺旺"二字,我也希望是我们的朋友,是我们艰难生活的心灵慰藉。十八世纪法国革命家罗朗夫人有一句名言:"我对人了解得越深,就越是喜欢狗。"我的

372

朋友陈祥荣有诗歌名句:"狗的表情还真在屁股部分,主要是尾巴;而人的表情却都在脸上,少看或千万别看……"

　　我想用我看到的一则图片新闻作为此文的结尾,虽然有点离题。这则带两帧照片的新闻叫《小狗陪他去讨饭》,说的是一个流浪男孩,和一只流浪狗相依为命乞讨的故事。"那狗儿前腿弯曲着地,两只后腿支在地上,跟着十岁流浪小男孩跪在一起,当有好心市民施舍时,狗儿就做出点头感谢的模样,情景极为感人。"照片上,流浪小童和他收养的流浪小狗一样孤独无依,互相依靠。这又应了《狗的礼赞》中的判断——在这个自私的世界上,一个人唯一毫不自私的朋友,唯一不舍弃他的朋友,唯一不背义负恩的朋友,就是他的狗。

(2006年2月16日)

去远方
——父与子的跨国对话

后 记

  我想对本书的"编辑",从作者的角度作一说明。
  应该坦白,收入书中的书信并非原汁原味,一些属于家庭隐私和过于琐碎的内容,我将其删掉了。尽管如此,重读一遍,还是有不少的絮絮叨叨、婆婆妈妈,比如问孩子要往德国寄些什么东西,诸如此类的,一般说来是可有可无的,然于絮叨中,似也可见父母的牵挂,"慈母手中线,游子身上衣;临行密密缝,意恐迟迟归",这也是为人父母者的天性使然?我们过的是平常人的生活,事实上现实生活也就是如此油盐酱醋,这也是"私人化写作"的真实体现。
  我们当初写这些信,就是为了写这些信,虽然也想过,将来孩子成家了,将其作为礼物送给他们夫妇,应是不错的纪念。我们真的没有想要拔高什么,没有像有的名人书信或日记一样,写作时,就想着可能要发表。如果把这些琐碎和絮叨都删除,然后再加上一些刻意拔高的内容,那么,也许就失去其固有的本真了。
  本书只是房多出国头两年间的通信集。这像梁实秋的黄昏恋一样,初时,情书成"束",成"捆",渐渐地,特别是结婚以后,就没有什么特别的话要说了。孩子刚出国时,当孩子还处在对异域世界的惊喜中时,对父母而言,那是无边无际的牵挂啊,一天写两三封信也是有的,一年多后,孩子似乎融入了异域的生活,我们对他也感到放心了。总之,通信渐渐少了,取而代之的是电话联系,或是QQ上有一搭没一搭的对话和留言。
  房多将来的情况怎样呢?是"海归"还是"海带"?是"天才"还是"地才"?我想,孩子长大了,他有他的生活,应该由他自己来续写人生了。不管是大人物还是小人物,人生很短很短,我们只希望孩子靠自己的劳作而赢得快乐的人生。这部通信集,也可以说是没有结局的故事吧。
  通信自然无标题,否则就是文章了。本人是一个编辑,深知方便读者的重要,现在要出书了,所以根据信的内容,取了篇名。每封信的前面,从文中择其要者提取出重点内容,作为阅读提示;有的信太短,但敝帚自珍,不收稍觉可惜,就不搞内容提示了。
  书中没有任何伤害他人名誉的内容,但或许有朋友不愿意让自己的名字出现在他人的书中?为慎重起见,也与鲁迅的《两地书》一样,对提及的现实生活中的真人,另起别名。

后　记

　　书后有两辑附录。孩子小时候，特别是学龄前，我偶尔写一些关于孩子的文字，有几篇也曾发表过。现在重读，有点亲切的陌生，也还有些趣味，依稀可以听到孩子成长的足音，我把这些文章稍作修改，以《儿子小时候的故事》为题，作为"附录一"收在书中，也算纪念吧。

　　前些年，我走了几个国家，从中西文化对比的角度，写了几篇随笔一类的文字，这些文字与本书的主旨比较切近，也还有可读性，可以当作本书内容的补充，作为"附录二"收在书中。

　　客气话有时可能让人生分，但不说似乎也不够礼貌。真诚感谢安徽文艺出版社接纳了这本书，感谢朱寒冬社长的肯定，感谢责任编辑张妍妍的辛苦劳作。谢谢！

房向东

2014 年 4 月 14 日